北京市社会科学界联合会、北京市哲学社会科学规划办公室项目

北京社科青年学者文库

美事微言
南宋中兴时期记体文研究

Awesome Things and Subtle Discourses
On Ji Prose during the Resurgence of
the Southern Song Dynasty

谭清洋 著

中国人民大学出版社
·北京·

《北京社科青年学者文库》编委会

顾　　问：邓小南、陈平原、白暴力、谢地坤、黄泰岩
主　　任：张才雄
常务副主任：杨志俊、谢富胜
副 主 任：刘亦文、李开龙、王玮、徐莉
编　　委（以姓氏笔画为序）：
　　　　卜宪群、王一川、王广州、田海平、朱旭东、李曦辉
　　　　杨生平、吴晓东、张宝秀、张　翼、赵长才、郝立新
　　　　莫纪宏、寇　彧、隋　岩
项目统筹：李晓华、陈松涛

出版说明

"青年强，则国家强。"

"未来属于青年，希望寄予青年。"

——习总书记的讲话语重心长。

青年"好像早晨八九点钟的太阳"，是民族的希望、祖国的明天、各行各业的未来，哲学社会科学界亦然。

2016年，习近平总书记在哲学社会科学工作座谈会上指出，要实施哲学社会科学人才工程，着力发现、培养、集聚一批年富力强、锐意进取的中青年学术骨干。为贯彻习近平总书记系列重要讲话精神，呈现和展示青年社科学者的优秀研究成果，并以此发现和培养青年社科学术骨干，扶持和助力青年学者成长，北京市社会科学界联合会、北京市哲学社会科学规划办公室策划设立《北京社科青年学者文库》。

该文库设计为开放性丛书，萃集北京地区高校和社科研究机构45岁以下青年学者的优秀学术专著和博士论文，由北京市社会科学理论著作出版基金予以出版资助、中国人民大学出版社出版。

希望该文库能为北京青年社科学者的学术发轫和进步做出有益的贡献。

编委会

2024年3月

序　言

张鸣（北京大学）

从南宋高宗绍兴末年到宁宗朝（约12世纪中后期），宋朝社会从南渡初期的战乱动荡逐步走向安定。虽然只是偏安的局面，但政局和社会的稳定毕竟带来了"中兴"气象，社会文化随之逐步走向复兴繁荣。南宋中兴时期的士大夫文学，无论诗歌还是文章，都在这一背景下迎来了发展的又一高峰。以"中兴四大诗人"为代表的诗歌的"中兴"，学界已有很多研究成果。但古文的"中兴"，则还未得到充分的重视，缺少较为全面的综合性的考察探讨。纠正这一偏向，需要有扎实的努力。谭清洋博士的新著《美事微言：南宋中兴时期记体文研究》，就可以看作这种努力的一份成果。

这部著作，研究的时段是南宋中兴时期，范围从宋高宗绍兴二十五年（1155）到宋宁宗嘉定元年（1208）前后。研究的对象文体是"记体文"。所谓"记体文"，是指以"记"名篇的各种题材的古文。南宋中兴时期，各种体裁的文章，都极为繁荣。但最特别的是各种以"记"名篇的杂记文章，不仅数量庞大，而且因功能多样，题材丰富，体式灵活，从各个方面反映了社会文化复兴繁荣的面貌和社会生活的细节，在古文发展史上占有重要的位置，更因反映了士人介入社会文化复兴过程所做的努力而具有特殊的认识价值。

作者在数量庞大的南宋中兴时期各种文章中，梳理出记体文1800多篇，涉及作者500多人。全书围绕南宋"中兴"的时代主题，旁及思想、政治、文化的发展变迁，将"记体文"视为对社会各方面"中兴"图景的文学化记录。在这个思路统领下，作者首先对中兴时期记体文做了宏观的梳理，将之分为公共建筑记文、私人居所记文、单篇山水游记、日记体游记等四大类别，在每类中分别讨论内容相近的几种题材，涵盖了中兴时期记体文的重要内容。这种分类方式，既符合中兴时期记体文的写作实际，又体现了学术思路的创新。其次，由于学术思路的以上调整，中兴时期独具特色但过去很少受到研究者关注的官署修造记、祠堂记、寺观记、藏书楼记等题材的作品，得以进入研究的视野。作者对这些以往较少受到关注的作品做了较为深入细致的讨论，意图全面揭示中兴时期记体文的成就和时代特色。

全书最大亮点，在于特别注重在社会文化和士人生活史视域下挖掘一些具有时代性和代表性的问题，比如社会复兴时期的公共建筑修造记的时代意义，祠堂记对"国朝"先贤精神的纪念和发扬，日记体游记密集出现于中兴时期的原因。这些问题的提出，都体现了作者敏锐的眼光。作者对这些问题的论述，同样富于新意，如第三章"私人空间精神意义的赋予和阐释"，分别考察了私人居所记文、藏书楼记、书斋记的不同精神内涵和文化意义，并抓住极有特色的"雪巢书写"个案，探讨了《雪巢记》与雪巢书写由私人空间书写发展成文坛公共话题的过程和原因，见前人所未见，发前人所未发，读来让人兴味盎然。

作者既然将记体文视为南宋"中兴"社会图景的文学化记录，自必涉及对文章体制的处理。虽然都是记体文，但因书写对象不同，体制便有区别。最明显的是公共建筑修造记文和私人书房记文，文章功能不同，或庄重严肃，或灵活随意，记事和议论的分寸就有区别。作者讨论每种题材的记体文，都能注意到其体制的独特之处，而采取不同的论述策略，并以比较的眼光，分析中兴时期各种题材记体文对前代记体文的承变，以及记体文与其他文体的异同。特别第四章第三节围绕朱熹、张栻和林用中等人同游南岳衡山时的诗文写作，讨论山水游记与山水诗的互补：作者首先分析了张栻《南岳唱酬序》的"破体"为文，指出此文虽名为"序"，但从体制看，实为一篇游记文；其次对比分析《南岳唱酬序》的游记内容和诗的不同写作方式以及文学呈现；进而又考察了朱熹的《南岳游山后记》的再次"破体"为文的写作特点，指出诗和文的不同处理体现了"诗情诗思与戒惧警醒之间的博弈，是戒惧警醒战胜了诗情诗思"。这一段讨论，紧扣论述对象的特点，在思路上几次反转，论说不断推进，十分精彩。

本书是谭清洋在她的博士论文基础上修改增删而成。八九年前她写作博士论文期间，我负有指导责任，对她的选题动机、研究和写作过程都比较了解，知道她读书思考的专注用功，也了解她写作的辛苦。说实话，清洋论文最后达到的水平，超出了我的预期。作为导师，读到学生的好论文，内心总是欣慰的。记得谭清洋论文答辩时，答辩主席陶文鹏先生特别称道关于《雪巢记》个案的论述，认为"雪巢书写"由私人空间书写发展成文坛公共话题的讨论很有启发性，并热心给谭清洋出主意，指导她将这一节改写成期刊论文投稿发表。陶文鹏先生和其他几位答辩老师的表扬，给予谭清洋极大的鼓励。她后来将全文改为书稿即将正式出版，来找我求序，因此写了以上心得，并回忆她答辩时的一个插曲，以作为我们师生共同的记忆。

写完以上一段，觉得意犹未尽，不免再啰嗦几句。

宋代文章研究，近年越来越受到学界重视，无论文献整理还是作家、文体、文论和文本研究，都有很多成果。谭清洋即将出版的这部著作，也将为宋文的研究增添一点风采。

不过，这还远远不够。我的浅见，目前宋文研究的成绩，与宋文在当时的崇高文体地位和重要性相比，还不相称。有几个问题值得考虑。

一是按照今人建立在文学体裁代际兴替观念基础上的文学史观，一提宋代文学，必称"宋词"，诗、文都在其次。而实际上，在宋人的文体观念中，词是游戏笔墨，余技小道。众所周知，苏轼"以诗为词"，"指出向上一路"，将"词"写得"如诗、如文、如天地奇观"，才大大提升了"词"的文体地位。但无论如何提升，"词"在宋人心目中的重要性还是不能与诗、文相提并论。总之，在宋代，诗的地位高于词，文的地位又高于诗。就文体地位而论，文处在最高层级。日本著名汉学家吉川幸次郎《中国文章论》曾说："在宋人的观念中，文比诗更重。"（见王水照、吴鸿春编选《日本学者中国文章学论著选》）这是非常有见地的看法。文学成就的高下，见仁见智，不同时代、不同人有不同看法，非常自然，但文体地位的高低，却是一个时代的共识。因此，回归宋人对文章的文体地位的认识，进一步明确当时文和诗、词的文体关系，是推进宋代文章研究首先需要解决的问题。

二是衡量宋代文章的成就，还要有纵向的维度。明人宋濂说："自秦以下，文莫盛于宋。"（《苏平仲文集序》）可见评价之高。清人李渔则将宋文与汉史、唐诗、元曲相提并论："历朝文字之盛，其名各有所归，汉史、唐诗、宋文、元曲，此世人口头语也。《汉书》《史记》，千古不磨，尚矣，唐则诗人济济，宋有文士跄跄，宜其鼎足文坛，为三代后之'三代'也。"（《闲情偶寄》卷一《词曲部·结构第一》）在李渔看来，"宋文"才是代表一代文学成就的典范文体，与两汉史传、唐代诗歌并为"后三代"文学之典范。实际上，宋人对本朝文章，也是以上追"三代"而自豪的。如北宋欧阳修说："圣宋兴，百余年间，雄文硕学之士相继不绝，文章之盛，遂追三代之隆。"（《集古录跋尾》卷四《范文度模本兰亭序》）南宋中兴时期王十朋说："我国朝四叶文章最盛，议者皆归功于仁祖文德之治与大宗伯欧阳公救弊之力，沉浸至今，文益粹美，远出乎正（贞）元、元和之上，而进乎成周之郁郁矣。"（《梅溪先生文集·前集》卷十四《策问》）陆游《尤延之尚书哀辞》说："吾宋之文抗汉唐而出其上兮，震耀无穷。"（《渭南文集》卷四十一）可见宋人对本朝文章的自信，是出自纵向比较的结果。研究宋文、评价宋文成就，如何认识宋人基于纵向比较的这种自信，值得认真思考。

三是从文体功能的角度看，文章介入宋代士人生活中的广泛性，决定了它的重要性。宋代士人，参加科举、为官施政、上书言事、辩论说理、官场文书往来、参与社会活动、题写公私建筑设施，无不采用文章的形式；以至记录私人空间生活、题写名胜风景、叙说行旅经历等等，除了采用诗歌，文章同样是离不开的体裁。以上应用场景，从上层士大夫到普通文人，涉及政治生活、社会活动和个人生活的方方面面。从文章介入生活的广泛程度可见，研究宋文，需要关注文体的重要性，也需要细分体裁，了解各种体裁的不同功能和应用场景，还要注意体裁和题材的关联。明确这一点，对文体的把握和对文本的分析才能抓住关键。这一点，学界同仁共识较多，但也有强调的必要。

以上三点，并不要求都直接体现在每一篇论文的写作中，但做每一项具体的研究，背后要有这些意识。有没有这些意识，结果会大不一样。清洋的这部新著，有的问题解决得较好，有的方面则注意不够，需要在今后的研究中进一步思考。

以上浅见，趁此机会，提出来供清洋参详，也祈请方家批评。

2024 年 9 月 24 日星期二
于京西博雅西园

目　录

绪　论 ··· 1

第一章　南宋中兴时期记体文的写作背景与写作观念 ··········· 21
- 第一节　南宋中兴的时代背景 ······································ 21
- 第二节　南宋中兴时期文人的古文观 ····························· 30
- 第三节　南宋中兴时期文人的记体文写作观念 ·················· 59

第二章　地方社会建设的记功 ··· 68
- 第一节　基础设施修建记：地方建设之功的铭刻 ··············· 68
- 第二节　官署修造记：政治秩序恢复与强化的文学渲染 ······ 83
- 第三节　学校记：文教建设的记录与教育理念的阐发 ········· 95
- 第四节　祠堂记："国朝"先贤精神的揭示与发扬 ············ 108
- 第五节　寺观记：儒家文人对佛道的褒扬 ······················ 124

第三章　私人空间精神意义的赋予和阐释 ·························· 135
- 第一节　私人居所记文：燕居之乐的追求及其文学印记 ···· 135
- 第二节　藏书楼记：藏书、读书风尚的弘扬 ··················· 151
- 第三节　书斋记：书斋自是黄金屋 ································ 162
- 第四节　由私人空间到公共话题的文学途径：《雪巢记》
  与雪巢书写 ·· 173

第四章　描摹江南山水，载录风土民情 ····························· 186
- 第一节　山水题名的扩张 ··· 186
- 第二节　山水游记：无往不在的山水之乐 ······················ 196

第三节　山水游记与山水诗的互补：以南岳唱酬为中心…………　206
第五章　"新兴文体"的开拓：日记体游记的兴盛………………　219
　　第一节　日记体游记的源流………………………………………　220
　　第二节　行游类日记：官员之行与文人之游的综合记录………　231
　　第三节　使金类日记：出使经历与使臣复杂心态的立体呈现……　247
第六章　南宋中兴时期记体文的写作特点及其新变………………　261
　　第一节　记事本职的严谨履行……………………………………　261
　　第二节　因事立论与记体文议论的深入…………………………　270
　　第三节　记体文与其他文体的关系………………………………　279
结　　语………………………………………………………………　290
参考文献………………………………………………………………　292

绪　论

一、"文运随时而中兴"

通常我们谈到宋代古文，首先想到的就是古文运动以及活跃在嘉祐、元祐文坛的欧阳修、苏轼、王安石、曾巩等人，北宋古文运动声势浩大、成绩斐然并引人瞩目，南宋古文则长期处在不起眼的位置，门庭冷落。然而，从写作实绩来看，南宋古文延续并巩固了北宋古文运动所奠定的良好传统，作家、作品的数量都超过了北宋。据朱迎平统计，《四库全书》集部收入北宋别集 122 部，而收入南宋别集达 277 部，较北宋多出一倍有余；《现存宋人别集版本目录》著录的今存宋人 700 余家别集中，北宋仅约 200 家，南宋则有 500 余家，大大超过北宋。[①] 从《全宋文》[②] 收录的文章数量来看，北宋六大家中，苏轼 4837 篇、欧阳修 2484 篇、王安石 1584 篇、苏辙 1192 篇、曾巩 788 篇、苏洵 133 篇；南宋文人中，周必大 4787 篇、朱熹 3423 篇、楼钥 2300 篇、杨万里 1142 篇、陈傅良 948 篇、陆游 805 篇、吕祖谦 612 篇、叶适 573 篇、张栻 569 篇。尽管这组统计数字包含骈文在内，但是即便考虑到南渡战火的破坏，南宋文人的文章数量仍然令人惊叹。更值得注意的是，南宋上述作家中，除叶适外，其余几人

---

① 朱迎平：《宋文发展整体观及南宋散文评价》，《复旦学报》（社会科学版）1998 年第 4 期。

② 曾枣庄、刘琳主编：《全宋文》，上海辞书出版社、安徽教育出版社，2006 年。

均在1125—1137这13年间出生,他们大都在高宗末年至孝宗初年进士及第并开始古文写作,12世纪中后期的文坛,正是他们集中开展文学活动、展示文学才能的舞台。

在《陈长翁文集序》中,陆游不无自矜地说:"我宋更靖康祸变之后,高皇帝受命中兴,虽艰难颠沛,文章独不少衰。"① 元人虞集也指出:"乾、淳之间,东南之文相望而起者,何啻十数。若益公之温雅,近出于庐陵、永嘉诸贤;若季宣之奇博,而有得于经正,则之明丽,而不失其正。彼功利之说,驰骋纵横其间者,其锋未易婴也。文运随时而中兴,概可见焉。"(《庐陵刘桂隐存稿序》)② 无论身处当时文坛的文人,还是作为旁观者的后世文人,都意识到了南宋文章之中兴这一无可否认的事实。由于后人在梳理古文发展史的过程中有失偏颇,南宋中兴时期古文大家无一跻身于唐宋八大家之列,但这并不意味着他们的散文写作整体水平低于唐宋八大家。南宋后期,叶绍翁在《四朝闻见录》中已经指出:"水心先生之文,精诣处有韩、柳所不及,可谓集本朝文之大成者矣。"③ 当代学者朱东润先生在《陆游研究》中也早已指出:"陆游的散文和唐宋八家比较,远在苏洵、苏辙之上,明人茅坤选《八大家文钞》,不录朱熹、陆游,所见不可谓不偏。"④ 叶绍翁避开欧阳修、苏轼等人不谈,称叶适为宋朝文章的集大成者,其文有超越韩、柳之处,显然认为叶适的文章在北宋诸位大家之上;朱东润先生认为陆游散文成就远高于苏洵、苏辙,并为陆游和朱熹二人未能跻身于唐宋八大家而鸣不平,这是在纵观唐宋古文发展史的基础上得出的结论。由此可见,南宋中兴时期的著名文人不仅在古文写作的数量方面可以与八大家相颉颃,他们当中的佼佼者在作品质量上也能够与八大家并驾齐驱。不论在创作数量上还是质量上,南宋中兴时期的古文写作都与北宋古文运动遥遥相望,形成了古文创作的又一个高峰。

---

① (宋)陆游著,涂小马校注:《渭南文集校注》卷十五,见钱仲联、马亚中主编《陆游全集校注》第9册,浙江教育出版社,2011年,第398页。

② (元)虞集著,王颋点校:《虞集全集》,天津古籍出版社,2007年,第500页。

③ (宋)叶绍翁著,沈锡麟、冯惠民点校:《四朝闻见录》甲集,中华书局,1989年,第35页。

④ 朱东润:《陆游研究》,中华书局,1961年,第171页。

唐宋古文运动声势浩大，影响深远，韩、柳、欧、苏等人的古文写作登峰造极，是南宋古文写作的重要背景。南宋中兴时期上距北宋古文运动已有一百年左右，时空上适当的距离，恰好可以让当时的文人对北宋古文形成冷静而全面的认识。他们对唐宋古文运动的成就表现出了一致的高度认同，他们全面总结并全盘继承古文运动的优秀成果，对北宋古文家、古文创作思想与古文作品做了严谨细密的分析，得出了合情合理并且经得住历史考验的结论。这一时期，古文家继续坚持北宋古文运动对文与道的双重复古，延续了古文运动对经传诸子、秦汉散文与韩、柳古文的推崇，在古文文本风格方面也继续推崇北宋平易流畅的文风。在此基础上，受当时政治局势、思想学术等因素的影响，南宋中兴时期文人的古文思想还体现出了鲜明的时代特色。在文道观方面，他们一致认为文道一体，道是文的根本，古文只是道德的外在表现。他们十分强调作者气质对作品风格的影响，发展了前人的文气论，为文气赋予了丰富多彩的内涵。由于时局等原因，他们又特别强调刚大之气，崇尚刚强果断、刚正方直的人格与刚劲矫健、刚直严峻的文风。谈到古文的功能，南宋中兴时期的文人特别推崇关乎世教的有益之文，他们普遍拥有以古文才能参与朝廷典礼制作的远大理想，也意识到古文之才与处事能力的相关性，认为古文的功能并不"止于润身"。选择古文典范时，他们十分重视承载着圣人之言的经传之文与诸子散文，认为欧阳修在道与文两方面均得到了韩愈的真传，堪称宋代儒学与古文的宗师；而苏轼则以行云流水般的文风受到了南宋文人的普遍喜爱，并因孝宗对其气节与文章的盛赞得到了朝野的一致追捧。在作品风格方面，文人们在尊重古文体制的前提下总结并提倡韩、柳、欧、苏的文风，为多种古文风格的并存与发展提供了宽松的环境。

所谓"文运随时而中兴"，虞集的话明确地提示我们，对于仓皇南渡后偏安一隅的南宋而言，政治局势与文学之间的关系尤其密切。有鉴于此，本书将研究对象的时间范围限定在两个重要的政治事件之间，即秦桧去世的绍兴二十五年（1155）与嘉定和议签订的嘉定元年（1208）。这五十余年间，南宋社会相对稳定，经济与文化繁荣发展，思想学术充满活力，读书人占社会总人口的比例不断上升，文学作品被大量刻印并广泛传播，这一切都为古文的发展创造了良好的环境。王十朋（1112—

1171)、韩元吉（1118—1187）、洪迈（1123—1202）、陆游（1125—1210）、范成大（1126—1193）、周必大（1126—1204）、周煇（1126—?）、杨万里（1127—1206）、尤袤（1127—1194）、朱熹（1130—1200）、张孝祥（1132—1170）、张栻（1133—1180）、陈造（1133—1203）、薛季宣（1134—1173）、罗愿（1136—1184）、吕祖谦（1137—1181）、楼钥（1137—1213）、陆九渊（1139—1193）、辛弃疾（1140—1207）、陈亮（1143—1194）、叶适（1150—1223）等大批优秀文人共同活跃于文坛，创作了大量体式完备、风格多样的优秀古文作品。他们以手中之笔既拓展了论、记、序、碑传等传统体裁的表现范围，又开拓了日记、题跋等新的文体，使南宋古文达到了真正意义上的中兴。

二、记体文在宋代的特殊地位

刘熙《释名·释典艺》云："记，纪也，纪识之也。"[①]"记"的本义为单凭人的大脑记忆，是一种具体的活动。作为一种文体的"记"，则指记录具体事件、事物的文字，这一文体在韩愈、柳宗元的笔下定型。北宋初年，李昉等人编纂《文苑英华》时首次将其单列一类，记体文也从此受到了特别的重视，在之后的文章总集中均占据着重要的位置。《文苑英华》与《宋文鉴》所录记体文的共同特征是以"记"名篇，姚鼐《古文辞类纂》则在目录中指出："杂记类者，亦碑文之属。碑主于称颂功德，记则所纪大小事殊，取义各异。故有作序与铭诗全用碑文体者，又有为纪事而不以刻石者。柳子厚纪事小文，或谓之序，然实记之类也。"[②]姚鼐已经注意到，从题材内容、文体形态与文体功能来看，有些记事的小文章，虽然不以"记"名篇，实则应当归到记体文之中。本书考察南宋中兴时期的记体文，主要讨论当时以"记"名篇的文章，同时兼顾文体形态和文体功能，将收入别集中的少量记人或记事的杂记文包含在内。除单篇记文之外，日记体游记也在这一时期获得了极大的发展。不过，《全宋文》与《全宋笔记》均收录了日记体游记，可见日记体游记的归属依然比较模糊。从

[①] （汉）刘熙著：《释名》，中华书局，2016年，第91页。
[②] （清）姚鼐选纂，宋晶如、章荣注释：《古文辞类纂》，中国书店，1986年，第19页。

目前可见的文献来看，日记体游记在宋代并未独立成书，通常与单篇记文一起被编入别集之中，因此本书也将日记体游记纳入了考察范围。

在《宋代散文体裁样式的开拓与创新》一文中，杨庆存十分确信地谈道："在宋代散文的诸多体裁样式中，宋人对于'记'体的发展、改造和创新最为引人注目。"①记体文滥觞于记述类文章，在唐代确立文体格局并获得了独立的文体地位，在宋代初年便受到文人们的青睐。《湘山野录》与《邵氏见闻录》均曾记载天圣年间钱惟演在洛阳命谢绛、尹洙、欧阳修三人为临辕馆写作同题记文之事，欧阳修见尹洙所作之文语简事备，而后别作一记，"更减师鲁文廿字而成之"，尹洙称赞"欧九真一日千里也"②。这次文学活动发生在欧阳修写作古文的早期，欧阳修正是从此开始学习尹洙"简而有法"的古文写作方法并着意写作古文，为日后领导古文运动奠定了坚实的基础。北宋年间，记体文佳作频繁出现，《黄州新建小竹楼记》《岳阳楼记》《醉翁亭记》《游褒禅山记》《墨池记》《记承天寺夜游》《石钟山记》等文章面世后迅速流传开来，成为当时全社会流行的古文篇章。北宋古文运动中，记体文对于宋代散文平易自然、流畅婉转的整体风格的确立厥功甚伟，古文家大量的记体文写作也使这一文体在题材与写作方式上均有很大的拓展。南宋中兴时期，文人们敏感地意识到了北宋记体文的扩张，对北宋古文家在记体文写作方面的成就给予了高度评价，也对这一文体表现出了极大的兴趣。宋高宗在宫中辟损斋并御书《损斋记》赠予群臣，宋孝宗先后命洪迈、周必大为宫中的选德殿撰写《选德殿记》，并令周必大书写记文、刻石立于殿中，这些行为无疑会对记体文写作提供极大的助推力量。

记体文在宋代的蓬勃发展很快影响到了科举考试，北宋绍圣二年（1095），朝廷设立宏词（又作"宏辞"）科，记体文便是考试科目之一③，

---

① 杨庆存：《宋代散文体裁样式的开拓与创新》，《中国社会科学》1995年第6期，第154页。
② （宋）文莹著，郑世刚、杨立扬点校：《湘山野录》卷中，中华书局，1997年，第38页。
③ 《文献通考》卷三三《选举六》载："（绍圣）二年，诏立宏辞科，岁许进士登科者诣礼部请试，若见守官，须受代乃得试，率以春试上舍月附试，不自立院也。差官锁引，悉依进士，惟诏、诰、赦敕不以为题，所试者，章、表、露布、檄书用四六，颂、箴、铭、诫谕、序、记用古今体，亦不拘四六。考官取四题，分二日试。"（元）马端临著：《文献通考》，中华书局，1986年，第315页。

南宋绍兴三年（1133）改称博学宏词（又作"博学鸿词"）科，记体文依旧在列①。词科考试录取的人数并不多，据统计，南宋自建炎二年（1128）至咸淳十年（1274），共试词科28次，入等者47人②。这一数字比初设词科的北宋绍圣、宣和年间已经有了不小的压缩，但入选词科之人往往受到朝廷的特别关注，在仕途上走得很顺利，在文坛亦有较大影响力。《宋史·选举志二》载："南渡以来所得之士，多至卿相、翰苑者。"③作为考试内容的记体文，自然是词科应考者留心学习的对象。与此同时，在古文之学兴起的背景下，记体文还引发了文章学家的兴趣，在科举时文"以古文为法"的风气中，唐宋古文家的记体文与其他古文体裁一道成为士子们的取法对象，当时流行的文章总集《苏门六君子文粹》④便对六君子的记体文均有收录。

南宋中兴时期文人自发表现出的对北宋记体文佳作的浓厚兴趣，与词科考试的巨大吸引，都成为他们写作记体文的有效动力。以王十朋与叶适为界，《全宋文》共收录南宋中兴时期记体文作品1800余篇，参与写作者500余人，其中朱熹以95篇高居榜首，陆游（70篇）、杨万里（66篇）、楼钥（56篇）、周必大（55篇）、叶适（54篇）、张栻（52篇）等人紧随其后，创作数量不相上下。北宋的六大家中，苏轼以63篇独占鳌头，此外，曾巩41篇、欧阳修38篇、王安石27篇、苏辙25篇、苏洵5篇，数量上显然已被南宋中兴时期的文人超越。这一时期记体文的高产者，各体文章写作总数均在当时文坛的前列，其古文方面的整体成就也是极为突出的，记体文往往能够明显体现文人的写作风格，代表其古文写作的成就。

---

① 《宋会要辑稿·选举志一二》载："绍兴三年七月六日，都司言：'工部侍郎李擢奏，乞令绍圣宏词与大观词学兼茂两科别立一科事，看详：绍圣法以宏词为名，大观后以词学兼茂为名，今欲以博学宏词科为名，以制、诰、诏书、表、露布、檄、箴、铭、记、赞、颂、序一十二件为题。古今杂出六题，分为三场，每场一古一今……'从之。"（清）徐松辑，刘琳等点校：《宋会要辑稿》，上海古籍出版社，2014年，第5500页。

② 参见管琴《南宋词科取士与制文之体关系论略》，《北京大学学报》（哲学与社会科学版）2009年第2期，第89页。

③ （元）脱脱等著：《宋史》卷一〇九，中华书局，1977年，第3651页。

④ （宋）陈亮辑：《苏门六君子文粹》，文渊阁四库全书本。其中卷二十、卷三六、卷三九、卷四四、卷四八、卷六八分别选入了张耒、秦观、黄庭坚、陈师道、李廌、晁补之的记文作品。

这一时期，书序随着印本文化的繁荣而迅速发展，但在写作数量方面较记体文仍逊一筹，题材范围与文体功能都相对有限；碑志文则因冗长芜蔓而长期为人所诟病，在写作艺术方面少有突破。与此对应的是，记体文以叙事为本色，它承载的内容都与当下日常生活密切相关。南宋中兴时期的记体文涵盖了山水、亭台楼阁、寺庙、官署、城市建筑、私人居所、官学、书院、藏书楼等内容，几乎每一种题材都呈现出了独有的时代特质，从不同侧面展示了当时的社会生活面貌。文人们可以在记体文中展现多方面的才华，梳理地方沿革，书写文人情致，抒发个人情感，寄寓人生理想，等等，进而使记体文成为文人展现古文写作风格的重要体裁。这一时期的记体文延续了北宋以来平易自然、流畅婉转的文风与喜爱议论的风气，理学的发展也在其中留下了深刻的烙印。就文体形式而言，日记体游记的成熟是南宋中兴时期记体文在文体方面的新拓展，大量优秀日记体游记的密集出现，形成了古文乃至宋代文坛上独特的景观。总之，就文章的内在结构形式来看，这一时期记体文从题材、体裁与写作方法方面均体现出了记体文对写作传统的总结、继承与发展。

三、南宋中兴时期记体文研究综述

宋代古文研究中，北宋的六大家研究占据了大半壁江山，在他们的耀眼光芒之下，南宋古文很少有人问津。相比于南宋古文写作的实绩而言，南宋古文的研究才刚刚起步。近年来，王水照、祝尚书、曾枣庄、诸葛忆兵等著名学者对南宋古文做了初步的开掘，南宋古文因此获得了比较合理的历史定位；年轻学者们也开始将目光投向南宋，南宋古文的选题越来越多地出现在单篇论文与学位论文中。具体到南宋中兴时期的记体文，目前仅少量著名文人的记体文有硕士学位论文或单篇文章讨论，个体作家研究与单一题材的宋代记体文研究的论著中偶尔有零散的论述。以下将从中兴时期古文的整体定位说起，渐次介绍南宋古文综合研究与文人个体研究中对南宋中兴时期记体文的论述。

1. 关于南宋中兴时期古文的整体定位

针对南宋中兴文坛的批评声音，在当时就已经有了。在《陈长翁文集序》中，陆游为突出陈造的古文成就而批判当时人"或以纤巧摘裂为文"①。《朱子语类》亦云:"今人作文,皆不足为文。大抵专务节字,更易新好生面辞语。"② 他们或以欧、苏之文为标杆,或以圣贤之文为典范,严厉批评了当时文坛上的不良风气。然而,让他们始料不及的是,他们对韩、柳、欧、苏的推崇与对当时古文的严格审视一起,被后人严重放大,其结果是唐宋古文运动成就被无限抬高与南宋古文价值被长久遮蔽。《四库全书总目提要》在承认南宋某一部文集的价值时往往流露出对当时大部分作品的鄙薄与贬抑,进一步导致了后人对南宋文章的轻视。

清代道光年间,庄仲方辑《南宋文苑》,所列作家二百九十余人,书目二百六十余种;董兆熊辑《南宋文录》,后经删定为《南宋文录录》二十四卷,与《南宋文苑》互相补充,共同展示了南宋文坛的繁荣面貌。民国时期,学者们对宋文的论述基本以北宋为主,只有在文学史的框架中偶尔可见他们对南宋文章的印象式评述。如郑振铎《插图本中国文学史》(朴社,1932)提到,古文运动到南宋的时候已是大功告成、稳坐江山,南宋的散文文体为古文家所独占,道学派和功利派是当时最重要的散文流派,但他们皆不甚着意于文章。除此之外还有不以功名或"性命"之道标榜的王十朋、周必大、洪迈、楼钥等重要的散文作家。陈柱《中国散文史》(商务印书馆,1937)专节论述宋代"道学家"与"民族主义派"之文,对朱熹、岳飞、文天祥等人的文章均有介绍。钱基博《中国文学史》③(中华书局,1993)指出,南宋诗文,一衍北宋,乃苏氏之支与流裔。虽然这些学者都没有展开论述南宋文学的成绩,但他们以渊博的学识和精湛的学养高屋建瓴地概括南宋古文的面貌,为后来的南宋古文研究起到了先导作用。

20世纪的最后十余年,南宋文学逐渐进入当代学者的视野。王绮珍在《南宋散文评论中的几个问题》(《文学遗产》1988年第4期)一文中指出,南宋散文虽不及唐宋,却同样有自己的特色,有不容贬低的艺术成

---

① (宋)陆游著,涂小马校注:《渭南文集校注》卷十五,见钱仲联、马亚中主编《陆游全集校注》第9册,浙江教育出版社,2011年,第398页。
② (宋)黎靖德编,王星贤点校:《朱子语类》卷一三九,中华书局,1986年,第3318页。
③ 据钱锺霞后记,此书乃1939年春至1942年秋钱基博先生任原国立师范学院教授时编著的教材。

就,南宋既不是中国散文史的最低点,更不是断层,它的基本特点是亢奋与冗弱并存,精警与汙漫并存。作者还注意到南宋中叶是南宋散文的主体阶段,认为这一时期偏安局面已成,士大夫的情绪偏于消沉,但南渡初期的那种壮怀也未曾泯灭,文人代替政治家和军事名将成为古文写作的主体。南宋中叶古文写作更讲求章法,叙事性作品不乏精品,功利派与理学派是当时的两个重要派别。这是最早专论南宋散文的文章,其中的许多观点影响了之后的南宋散文研究者。

90年代,程千帆、吴新雷《两宋文学史》(上海古籍出版社,1991)、郭预衡《中国散文史》(中册)(上海古籍出版社,1993)、漆绪邦《中国散文通史》(吉林教育出版社,1994)、王水照《宋代文学通论》(河南大学出版社,1997)先后问世。断代文学史或散文史的框架要求这些著作必须对南宋散文有所介绍,这些书中比较简略地概括了南宋散文的成绩。《两宋文学史》指出,南渡以后,散文写作一以苏文为准绳,孝宗年间讲学风气盛行,各学派之间的论争促进了散文创作的繁荣与发展。漆绪邦《中国散文通史》认为南宋散文继承唐、北宋古文运动的成果,沿着欧阳修、苏轼引导的方向,进一步发挥散文的特性,运用的范围更广,形式更加多样。郭预衡《中国散文史》指出,南宋中兴时期言事论政之作大量产生,且有新的特色。由于偏安日久,社会相对稳定,儒者讲学、学者著书、文人立说,都比前一阶段为多,各体杂文产生了不少。王水照《宋代文学通论》在"体派篇"中讨论宋文流派,将南宋中兴时期的古文作者细分为事功派、理学"正统"派、永嘉派、道学辞章派,认为自1155年至1235年,这些流派或联袂而出,或鼎足而立,或前后继踵,形成了宋文发展的又一繁荣期。这些著作虽不专注于南宋散文,却比通代文学史更深入地触及了南宋散文的内核,也进一步引导了南宋古文研究。在南宋散文的概况之外,他们已经普遍注意到中兴时期是南宋古文发展的巅峰,书中对南宋古文的探讨也均以中兴时期的古文为核心。

此后,杨庆存《宋代散文研究》(人民文学出版社,2002)沿袭《宋代文学通论》的思路,以"南宋中兴诸派的联袂与踵武"为题展开论述。马茂军《宋代散文史论》(中华书局,2008)将南宋散文分为永嘉文派、江湖文派、闽学文派、江西散文、岭南散文和移民散文,分别论述了他们的散文思想与创作实绩。曾枣庄《宋文通论》(上海人民出版社，2008)指出，南宋之文经历了崇苏、崇程两个阶段，文章之士多崇苏，道学之儒多崇程。王水照、熊海英《南宋文学史》(人民出版社，2009)也在《宋代文学通论》的基础上总结说，南宋文学中兴于孝宗之世，欧、苏散文成为南宋散文写作的标准，文学性散文的创作较南渡初期更加繁荣，各类文章体式都有所开拓，虽无大的突破与创新，但不乏名篇，自具特色。从以上论著中可见，随着时间的推移，南宋古文在书中所占的比重有明显的上升，学界对南宋古文的定位也逐渐明朗起来。

在南宋中兴时期的古文研究方面，朱迎平用力颇多，先后有《宋文发展的整体观及南宋散文评价》[《复旦学报》(社会科学版) 1998 年第 4 期]、《唐宋散文研究刍议》(《上海财经大学学报》2000 年第 1 期)、《论南宋散文的发展及其评价》(《上海财经大学学报》2001 年第 1 期)等文章发表。2003 年，其《宋文论稿》一书由上海财经大学出版社出版，上编在收录以上文章的同时，另有《乾淳宋文中兴论》论述宋孝宗乾道、淳熙年间宋文"中兴"的情况，还有两篇论文探讨了这一时期古文大将陆游和叶适的散文成就。下编则在简述南宋文章发展脉络后，挑选南宋散文重要的四十家加以述评。在他看来，南宋散文创作比北宋更为普遍，作家作品的总量都超过了北宋，质量也不容忽视。从宋孝宗乾道、淳熙间到宁宗嘉定末，前后约六十年间，南宋文坛名家辈出，文备众体，文派孳生，文论勃兴，呈现出一派蓬勃兴旺的气象。"冗弱"固然是一部分南宋散文的明显不足，但用它来概括整个南宋散文创作，无疑是片面的。宋文发展到乾、淳年间还有新的发展，并出现了足以代表其新水平的创作和理论成就。《宋文论稿》篇幅不长，但在南宋散文研究方面很有分量，为全面把握南宋散文的情况与正确评价其历史地位提供了可靠的依据。

闵泽平《南宋理学家散文研究》(齐鲁书社，2006)是较早涉及南宋散文的博士学位论文，书中分章论述了陈亮、朱熹、吕祖谦、陆九渊、叶适及其追随者的散文艺术特色，从理学家学理的影响着眼，探寻南宋理学家的散文主张、散文艺术精神、艺术风格及其成因，并分析了他们的异同。书中指出，南宋古文的繁荣正在淳熙前后，南宋理学大家的优秀古文作品与唐宋古文大家的杰出之作相比在艺术上并不逊色，他们的古文创作及理论,对元代乃至明清两代的散文创作与古文理论都产生了深远的影响。陈君慧《南宋孝宗时期散文研究》(四川大学博士学位论文,2012)是南宋中兴时期散文研究的又一重要成果,论文上编为宏观研究,介绍孝宗时期散文繁盛的时代背景、散文创作概观、散文理论的发展;下编选取了王十朋、周必大、楼钥、陈亮、叶适的散文予以个案研究。文章指出,南宋孝宗时期的散文从创作到理论都十分繁盛,在内蕴特质、艺术成就上形成了新的面貌和特色,欧、苏奠定的宋文优良传统得到了呼应和弘扬,北宋散文的发展高潮得到了重要的延续和响应。孝宗时期是宋文发展的第二个高潮期,在宋文发展史上具有重要的地位。这两篇学位论文既是对南宋中兴时期古文研究的阶段性总结,也进一步呈现了南宋中兴时期古文的大致面貌。

综上,南宋中兴时期的古文日渐受到学者们的关注,古文在南宋的中兴已经得到了比较广泛的认可。不过,与这一时期突出的创作实绩相比,无论在深度还是广度上,南宋中兴时期古文研究都还有宽广的空间需要继续挖掘。

2. 宋代古文综合研究中对南宋中兴时期记体文的论述

宋代古文综合研究中对记体文的论述大都非常零散,不成体系。不过,记体文综合研究与单一题材的宋代记体文研究都对中兴时期的记体文有所关注,这些论著与论文讨论到南宋记体文的内容,绝大部分以中兴时期的文人与记体文作品为中心,其中有一些价值不菲的碎片,值得用心打捞。

(1) 宋代记体文综合研究

褚斌杰《中国古代文体概论》(北京大学出版社,1990)在"杂记文"一节中谈到,南宋以后,叙事的杂记文不仅数量增多,而且向新的方向发展,于记事之中,兼抒胸次、怀抱,鞭挞社会,寄寓感慨,思想性和感情色彩都有所加强。书中根据杂记文的内容与特点将其分为台阁名胜记、山水游记、书画杂物记和人事杂记四类,这样的分类方式也对此后的记体文研究产生了很大影响。

赵燕《唐宋记体散文及其文化意蕴》(南开大学博士学位论文,2007)将唐、北宋与南宋分别视为记体散文的创体时期、变体时期与定体时期,认为南宋记体散文从文体到语体都趋于成熟和稳定。具体而言,南宋亭台园林记在北宋记文的框架中做了局部的创变，山水游记中写景的成分增加，学记重点阐述理学家的论学主张，书画记被题跋所取代，散体作为一种语言体式真正地成熟起来。论文分章梳理了山水游记、亭台园林记、书画记与学记在唐宋时期的发展脉络，在唐宋记体散文发展史的框架下，能够清晰地对照同一题材的记体文在不同时代的前后变化。也正因如此，这篇论文的整体框架是为中唐与北宋的记体文量身定做的，用在南宋记体文上不甚妥帖。

李真瑜、田南池、房春草《中国散文通史·宋金元卷》（安徽教育出版社，2012）按体裁论述宋代文章，在第六章"宋代杂记文"中概括南宋杂记文时谈到，南宋杂记文与北宋旗鼓相当，成绩喜人。书中参照褚斌杰《中国古代文体概论》的结论，认为南宋以后，杂记文数量增多，而且出现了新的拓展。可惜该书以单篇作品的赏鉴为主，并未对中兴时期记体文的发展给予理论方面的归纳总结。

近年来，宋代文体学的著述中也对记体文有所关注。祝尚书认为中国古代文章学于南宋孝宗年间正式成立，他在《论文章学视野中的宋代记序文》（《江西师范大学学报》2010年第5期）中指出，记、序散文是南宋词科考试的重要内容，南宋文章学家们为指导词科考试而对其体式与作法做了全方位的研究，有力带动了记体文的写作。作者认为，南宋记体文在变体方面比北宋更甚，其内容也较单纯的叙事显得深厚。由于是在文章学的框架内讨论记体文写作，文中的文献依据大多出自南宋末年王应麟的《辞学指南》与谢枋得的《文章轨范》，文章所关注的重点是南宋学者针对北宋记体文文章体式与写作技巧的研究，并未深入探讨中兴时期记体文的思想性与艺术性。谢琰《文法交融与风景变容——唐宋记体文发展轨迹管窥及"破体说"反思》（《文化与诗学》2014年第2期）梳理唐宋记体文写景的发展，指出唐代记体文接受了骈文、赋、古文甚至诗歌的影响，形成了"骈语对仗法""逻辑排比法""空间铺陈法""时间铺陈法""散语点染法"等多种写景文法。北宋记体文的写景延续了唐代记体文的文法类型和文体风貌，只是在文法的具体使用和组合关系上进行了革新，追求简约与圆融，从而形成新的美感特质：唐人写景兼重写实与造境，而宋人写景专意于造境。文章从文法入手，角度新颖，分析细致深入，结论令人信服。谷曙光在《贯通与驾驭：宋代文体学述论》（人民文学出版社，2015）中专门讨论了宋代"以论为记"的现象，认为宋代的文体相参、破体为文，通过这一创新法门，宋代记体文突破旧界限，开拓新天地，"始尽其变态"。记体文的变革，成为宋代古文革新中的成功典范，也是"宋型文化"作用于文学创作的生动体现。书中所涉及的记体文均为北宋作品，但"以论为记"的现象在南宋更为普遍，此书用史学思维从宏观、微观两方面观照研讨宋代文体学中的一些问题，在研究路径方面对南宋记体文研究有很多启示。

此外，斯坦福大学艾朗诺教授2021年发表于《北京大学学报》（哲学社会科学版）的论文《苏轼早期至黄州时期的记体文研究》详细分析了苏轼从入仕之初到贬谪黄州期间的记体文创作。文章指出，在苏轼手中，"记"成了他思考的工具，他对许多问题的思考，包括自我认同、作者和外界的关系、佛教思想和实践的种种争议、对绘画的理解、收藏书画所遇到的问题、行政策略的选择、通往知识的途径等，均反映在记体文中。苏轼早年灵活地应用记体，熙宁年间拓宽记体的内容，他的记体文在乌台诗案中被他的政敌曲解，成为迫害他的证据之一；被贬到黄州后，苏轼又用记体文表达他对新环境和逐臣的认知。苏轼早年的记体文对构成其作品和作家身份而言不可或缺，并在唐宋散文史上独树一帜。这篇论文对记体文这种文体形式的关注角度、对苏轼记体文的文本细读，都对南宋记体文研究有较大的指导意义。

另外，石刻、地方志中的宋代记体文也开始进入研究者的视野。如王星《论宋代石刻与其文学创作导向》[《复旦学报》（社会科学版）2019年第2期]、刘向培《方志所见宋代记文补遗》（《中国地方志》2020年第1期）等。加强对宋代石刻文学作品、文学传播与文学创作相互关系的研究，将方志等文献纳入文学研究视野内，将会深化对宋代记体文生成、发展、传播过程的认识。

综上，宋代记体文综合研究目前的重点仍在北宋，学界对南宋记体文少有注目，但现有研究在研究方法、路径等方面对中兴时期记体文研究有许多启示。

（2）单一题材的宋代记体文研究

专门讨论宋代记体文某一题材的文章近年来频繁出现，其中，在宋代发展显著的记文题材以及日记体这一记体文的新形式得到了重点关注。

学记一体起源于中唐时期，刘成国《宋代学记研究》（《文学遗产》2007年第4期）认为，学记在宋代才形成了固定的创作格式，王安石与曾巩的学记作品被后世奉为圭臬。南宋时，道学家们对学记体情有独钟，学记成为他们借机宣扬心性之学的理想文体，道学术语触目皆是，迂腐气息逼人，议论成分愈加浓厚，少有上乘之作。倪春军《宋代学记文研究：文本阐释与文体考察》（复旦大学出版社，2021）是第一部全面研究宋代学记文的专著，从学记文的起源、成立、开拓、衍变、传播和接受等角度，梳理了宋代学记文的文体发展和艺术流变。书中指出，北宋学记打破了以孔庙记为代表的宗庙文学的传统观念，崇尚经术，好为议论，以文人士大夫的学术见解和治国安邦理想为宗旨，把学记请下了宗庙的"神坛"，成为士大夫日常化的案头文学。到了南宋的书院记，由于书院的特殊地理位置与作家的特殊身份，这种案头文学又转变成了山林文学，成为隐居山林的学者们抒发情怀、交流思想、求学问道的精神寄托，具有自由的思想和独立的品格。由于受到理学思想的影响，对于"心性"的讨论成为书院记的主要内容，书院记成为理学各派宣扬理学思想的重要载体。南宋的书院记完全属于文人的一种自由写作，因此无论是在写景还是叙事方面都显得更为开阔而自由，在表达思想和情感方面也更加从容而深刻。南宋书院刻书行业繁荣兴盛，书院记的雕印传播和石刻传播扩大了书院记的影响范围，为书院记走向民间提供了基础和条件。

钟振振《宋代城市桥记刍议》（《江海学刊》2014年第1期）是讨论城市建筑记文的一篇十分别致的文章。据作者统计，宋代以前的城市桥记仅存8篇，且无一出于文学大家、名家之手，北宋桥记17篇，南宋则有44篇，反映出宋与宋前政治文化精英的不同构成、宋与宋前文化的不同属性等问题。文章重点讨论了宋代桥记显示的社会文化现象，并未从历时的角度分析南宋桥记与北宋桥记有何差别。不过，作者对城市桥记这一题材的关心，为宋代记体文研究提供了独特的视角。

近期，诸葛忆兵发表的《宋人贡庄记论略》（《江西社会科学》2019年第10期）、《宋代进士题名记论略》（《文学遗产》2020年第1期）、《宋人贡院记论略》[《四川大学学报》（哲学社会科学版）2020年第1期]三篇论文，重点关注与科举制度相关的记文，所讨论的多数是南宋的文章，对相关记体文的写作背景、思想内容、篇章结构、语言风格等均有详细的介绍。

另外，王晓骊《宋代题名与题名记考论：缘起、新变和审美价值》（《北京社会科学》2016年第2期）、刘珺珺《论唐宋记体文的意义演进——以营造记为中心》[《南京大学学报》（哲学·人文科学·社会科学）2018年第2期]、张文利《理学视域下的宋代书院记》（《文学研究》2019年第2期）、胡晓《论宋代厅壁记的文体新变》（《励耘学刊》2020年第2期）等，均是近年来探讨宋代单一题材记体文的优秀论文，但以上文章均将重点放在北宋，对南宋记体文讨论较少。

宋代日记体文章很早就得到了中外学者的关注，南宋中兴时期是宋代日记写作当之无愧的高峰，其中以陆游《入蜀记》与范成大《吴船录》最受瞩目。1935年，上海南强书局出版阮无名（阿英）编选的《日记文学丛选》，该书的文言卷中便选录了《入蜀记》与《吴船录》。1982年，陈左高选注的《古代日记选注》（上海古籍出版社）出版，该书共选注了五种宋代日记，其中有四种在南宋中兴时期写成。同年，日本学者玉井幸助出版《日记文学概说》（日本国书刊行会），综合讨论中日两国的日记，以目录学的方法较为系统地梳理了中国日记作品。之后，陈左高在《中国日记史略》（上海翻译出版公司，1990）一书中明确指出，南宋以后日记留存较多，首推记游一类，当时记游的代表作允推陆游、范成大的日记。关于南宋中兴时期日记体游记的研究，大多数将注意力集中在陆游和范成大身上，例如王立群《〈入蜀记〉向文化认同的倾斜》[《河南大学学报》（哲学社会科学版）1987年第5期]、莫砺锋《读陆游〈入蜀记〉札记》（《文学遗产》2005年第3期）、许靖卿《南宋日记体游记研究——以〈入蜀记〉〈吴船录〉为中心》（台湾大学硕士学位论文，2008）、吕肖奂《陆游双面形象及其诗文形态观念之复杂性——陆游入蜀诗与〈入蜀记〉对比解读》[《绍兴文理学院学报》（哲学社会科学版）2011年第1期]、刘珺珺《范成大纪行三录文体论》（《文学遗产》2012年第6期）等。由于日记体文章内容丰富驳杂且具有丰富的历史文献价值，已有研究成果大都在介绍日记内容、讨论文体分类、衡量文本价值方面用力颇多，仅有少数文章深入探讨了日记与其他文体的关系等问题。关于这一形式特别、包容量大的新兴文体及其在南宋中兴时期的繁荣发展，仍然有许多有意义的话题值得探讨。

3. 南宋中兴时期文人个体研究中对记体文的观照

(1) 南宋中兴时期文人个体古文研究

中兴时期著名文人中，陆游、叶适、朱熹、杨万里、周必大等人的古文整体成就突出，他们的记体文也受到了学者们的重视。与文人个体古文研究相关的论著中有时会单独概括他们的记体文写作成就，其中陆游和叶适的记体文以其浓郁的文学色彩受到了较多的关注。

关于陆游古文的成就，早在20世纪60年代，朱东润《陆游研究》（中华书局，1961）就注意到，与唐宋八大家相比，陆游的散文成就远在苏洵、苏辙之上。书中还进一步总结到，他的记体文既吐露了爱国的感情，也写出了闲适的情趣。赵永平《陆游散文研究》（广西师范大学博士学位论文，2011）专章论述了陆游的记体文成就，认为记体文浸润着陆游的人生坎坷与世事沧桑，是透视陆游一生思想演变过程的重要文献。陆游能够自觉运用散文的形式抨击、批判、反省现实，寻找切实可行的解决办法，他的记体文呈现出了浓厚的人文关怀与灿烂的理性光辉。

朱迎平《宋文论稿》是较早谈到叶适散文的专著，他认为叶适在杂记写作方面追踪北宋大家，肆力于"尽变其态"，他的记文或以写景状物胜，或以即事发论称，笔法多变，摇曳生姿。周梦江、陈凡男《叶适研究》（人民出版社，2008）指出，叶适记体文致力于作品构思和表达的精巧，其风神情韵力追北宋大家，堪称记体文精品。李建军《宋代浙东文派研究》（中华书局，2013）谈到，叶适记体文佳作在论道说理时能够平和舒缓地酿出理趣，写景叙事可生出余韵，二者水乳交融，使其记体文相比于政论、碑志、序跋具备更强的文学性，更能代表叶适的散文成就。

以上论著在文人个体古文写作的框架中讨论他们的记体文成就，大多着眼于记体文在相应文人古文整体写作中的分量，能够抓住记体文的文体特质，讨论它在表达作者思想方面的长处，并对写作技巧有一定的触及，对本书有一定的启发。

(2) 南宋中兴时期文人个体记体文研究

专门讨论某一文人记体文的文章，在近年来硕士论文的选题中时有出现，这些论文大都在考察记体文发展史的基础上，从题材内容与艺术技巧切入，总结作者的记体文写作特点，评价其文学史地位。其中，论述较为深入、观点相对新颖的有以下几种：

关于杨万里记体文的讨论，杨理论《论杨万里的记体散文》（《文学遗产》2009 年第 6 期）是比较突出的一篇文章。作者指出，杨万里继承了北宋记体散文人文意识浓厚的特点，更加专注于写"人"，其散文结构精致小巧，写景叙物娓娓道来，记人抒情富含理趣。作者认为，记体文是杨万里散文中文学性最强的体裁，最能代表他散文创作的成就。

郭妍《朱熹"记"体散文研究》（北京师范大学硕士学位论文，2009）认为，朱熹的记体散文是其人格精神和价值追求的生动写照，典型地代表了南宋理学家的学术品格和济世追求。作者指出，朱熹记体散文思想内容的变化，与其理学思想的发展演变关系密切：他对"君子之志"和利义观的认识，反心求理、深造自得的"为己之学"以及"主敬涵养"的格物论，构成了其记体散文的精神内涵；他的记体散文具有强烈的现实针对性，体现着他对科举文风、佛老和朝廷吏治的看法；他的经典诠释学和考据学对其记体散文思想艺术风格的形成也产生了重要影响。性理醇致是朱熹记体散文独立于南宋诸家的最主要特点。

金文凯《论张孝祥的记体散文》[《清华大学学报》（哲学与社会科学版）2011 年第 6 期]指出，张孝祥的记体文以对社会人生、国家命运的深切关注为主题，具有很强的现实意义，其记体文大多立意宏伟，气势雄壮，格调高远，文采斐然，艺术技巧高超。张孝祥记体文的总体成就虽不能与其词相比，但也能自成一家，在文学史上占据一席之地，不能以冗弱论之。

关于叶适的记体文，张平《帛裂与统合——叶适"文集大成"的一种微观考察：以记体文为例》（《浙江师范大学学报》2018 年第 2 期）指出，作为最为叶适所重并为其获得盛誉的重要文体之一，记体文在叶适的散文创作中具有样本分析的典型意义，他的记体文实践了"景语"从式微到复萌的调适与"理语"从"放言"到"法言"的变迁，兼具"学人之文"与"文人之文"的双重属性，在特定的学术语境与文学语境中，它折射了叶适作为一代"学宗"与"文伯"，"欲合周程、欧苏之裂"的自觉意图。

综上所述，在宋代文学研究一贯重北宋而轻南宋的情况下，南宋中兴时期的古文长期受到冷落，直到近些年才得到了比较公允的评价。现有研究成果或者关注古文的某一派别,或者重点讨论某几位文人的作品,很少对这一时期古文的时代特色深入细致地发掘,尚未充分揭示南宋中兴时期古文的独特内涵。

现有的南宋中兴时期记体文研究或者是文学史中高度概括的整体评价,或者是北宋记体文研究的附庸,或者是个体古文研究中一个小的闪光点,或者是数篇文本鉴赏之后的简单归纳等,仅有的几篇以某位文人的记体文为对象的文章在论述模式上也比较相近。在类似的思维模式下,研究者们从这一时期不同文人的作品中得出的论断有许多共通之处。这从侧面反映出,记体文这一与社会现实紧密相连的文体受时代的影响非常之大,生活在同一片历史天空下的文人们,在记录现实生活时表现出了很大的共性。那么,这些共性究竟体现在南宋中兴时期记体文的哪些方面?它们使记体文形成了怎样的时代特色?记体文在当时文人的古文写作中占据怎样的位置?它着重记录了当时公共生活与私人领域的哪些问题?中兴时期的社会发展与思想变化在记体文中留下了怎样的特殊印记?记体文在唐宋古文运动的基础上有怎样的新发展?这些都是值得进一步讨论的内容。

四、日常生活史视角下的记体文微观生态

南宋中兴时期记体文的记述对象涵盖了山水、亭台楼阁、寺庙、官署、公共建筑、私人居所、官学、书院、藏书楼、游玩见闻等等,几乎每一种题材都呈现出独有的时代特质,从不同侧面反映了当时文人的日常生活。每篇记文在文学艺术方面的价值固然有高低之分,但对其记述对象而言,它们都是为当时当地、其人其事而作,将社会生活、日常生活中的"美事"以"微言"加以记录,每一篇记文所呈现的都是一个独立的微观文学生态。20世纪70年代以来流行于历史学界的日常生活史研究着眼于一个人、一群人的日常生活,聚焦于特定时期人们的生活与精神世界,关注"人"这一历史主体,恰好可以观照到记体文所涉及的当时当地、其人其事。从日常生活史的视角出发探寻记体文文本生成、呈现、传播的微观生态,可以从看似常识的现象中抓出问题,将其特点化、深刻化、层次化,更多地照顾到非经典文献,通过微观文学生态的聚集而认识当时社会的纷纭万象,观察当时文人对日常生活的细致感触与深入思考。本书从单

篇记体文文本出发,关注文人个体的物质生活、人际交往、文化活动、思想观念、生活态度等,探讨南宋文人在记录日常生活时呈现出的普遍性问题,力图在梳理南宋记体文写作成就的前提下,观察唐宋古文运动之后古文如何参与文人的日常生活。

在全面统计作品与作者的情况并从题材与功能的角度对记体文文本做分类梳理的基础上,根据南宋中兴时期记体文的特点,本书主要讨论公共建筑记文、私人居所记文、单篇山水游记、日记体游记四个大的类别。在每一大类中,分别讨论内容相近的几种题材,考察记体文对当时社会各方面"中兴"生活图景的文学化记录。南宋时期题跋与笔记的崛起,分别使书画杂物记与人事杂记的数量大大减少,因此书画杂物记、人事杂记等不足以专节讨论的题材,仅在总结记体文写作方式的新变时加以简单介绍。

具体到每种类别、题材的记体文的论述,首先,需要重视的问题是文章体制。"文章以体制为先"①、"论文章先体制而后文之工拙"② 的理念已经深入宋代文人的观念之中。记体文在北宋文人的笔下已经开始呈现出"变体"的趋势,范仲淹《岳阳楼记》、欧阳修《醉翁亭记》、苏轼《醉白堂记》都曾引发一系列有关"变体"的争论③。北宋后期,陈师道在《后山诗话》中谈道:"退之作记,记其事尔;今之记乃论也。"④ 在记体文中发表议论,是北宋古文议论风气的重要表现之一。南宋中兴时期的古文沿袭了北宋的这一特点,作者针对记述的事件、事物等,常常在记体文中发表自己的看法,使议论成分成为记体文中一个比较自然的存在。除此之外,文章题材与功能的发展变化,也很容易影响相应记体文体制的变动。讨论每一种题材的记体文,都需要注意其独特的文章体制,这是衡量文本

---

① 徐师曾《文体明辨序说》引南宋人倪思(1147—1220)之言云:"文章以体制为先,精工次之,失其体制,虽浮声切响,抽黄对白,极其精工,不可谓之文矣。"(明)徐师曾著,罗根泽点校:《文体明辨序说》,人民文学出版社,1998年,第80页。

② 黄庭坚《书王元之〈竹楼记〉后》:"荆公评文章,常先体制而后文之工拙。"(宋)黄庭坚著,郑永晓整理:《黄庭坚全集辑校编年》第十一辑,江西人民出版社,2008年,第1526页。

③ 参见谷曙光《贯通与驾驭:宋代文体学述论》,人民文学出版社,2015年,第301-310页。

④ (清)何文焕辑:《历代诗话》,中华书局,1981年,第309页。

价值的首要依据，是古文研究必须遵循的规律。

其次，正如欧阳修所说的"我所谓文，必与道俱"，唐宋古文的发展与思想史密切相关，自韩愈倡导"文以载道"以来，古文家们始终以古文与古道两方面的复兴为己任，"道"是每一位古文写作者熟悉的话题。以道为本、文道一体，是道学①蓬勃发展的态势下南宋中兴时期文人文道观的主要特点。相比于中唐至北宋时期的文道观，道的地位在中兴时期有明显的提升，而古文也因以道为根本、从道中流出而被赋予了更丰富的内涵。记体文既是南宋中兴时期社会生活图景的写照，也是这一时期文人心灵史的缩影。从记体文题材的拓展与新变中，可以看出当时文人个体思想发展变化的端倪。同时，从记体文针对具体事件、事物而发出的议论中，也可以清楚地看到文人的精神世界在现实生活中的投射。

再次，唐宋古文运动是南宋古文写作的重要背景，记体文是唐宋古文运动中成长起来的文学体裁，中唐至南渡年间古文家的记体文写作，对南宋中兴时期的记体文写作有着十分重要的参考意义。讨论南宋中兴时期记体文的发展，必须以中唐至南渡年间的记体文为参照系，本书不拟设置专门的章节对比前代记体文与南宋中兴时期记体文的异同，但在论述南宋中兴时期记体文的过程中将努力贯彻这一比较意识。只有这样，才能清楚地看到每一种题材的记体文在这一时期出现的新内容、新问题，进而概括南宋中兴时期记体文的新发展。

综上，在全面统计南宋中兴时期的记体文文本及写作者后，本书将按题材对文本加以细致分类，逐一讨论各个题材在中兴时期记体文中得到了怎样的文学化呈现。在具体的论述中，遵循"文章以体制为先"和"文以载道"的经典规范，以文体学统领，从日常生活史切入，关注记体文文本的原生生态，关注记体文对当时当地、其人其事的价值。以唐宋古文运动中的记体文为参照，探讨这一时期记体文涉及的新问题以及它在南宋中兴的时代背景下的新发展，对南宋中兴时期记体文给予合理的历史定位。

---

① 本书以"道学"泛指宋代关于儒家思想的学问，以"道学家"泛指宋代致力于探讨儒家之道的学者。参见［美］田浩《朱熹的思维世界》绪论部分对道学与道学群体的定义，江苏人民出版社，2011年，第1－8页。

第一章　南宋中兴时期记体文的写作背景与写作观念

第一节　南宋中兴的时代背景

从民力困竭的徽宗末年到生灵涂炭的靖康年间，赵宋王朝命悬一线岌岌可危，直到高宗赵构在临安的新政权日渐巩固，才慢慢恢复元气，绍兴和议后，宋朝在南方富饶的领土上不断发展，奠定了南宋政权倚江南立国的国势。高宗的继任者孝宗赵昚勤于政事、锐意进取，他在位期间，大批有才之士得到任用，国家政治秩序进一步稳定，经济更加繁荣。法国汉学家谢和耐在《蒙元入侵前夜的中国日常生活》一书中称："这个帝国在当时是全世界最富有和最先进的国家。在蒙古人入侵的前夜，中华文明在许多方面都处于它的辉煌顶峰。"① 南宋之中兴名副其实，它既是记体文写作的重要背景，也在当时文人笔下得到了切实的记录。

一、偏安局势下的社会复兴

尽管南宋人普遍将高宗即位的建炎元年视作中兴的开端，但是宋高宗赵构即位的第一个十年，宋金战争不断，直到绍兴十一年（1141）高宗向金国皇帝称臣、宋金订立和约，才换来了二十年的和平。其间，秦桧专权十四年（1141—1155），政治环境压抑。绍兴二十五年（1155）十

---

① [法]谢和耐著，刘东译：《蒙元入侵前夜的中国日常生活》，江苏人民出版社，1995年，第4页。

月，秦桧去世。高宗表面上非常倚重秦桧，但实际上对他颇为戒备。秦桧去世前后，借朝中官员揭发其罪行的机会，高宗顺理成章地彻底瓦解了秦桧结党营私的政治集团，起用了一批被他压制的官员。自秦桧去世至高宗退位的七年间，虽然高宗的政治路线并未改变，但正直之士已经不像之前那样受到严重的排挤，大量有才学的士子从科举中脱颖而出步入政坛。魏了翁《王侍郎柜复斋诗集序》云："绍兴之季，隆、乾之间，人物复振。"① 秦桧之死是绍兴末年政治的转折点，因此魏了翁所说的"绍兴之季"，应当从秦桧的去世开始算起。绍兴三十二年（1162）六月，高宗退位，孝宗长达二十八年的统治（1162—1189）正式开始。孝宗早年就有收复北地的志向，即位之次月，便重用张浚，此后很快着手组织了隆兴北伐（1163），可惜以失败告终，并于次年签订了隆兴和议。隆兴和议比绍兴和议更为平等，再度确定了宋金双方实力均衡、南北对峙的稳定局面。从隆兴二年（1164）到宁宗开禧二年（1206），宋金之间维持了四十余年的和平。

　　孝宗将自己的人生理想与赵宋王朝的恢复大业紧密联系在一起，为政勤勉，对中兴时期社会的繁荣发展起了重要的推动作用。孝宗是高宗的养子、宋太祖七世孙，绍兴二年（1132）选育宫中，直到绍兴三十年（1162）方才立为太子。他博闻强记，天资特异，完颜亮南侵时他曾主动请求出征，在位期间勤政、节俭、自律，颇有作为。从孝宗本人的政治理想出发，可以对孝宗朝的政治局势有清晰的认识。隆兴北伐失败后，他在外交中与金朝针锋相对，在军事、经济方面做了积极的准备。《鹤林玉露》云："孝宗初年，规恢之志甚锐，而卒不得逞者，非特当时谋臣猛将凋丧略尽，财屈兵弱未可展布，亦以德寿圣志主于安静，不思违也。厥后蓄积稍羡，又尝有意用兵，祭酒芮国器奏曰：'陛下只是被数文腥钱使作，何不试打算了得几番犒赏。'上曰：'朕未知计也，待打算报卿。'后打算只了得十三番犒赏，于是用兵之意又寝。乃知南北分合，自有定数，虽英明之主，不能强也。"② 芮烨（字国器）于乾道五年（1169）任国子监祭酒，

---

① （宋）魏了翁著：《鹤山先生大全文集》卷五四，《四部丛刊初编》本。
② （宋）罗大经著，王瑞来点校：《鹤林玉露》丙编卷四，中华书局，1983年，第302页。

乾道七年（1171）去世，他向孝宗提出估算财力的建议，当在乾道六年（1170）前后。《宋史·虞允文传》载："上尝谓允文曰：'丙午之耻，当与丞相共雪之。'又曰：'朕惟功业不如唐太宗，富庶不如汉文、景。'故允文许上以恢复。"① 靖康元年（1126）为丙午年，丙午之耻，即靖康之耻。从孝宗对虞允文所说的两句话可以看出，孝宗以唐太宗、汉文帝、汉景帝为自己的榜样，将自己的功业、财力与他们对比，认为恢复故土是成就自己帝王事业的关键一步。乾道九年（1173），虞允文"使蜀一岁，无进兵期，上赐密诏趣之，允文言军需未备，上不乐"。此时，孝宗对于挥师北上仍然跃跃欲试，只是苦于军需不足，需要进一步积蓄力量。淳熙元年（1174）虞允文去世，孝宗失去了一员大将，他的恢复理想再一次受到了沉重的打击。即便如此，他还是没有完全失去信心。据《续资治通鉴》载，淳熙六年（1179），孝宗还说道："朕不忘恢复，欲混一四海，效唐太宗为府兵之制，国用既省，则科敷民间诸色钱务，可悉蠲免，止收二税以宽民力耳。"② 可见他始终记挂着自己的理想，并将其与自己治理国家的策略紧密地结合在一起。令人惋惜的是，随着时间的推移，朝中大臣们越来越清醒地意识到南宋尚不具备北伐的条件，主和的声音逐渐占据主流，孝宗的恢复之志只好无奈地落空了。

理想的落空固然可惜，然而对于南宋来说，孝宗的一腔热血并没有白费，他对战争与时局的乐观态度极大地调动了整个社会的积极性，大批有识之士加入官员队伍之中，他们或在朝中出谋划策，或在地方重建基础设施，为南宋的发展贡献了自己的力量。关于孝宗在南宋中兴过程中所起的作用，文学研究者往往大赞其出色的政绩，例如曾维刚《宋孝宗与南宋中兴诗坛》总结：孝宗励精图治、锐意恢复，君臣交修、不禁言路，戒除朋党、学术兼容，开启了南宋政治文化的新局面。③ 金国正《南宋孝宗词坛研究》指出：孝宗锐意进取，修明政事，营造出"清明宽大"的政治氛围，一批有才能的大臣得以施展其才华，孝宗朝是南宋最有生气

---

① （元）脱脱等著：《宋史》卷三八三，中华书局，1977年，第11800页。
② （清）毕沅编著，标点《续资治通鉴》小组点校：《续资治通鉴》卷一四七，中华书局，1957年，第3923页。
③ 曾维刚：《宋孝宗与南宋中兴诗坛》，《文学遗产》2013年第6期，第86-88页。

的时代。① 历史研究者则大多将目光投向孝宗的政治手腕，相对保守地看待南宋之中兴。刘子健以"包容政治"概括南宋中兴时期的政治作风，并指出："有兼收并蓄，大多数士大夫的拥护，有充分的税收财源，有办法把强盗编入军队，再从大将手里把兵权一起拿过来，同时也让敌国知道，不是容易征服的——具备这些条件，经过这些过程，这半壁江山才算中兴。其实也不太兴旺，只是稳定而已。"② 以上所引的三种观点均是从历史事实出发得出的结论，由于关注点不同，结论也略有偏差。将这些观点综合起来可以看出：一方面，孝宗锐意进取、知人善任、兼容并包，是一位相当睿智的君主；另一方面，为了巩固君权、避免党争、笼络人心等，他采取了种种手段，独断专行，软硬兼施，并基本取得了预期的效果。孝宗的理想和他的政治手腕，其实正契合了当时的时代需要。理想、能力、手段兼备，于君王而言是极其难得的，《宋史·孝宗本纪》在赞语中称其"聪明英毅，卓然为南渡诸帝之称首"③，正合其实。

孝宗退位后，光宗在位时间仅有五年，基本承袭了孝宗年间的内政、外交政策，故而孝宗朝的政治对光宗朝之后的宁宗朝前期仍有一定影响。庆元元年（1195）赵汝愚为相时曾重用以朱熹为首的多位道学家，赵汝愚垮台后，道学家受到了沉重的打击，至庆元四年（1198），韩侂胄加少傅，朝廷正式下令禁"伪学"。韩侂胄的权势虽然不在秦桧之下，但他在用人方面尚能顾全大局，叶适、陆游、何澹、袁说友等人均凭借自己的才干得到了韩侂胄的赏识。直到开禧北伐失败、嘉定协议签订、史弥远上台执政，南宋的中兴局面才正式走向了衰落。

从文字记载来看，生活在这一时期的许多文人对乾道、淳熙年间的社会复兴景象已经有了切身的体会。叶适《著作正字二刘公墓志铭》从朝廷用人的角度说道："每念绍兴末、淳熙终，若汪圣锡、芮国瑞、王龟龄、张钦夫、朱元晦、郑景望、薛士隆、吕伯恭及刘宾之、复之兄弟十余公，位虽屈，其道伸矣；身虽没，其言立矣。好恶同，出处偕，进退用舍，必

---

① 金国正：《南宋孝宗词坛研究》第一章"孝宗词坛的历史背景"，华东师范大学博士学位论文，2006年。
② ［美］刘子健：《两宋史研究汇编》，台北联经出版事业公司，1987年，第37页。
③ （元）脱脱等著：《宋史》卷三五，中华书局，1977年，第692页。

能一其志者也。表直木于四达之逵，后生之所望而从也。"① 优秀的人才得以施展自己的才能，不仅可以实践他们各自的政治理想，而且能够形成良好的政治风气，树立杰出的榜样，积极带动后学的进步。杨万里《静菴记》亦云："景伯收科之年，盖孝宗之季年，王道郅隆之时也。如唐之贞观、开元，如本朝之庆历、元祐。"② 据此文交代，这位萧景伯在淳熙十四年（1187）中举。杨万里将淳熙末年比作贞观、开元、庆历、元祐，可见在他心目中，南宋中兴实至名归。南宋末年，周密在《武林旧事序》中记述当时人的评价云："乾道、淳熙间，三朝授受，两宫奉亲，古昔所无。一时声名文物之盛，号'小元祐'。"③ "小元祐"之号由周密记下，但并不是他所创，而是当时人的共识。

　　社会复兴的背景下，与记体文写作关联最直接的当属各类建筑的修复与重建。记体文以记事为本色，其所记之事中与建筑修造相关的内容非常多，如官署、寺庙、官学、书院、亭台楼阁等，在南宋中兴时期的记体文中，此类题材约占记体文总量的85%。陆游《诸暨县主簿厅记》载："建炎、绍兴间，予为童子，遭中原丧乱，渡河沿汴，涉淮绝江，间关兵间以归。方是时，天子暴衣露盖，栉风沐雨，巡狩四方，曾不期月休也。大臣崎岖于山海阻险之地，草行露宿，不敢告劳，亦宜矣。况于州牧郡守以降，篷篨一厦以治其事者相望，又况降而为县令丞簿者哉！及王室中兴，内外粗定，然郡县吏寓其治于邮亭民庐僧道士舍者，尚比比皆是。积累六七十年，四圣相授，天下日益无事，兵寝岁登，用度饶余，然后皆得稍复承平之旧。至于县，则有迄今苟且因循者。"④ 金兵南下，对江南地区造成了极大的破坏，宋高宗为躲避金人追击而行踪不定，许多州县官员的办公地点设置在邮亭、民房、寺庙、道观之中，直到孝宗年间社会安定、财力充沛后才有足够的能力修复或重建官署。官署尚且如此，就更不用说寺庙、

---

① （宋）叶适著，刘公纯、王孝鱼、李哲夫点校：《叶适集》卷十六，中华书局，2010年，第306页。
② （宋）杨万里著，辛更儒笺校：《杨万里集笺校》卷七六，中华书局，2007年，第3141页。
③ （宋）周密著，李小龙、赵锐评注：《武林旧事》，中华书局，2007年，第1页。
④ （宋）陆游著，涂小马校注：《渭南文集校注》卷二十，见钱仲联、马亚中主编《陆游全集校注》第9册，浙江教育出版社，2011年，第491-492页。

官学与私人居所了。中兴时期有大量记文所记录的对象为战后修复或重建的建筑，这些建筑在形制上大多与南渡前类似，至于规模，则一部分如陆游文中所说，只是"稍复承平之旧"，并不能完全与北宋时比肩；也有一部分依江南的风景与地势而建，明显超过了北宋及前朝鼎盛时期。记体文中包含着时代的缩影，中兴时期的记体文，正是南宋社会复兴的文学记录。

二、"中原文化"与"江南文化"的深入融合

宋金交界的秦岭—淮河一线，是现代地理学家公认的中国季风区南方与北方的分界线。这条分界线的南北两侧，气候、河流水文特征、土壤类型、自然植被类型、运输方式、耕作制度、主要农作物、生活习俗等等，都存在显著的差异。这一分界线北侧与南侧所孕育的文化同中有异，根据其相异之处，可分别称之为"中原文化"与"江南文化"。"中原文化"产生于中原地区，在成长过程中吸纳了许多其他地区的文明；江南地区长久处在中原政权的统治之下，"江南文化"中早已存在许多中原文化的痕迹。南宋年间，随着赵宋政权在南方的安顿与新一代南宋人的成长，"中原文化"逐渐在江南扎根，与"江南文化"互相补充调和，使华夏文明得到了良好的延续与发展。这既是赵宋王朝复兴的突出表现，也是中兴时期记体文写作的重要背景。

赵宋家族祖籍涿郡（今北京），太祖赵匡胤生于洛阳，之后又以北方政权后周为根基建立了宋朝，赵宋政权与中原有着天然的关联。然而，这个在中原根深蒂固的政权，却因金人的南下被迫南迁，皇室贵族、文武官员、大量士兵与百姓，都在靖康之难中迁徙到了南方地区。此后，绍兴末年完颜亮南侵与孝宗初年的隆兴北伐期间，都有大量北方流民进入江南。据吴松弟《北方移民与南宋社会变迁》统计，绍兴和议签订前，大约有500万移民迁入并定居在南方[①]。从仓皇南渡到扎根江南，无论君臣还是百姓，都需要经历漫长的适应过程。秦岭—淮河南北两侧气候条件、地理环境的差异是表面的，文化的差异则是深层的。庄绰《鸡肋编》载："建炎之后，江、浙、湖、湘、闽、广，西北流寓之人遍满。绍兴初，麦一斛

[①] 吴松弟：《北方移民与南宋社会变迁》，文津出版社，1993年，第137页。

至万二千钱,农获其利,倍于种稻。而佃户输租,只有秋课。而种麦之利,独归客户。于是竞种春稼,极目不减淮北。"① 这才不过是绍兴初年,北方移民的南下,已经通过物价的变化引导南方地区的农业生产发生了重大的改变。此后的乾道、淳熙、嘉定年间,朝廷都曾发布劝民种麦的诏书。饮食习惯的差异到南宋后期尚且无法同化,文化方面的差异更不是轻易能够改变的。南宋的军队主要由北方人组成,而在朝为官者以南方人居多,南北文化的差异导致南方人与北方人自然地形成了各自的阵营。对此,陆游曾上《论选用西北士大夫札子》云:

> 臣伏闻天圣以前,选用人才,多取北人,寇准持之尤力,故南方士大夫沈抑者多。仁宗皇帝照知其弊,公听并观,兼收博采,无南北之异,于是范仲淹起于吴,欧阳修起于楚,蔡襄起于闽,杜衍起于会稽,余靖起于岭南,皆为一时名臣,号称圣宋得人之盛。及绍圣、崇宁间,取南人更多,而北方士大夫复有沈抑之叹。陈瓘独见其弊,昌言于朝曰:"重南轻北,分裂有萌。"呜呼!瓘之言,天下之至言也!臣伏睹方今虽中原未复,然往者衣冠南渡,盖亦众矣。其间岂无抱才术、蕴器识者?而班列之间,北人鲜少,甚非示天下以广之道也。欲望圣慈命大臣近臣各举赵、魏、齐、鲁、秦、晋之遗才,以渐试用,拔其尤者而任之。庶上遵仁祖用人之法,下慰遗民思旧之心。其于国家,必将有赖。伏惟留神省察。取进止。②

张兴武《宋初文坛的冲突与对话——南文北进与北道南移》一文指出,北宋初年南方降臣的优势在于博学善诗,中原文化的突出亮点则在儒道经学,通过南文北进与北道南移,南北文化得到了有机融合,这是宋代文化走向繁荣的关键。③ 陆游的札子从北宋的用人情况说起,认为北宋初年选用人才以北方人为主,南方士大夫不得重用,直到仁宗皇帝能够兼容

---

① (宋)庄绰著:《鸡肋编》卷上,中华书局,1983年,第36页。
② (宋)陆游著,涂小马校注:《渭南文集校注》卷三,见钱仲联、马亚中主编《陆游全集校注》第9册,浙江教育出版社,2011年,第79页。
③ 张兴武:《宋初文坛的冲突与对话——南文北进与北道南移》,《文学遗产》2004年第3期。

并蓄、唯才是举，起用了大批南方士人，北宋方才进入繁盛期。可见当时他已经意识到，只有中原文化与江南文化之间互相取长补短，才是南宋发展的正确方向。

借陈瑾之口，陆游提出重南轻北乃是分裂的征兆，身为偏安政权中的主战派，一心记挂着恢复大业的陆游无疑对此深为忧虑。陆游的痛心疾首一方面显示了中原文化与江南文化之间的对立，另一方面也可以看出一部分南方精英知识分子对中原文化的深刻认同。作为外来者的北方移民，在人口数量、政治资源、经济实力等方面或许无法与南方地区的原住民比肩，但是，在文化方面，中原地区是华夏文明的发祥地，与江南文化相比有着天然的优势。南宋的朝政主要由南方人把持，这一点是显而易见的，而南宋人对中原文化的全面认同、继承与发展也是毋庸置疑的事实。

在文学方面，南渡的人生经历与深沉的故土之情为文学创作提供了绝佳的素材。北方移民中，吕本中、曾几、李清照、陈与义等人通过书写亲身经历，以悲壮慷慨之风对南宋文学产生了重要的影响。陆游《谢徐居厚汪叔潜携酒见访》诗云："我虽生乱离，犹及见前辈。衣冠方南奔，文献往往在。"① 陆游出生的宣和七年（1125）正值金兵南下之年，其父陆宰在汴京为官，于兵荒马乱中携家南下，尚为婴儿的陆游也成为南渡人群中的一员。"衣冠方南奔，文献往往在"一句，道出了陆游对中原文化的深厚感情，也折射出陆游眼中中原文献最终得以南传的状况。中原文献的南传，一方面指书籍等文化载体由北方转移到了南方，另一方面指中原地区世代相传的文明通过北方人的南迁而在南方地区生根发芽。韩淲《涧泉日记》云："渡江南来，晁詹事以道、吕舍人居仁，议论文章，字字皆是中原诸老一二百年酝酿相传而得者，不可不讽味。"② 所谓"中原诸老一二百年酝酿相传"，强调了师友传承在文学发展中的重要作用，既然晁说之、吕本中的议论文章得到了中原诸老之传，那么，南渡后，通过他们便可以继续将中原文化传承下去。

---

① （宋）陆游著，钱仲联校注：《剑南诗稿校注》卷三十，见钱仲联、马亚中主编《陆游全集校注》第4册，浙江教育出版社，2011年，第221页。
② （宋）韩淲著，孙菊园点校：《涧泉日记》卷下，上海古籍出版社，1993年，第37页。

在思想学术方面，随着北方学者的南渡，理学的中心也转移到了南方。《文献通考》载："自熙、丰间，程颢、程颐以道学倡于洛，海内皆师归之。中兴以来，始盛于东南，士子科举之文稍祖颐说。"① 北宋末年，王安石新学大行于世，洛学虽有大量拥护者，却受到了新党的强力压制，影响范围局限在洛阳及其周边的部分中原地区。直到南渡之后，科举之文不再以王安石的学说为标准，洛学才得以成为士子研习的对象，并通过科举得到了广泛的传播。在为赵蕃（1143—1229）撰写的墓表中，刘宰（1167—1240）对南渡后理学发展的过程概述道："粤自炎祚中兴，文物萃于东南。厥初，诸老先生师友渊源，有以系学者之望，天下学者翕然而景从之，闽、湘、江、浙，师道并建。凡异时孔、孟之所传，周、程、张、邵之所讲，思之益精，语之益详，炳然斯文，万世攸赖。"② 学者之间的代际传承，是理学发展的重要纽带，南渡的学者中，二程的学生尹焞、杨时、胡安国、胡宏等人在当时有很大的影响力，正是赖于他们的传承，南方理学家的队伍才得以迅速扩大。南宋中兴时期的著名学者中，吕祖谦、赵汝愚、韩元吉等人都是北方移民或其后裔，而朱熹、张栻则自幼生长于南方，他们之间互为师友、切磋学问，使理学在这一时期出现了一个高峰。

王建生《南宋初"最爱元祐"语境下的文化重建》一文指出，南宋初年，朝廷为构建政统的合法性，确定了"最爱元祐"的政治文化导向，元祐之学成为南宋文化重建的基石。③ 虽然"最爱元祐"的倾向在当时的历史情境中具有强烈的政治动机，但元祐时期的文学、经学、史学等都有极高的成就，从今人的角度来看，建构南宋文化，以元祐为尚无疑是最佳的途径。这一政治导向确立后，曾在北宋末年受到政治压迫的许多元祐后学得到起用，"元祐党人"的文献得到了悉心整理与广泛传播，保证了元祐之学在南宋的师友传承。元祐文学与元祐学术的壮大贯穿在南北文化交融的过程之中，为中原文化与江南文化的协调发展贡献颇多。

随着时间的推移，大量北方移民在南方的土地上扎根，中原文化也在

---

① （元）马端临著：《文献通考》卷三二，中华书局，1986年，第300页。
② 见（宋）赵蕃著《章泉稿》附录，中华书局，1985年，第101-102页。
③ 王建生：《南宋初"最爱元祐"语境下的文化重建》，《中州学刊》2011年第3期。

江南地区落地生根。在《两宋经济重心的南移》一书中，张家驹曾将吴自牧《梦粱录》与《东京梦华录》对比，考察南宋末年的杭州与北宋末年的汴京的情况，发现二者之间几乎看不见大的差别，"说明经过长期的糅杂以后，南北风俗已趋于融合"①。中兴时期著名文人大都生于南渡前后，其中既有北方移民的后代，也有南方的原住民，他们的成长过程与南北方文化的交流对话是同步的。不过，从文人个体身上，已经难以区分中原文化与江南文化究竟哪一个留下了更深印记，他们是全面继承了北宋文化、在南北方文化合流的形势下成长起来的新一代，"南宋人"才是他们共同的突出特点。

第二节　南宋中兴时期文人的古文观

古文写作要以文人对古文的认识为基础，古文观理应成为探讨南宋中兴时期古文必然要触及的话题。中兴时期上距北宋古文运动已有一百年左右，这一时期的文人与北宋古文家在时空上有适当的距离，恰好可以对北宋古文形成冷静而全面的认识。这一时期的文人审视、总结、继承唐宋古文运动的成果，形成了具有鲜明时代特色的古文观。本节选取文道观、文气论、功能说、典范选择、风格倾向五个角度，希望从每位文人独特的个性中找到时代共性，概括记述南宋中兴时期文人对古文的看法有怎样的共同趋向。

一、文道观：以道为本，文道一体

正如欧阳修所说的"我所谓文，必与道俱"，自韩愈倡导"文以载道"以来，古文家们始终以古文与古道两方面的复兴为己任，"道"是每一位古文写作者熟悉的概念，文道关系则是他们必须面对的问题。古文在北宋时期实现了全面的繁荣，而道学的复兴则在南宋中兴时期得以最终实现。这一时期，程朱理学尚未成为官方学说，相对开放包容的氛围为思想史发展提供了多种可能性，从书院讲学、为政一方到著书立说、辩论争锋再到致君尧舜，胸怀独立思想的道学家们拥有广阔的舞台和相对自由的发展环

---

① 张家驹：《两宋经济重心的南移》，湖北人民出版社，1957年，第60页。

境。在这样的氛围中，关于性命、天道等思想的探讨不仅被道学家们密切关注，而且成功吸引了多数其他文人的注意，他们与道学家频繁往来，在思想史中留下了独特的风景。受其影响，文人心目中文与道的位置发生了变化，文与道之间的互动关系也因此呈现出了新的面貌。

在文道关系的层面，以唐宋八大家为首的古文写作者虽然从理论上主张文道并重，但在实际写作中却往往将文放在比道更加优先的位置。道学在南宋中兴时期发展势头迅猛，在精英知识分子的主流话语中，它呈现出越来越强势的姿态，其极端表现，便是"多言害道"之说。文章"害道"之说由程颐最先提出："问：'作文害道否？'曰：'害也。凡为文，不专意则不工，若专意则志局于此，又安能与天地同其大也？《书》曰"玩物丧志"，为文亦玩物也。'"（《河南程氏遗书》卷十八）① 二程的思想在北宋末年至南宋初年由弟子们发扬光大，对南宋道学的发展产生了很大的影响。朱熹是南宋道学的集大成者，他对文道关系的看法可以被视作中兴时期道学家古文观的代表，与程颐所谓的"作文害道"一脉相承，他在《读大学诚意章有感》中说道："顷以多言害道绝不作诗。"② 在他看来，"宇宙之间，一理而已"，"文皆是从道中流出"，"今人不去讲义理，只去学诗文，已落入第二义"。从字面意义上来讲，"多言害道"已经是比"作文害道"更为折中的说法，对文的敌视程度有所降低。至于古文究竟会怎样加害于道，《答徐载叔》比较详细地解释了这一观点："所喻学者之害莫大于时文，此亦救弊之言。然论其极，则古文之与时文，其使学者弃本逐末，为害等尔。但此等物如淫声美色，不敢一识其趣，便使人不能忘，政当以为通人之蔽，不当以是为当务而切切留意也。"③ 比起古文来，时文明显更容易妨碍学者对至道的追求，但从严格意义上来讲，古文与淫声美色一样，都容易让人沉溺其中进而对学者造成不利影响，因此两者都是有害的，都应当避开。朱熹此处将古文称为"此等物"，与程颐提出的"为文

---

① （宋）程颢、程颐著，王孝鱼点校：《二程集》，中华书局，1981年，第239页。
② （宋）朱熹著：《晦庵先生朱文公文集》卷二，见朱杰人、严佐之、刘永翔主编《朱子全书》第20册，上海古籍出版社、安徽教育出版社，2002年，第283页。
③ （宋）朱熹著：《晦庵先生朱文公文集》卷五六，见朱杰人、严佐之、刘永翔主编《朱子全书》第23册，上海古籍出版社、安徽教育出版社，2002年，第2648-2649页。

亦玩物"如出一辙，朱熹担心学者一味沉溺于古文而舍弃道学，与前面程颐担心学者"专意"于文进而"玩物丧志"的逻辑是大同小异的。不过，从这段引文中，我们还可以发现，朱熹已经间接承认了古文之有"趣"，这"趣"非同小可，它的诱惑力甚至可以同淫声美色相提并论，需要人刻意回避才能够有效地抵制。

淳熙十二年（1185），周必大撰《跋郑景旺诗卷》云："言道学者薄词章，近世则然。"① 此处的"词章"可以视作诗文的总称，是包含古文在内的。不过，所谓"言道学者"，是否专指道学家呢？我们已经习惯于从道学家的著作中看到"薄词章"的言论，但是，从另外一些文献中可以发现，在"道学"与"词章"之间厚此薄彼，似乎不只是道学家的做法。陆游在《老学庵》《〈遣性〉之二》两首诗中一再感叹"文辞终与道相妨"②，《宿上清宫》诗云"早岁文辞妨至道"③，《〈杂感〉之四》云"文词害道第一事"④，《上殿札子》又云："太平既久，日趋于文，放而不还，末流愈远，浮虚失实，华藻害道。"⑤ 联系到《剑门道中遇微雨》里"此身合是诗人未"⑥ 的叹息，陆游所说的"害道""妨道"应当主要指向的是诗和华丽藻饰之文，但他在屡次重复"文辞妨至道""文词害道"时并未特意将古文排除在外，可见在道与文之间，他是厚此薄彼的。杨万里在《答刘子和书》说："抑区区文辞，固学道者之所羞薄……文于道未为尊，固也。"⑦

---

① 曾枣庄、刘琳主编：《全宋文》卷五一二六，第 230 册，上海辞书出版社、安徽教育出版社，2006 年，第 321 页。

② （宋）陆游著，钱仲联校注：《剑南诗稿校注》卷三三，见钱仲联、马亚中主编《陆游全集校注》第 4 册，浙江教育出版社，2011 年，第 334 页；（宋）陆游著，钱仲联校注：《剑南诗稿校注》卷四九，见钱仲联、马亚中主编《陆游全集校注》第 5 册，浙江教育出版社，2011 年，第 484 页。

③ （宋）陆游著，钱仲联校注：《剑南诗稿校注》卷八，见钱仲联、马亚中主编《陆游全集校注》第 2 册，浙江教育出版社，2011 年，第 81 页。

④ （宋）陆游著，钱仲联校注：《剑南诗稿校注》卷五五，见钱仲联、马亚中主编《陆游全集校注》第 6 册，浙江教育出版社，2011 年，第 198 页。

⑤ （宋）陆游著，涂小马校注：《渭南文集校注》卷三，见钱仲联、马亚中主编《陆游全集校注》第 9 册，浙江教育出版社，2011 年，第 86 页。

⑥ （宋）陆游著，钱仲联校注：《剑南诗稿校注》卷三，见钱仲联、马亚中主编《陆游全集校注》第 1 册，浙江教育出版社，2011 年，第 207 页。

⑦ （宋）杨万里著，辛更儒笺校：《杨万里集笺校》卷六五，中华书局，2007 年，第 2794 - 2795 页。

在《罗德礼补注汉书序》中,他再次说道:"夫文之于道也,末矣。"① 毋庸赘言,杨万里尊道而轻文的倾向也显而易见。洪迈在《辞免兼侍讲状》中为辞去兼侍讲的职务自谦道:"伏念臣一介书生,见识污下,仅能骈四俪六,缀缉华藻,以事区区应用之词章。至于潜心圣经,窥发关键,如以蠡测海,莫知津涯。"② 宋代经筵中侍讲的内容为经书,宁宗时,朱熹就曾担任过焕章阁待制兼侍讲。在这篇奏疏中,洪迈将自己的身份定义为仅仅能够写作应用文的"一介书生",他认为自己并不具备讲读经书的能力,在"区区应用之词章"与"圣经""关键"之间,他显然认为后者才是更深奥、更崇高的。这固然是洪迈故作谦词,其对词章与经学的价值对比有所夸大,但两者的地位高下之别却是不容置疑的。淳熙元年(1174),韩元吉辑韩维集,撰《高祖宫师文编序》云:"岂道德之蕴于内者深,其发于文词者皆余事哉?"③ 在这位"文献、政事、文学为一代冠冕"④ 的士大夫眼中,文章只是道德之余事,道德才是文章的根本,是更值得赞美、更需要用心涵育的。

以上重道轻文的观念,并不是中兴时期才开始出现的,北宋时就已经有类似的观点。元祐年间,黄庭坚在写给外甥的书信中说道:"君子之事亲,当立身行道,扬名于后,文章直是太仓之一稊米耳。此真实语,决不相欺。"(《与洪驹父》)⑤ 在黄庭坚看来,立身行道是君子必须做的事情,相比之下文章是微不足道的,甚至可有可无。由此看来,周必大所说的"言道学者薄词章"指向的并不只是道学家,而应当是所有在道学和文章之间做出高下判断的人,也就是当时身处在同一个思想史语境中的士大夫群体。在道学日渐成熟的南宋中兴时期,重道轻文的出现是必然的,从另

---

① (宋)杨万里著,辛更儒笺校:《杨万里集笺校》卷七八,中华书局,2007年,第3194页。
② 曾枣庄、刘琳主编:《全宋文》卷四九一三,第221册,上海辞书出版社、安徽教育出版社,2006年,第371页。
③ (宋)韩元吉著:《南涧甲乙稿》卷十四,中华书局,1985年,第261页。
④ "文献、政事、文学为一代冠冕",是南宋末年黄昇所编《花庵词选》对韩元吉的评价。(宋)黄昇选编,蒋哲伦导读,云山辑评:《花庵词选》,上海古籍出版社,2007年,第191页。
⑤ (宋)黄庭坚著,郑永晓整理:《黄庭坚全集辑校编年》第五辑,江西人民出版社,2008年,第596页。

一个角度说，这种道优于文的观点未尝不是古文运动复古成功的表现之一。

受文与道之间位置转变的影响，这一时期，文人站在古文的角度对道在古文写作中能够发挥的作用有了一些新的认识。在品评人物时，他们越来越多地将文章与道德相提并论，如陆游《贺曾秘监启》称赞对方"文贵乎道"①，杨万里《益斋藏书目序》云："彼其渟之为道德，流之为文章，溥之为事业深矣。"② 周必大《总跋自刻六一帖》云："欧阳公道德文章，百世之师表也。"③ 道德与文章并列，既是文人所看重的内容，也是他们自身努力的方向。在《张彦正文集序》中，周必大在评价人物的同时对文章与道德的关系做了较为细致的阐释："有德之人其辞雅，有才之人其辞丽，兼是二者，多贵而寿。盖以德辅才，天之所助而人之所重也。丹阳章简张公秉懿好德，所蕴者厚。自其少年，才名杰出英俊之上。穷经必贯于道，造行弗踰于矩。发为文章实而不野，华而不浮，在西掖所下制书最号得体，其论思献纳皆达于理而切于事。"④ 此处道德与文章风格之间的关系未免有被夸大的嫌疑，毕竟，文辞的"雅""丽"很难与"德""才"直接挂钩，而道德、才华与"贵而寿"之间也不存在必然的联系。但是，周必大与杨万里都明确地将蕴于内的道德和发于外的文章联系起来，认为文章所"发"的就是内在的道德，这一点是毫无疑问的。

在以道为文章之本的大环境中，将文与道相提并论，显然也使古文的地位有所提升。陆游在《上执政书》中指出："夫文章，小技耳，然与至道同一关捩。惟天下有道者，乃能尽文章之妙。"⑤ 陆游在这篇文章的前半部分谈到自己学习文章的经历时举出的典范文本是"上世遗文""先秦古书""《六经》《左氏》《离骚》"，这些都与古文学习密切相关，因此，

---

① （宋）陆游著，涂小马校注：《渭南文集校注》卷六，见钱仲联、马亚中主编《陆游全集校注》第9册，浙江教育出版社，2011年，第140页。
② （宋）杨万里著，辛更儒笺校：《杨万里集笺校》卷七八，中华书局，2007年，第3201页。
③ 曾枣庄、刘琳主编：《全宋文》卷五一二三，第230册，上海辞书出版社、安徽教育出版社，2006年，第232页。
④ 曾枣庄、刘琳主编：《全宋文》卷五一二一，第230册，上海辞书出版社、安徽教育出版社，2006年，第205页。
⑤ （宋）陆游著，涂小马校注：《渭南文集校注》卷十三，见钱仲联、马亚中主编《陆游全集校注》第9册，浙江教育出版社，2011年，第332页。

"与至道同一关捩"的文章指的就是古文。初看来，古文写作貌似是微不足道的，比起至道来，它只是小技而已，但古文与至道在关键之处具有相同的道理，因此，古文虽不足以与道平起平坐，但它仅次于道，并且与道有着最为密切的关系。杨万里《答刘子和书》也指出："文于道未为尊，固也。然譬之璞璞为器，璨固璞之毁也。若器成而不中度，璨就而不成章，则又毁之毁也。"① 他将古文写作比作在玉石上雕刻花纹，道就像玉石一样，需要通过雕刻修饰才能够成为适当的器物并发挥作用，若雕刻不当就会损毁玉石。在这个思路中，文是道实现价值的关键，道虽然在地位上优于文，却必须依赖文而存在。尽管古文写作要以道为基础，但杨万里从反面肯定了文的价值，强调了写好古文的必要性。

在身为道学家的朱熹看来，道不仅是古文理应承载的内容，而且文与道的关系密切与否还是衡量古文成就高低的标准："道者，文之根本；文者，道之枝叶。惟其根本乎道，所以发之于文，皆道也。三代圣贤文章，皆从此心写出，文便是道。今东坡之言曰：'吾所谓文，必与道俱。'则是文自文而道自道，待作文时，旋去讨个道来入放里面，此是它大病处。只是它每常文字华妙，包笼将去，到此不觉漏逗。说出他本根病痛所以然处，缘他都是因作文，却渐渐说上道理来；不是先理会得道理了，方作文，所以大本都差。欧公之文则稍近于道，不为空言。如唐礼乐志云：'三代而上，治出于一；三代而下，治出于二。'此等议论极好，盖犹知得只是一本。如东坡之说，则是二本，非一本矣。"② 三代圣贤之文皆是道，自然是最好的古文；欧阳修的古文尚且有道作为根本，接近于道，因此他的古文与圣贤也相去不远；苏轼的古文已经与道有了明显的界限，他的古文没有道作为根本，算不得最上乘的文章。在这里，朱熹已经不是在评价古文的好坏，而是在审视文字背后的道理是否符合道学的要求，以道为标准来衡量古文的优劣，这是强调文与道须臾不可分离的极端例证。朱熹关于文道观的阐述往往带有浓厚的道学色彩，他的某些言论难免有过激之处，但是通过了

---

① （宋）杨万里著，辛更儒笺校：《杨万里集笺校》卷六五，中华书局，2007年，第2795页。

② （宋）黎靖德编，王星贤点校：《朱子语类》卷一三九，中华书局，1986年，第3319页。

解当时其他文人的文道观能够看出,由于对道的特别关注,朱熹对文道关系的思考相当深入,而他得出的结论在整体趋向上与当时的文人是一致的。

以道为本和文道一体,是道学蓬勃发展的态势下中兴时期文人文道观的主要特点。相比于中唐至北宋时期的文道观念,道的地位在南宋中兴时期有明显的提升,而古文也因以道为根本、从道中流出而被赋予了更丰富的内涵。在《朱熹文学研究》一书中,莫砺锋曾将朱熹的文道观概括为"调和了韩、柳、欧、苏等古文家和周、程等理学家两派的理论而形成的"①。与此类似,这一时期文人的文道观在继承北宋古文理论的基础上吸取了道学发展的新资源,也是二者互相调和、融会贯通的产物。

二、文气论:"文以气为主,非天下之刚者莫能之"

文气论是中国古代文学批评的一个重要命题,《论语·泰伯》中曾子的"出辞气,斯远鄙倍矣"最早将"辞"与"气"相提并论。《孟子·公孙丑上》中关于"我知言,我善养吾浩然之气"的自述进一步将"言"与"气"结合,曹丕《典论·论文》中"文以气为主"的说法正式将"文"与"气"联系在一起,用"气"来解释个人才性的不同,开创了以气论文的经典范式。中唐古文运动中,韩愈在萧颖士、李华等先驱者的基础上提出了"气盛言宜"说与"养气"说,将"气"的内涵由元气自然转为儒学道德义理和孟子的浩然之气,由自然才性论、风格论转为创作论的语言行文之气,"以意为主,以气为辅"的观点开始萌芽并随后由杜牧提出②。北宋古文家中,三苏父子是"文气论"的典型代表。苏洵在《上欧阳内翰第一书》中将欧阳修的文章比作孟子、韩愈之文,并概括其特点说:"执事之文,纡余委备,往复百折,而条达舒畅,无所间断。气尽语极,急言竭论,而容与闲易,无艰难劳苦之态。"③这既有对文章气脉贯穿的评价,

---

① 莫砺锋:《朱熹文学研究》,南京大学出版社,2000年,第116页。
② 参见侯文宜《中国文气论批评美学》下编第五章,中国社会科学出版社,2012年。杜牧《答庄充书》云:"凡为文以意为主,气为辅,以辞采章句为之兵卫。"(唐)杜牧著:《樊川文集》卷十三,上海古籍出版社,1978年,第194页。
③ (宋)苏洵著,曾枣庄、金成礼笺注:《嘉祐集笺注》卷十二,上海古籍出版社,1993年,第328-329页。

也隐含了对欧阳修气定神闲的人格气质的赞美。苏辙在《上枢密韩太尉书》中明确提出了自己对文与气的认识:"辙生好为文,思之至深,以为文者,气之所形,然文不可以学而能,气可以养而致……其气充乎其中而溢乎其貌,动乎其言而见乎其文,而不自知也。"① 苏辙认为文是气之形,强调以养气作为文章写作的重要基础。与此同时,"气"也是宋代道学密切关注的范畴,张载、周敦颐、二程、朱熹等人均对此有过论述。以上关于文气说的发展过程,尤其是孟子以及唐宋时期古文家和道学家对气的论说,为南宋文人讨论文气说奠定了重要的基础。南宋中兴时期,文人们比前代更加频繁地谈到文与气的关系,王十朋、周必大、陆游、杨万里、朱熹等人都非常重视古文与古文家之气,并对此有过反复探讨,集前人之大成而又有新的开拓。

在孟子提出"浩然之气"后,古文家们讨论文气时,或者指向"浩然之气",或者仅以"气"概论气象风格,而南宋中兴时期的"气"被文人们赋予了多重样貌:

  古今能文之士非不多,而能杰然自名于世者亡几,非文不足也,无刚气以主之也。孟子以浩然充塞天地之气,而发为七篇仁义之书,韩子以忠犯逆鳞、勇叱三军之气,而发为日光玉洁、表里六经之文。(王十朋《蔡端明文集序》)②

  惟是雄豪之气,寓于钜丽之文。(陆游《答薛参议启》)③

  挟之以刚大之气,行之乎忠信之涂。(周必大《王元渤洋右史文集序》)④

  惜二先生皆以忠厚尔雅之文,隽明迈往之气,事累朝为名臣,然

---

① (宋)苏辙著:《栾城集》卷二二,见陈宏天、高秀芳点校《苏辙集》,中华书局,1990年,第381页。
② (宋)王十朋著,《梅溪集》重刊委员会编,王十朋纪念馆修订:《王十朋全集》(修订本)文集卷二三,上海古籍出版社,2012年,第963页。
③ (宋)陆游著,涂小马校注:《渭南文集校注》卷八,见钱仲联、马亚中主编《陆游全集校注》第9册,浙江教育出版社,2011年,第207页。
④ 曾枣庄、刘琳主编:《全宋文》卷五一二一,第230册,上海辞书出版社、安徽教育出版社,2006年,第202页。

不得一直玉堂，议者惜之。(周必大《跋刘原父贡父家书》)①

志气不强，不足以言文；学问不博，不足以言文。(周必大《王致君司业文集序》)②

恭惟某官学粹而文高，气和而节劲。(周必大《贺吏部张尚书启》)③

太史公之书慷慨峻拔，有终南嵩华之气，渊溶渟涵，有洞庭彭蠡之气……孟坚之书淳厖敦厚，有君子长者之体，徘徊容与，有升降揖逊之体。读之使人有欣喜相亲之意，温然典诰气象也。(杨万里《问司马迁史记班固汉书欧宋唐书得失》)④

近岁以来，能言之士例以容冶调笑为工，无复丈夫之气，识者盖深忧之，而不能有以正也。(朱熹《跋曾仲恭文》)⑤

前辈文字有气骨，故其文壮浪。(《朱子语类》)⑥

抑观诸人所记宋君本末，犹可以想见其魁奇磊落之气。(朱熹《跋宋君忠嘉集》)⑦

本朝东坡先生起于峨眉，文章节气照映今古。(陈造《题方舟集》)⑧

矫矫三苏公，挹此淑灵气。文章垂日星，照映盖一世。(楼钥《饯李君亮著作守眉山分韵得翠字》)⑨

---

① 曾枣庄、刘琳主编：《全宋文》卷五一二四，第230册，上海辞书出版社、安徽教育出版社，2006年，第257页。
② 曾枣庄、刘琳主编：《全宋文》卷五一一七，第230册，上海辞书出版社、安徽教育出版社，2006年，第138页。
③ 曾枣庄、刘琳主编：《全宋文》卷五〇八七，第229册，上海辞书出版社、安徽教育出版社，2006年，第78页。
④ 曾枣庄、刘琳主编：《全宋文》卷五三四三，第239册，上海辞书出版社、安徽教育出版社，2006年，第191页。
⑤ (宋)朱熹著：《晦庵先生朱文公文集》卷八三，见朱杰人、严佐之、刘永翔主编《朱子全书》第24册，上海古籍出版社、安徽教育出版社，2002年，第3917页。
⑥ (宋)黎靖德编，王星贤点校：《朱子语类》卷一三九，中华书局，1986年，第3318页。
⑦ (宋)朱熹著：《晦庵先生朱文公文集》卷八二，见朱杰人、严佐之、刘永翔主编《朱子全书》第24册，上海古籍出版社、安徽教育出版社，2002年，第3873页。
⑧ 曾枣庄、刘琳主编：《全宋文》卷五七五九，第256册，上海辞书出版社、安徽教育出版社，2006年，第266页。
⑨ (宋)楼钥著，顾大朋点校：《楼钥集》卷二，浙江古籍出版社，2010年，第48页。

引文中出现的"气"有刚气、浩然充塞天地之气、忠犯逆鳞勇叱三军之气、雄豪之气、刚大之气、隽明迈往之气、志气、和气、终南嵩华之气、洞庭彭蠡之气、温然典诰气象、丈夫之气、气骨、魁奇磊落之气、文章节气、淑灵气，种类繁多的"气"令人目不暇接。这些"气"均与古文相关，按照主体的不同可以分为自然之气、古文家之气和古文作品之气三个方面。这三个方面又互相交叉，有以自然之气喻古文之气者，如终南嵩华之气、洞庭彭蠡之气；有兼古文家之气与古文之气者，如丈夫之气与气骨。其中大多数材料又将古文家之气与古文之气并列，认为古文作品是古文家之气的外在表现，而读者可以从古文作品中读出文气，进而推知作者之气。这样的思维方式很容易让我们想起那句"文如其人"的熟语，以及法国作家布封的名言——"风格即人"。在文气论的视野中，文章所表现的特点与作者个人的风格气质紧密联系起来，作者的特质成为探讨文学风格的焦点。因此，我们可以将"气"理解为自然的特点、文人的特质或者文学作品的气韵风格，所谓文气论，就是将三者联系起来、分析三者之间关系的理论①，而三对关系之中最关键的就是文人的特质与文学作品的气韵风格的关系。

乾道五年（1169），王十朋为《蔡端明文集》作序，序文以文气论贯穿始终，是南宋中兴时期以气论文的典范，这篇文章涉及文气论的多个范畴，我们可以由此大致串联起南宋中兴时期文人的文气论：

> 文以气为主，非天下之刚者莫能之。古今能文之士非不多，而能杰然自名于世者亡几，非文不足也，无刚气以主之也。孟子以浩然充塞天地之气，而发为七篇仁义之书，韩子以忠犯逆鳞、勇叱三军之气，而发为日光玉洁、表里六经之文。故孟子辟杨墨之功不在禹下，而韩子抵排异端、攘斥佛老之功又不在孟子之下，皆气使之然也。若二子者，非天下之至刚者欤！国朝四叶，文章尤盛，欧阳文忠公、徂

---

① 顾明栋先生《文气论的现代诠释与美学重构》[《清华大学学报》（哲学社会科学版）2014年第1期]一文便从认识论的角度将文气论视为三个世界之间的关系：宇宙的宏观世界、作家的微观世界及其作品的微观世界。他认为文气论基本上是试图发现一个方法去接近三个世界之间的关系，找到一个分析它们相互关系的方法。

徂徕先生石守道、河南尹公师鲁、莆阳蔡公君谟，皆所谓杰然者。文忠之文，追配韩子，其刚气所激，尤见于《责高司谏书》。徂徕之气则见于《庆历圣德颂》，师鲁则见于《愿与范文正同贬》之书，君谟则见于《四贤一不肖诗》……然窃谓文以气为主，而公之诗文实出于气之刚。入则为謇谔之臣，出则为神明之政，无非是气之所寓。学之者宜先涵养吾胸中之浩然，则发而为文章事业，庶几无愧于公云。①

大多数文人在论及文气关系时会从写作主体的角度出发，讨论文人之气对古文作品之气的影响。王十朋这篇序言开门见山地断定了气对于文的作用，即"文以气为主"。这一说法源于曹丕，在南宋中兴时期被数次提起，杨万里《问古今文章》云："工以器为主，贾以财为主，文章以气为主。甚矣，文章之作，步骤驰骋，抑扬高下，无非气使之然也。其气充者其文杰以壮，其气削者其文局以卑，轻浮而骄吝者必无浑厚之辞，褊刻而峭急者必多险谲之语。汪洋大肆，决非肤浅之人；磊落不羁，决非觳觫之辈也。是故文章不关于所学，而关于所养。"② 他从行文与风格两方面阐述了文与气的关系，在行文方面，写作的规模法度、缓急快慢，都是由气来决定的；在风格方面，气则关系到文章的整体形势。他认为文章的语词、气度与作者的气质之间有必然的联系，文章与作者的学养无关而与作者之气密切相关。并不是这一时期所有的文人都像杨万里那样重视气而认为文章与学无关，例如周必大《王元渤洋右史文集序》就说道："文章以学为车，以气为驭。车不攻，积中固败矣；气不盛，吾何以行之哉？"③《皇朝文鉴序》又云："臣闻文之盛衰主乎气，辞之工拙存乎理。昔者帝王之世，人有所养而教无异习。故其气之盛也，如水载物，小大无不浮；其理之明也，如烛照物，幽隐无不通。"④ 他承韩愈的"气盛言宜"之说而

---

① （宋）王十朋著，《梅溪集》重刊委员会编，王十朋纪念馆修订：《王十朋全集》（修订本）文集卷二三，上海古籍出版社，2012年，第963-964页。
② 曾枣庄、刘琳主编：《全宋文》卷五三四二，第239册，上海辞书出版社、安徽教育出版社，2006年，第182-183页。
③ 曾枣庄、刘琳主编：《全宋文》卷五一二一，第230册，上海辞书出版社、安徽教育出版社，2006年，第202页。
④ （宋）吕祖谦编，齐治平点校：《宋文鉴》，中华书局，1992年，第1页。

来，指出文之盛衰取决于气之盛衰，并将气分别与学、理并列，认为气关系到文章的规模气度，是统率文章脉络的关键，学决定了文章思想内容的高下，理则关涉到文辞的工拙。不过，这一时期文人普遍重视气对文的作用，认为作者的气质是古文特点形成的关键因素，这一点是毋庸置疑的。

《蔡端明文集序》接下来以孟子、韩愈、欧阳修、石介、尹师鲁、蔡君谟为例，认为他们都有"刚气"，他们的文章能出于众人之上，都是"刚气"的作用使然。此处可以从两个层面来分析。一方面是作者胸中之气发为文章之气，如周必大写给孙次山的信中称"闻执事廉介绝俗，以胸中浩然之气昌其诗文"①、陆游《答薛参议启》称对方"惟是雄豪之气，寓于钜丽之文"②等，这是文气论的基本内容，在南宋中兴时期的文献中十分常见。另一方面是"刚气"之"刚"，这一时期对"气"的修饰限定词中，"刚"是出现频率比较高的一个。周必大《王元渤洋右史文集序》称赞王氏云："挟之以刚大之气，行之乎忠信之涂。仕可屈，身不可屈；食可馁，道不可馁。如是者积有年，浩浩乎胸中，滔滔乎笔端矣。"《题杨廷秀浩斋记》称赞杨万里云："真所谓浩然之气至刚至大，以直养而无害，塞于天地之间者。"③吕祖谦《寄章冠之》云："君才甚硕气方刚，身虽欲隐文则彰。"④除去自孟子以来言气者几乎必谈的"浩然之气"外，"刚气"几乎是当时文人谈论最多的一种。刚气与浩然之气有一定的相通之处，都强调正大刚直、豪迈壮阔，南宋中兴时期文人推崇的"刚者"，有刚强果断、刚正方直的风姿，而体现在文中的"刚气"则是刚劲矫健、刚直严峻的风格。刚气还与今天我们所说的男性的"阳刚之气"有关，朱熹批评"近岁以来，能言之士多例以容冶调笑为工，无复丈夫之气"，丈夫

---

① 曾枣庄、刘琳主编：《全宋文》卷五〇九四，第229册，上海辞书出版社、安徽教育出版社，2006年，第185页。
② （宋）陆游著，涂小马校注：《渭南文集校注》卷八，见钱仲联、马亚中主编《陆游全集校注》第9册，浙江教育出版社，2011年，第207页。
③ 曾枣庄、刘琳主编：《全宋文》卷五一二八，第230册，上海辞书出版社、安徽教育出版社，2006年，第342页。
④ （宋）吕祖谦著：《东莱吕太史文集》卷一，见黄灵庚、吴战垒主编《吕祖谦全集》第1册，浙江古籍出版社，2008年，第8页。

之气与刚气也是相通的。太平日久,士人以读书为尚,拥有诸多文雅的爱好,性格也容易变得温文尔雅,比起"丈夫之气""阳刚之气"来,"腹有诗书气自华"的书卷气更受欢迎,突如其来的靖康之难则提示了缺乏刚气的后果。联系到南宋人对于渡江北上、收复失地的热切盼望以及主战派、主和派之间的政治斗争,南宋中兴时期文人对"刚气"的追求,体现了时代风云在文学观念中的投射,从中也可以看出他们对士大夫群体气质的自省、反思与矫正。

在《蔡端明文集序》的末尾,王十朋提到了"养气"之说,认为学者需要先培养胸中的浩然之气,然后发为文章与事业,在进退之间可以达到无往而不胜的境界。"养气"是探讨文气论的最后落脚点;杨万里也提出要像孟子学习,涵养浩然之气:"人君欲成一代之文,必先教养其文气;君子欲自为一家之文,必先涵养其文气。"[1] 陆游《上辛给事书》则以文章可以洞见人之邪正、心术、才能因而不容作伪为由,提出"重其身而养其气"[2]。"养气"针对写作主体的气质而提出,意在通过内心修养的提高而使个人气质提升,进而使文章之气得到提升。关于究竟如何"养气",他们没有给出明确的说法,不过,从文人们推崇的文气来看,他们对以性情涵养为主的内心修养相当重视,却较少谈到吸取大自然中的灵气,他们所谓的养气,应该主要指以性情涵养为主的内心修养。"养气"之说在表面上与道学家对修身养性的推崇有相近之处,但二者最终目的不同,不可混为一谈。

总体来说,南宋中兴时期文人的文气论比较全面地继承了前代的文气理论,在此基础上,他们对"气"加以多种修饰限定,使"气"的内涵变得更加宽广深厚,其中对"刚气"的追求尤其带有鲜明的时代特色。他们以包容的胸襟对待文人与古文的多种特质,为不同类型的气质风格提供了自由的生长空间。他们延续了唐宋古文运动中古文家们对文气的关注,却没有像韩愈那样将文气论禁锢在儒学的范围之内,而是从古文写作与鉴赏

---

[1] 曾枣庄、刘琳主编:《全宋文》卷五三四二,第 239 册,上海辞书出版社、安徽教育出版社,2006 年,第 183 页。

[2] (宋)陆游著,涂小马校注:《渭南文集校注》卷十三,见钱仲联、马亚中主编《陆游全集校注》第 9 册,浙江教育出版社,2011 年,第 335 页。

的角度用心寻找文人气质与作品风格的联系,并以此指导了文人的修养与古文写作。

三、功能说:"为文不能关教事,虽工无益"

南宋初年,由于社会局势的动荡,几乎全社会都高度关注军事形势的发展,"士大夫论兵"的现象达到了高潮①。当论兵的高潮回落、文教秩序逐渐恢复后,有些文人一度对古文的价值产生过怀疑。陆游《答方寺丞启》说道:"某缘病废书,迫贫随牒。能古文何用于今世,徒惭长者之见知。"② 杨万里《答周子充内翰书》亦云:"某少也贱且贫,亦颇剽闻文墨,足以发身,骏不解事,便欲以身徇文,不遗余力以学之,竟何所成?虽成,竟何所用?"③ 从他们不无牢骚的话语中可以看到,古文和能古文者的不遇于时,让他们颇为失落。然而,这不能"用于今世"的失落与焦虑,正从另一方面说明,在他们的心目中,古文具备丰富的用途,可以发挥强大的实用价值。在《渭南文集序》中,陆游的幼子子遹记载:"盖今学者,皆熟诵《剑南》之诗,《续稿》虽家藏,世亦多传写。惟遗文自先太史未病时,故已编辑,而名以《渭南》矣,第学者多未之见。今别为五十卷,凡命名及次第之旨,皆出遗意。今不敢紊……尝谓子遹曰,《剑南》乃诗家事,不可施于文,故别名《渭南》。"④ 陆游在未病之前就已经编定《渭南文集》,周详地安排了命名和次第。虽然他的诗作在当时流传甚广,但他认为诗歌中的许多内容是不能进入文章的,文章具有其独立的价值,需要严谨地对待。杨万里《张魏公传》载:"浚自幼即有济时志,不观无益之书,不为无益之文。"⑤ 可见,在当时人的眼中,书和文有有益、无

---

① 刘庆:《"文人论兵"与宋代兵学的发展》,《社会科学家》1994 年第 5 期。
② (宋)陆游著,涂小马校注:《渭南文集校注》卷十一,见钱仲联、马亚中主编《陆游全集校注》第 9 册,浙江教育出版社,2011 年,第 294 页。
③ (宋)杨万里著,辛更儒笺校:《杨万里集笺校》卷六五,中华书局,2007 年,第 2797 页。
④ (宋)陆游著,马亚中校注:《渭南文集校注》,见钱仲联、马亚中主编《陆游全集校注》第 10 册,浙江教育出版社,2011 年,第 530 页。
⑤ (宋)杨万里著,辛更儒笺校:《杨万里集笺校》卷一一五,中华书局,2007 年,第 4422 页。

益之分，有益之文才是应当努力的方向。那么，他们划分有益、无益的标准是怎样的？有益之文究竟有什么功能是诗歌所不具备的呢？

叶适在《赠薛子长》一文中完美地回答了这个问题，他说："为文不能关教事，虽工无益也。"① 无关于教化之事的文是无益之文，也就是说，有益之文必须是关乎教化之文。真德秀《汤武康墓志铭》在赞扬墓主人时也说道："论文章不溺于华靡新奇，而必先乎正大。要其归，以切实用、关世教为主。"② 二人均认为文辞工巧对于文章而言只是可有可无的点缀，而关乎教化的实用价值则是其不可或缺的条件。经过古文运动的推动，古文的应用范围有了很大的拓展，它在南宋中兴时期继续广泛存在于人们的日常生活中，在体现艺术价值的同时更具备多方面的实用意义。这一时期，文人在谈到古文之用时特别强调的，正是其关切世教的价值。

陆游在《周益公文集序》中叙述周必大的经历说："大丞相太师益公，自少壮时，以进士、博学宏词叠二科起家。不数年，历太学三馆，予实定交于是时。时固多豪隽不群之士，然落笔立论，倾动一座，无敢婴其锋者，惟公一人。中虽暂斥，而玉烟剑气、三秀之芝，非穷山腐壤所能湮没。复出于时，极文章礼乐之用，绝世独立，遂登相辅，虽去视草之地，而大诏令典册，孝宗皇帝犹特以属公。"③ 此处将文章与礼乐并称，由于上下文所述的内容过于宽泛，文章礼乐之用的范围还不太明确，我们很难据此判断所谓文章之用具体指向什么。所幸还有后面这条材料作为参照——陆游在《晁伯咎诗集序》还曾讲到："盖晁氏自文元公以大手笔用于祥符、天禧间，方吾宋极盛时，封泰山，礼百神，歌颂德业，冶金伐石，极文章翰墨之用。"④ "翰墨"是文章的代称，"文章翰墨之用"可以简称为文章之用。在陆游眼中，"极文章翰墨之用"的，是晁氏祖先在祥符、天禧的

---

① （宋）叶适著，刘公纯、王孝鱼、李哲夫点校：《叶适集》卷二九，中华书局，2010年，第607页。

② 曾枣庄、刘琳主编：《全宋文》卷七一九一，第314册，上海辞书出版社、安徽教育出版社，2006年，第103页。

③ （宋）陆游著，涂小马校注：《渭南文集校注》卷十五，见钱仲联、马亚中主编《陆游全集校注》第9册，浙江教育出版社，2011年，第389页。

④ （宋）陆游著，涂小马校注：《渭南文集校注》卷十四，见钱仲联、马亚中主编《陆游全集校注》第9册，浙江教育出版社，2011年，第362页。

极盛年间"封泰山,礼百神,歌颂德业,冶金伐石"的事迹。与此相关,周必大于绍兴二十七年(1157)举博学宏词科,从政四十五年,曾以宰相之尊主盟文坛,陆游所谓周必大"极文章礼乐之用",指的就是周必大作为词臣为君王出谋划策、起草文书并参与朝廷典礼制作的经历。乾道三年(1167),卫博撰《文昌杂录跋》,在赞扬《文昌杂录》的作者庞元英时着重表扬了他对朝廷典礼制作的参与:"当时大制作、大典礼,祲盛之容,进退揖逊,罔不与从事。"① 赞美、艳羡之意,溢于言表。在为刘攽、刘敞兄弟的家书撰写跋语时,周必大则惋惜地说:"惜二先生皆以忠厚尔雅之文,隽明迈往之气,事累朝为名臣,然不得一直玉堂,议者惜之。"② 玉堂在宋代指翰林院,翰林学士的职责主要有两方面,一是起草文书,二是为皇帝出谋划策。③ 中兴时期文人以关乎世教之文为"有益""有用"之文,翰林学士的两方面职责都是直接为正统思想服务、向民众施行教化的,故能"极文章翰墨之用"。周必大与"议者"的叹息中,既包括对文章之士在政治地位方面的期许,也含有对文章之才得到施展机会的盼望。这些赞叹与惋惜,让我们看到了文人参与礼乐制度建设的巨大热情,这是自古以来儒家文人的普遍理想,也是承平时代的文人们一展抱负的共同期望。

在这里,我们不得不正视的一个事实是,宋代词臣为君王起草的代言体命令诏册均为四六体而非散体古文。不过,有足够的现象显示,上述"有益""有用"的文章非四六体所能涵盖,古文才是其中的灵魂。从体制上来说,自宋初开始,四六便受到了古文写作的很大影响,"以古文就近体"④(周必大《仲并文集序》)的写作方法得到了南宋中兴时期文人的广

---

① 曾枣庄、刘琳主编:《全宋文》卷四二三六,第192册,上海辞书出版社、安徽教育出版社,2006年,第224页。

② 二刘兄弟中,刘敞曾以翰林学士充永兴军路安抚使兼知永兴军府事,但此处翰林学士仅为寄禄官,并非他的职责之所在。

③ 龚延明在《宋代官制总论》中曾说:"在强化宋代以皇权为核心的中央集权过程中,翰林学士作为皇帝的智囊、参谋,运用其娴熟于胸中的历代典章制度与帝王学的知识,出谋划策,起了重要的作用。"龚延明:《宋代官制辞典》,中华书局,1997年,第13—14页。

④ 曾枣庄、刘琳主编:《全宋文》卷五一一九,第230册,上海辞书出版社、安徽教育出版社,2006年,第162页。

泛认同。陈骙《文则》在总结制诰的写作法则时指出："唐虞三代，君臣之间，告戒答问之言，雍容温润，自然成文。降及春秋，名卿才大夫，尤重辞命，婉丽华藻，咸有古义。秦汉以来，上之诏命，皆出亲制。自后不然，凡有王言，悉责成臣下，而臣下又自有章表。是以束带立朝之士，相尚博洽，肆其笔端，徒盈篇牍，甚至于骈俪其文，俳谐其语，所谓代言，与夫奏上之体，俱失之矣。今采摭《尚书》及《左氏内外传》之语，可以代言奏上者录之，庶使古人之美，昭然可法。如汉武帝初作诰以立三王，各以土俗申戒，文辞气象，未远于古，俱附于后。"①《文则》的成书目的在于为古文写作提供模范与准则，陈骙将古文作为制诰写作的典范，认为近世制诰写作以骈俪为主，已经失去了雍容温润的古雅之义。他将《尚书》《左传》和汉武帝册封齐王、燕王、广陵王的诰书作为制诰写作的典范文本，希望"古人之美"能够延续到当下的制诰文中，希望当朝词臣所撰写的制诰仍然能有古意。即便无法奢求古文单行散体的形式再次为制诰所采用，他也期待古文的美感、内涵和精神能够在制诰中延续。此外，词臣在处理日常行政事务时也会大量接触并经常写作古文，大量奏疏、劄子等是以散体古文写成的，散体古文写作的能力也是他们必须具备的。吕乔年《太史成公编皇朝文鉴始末》记载《宋文鉴》成书后，孝宗称赞说："朕尝观其奏议，甚有益治道。"② 周必大奉孝宗之命为《宋文鉴》撰写的序言中也谈到其编写宗旨乃是："思择有补治道者表而出之"③ 吕祖谦曾称"有用文字，议论文字是也"④。奏议以议论为主，主要内容便是讨论政事，在统治者和文人眼中均为有益之文，写好奏议对文官而言自然是相当重要的。因此，"极文章翰墨之用"的"文章"与古文有很大的关系，参与典礼制作、辅助教化，是中兴时期文人对古文价值的最高期许。《宋史·礼志》赞扬当时礼制云："南渡中兴，锐意修复……孝宗继志，典章文物，有可称述。"⑤ 显然，这份荣耀应当首先归功于当时的文人。

---

① （宋）陈骙著：《文则》，中华书局，1985年，第35页。
② （宋）吕祖谦编，齐治平点校：《宋文鉴》，中华书局，1992年。第2117页。
③ （宋）吕祖谦编，齐治平点校：《宋文鉴》，中华书局，1992年。第1页。
④ （宋）吕祖谦编：《古文关键》，商务印书馆，1936年，第5页。
⑤ （元）脱脱等著：《宋史》卷九八，中华书局，1977年，第2424页。

这一时期，关于古文有益于世教、古文写作者可以充当文学侍从以尽其用的想法也得到了统治者的认可。周必大《芮氏家藏集序》曾记载芮氏受到君王恩遇的过程："绍兴末，高宗将内禅，殿中侍御史蜀名士张震以名闻，高宗曰：'是能古文者。'即日擢监察御史。已而出入中外，为孝宗深知，许以侍从。两朝眷遇盖如此。"① 因高宗认可其"能古文"而受到两朝君王的知遇，这是最高统治者对"能古文者"的赏识，是他们对古文释放出的友好信号。从周必大的叙述中，我们也可以看出，他敏锐地抓住了这一信号，并对古文与能古文者的价值有了更坚定的自信。

然而，只有少数身怀文章之才的士人才有机会通过考试或者像芮氏那样经由推荐成为词臣，进而"极文章翰墨之用"，那终究是多数文人无法企及的高度。那么，除此之外，古文的存在还有什么更普遍的意义呢？韩元吉《送陆务观序》云："夫以务观之才，与其文章议论，颉颃于论思侍从之选，必有知其先后者。既未获逞，下得一郡而施，亦庶几焉。"② 在韩元吉看来，文章议论是政治才能的重要组成部分，大到朝廷之体，小到郡县之政，文章议论的才能都是可以发挥作用的。如果不能够在君王之侧充当文学侍从，那么，为政一方也大致可以施展其才能。陈亮《酌古论序》亦云："文非铅椠也，必有处事之才。"③ 文章通过文人这一主体而与具体事务联系起来，拥有文章之才者大都具备处理具体事务的能力。在关于古文价值的判断中，古文写作者的官员身份被凸显，他们是庞大的政权体系中手握一定权力的参政者。利用手中的权力，他们在担任地方官时也可以教化一方民众，在处理政事的过程中推行圣人之道。从这个意义上来讲，在韩元吉、陈亮等人的眼中，文章不止于润身，还可以经由政事而及物。

在强调现实世界中实用价值的同时，古文反映社会风俗、记载人物事件的功能也引起了一些文人的注意。叶适的弟子赵汝谠在《水心集序》中记载道："昔欧阳公独擅碑铭，其于世道消长进退，与其当时贤卿大夫功

---

① 曾枣庄、刘琳主编：《全宋文》卷五一二〇，第 230 册，上海辞书出版社、安徽教育出版社，2006 年，第 175 页。
② （宋）韩元吉著：《南涧甲乙稿》卷十四，中华书局，1985 年，第 278 页。
③ （宋）陈亮著，邓广铭点校：《陈亮集》（增订本）卷五，中华书局，1987 年，第 50 页。

行，以及闾巷山岩朴儒幽士隐晦未光者，皆述焉，辅史而行，其意深矣。此先生之志也。"① 叶适从欧阳修的碑铭中读到了欧阳修那个时代的社会风俗与人物事迹，并决心以自己手中的笔记述当下的微观历史，希望达到"辅史而行"的目的。这仅仅是与碑铭相关的一部分古文，但叶适以古文"辅史而行"的明确志向体现了他对古文之用的深刻思考与清晰认识。

关切世教与辅史而行涉及的均是古文写作者与外在现实世界的关系，在强调与外在世界关系的过程中，古文作为文学艺术的特质有些被冷落。南宋中兴时期文人在谈到古文时，多讨论其"经国之大业，不朽之盛事"的一方面，较少触及其娱忧舒悲、反映个人内心世界的一面。只有在向外发展受到严重阻碍时，他们才会偶尔想到古文对内心世界的意义。如陆游《书幸》云："文章不传世，自适亦有余。"②《题书斋壁》又云："文章排闷不求名"③。要自适、明志与排解心中的忧闷，质朴的古文比华丽的四六要合适得多，因此这里的文章应当指古文。当人生失意时，陆游还可以从古文中得到乐趣，古文可以为他的心灵提供栖居地。

四、典范选择：从经传诸子到韩、柳、欧、苏

就像宋人在进行诗歌写作时必须面对近在咫尺的唐诗高峰一样，南宋人在进行古文写作时，也必须首先正视中唐至北宋年间的古文高峰。在全面总结古文运动的基础上，南宋中兴时期文人一方面延续了古文运动中以经书、史书及秦汉古文为学习对象的传统，另一方面也从中唐至北宋的古文家中精选了学习的榜样。

陈师道《后山诗话》云："余以古文为三等：周为上，七国次之，汉为下。周之文雅，七国之文壮伟，其失骋；汉之文华赡，其失缓；东汉而下，无取焉。"④ 朱熹亦有"韩文力量不如汉文，汉文不如先秦

---

① （宋）叶适著，刘公纯、王孝鱼、李哲夫点校：《叶适集》，中华书局，2010年，第1页。
② （宋）陆游著，钱仲联校注：《剑南诗稿校注》卷四一，见钱仲联、马亚中主编《陆游全集校注》第5册，浙江教育出版社，2011年，第196页。
③ （宋）陆游著，钱仲联校注：《剑南诗稿校注》卷十五，见钱仲联、马亚中主编《陆游全集校注》第3册，浙江教育出版社，2011年，第10页。
④ （清）何文焕辑：《历代诗话》，中华书局，1981年，第305页。

战国"①之语，表达了明显的贵古贱今、厚古薄今的倾向。在重道轻文、文道一体的文道观的指导下，尊崇经书与贵古贱今的倾向在中兴时期进一步延续。前文已提到陆游《上执政书》叙述自己学习文章的经历时以经书为典范，此外，陈骙在《文则序》中谈到自己科举及第后学习古文的经历时说道："后四年，窃第而归，未获从仕，凡一星终，得以恣阅古书，始知古人之作。叹曰：'文当如是。'且《诗》、《书》、二《礼》、《易》、《春秋》所载，丘明、高、赤所传，老、庄、孟、荀之徒所著，皆学者所朝夕讽诵之文也。"②包括他在内的当时的学者"朝夕讽诵之文"就是六经、《春秋》三传和诸子散文。《文则》一书便以经传之文与诸子散文为准则，阐述了古文写作的规范与准则。在批评同时期所作的古文时，朱熹以圣人之言和欧、苏古文为参照，交代了自己推崇圣人与欧、苏之文的原因："今人作文，皆不足为文。大抵专务节字，更易新好生面辞语。至说义理处，又不肯分晓。观前辈欧、苏诸公作文，何尝如此？圣人之言坦易明白，因言以明道，正欲使天下后世由此求之。使圣人立言要教人难晓，圣人之经定不作矣。若其义理精奥处，人所未晓，自是其所见未到耳。学者须玩味深思，久之自可见。"③圣人所立之言，正是道学家与古文家共同推崇的经典古文。圣人之言的总体风格是"坦易明白"，他们通过文字来记述自己对道的理解，希望后人能够通过他们的文字探求道的义理。其中虽有个别"义理精奥"、不容易理解之处，只要通过长久地"玩味深思"，自然能够通晓。这样的说法很容易让我们联想到黄庭坚向苏轼请教作文之法时得到的答复④。圣人之言一直具备道学经典与作文典范的双重意义，在南宋中兴时期道学迅速发展的情况下，它作为道学经典的意义被着重强调，但它作为古文典范的作用也始终存在着。

从朱熹的话中我们也可以看出，欧、苏之文在说理议论方面与圣人之

---

① （宋）黎靖德编，王星贤点校：《朱子语类》卷一三九，中华书局，1986年，第3302页。
② （宋）陈骙著：《文则》，中华书局，1985年，第1页。
③ （宋）黎靖德编，王星贤点校：《朱子语类》卷一三九，中华书局，1986年，第3318页。
④ 黄庭坚《与王观复书》："往年尝请问东坡先生作文章之法，东坡云：'但熟读《礼记·檀弓》，当得之。'既而取《檀弓》二篇，读数百过，然后知后世作文章不及古人之病，如观日月也。"（宋）黄庭坚著，郑永晓整理：《黄庭坚全集辑校编年》第八辑，江西人民出版社，2008年，第939页。

言有相通之处，是近在眼前的取法对象，与经传一同成为古文写作的重要学习资源。早在南宋初年，吕本中就在《童蒙诗训》中写道："学文须熟看韩、柳、欧、苏，先见文字体式，然后更考古人用意下句处。"① 绍兴二十年（1150），王十朋读《东坡大全集》后写下了《读苏文》。他指出："唐宋文章，未可优劣。唐之韩、柳，宋之欧、苏，使四子并驾而争驰，未知孰后而孰先，必有能辨之者"，"不学文则已，学文而不韩、柳、欧、苏，是观诵读虽博，著述虽多，未有不陋者也"。② 他将欧、苏与韩、柳并称，认为欧阳修和苏轼的古文成就不在韩愈和柳宗元之下，韩、柳、欧、苏之文是习古文者必须学习的内容。在《杂说》中，他还进一步指出："唐宋之文，可法者四：法古于韩，法奇于柳，法纯粹于欧阳，法汗漫于东坡。余文可以博观，而无事乎取法也。"③ 这里不仅将韩、柳、欧、苏并举，而且认为四人的古文各有特色，代表了唐宋古文的最高水平，是唐宋古文中仅有的值得取法的四家，其他人的古文通读即可，并不值得仿效。王十朋于绍兴二十七年（1157）中状元，在当时文坛具有很大的影响力，他对韩、柳、欧、苏的看法基本上奠定了中兴时期文人认识唐宋古文的基础。杨万里《赠彭云翔长句》："赠我文章无不有，出入欧苏与韩柳。"④ 吕祖谦《古文关键》在《总论看文字法》中特别列出了看韩、柳、欧、苏四家文的方法，并认为："学文须熟看韩、柳、欧、苏。先看文字体式，然后遍考古人用意下句处。"以韩、柳、欧、苏之文作为唐宋古文的最高峰，是当时文人较为普遍的认识。据陈晓芬《宋人以"韩柳"并举所反映的文学思想》⑤ 一文，韩、柳并举始于北宋初年，北宋前期的文人们多借助推崇韩、柳而诉求文学革新的愿望，后期则越来越多地探究韩、柳文法的妙处。中兴文人在北宋古文家的影响下继续尊崇韩愈和柳宗元为唐代古文的最高峰，如朱熹曾云："韩、柳文好者不可不看"，"若会将

---

① 郭绍虞辑：《宋诗话辑佚》下册，中华书局，1980年，第603页。
② （宋）王十朋著，《梅溪集》重刊委员会编，王十朋纪念馆修订：《王十朋全集》（修订本）文集卷十四，上海古籍出版社，2012年，第798页。
③ （宋）王十朋著，《梅溪集》重刊委员会编，王十朋纪念馆修订：《王十朋全集》（修订本）文集卷十四，上海古籍出版社，2012年，第801页。
④ （宋）杨万里著，辛更儒笺校：《杨万里集笺校》卷五，中华书局，2007年，第273页。
⑤ 陈晓芬：《宋人以"韩柳"并举所反映的文学思想》，《文艺理论研究》2008年第2期。

《汉书》及韩、柳文熟读，不到不会做文章"①。不过，中兴文人对韩愈和柳宗元的认识与北宋古文家基本一致，这一时期对古文典范的选择中，欧阳修和苏轼之文的脱颖而出更多地体现了具有时代特色的古文观。

楼钥在《东坡与欧阳叔弼兄弟帖》中曾将欧阳修和苏轼的关系概括为"苏以欧而显，欧以苏而尊"，指的是嘉祐二年（1057）贡举中，欧阳修慧眼识珠，苏轼得以崭露头角；而苏轼终生对欧阳修推崇备至，从欧阳修手中接过斯文之任并在其身后不遗余力地将欧阳修的文学与思想发扬光大。楼钥对欧、苏之间这一关系的概括非常到位，欧阳修与苏轼对彼此文学史地位的确立都做出了很大贡献，后人对欧、苏二人，尤其是对欧阳修的评价，往往要回溯到苏轼父子。苏轼在《六一居士集叙》中称欧阳修"论大道似韩愈"②，中兴时期文人将欧阳修与韩愈并称，认为欧阳修延续了韩愈文章的发展脉络，并对韩愈和欧阳修在复兴儒学方面的努力给予了高度赞扬。周必大《龙云先生文集序》称"庐陵郡自欧阳文忠公以文章续韩文公正传，遂为本朝儒宗"，认为欧阳修从文章与儒学两方面得到了韩愈的真传，是宋代儒学的宗师。由于文章续韩愈的正传而成为本朝儒宗，可见在周必大的逻辑中，儒学是韩、欧文章的精髓。杨万里《庸言二十》称韩愈和欧阳修为圣人之徒，并为欧阳修在道学方面的造诣做了辩护："或问：'韩子、欧阳子何人也？'杨子曰：'圣人之徒也。''何以知之？'曰：'孟子曰："能言距杨、墨者，圣人之徒也。"孟子能言距杨、墨者也，韩子、欧阳子能言距释、老者也。能言距杨、墨者为圣之徒，能言距释、老者非圣之徒乎？''然则或谓二子未知道也，信乎？'曰：'二子之未知道，其未知君臣父子仁义礼乐之道乎？抑亦未知清净寂灭虚玄空无之道乎？不知乎前，二子焉得为圣之徒？不知乎后，二子安得为非圣之徒？'"③将韩愈、欧阳修二人"距释、老"比作孟子辟杨、墨，杨万里高度肯定了他们在复兴儒学方面的功绩，从"君臣父子仁义礼乐之道"的方面断定其"知道"，

---

① （宋）黎靖德编，王星贤点校：《朱子语类》卷一三九，中华书局，1986年，第3321页。
② （宋）苏轼著，（明）茅维编，孔凡礼点校：《苏轼文集》卷十，中华书局，1986年，第316页。
③ （宋）杨万里著，辛更儒笺校：《杨万里集笺校》卷九四，中华书局，2007年，第3634页。

以"圣人之徒"的说法巩固了韩、欧二人在儒学方面的地位。在南宋中兴时期重道轻文、文道一体的观念影响下，在道学方面有一定造诣并且能够在古文写作中成功阐发道理是他们衡量古文家的双重标准，在这样的标准下，儒学地位稳固的韩、欧二人在文学方面成为典范也就顺理成章了。直接将欧阳修的文章视为宋文最高峰的也不乏其人，乾道二年（1166），曾几在《东莱诗集序》中说："文集莫盛于唐，亦莫盛于本朝。唐则韩退之、柳子厚，本朝则欧阳文忠公实为之冠。"楼钥《静退居士文集序》也称："欧阳文忠公为本朝文章宗师，犹昌黎文公之在唐也。光焰万丈，不容赞叹。"欧阳修生前在政坛、文坛首屈一指，身后又经苏轼不懈推举，他的地位在北宋已经相当稳固，因此，中兴文人对欧阳修的推崇，在很大程度上体现了对北宋中后期及南渡初期文学典范的延续。

相比于欧阳修，苏轼对道的理解与中兴时期的道学家有很多不同之处，他文中的道不太受认可，然而，苏轼以行云流水般的文章获得了中兴文人的由衷喜爱，成为他们心目中的典范作家。周必大《澈溪居士文集序》云："六一先生之后，文章莫如东坡，时人或得一语，终身荣之。"周必大以欧阳修为儒宗，认为在他之后，苏轼是文章写得最好的一个，在他眼里，苏轼在儒学方面并没有达到欧阳修的高度，他的成就主要体现在文学方面。不过，苏轼作品在中兴时期的传播有一个特殊的有利因素，那就是孝宗的称赏。乾道六年（1170），赐苏轼谥文忠；乾道九年（1173）闰正月，孝宗撰《苏文忠公文集赞》；二月，特赠苏轼为太师。《苏文忠公文集赞》中，孝宗叙述自己日常读书的情形云："朕万几余暇，绅绎诗书，他人之文，或得或失，多所取舍。至于轼所著，读之终日，亹亹忘倦，常置左右，以为矜式，可谓一代文章之宗也欤！"① 最高统治者将苏轼奉为一代文章之宗，盛赞苏轼的气节与文章，并将其放在手边作为文章楷模，苏轼的文章理所当然会受到自上而下的高度关注。陆游在《上殿札子》中发表《苏文忠公文集赞》的读后感说："陛下之言，典谟也。轼死且九十年，学士大夫，徒知尊诵其文，而未有知其文之妙在于气高天下者。今陛

---

① 见（宋）苏轼著，（明）茅维编，孔凡礼点校《苏轼文集》附录，中华书局，1986年，第2385页。

下独表而出之，岂惟轼死且不朽，所以遗学者顾不厚哉！"① 可见孝宗之言深得苏文之精髓、深得陆游之心。陆游早就意识到苏轼文气之高妙，孝宗从文气方面称赞苏轼，恰好与陆游的想法契合，于是陆游认为孝宗的做法对文人士大夫学习苏文起到了巨大的推动作用。在孝宗的提倡下，苏轼其人与其文的影响力迅速扩大，苏文还一度成为士子们学习的经典教材，《老学庵笔记》中"苏文熟，吃羊肉；苏文生，吃菜羹"的谣谚就生动形象地描绘了当时全社会追捧苏文的热潮。赵彦卫《云麓漫钞》也记载："淳熙中，尚苏氏，文多宏放。""宏放"是从古文写作的风格而言，可见南宋人学习苏轼的文章，主要在其写作风格方面。整体而言，中兴文人对苏轼的评价或许不像欧阳修那样高，但是，北宋末年，新旧党争与旧党内部洛、蜀党争对苏轼之文的传播产生过很多阻碍，欧阳修则已盖棺定论而没有受到这些风波的太大影响。从文学传播与接受的角度来看，中兴时期对欧阳修文章的接受与传播来说只是一个自然延续的阶段，于苏轼而言则是解除禁令后再度受到朝野一致追捧的时期，苏轼留给世人的丰富遗产，从这时开始才得到全面的整理与珍视。

与欧阳修、苏轼古文典范地位确立相呼应的，是他们的作品在中兴时期的多次刻印与广泛流传。这一时期，陈亮辑《欧阳文粹》，朱熹编《欧曾文粹》，周必大重刊《欧阳文忠公集》，吕祖谦编《三苏文选》，郎晔注《经进东坡文集事略》，相传为陈亮所辑的《苏门六君子文粹》也于此时问世。这些作品的编辑、印刻与流传既体现了欧、苏古文的流行，也促进了他们作品的传播，进一步巩固了其典范地位。

北宋除欧、苏以外，另有曾巩之文受到了朱熹等道学家的推崇②，王安石、苏洵、苏辙、张耒等人的古文也得到了程度不一的关注，不过，他们所受的关注与欧阳修和苏轼无法比肩。此外需要指出的是，上述古文典

---

① （宋）陆游著，涂小马校注：《渭南文集校注》卷四，见钱仲联、马亚中主编《陆游全集校注》第9册，浙江教育出版社，2011年，第99页。
② 葛晓音指出："后世的理学家和古文家推崇曾巩，主要在'衍裕雅重'的制造，及其论学论道的文章。如朱熹就很欣赏他的《宜黄县学记》和《筠州学记》等文，认为能'说得古人教学意出'。其实，曾巩那些稳重温厚中透出针砭之力的文章，才真正代表他的成就。"葛晓音：《唐宋散文》，上海古籍出版社，2011年，第112页。

范的脱颖而出,并不仅仅与古文写作有关,与时文的写作也有密切的关系。陆游《答邢司户书》云:"故自科举取士以来,如唐韩氏、柳氏,吾宋欧氏、王氏、苏氏,以文章擅天下者,莫非科举之士也。"① 韩、柳、欧、苏等人不仅古文写得好,科举时文也非常出色,在中兴时期时文"以古文为法"的潮流中,他们的古文与时文同时被士人效仿,对其古文作品的传播和古文典范地位的巩固起到了不可忽视的作用。

五、风格倾向:上承北宋,兼容并包

在总结前人的写作经验和评价当代人的古文作品时,中兴文人对古文的风格有过许多议论。前文讨论过的"文气论"已经部分触及了文学风格的问题,但"文气"的着眼点主要在作者本人,而文本是一个相对独立的客观存在,在作者完成之后具备其独立的价值。因此,探讨南宋中兴时期的古文风格论,应主要关注当时文人对古文作品风格特征的认识,观察他们心目中理想的古文风格②。

吕祖谦《古文关键》在"论作文法"时提出了"明白、整齐、紧切、的当、流转、丰润、精妙、端洁、清新、简肃、清快、雅健、立意、简短、阔大、雄壮、清劲、华丽、缜密、典严"③ 等风格。与包容多种类型的文气相似,南宋中兴时期文人对不同的古文风格表现出了极为宽广的胸襟。吴承学指出:"提倡风格的多样化是中国古代文学批评的优良传统","风格的多样化是艺术的必然特性","真正艺术昌盛繁荣的时代,必然是艺术风格多样化的时代"④。从这个意义上来说,南宋中兴时期无愧为古文风格多样化、古文艺术昌盛繁荣的时代。正因如此,想要从中归纳出当

---

① (宋)陆游著,涂小马校注:《渭南文集校注》卷十三,见钱仲联、马亚中主编《陆游全集校注》第9册,浙江教育出版社,2011年,第338页。
② 吴承学《中国古典文学风格学》(北京大学出版社,2011年,第4—11页)一书认为"气"是人物品评从外部给风格学提供的形式和方法,从艺术内部促进人们对艺术风格本质理解的传统概念是"体"。他还指出,在古代文论的相关术语中,"体"字最切近现代意义的"风格"一词。不过,南宋中兴时期文人在谈论古文风格时不太经常用"体"的概念,因此本书仅以文本自身的艺术风格与作者带来的"文气"相区分。
③ (宋)吕祖谦编:《古文关键》,商务印书馆,1936年,第5页。
④ 吴承学:《论中国古典的文学风格品级说》,《广东社会科学》1990年第1期。

时主流的古文风格,无疑有相当的难度。王十朋与吕祖谦都曾在谈如何学习韩、柳、欧、苏四家古文时对他们的风格进行过概括:

> 唐宋之文,可法者四:法古于韩,法奇于柳,法纯粹于欧阳,法汗漫于东坡。余文可以博观,而无事乎取法也。(王十朋《杂说》)①
>
> 看韩文法[简古]一本于经,亦学《孟子》。学韩简古,不可不学他法度。徒简古而乏法度,则朴而不文。
>
> 看柳文法[关键]出于《国语》。当学他好处,当戒他雄辩,议论文字亦反复。
>
> 看欧文法[平淡]祖述《韩子》。议论文字最反覆。学欧平淡,不可不学他渊源。徒平淡而无渊源,则委靡不振。
>
> 看苏文法[波澜]出于《战国策》《史记》。亦得关键法。当学他好处,当戒他不纯处。(吕祖谦《古文关键·看文字法》)②

前文已经提到,韩、柳、欧、苏之文是中兴文人眼中最值得取法的"近代"古文,那么韩、柳、欧、苏的古文风格可以被视为中兴文人喜爱、关注并认为值得学习的古文风格。上述引文中归纳四人古文风格的词语,与南宋中兴时期古文风格论中出现频率较高的词语或者一致、或者相关,下文将以王十朋和吕祖谦对韩、柳、欧、苏的这些归纳作为切入点,辨析中兴文人的古文风格论。

关于韩文,王十朋将其概括为"古",而吕祖谦概括为"简古"。"古"指质朴淳古,"简古"指简朴古雅,这一时期与此相关的风格论词语还有"高古",指高雅古朴。陆游《上陈安抚启》云"文章简古,在先秦两汉之间"③,又可见"古"的典范是先秦两汉之文。唐宋古文运动以复古为旗帜,韩愈是其中倡导复古最有力的一个,他的古朴文风为中兴文人所认同,意味着唐宋古文运动复古精神的延续。吕祖谦还强调要学习韩文的

---

① (宋)王十朋著,《梅溪集》重刊委员会编,王十朋纪念馆修订:《王十朋全集》(修订本)文集卷十四,上海古籍出版社,2012年,第801页。
② (宋)吕祖谦编:《古文关键》,商务印书馆,1936年,第2—3页。
③ (宋)陆游著,涂小马校注:《渭南文集校注》卷七,见钱仲联、马亚中主编《陆游全集校注》第9册,浙江教育出版社,2011年,第184页。

"法度"。"法度"指规范、规矩、格式,古文之法度也就是每种文体应当遵循的体制。中兴时期详细讨论古文体制的文献不多,陈骙《文则》对不同文体的主导风格的概括是其中出类拔萃的,他说:"春秋之时,王道虽微,文风未殄,森罗辞翰,备括规摹。考诸《左氏》,摘其英华,别为八体,各系本文:一曰命婉而当,二曰誓谨而严,三曰盟约而信,四曰祷切而悫,五曰谏和而直,六曰让辩而正,七曰书达而法,八曰对美而敏。作者观之,庶知古人之大全也。"① 此处对八种文体风格的概括简洁到位,可见陈骙对各种文体的贴切理解。陈亮《书作论法后》称"大手之文,不为诡异之体而自然宏富"②,也是尊重古文法度、体制的表现。从这里还可以看出,南宋中兴时期文人对古文风格多样性的包容建立在遵守每种文体特有体制的基础之上,而且其中也有人强调要针对每种文体的特质培养其独特的美感风格。

关于学习柳文,王十朋认为要学他的"奇",吕祖谦认为要学他的"关键"。"关键"在文学理论中指诗文作品的结构,与风格关系不大。"奇"有出人意料之意,朱熹认为柳文之奇"大概是不肯蹈袭前人议论,而务为新奇。惟其好为新奇,而又恐人皆知之也,所以吝惜"③,可见"奇"又可以理解为"新奇"。不过,对于"奇"这一风格,中兴时期文人的看法不太一致。陈亮《书作论法后》提倡"奇寓于纯粹之中"④,吕祖谦《古文关键》鼓励"常中有变,正中有奇"⑤。陈亮和吕祖谦认为可以适当地运用"奇",朱熹明确反对"奇",而他们提出的与"奇"相对的风格分别是"纯粹""正""坦易明白"。可见对他们而言,相对于"奇",纯正、朴实、平易是更重要、更值得追求的风格。朱熹云:"欧公文章及三苏文好,说只是平易说道理,初不曾使差异底字换却那寻常

---

① (宋)陈骙著:《文则》,中华书局,1985年,第27-28页。
② (宋)陈亮著,邓广铭点校:《陈亮集》(增订本)卷二五,中华书局,1987年,第287页。
③ (宋)黎靖德编,王星贤点校:《朱子语类》卷一三九,中华书局,1986年,第3314页。
④ (宋)陈亮著,邓广铭点校:《陈亮集》(增订本)卷二五,中华书局,1987年,第287页。
⑤ (宋)吕祖谦编:《古文关键》,商务印书馆,1936年,第5页。

底字。"① 将用字造语之"平易""寻常"作为欧阳修和三苏文章的优点，更可看出北宋古文运动确立的平易自然、流畅婉转的文风在南宋中兴时期文人心目中的延续。

关于欧文，王十朋谓之"纯粹"，吕祖谦概括为"平淡"，虽用词不同，却都强调其纯正、朴实、浑厚、不事雕琢的风格，与上一段中所论的"平易"有一定的相通之处。中兴时期文人对欧阳修古文风格的认识中，还经常出现"纡余"（或写作"纡徐"）一词，如陈亮《书欧阳文粹后》云"公之文雍容典雅，纡余宽平，反覆以达其意，无复毫发之遗"②，朱熹认为"曾所以不及欧处，是纡徐曲折处"③。"纡余"一词的较早出现是在司马相如《子虚赋》和《上林赋》中："襞积褰绉，纡徐委曲"，"酆、鄗、潦、潏，纡余委蛇，经营乎其内"。《文选》刘良对后者注云："纡余委蛇，屈曲貌。"后来韩愈《进学解》以该词形容人物风貌："纡余为妍，卓荦为杰"④，指有才之人从容不迫的气度。自苏洵以"纡徐委备"概括欧阳修的古文之后，该词才被广泛运用到文学风格论中，指文辞舒缓婉转，文章从容不迫、曲折有致。吕祖谦为欧文在"平淡"之外附加"反复"和"渊源"两个特点，他对欧文的认识其实也可以用"纡余"一词来归纳。从陈亮《书欧阳文粹后》的话中我们还可以看出，"纡余"主要是说理议论的特点，指能够婉转曲折地将文意表达得清晰透彻。北宋古文的一大特点就是擅长议论，从宋室南渡到中兴，无论士大夫言事论政还是道学家说理，都需要大量用到议论文的写作。对"纡余"风格的认同，一方面推广了欧阳修的古文风格，另一方面也延续了北宋以来古文的议论功能。

最后，关于苏文，王十朋称其"汗漫"，吕祖谦称其"波澜"。"汗漫"指任性放纵、漫无边际，"波澜"指笔法豪放、跌宕起伏。两人的概括都

---

① （宋）黎靖德编，王星贤点校：《朱子语类》卷一三九，中华书局，1986年，第3309页。
② （宋）陈亮著，邓广铭点校：《陈亮集》（增订本）卷二三，中华书局，1987年，第246页。
③ （宋）黎靖德编，王星贤点校：《朱子语类》卷一三九，中华书局，1986年，第3314页。
④ （唐）韩愈著，马其昶校注，马茂元整理：《韩昌黎文集校注》卷一，上海古籍出版社，2014年，第53页。

没有突破苏轼的自我认定："吾文如万斛泉源，不择地皆可出。在平地滔滔汩汩，虽一日千里无难。及其与山石曲折，随物赋形，而不可知也。所可知者，常行于所当行，常止于不可不止，如是而已矣。其他虽吾亦不能知也。"① 与"汗漫"对应的是"一日千里无难"，与"波澜"对应的是"与山石曲折，随物赋形，而不可知也"。不过，朱熹曾有一段话批评当时文人学习苏文的方法不当，他说："东坡虽是宏阔澜翻，成大片滚将去，他里面自有法。今人不见得他里面藏得法，但只管学他一滚做将去。"② 在这里，"汗漫"与"波澜"的说法被朱熹批评。其实，无论说苏文"汗漫""波澜"还是"藏得法"，都有一定道理，字面意义上又都有一些模糊笼统、含糊其词。朱熹与王十朋、吕祖谦在此处的分歧，恰巧让我们看出，中兴时期文人对苏文都很感兴趣，但对苏文的具体特色却还在逐步的摸索、总结之中。

从以上材料中我们还可以看出，中兴文人不仅有意识地分析韩、柳、欧、苏四人的古文风格，而且十分重视他们的古文风格论，对唐宋古文运动中推崇的文风给予了大力支持。在评价南宋中兴时期古文的成就时，朱迎平先生曾总结道："没有北宋的第一次高潮，当然就不能形成宋文的特色和传统；而没有乾、淳宋文的中兴，这种特色就难以保持，传统就难以延续。第二次高潮是对第一次高潮的重要回应和支撑。因此，宋代散文平易流畅的总体风格之所以能在元、明、清三代沿袭不衰，北宋诸大家的开创奠基之功固不可没，而乾、淳作家的呼应弘扬之功也不可磨灭。"③ 中兴时期，古文保持了北宋古文运动形成的特色，延续了北宋古文家的写作传统，对北宋时期的古文高潮形成了回应、支撑与弘扬，这与当时文人对唐宋古文运动的古文风格的体察以及对他们的古文风格论的继承有必然的联系。也正是在这个意义上，中唐至北宋的古文在南宋中兴时期达到了名副其实的中兴。

林庚先生曾以"盛唐气象"一词概括盛唐诗歌中因诗人蓬勃的思想情

---

① （宋）苏轼著，（明）茅维编，孔凡礼点校：《苏轼文集》卷六六，中华书局，1986年，第2069页。
② （宋）黎靖德编，王星贤点校：《朱子语类》卷一三九，中华书局，1986年，第3322页。
③ 朱迎平：《宋文论稿》，上海财经大学出版社，2003年，第156－157页。

感而形成的独特精神面貌①。从南宋中兴时期文人的古文观念中，我们看到了纯粹谨严的气质、刚正方直的风骨、忧国忧民的担当、博大开放的胸襟与沉稳自信的坚持，这是中兴时期特殊的历史背景下由文人生动的思想感情所生成的，何尝不在一定程度上呈现着"中兴气象"呢？

古文观是一个开放的话题，关于创作论、文体学等方面的内容都可以纳入讨论范围，由于考虑到南宋中兴时期的时代特色，本节只能选取有限的几个特殊角度加以探索。一种复杂的观念一旦落实到字句中，往往就已经丢失了部分内容，更何况我们今天能够看到的只是文人的一部分字句。想要完全还原描述文人内心的古文观念，只能是一个理想。不过，借由文字而一步一步靠近他们的内心、一点一点更清楚地认识他们的想法，也不失为一种有价值的努力。

第三节　南宋中兴时期文人的记体文写作观念

忠实地记录事件发生的全过程，是记体文最基本的写作目的。随着宋代文人议论风气的兴起，北宋中后期，文人们已经注意到了记体文中议论成分的大肆扩张，并试图对此加以纠正。如蔡絛《西清诗话》记载王安石与苏轼的互相批评云："王文公见东坡《醉白堂记》，徐云：'此定是韩白优劣论。'东坡闻之，曰：'不若介甫《虔州学记》乃学校策耳。'"② 陈师道《后山诗话》则直接批评道："退之作记，记其事耳，今之记乃论也。"③ 在"记事"与"议论"的较量中，"记事"作为记体文中的原有成分，享有天然的优越地位，而"议论"作为记体文的新增成分，难免会受到一些抵触。南宋中兴时期文人关于记体文写作的看法，大部分围绕记事与议论展开的，在坚持记体文纪实本色的前提下，他们对记体文中的议论成分表现出逐渐包容的态度。在当时人眼中，记体文是衡量古文写作水平的重要标尺，记体文这一年轻的古文体裁在北宋文人手中得到了淋漓尽致的书写，欧阳修、苏轼、曾巩等人的作品尤其具备典范的意义。

---

① 林庚著，葛晓音编选：《林庚文选》，北京大学出版社，2010年，第67－85页。
② （宋）蔡絛著：《西清诗话》卷中，据明抄本影印，见蔡镇楚编《中国诗话珍本丛书》第1册，北京图书馆出版社，2004年，第339页。
③ （清）何文焕辑：《历代诗话》，中华书局，1981年，第309页。

一、纪实本色的坚守

在《朱子语类》中，朱熹对记体文的纪实特点提出了明确的要求："因论文，曰：'作文字须是靠实，说得有条理乃好，不可架空细巧。大率要七分实，只二三分文。如欧公文字好者，只是靠实而有条理。如张承业及宦者等传自然好。东坡如《灵壁张氏园亭记》最好，亦是靠实。秦少游《龙井记》之类，全是架空说去，殊不起发人意思。'"① 所谓"靠实"，即实在、切合实际，在靠实的基础上能够叙述得条理清晰才好，朱子所举欧阳修《新五代史》中的传记不在本书的考察范围之内，其后对两篇记文的评价，则明确体现了他对记体文纪实的要求。苏轼《灵壁张氏园亭记》先后记述张氏园亭的位置、景色、张氏家族营建园亭的经过，只有一小段文字论及君子的出处，随后又分析张氏子孙"仕者皆有循吏良能之称，处者皆有节士廉退之行"② 的原因，末尾写自己打算买田于泗水之上，希望能与张氏子孙同游。这篇记文大部分内容在用事实说话，思路清晰明了，正符合朱熹"靠实"的要求。秦观的《龙井记》之所以受到朱熹的批评，很可能是因为文中记载了井中有龙的说法③，"子不语怪、力、乱、神"，秦观并未亲自见到井中之龙，却在记文中记载了当地人的传说，这无疑与纪实的精神相违背。

强大的记事功能使记体文成了保存历史资料的极好载体，程颢在《晋城县令题名记》一文中便对秦汉之后诸侯国不设史官、不编史书的情况表示了遗憾，并阐述自己作记的动机说："故欲闻古史之善而不可得，则因谓今有题前政之名氏以为记者，尚为近古。而斯邑无之，乃考之案牒，访之吏民，才得自李君而降二十一人，第其岁月先后而记之，俾民观其名而不忘其政，后之人得从而质其是非以为师戒云耳。"④ 他已经明确地意识

---

① （宋）黎靖德编，王星贤点校：《朱子语类》卷一三九，中华书局，1986年，第3320页。
② （宋）苏轼著，（明）茅维编，孔凡礼点校：《苏轼文集》卷十一，中华书局，1986年，第369页。
③ （宋）秦观著，徐培军笺注：《淮海集笺注》卷三八，上海古籍出版社，2000年，第1221-1222页。
④ （宋）程颢、程颐著，王孝鱼点校：《二程集》，中华书局，1981年，第462页。

到记文可以存史,也通过自己的写作有效地保存了历史资料。从这篇文章中也可以看出来,北宋文人的记文写作开垦了许多"荒原",他们做的很多工作是前无古人的,为后来者留下了丰富的文化遗产。

从南宋中兴时期记体文的叙述中很容易发现,他们在考察前人遗迹时,普遍以记文中记录的信息为可靠依据。如陆游《入蜀记》记载自己到真州时与友人共同前往东园游玩云:"园在东门外里余,自建炎兵火后,废坏涤地,漕司租与民,岁入钱数千。昔之闳壮巨丽,复为荆棘荒墟之地者四十余年,乃更葺为园。以记考之,惟清燕堂、拂云亭、澄虚阁,粗复其旧,与右之清池、北之高台尚存。若所谓流水横其前者,湮塞仅如一带,而百亩之园废为蔬畦者,尚过半也,可为太息。登台,望下蜀诸山,平远可爱,裴回久之。"① 文中说的"以记考之",指的是欧阳修《真州东园记》。皇祐三年(1051)欧阳修写作记文时并未亲眼见到园林,是友人许元绘制东园的画带给欧阳修,欧阳修依据图画和许元的陈述写作的记文。欧阳修笔下芙蕖的历、佳木列植的东园在南渡后有四十年荆棘丛生,直到乾道年间才得以重建,而重建的规模比皇祐年间缩小了一半还多。以欧阳修笔下的东园与自己眼前的东园互相印证,陆游不免感慨万千。记文中称"若乃升于高以望江山之远近,嬉于水而逐鱼鸟之浮沉,其物象意趣,登临之乐,览者各自得焉"②,陆游登台远望时十分欣赏诸山之景,不过,山川如故,东园非复旧时模样,陆游观景的心情已经无法像许元那样单纯了。"以记考之"的做法经常见诸中兴时期文人的笔端,朱熹也曾根据苏辙《南康直节堂记》亲自向当地的老人询问直节堂的相关情况,并将官署中另外一间屋子题名为直节堂,以"仿佛前贤之遗意"③。文人每到一地,往往会考察当地的历史文化,北宋的记体文已经成为南宋中兴时期文人考察地方历史文化的重要文献依据。

有时,前人记文中记载的内容不够周全,作者还会伺机补充叙述相关

---

① (宋)陆游著:《入蜀记》卷二,中华书局,1985年,第11页。
② (宋)欧阳修著:《居士集》卷四十,见洪本健校笺《欧阳修诗文集校笺》,上海古籍出版社,2009年,第1029-1030页。
③ (宋)朱熹著:《晦庵先生朱文公文集》卷八一,见朱杰人、严佐之、刘永翔主编《朱子全书》第24册,上海古籍出版社、安徽教育出版社,2002年,第3843页。

的事实。周必大《跋赵湖州祠堂记》便写道:"右《湖州刺史赵公子嶙祠堂记》,仲并所作。其载守城之功甚备,独云事甫定,公遽罢,后以御史言复还,又数月竟去,凡称罢者再,漫不言坐何事。予惧或者疑公为罪行,故以闻诸太史氏者补之。"① 文中提到的祠堂记,即仲并《赵公远祠记》②,周必大在跋文中指出记文没有交代赵公两次罢官的原因,并在跋文中详细补充说明。在他看来,只有清楚地交代赵公两次罢官的来龙去脉,才能够明白他为什么被当地民众如此爱戴。周必大的跋文中还提到"公子伯衍屡求予书,将刻之碑阴云",可见赵公之子对仲并记文的疏漏也是感到遗憾的。单纯阅读记文文本,并不容易发现作者在记事方面所下的功夫和他的疏漏,这则跋文中周必大和赵公之子的态度,则明确显示出他们对记体文记事之严谨周全的用心追求。

中兴时期文人认为,不仅与记文相关的人事需要切实、详细地加以记录,记文中涉及的前人事迹也必须按其本来的面貌书写,不得与历史事实有出入。叶适《习学记言序目》中曾批评苏辙"记闵子祠堂、东轩、遗老斋,辙以知道自许,虽求为有得之言,然与事不合"③。叶适提出的"与事不合"之处指向的是记文中孔子、闵子、颜子等人的行为和思想,苏辙在记文中发表的观点看似有自己的独到之处,但叶适经过仔细追究,发现他对圣贤事迹的考察不够翔实,将这样的观点写入记文中,更是不妥当的。北宋记体文中已经出现了很多以议论为主的篇目,中兴时期道学的发展为记体文中议论成分的发展提供了持续的动力,前代圣贤的思想和事迹是记体文中重点谈论的内容之一。道学家严谨的学术态度决定了他们对记体文中的议论也有严格的要求,即便议论的对象并不是当下能够亲自调查的,也需要根据可靠的文献加以合理推论,不能为了推陈出新而妄下结论。

宋代记文的写作者未必都能亲眼见到自己的记述对象,前文中提到的欧阳修《真州东园记》就是欧阳修根据友人的叙述而作的。然而,苏轼在

---

① 曾枣庄、刘琳主编:《全宋文》卷五一二六,第 230 册,上海辞书出版社、安徽教育出版社,2006 年,第 308 页。
② 曾枣庄、刘琳主编:《全宋文》卷四二四三,第 192 册,上海辞书出版社、安徽教育出版社,2006 年,第 322-324 页。
③ 见(宋)吕祖谦辑《皇朝文鉴》三,中华书局,1977 年,第 734 页。

《石钟山记》已经提出过质疑:"事不目见耳闻,而臆断其有无,可乎?"①洪迈为友人向巨源写作《临湖阁记》时也根据自己的经验对临湖阁的真实性提出了质疑:"予发书疑不信者累日,私自策曰:巨源诗人也,其词夸。是其子孑来南,仅得边一障,财为郎亟去之,酸寒却扫,于是四年矣,未闻有朽贯腐粟可以汰。予从土木之事久,颇解商工费,斯阁也,度不满百万不可止,巨源安有是哉!彼特文其滑稽,饷我一笑耳。巨源诗人也,其词夸,记未可作。"② 向巨源是洪迈的老朋友,洪迈对他家中的经济条件有所了解,认为他应该负担不起建造一座楼阁的巨大开销,所以对他信中陈述的内容产生了怀疑。洪迈认为向巨源身为诗人,容易夸大其词,而记文写作则必须有事实依据才行,因此他一开始并不准备为向巨源作记,直到听一位朋友叙述过自己亲见的临湖阁和向巨源建造临湖阁的过程后,才相信了向巨源的话并为他写作了《临湖阁记》。这篇记文以洪迈了解临湖阁的过程为线索,结构别出心裁,话语生动而亲切。在以幽默为基调的文章中,作者对记体文纪实原则的严格要求,尤其令人印象深刻。

此外,南宋还是地方志大量编纂且体例趋于完备的时期,记体文所载事实往往准确翔实,因而顺理成章地成为地方志撰写的重要依据。范成大《吴郡志》"学校"一门所引用的文献材料全部是记体文,先后有朱长文《苏州学记》、郑仲熊《重修大成殿记》、张伯玉《六经阁记》、洪迈《御书阁记》、吴潜《修学记》、陈耆卿《复田记》六篇,"官宇"一门"双瑞堂""瞻仪堂"二条之下还引用了范成大本人写作的记文。南宋中兴时期地方志所涉及的门类涵盖了公共建筑记文的全部题材,私人居所记文与山水游记也有一部分进入地方志编纂者的视野。在地方志大量编纂的背景下,当中兴时期的文人要动笔写作一篇记体文时,他们很可能会意识到这篇文章将来可能被当作历史文献收录到地方志中。因为记体文有可能被当作历史文献收录到地方志中,所以准确翔实地记录事件势必会成为作者不可推卸的责任。

---

① (宋)苏轼著,(明)茅维编,孔凡礼点校:《苏轼文集》卷十一,中华书局,1986年,第371页。
② 曾枣庄、刘琳主编:《全宋文》卷四九一八,第222册,上海辞书出版社、安徽教育出版社,2006年,第72页。

从中唐开始，记事便是记体文的基本功能。北宋时，议论成分的加入使记体文的纪实色彩受到了一定的影响。但是，通过以上内容可以看出，北宋中后期的文人们已经开始批评这一现象，并试图扭转局面。在南宋中兴时期文人的观念中，记事仍旧是记体文的首要功能，纪实的性质是记体文写作应当遵循的原则，不论记述当下的事实还是重述古代的事实，这一原则都是不可违背的。

二、对议论成分的接纳

《后山诗话》中，陈师道认为当时的记体文由于大篇幅的议论而不合体制，无法与韩愈的作品相提并论，由此可以看出他对记体文转向议论抱有坚定的反对态度。然而，从现存文献来看，中兴文人很少对记体文中的议论表示明确的反对，在他们看来，已经夹杂了不少议论的北宋记体文比韩、柳的记体文更加出色，如果记体文中能够发明道理，无疑是优秀的篇章。例如楼昉《崇古文诀》称曾巩《抚州颜鲁公祠堂记》"议论正，笔力高，简而有法，质而不俚"①，可见他并不把议论作为破坏记体文体制的"凶手"，而是把它当作记体文的一个重要元素来对待。

关于议论在记体文中的作用，南宋中兴时期的文献中最经常提到的一点是发明道理。如黄榦《与郑成叔书》云"承谕记文，笔力低弱，不足以发明尊丈宣义家庭之训与贤昆弟相与之情"②，吕祖谦《与周丞相子充书》云"《江西道院记》惬当无可议，发明元祐之政尤善"③ 等。既言"发明"，自然是与道理相关，是指创造性地阐发前人不知的义理，记文中的"发明"文字当然是以说理议论为主。从引文来看，作者不仅不排斥这"发明"，反而把它当作了自己的写作目的之一，有意用心为之。林之奇在奏议《损益三说》中赞扬宋高宗赵构于绍兴末年自作的《损斋记》说："惟皇帝陛下潜心义文之道而默契孔氏学《易》之要，迩者辟殿庐之侧以为损斋，躬洒宸翰作为记文，发明损、益二卦之奥旨，写诸琬琰，遍赐廷

---

① 王水照编：《历代文话》，复旦大学出版社，2007年，第1册，第498页。
② （宋）黄榦著：《黄勉斋先生文集》卷二，中华书局，1985年，第26页。
③ （宋）吕祖谦著：《东莱吕太史别集》卷九，见黄灵庚、吴战垒主编《吕祖谦全集》第1册，浙江古籍出版社，2008年，第450页。

臣，俾凡儒林之学《易》者，举得以圣王为师而学焉。"① 高宗为自己的书斋作记并遍赐群臣，本身便是记体文发展史上的重要事件。高宗在记文中发明义理的做法，一方面很容易引起群臣的效仿，并为记体文中的议论成分提供合法性，另一方面则会让当时文人对记体文之议论的批评声音减弱。这虽然是君王的个人选择，却无疑会对当时的记体文写作观念产生极大的影响。

古文写作对文道关系的重视，尤其是南宋中兴时期道学迅速发展的局面下文人们以道为本、文道一体的观念，使记文作者在发明道理时更加"理直气壮"起来。朱熹《答张敬夫》云："近作《濂溪书堂记》，曾见之否？谩内一本。发明天命之意，粗为有功，但恨未及所谓不谓命者，阙却下一截意思耳。此亦是玩理不熟，故临时收拾不上。如此非小病，可惧也。"② 文中所说的《濂溪书堂记》，即《晦庵先生朱文公文集》中收入的《江州重建濂溪先生书堂记》，这篇记文几乎三分之二的篇幅都在说理，而朱熹还遗憾未能讨论到"所谓不谓命者"，反思自己平时玩理不熟。释宝昙《澹斋记》云"余恐其流为枯槁淡泊，故以圣贤事业而发明之，以为君实《澹斋记》"③，显然，这篇记文的写作动机便是发明圣贤事业的相关道理。不论阅读记文还是写作记文，发明道理都成了文人们关注的内容。

不过，记事终究还是记体文的首要功能，道理的发明只能在记事的基础上展开。朱熹《答敬夫孟子说疑义》便云："亦尝为人作得数篇记文，随事颇有发明。"④ 所谓"随事颇有发明"，既是朱熹写作数篇记文后的简单总结，也透露出了记文对阐发义理的限制——不可脱离所记之事。楼昉《崇古文诀》评李觏《袁州学记》云"议论关涉"⑤，这里的"关涉"，也

---

① （宋）林之奇著：《拙斋文集》卷五，据旧抄本影印，见四川大学古籍整理研究所编《宋集珍本丛刊》第44册，线装书局，2004年，第641页。
② （宋）朱熹著：《晦庵先生朱文公文集》卷三二，见朱杰人、严佐之、刘永翔主编《朱子全书》第21册，上海古籍出版社、安徽教育出版社，2002年，第1391页。
③ 曾枣庄、刘琳主编：《全宋文》卷五三八七，第241册，上海辞书出版社、安徽教育出版社，2006年，第166页。
④ （宋）朱熹著：《晦庵先生朱文公文集》卷三一，见朱杰人、严佐之、刘永翔主编《朱子全书》第21册，上海古籍出版社、安徽教育出版社，2002年，第1356页。
⑤ 王水照编：《历代文话》，复旦大学出版社，2007年，第1册，第505页。

是指文中所发的议论与事实之间关系密切。由此可见,记事仍旧是记体文的必要内容,道理再大、发明得再好,也不可以无拘无束、天马行空。与此同时,记体文在发明道理时有一个真实而具体的事例作为参照,它的说理便不会像论体文那样容易流于枯燥和抽象。

对记体文之议论的友好态度,使南宋中兴时期文人在总结前人记体文时也有了与陈师道等人不一样的认识。王应麟在《辞学指南》卷四引用朱熹之语云:"记文当考欧、曾遗法,料简刮摩,使清明峻洁之中自有雍容俯仰之态。"① 可见,北宋古文家的记体文已经真正成为南宋记体文写作者钻研并效仿的对象,对南宋记体文写作发挥了重要的影响。叶适《习学记言序目》云:"韩愈以来,相承以碑志、序、记为文章家大典册,而记,虽愈及宗元,犹未能擅所长也。至欧、曾、王、苏,始尽其变态,如《吉州学》《丰乐亭》《拟岘台》《道州山亭》《信州兴造》《桂州新城》,后鲜过之矣。若《超然台》《放鹤亭》《篔筜偃竹》《石钟山》,奔放四出,其锋不可当,又关纽绳约之不能齐,而欧、曾不逮也。"② 在他看来,碑志、序、记是古文的重要题材,是古文家立足的根本,其中,记体文并不是韩愈和柳宗元擅长的文体,直到北宋欧阳修、曾巩、王安石、苏轼,才将这一文体发展到了极致。《吉州学记》等六篇文章,分属于欧阳修、曾巩、王安石三人,叶适认为,它们已经完全超越前人,之后也少有更好的作品出现。然而,苏轼的横放杰出乃北宋记体文中的奇观,在他的几篇作品中,个人思想感情得到了无拘无束的尽情抒发,随物赋形,锋芒毕露,即便欧、曾、王三人也难以企及。需要特别注意的是,此处叶适并没有讨论这些记文是否遵守文体规范,而是说只有到欧、曾、王、苏才"尽其变态"。"变态"一词与"常态"相对,联系陈师道《后山诗话》中的观点,常态应当指的是"记其事"的传统写法,"变态"则指向北宋记体文中的新元素,其中最突出的便是议论。从叶适对记体文发展史的总结可以看出,他已经完全接受了北宋文人对记体文的"变态",在他眼中,那是记体文自然的状态,也是记体文的最佳状态。

---

① (宋)王应麟编:《玉海》(合璧本)卷二〇四,中文出版社,1986年。
② 见(宋)吕祖谦辑《皇朝文鉴》三,中华书局,1977年,第733页。

此外，在中兴文人看来，记体文的优秀篇章，不仅在记体文发展史上具有重要的价值，在记文作者的个人文学成就中也占有重要的分量。据《朱子语类》记载，朱熹认为"今刊行《丰乐亭记》是六一文之最佳者"[①]，"东坡如《灵壁张氏园亭记》最好"[②]。叶适尽管将欧、曾、王、苏的记体文推到了至高无上的地位，但毕竟是就记体文的发展史来讨论他们的成就；朱熹将《丰乐亭记》与《灵壁张氏园亭记》分别视为欧阳修与苏轼文章写作的顶点，显然也体现出他对记体文的高度认可。对记体文的看重，意味着文人们会在记体文写作上多下功夫，南宋中兴时期记体文数量丰富、佳作频出，应当与他们对这一文体的看重有很大关系。

---

① （宋）黎靖德编，王星贤点校：《朱子语类》卷一三九，中华书局，1986年，第3308页。
② （宋）黎靖德编，王星贤点校：《朱子语类》卷一三九，中华书局，1986年，第3320页。

第二章　地方社会建设的记功

南宋中兴时期 1800 余篇记体文中，以公共建筑为记录对象的有 1100 余篇。南渡年间遭到破坏或年久失修的基础设施、官署、学校、祠堂、寺观等建筑在这一时期得以修整、重建或扩建，为公共建筑记文的写作提供了大量契机。尽管南宋财政聚集于中央是一个不争的事实，但近年来有学者明确指出："从实际的建设层面去看，南宋中晚期的地方学校（州县学）、书院、乡贤祠、造桥铺路、救灾施赈、义庄、义田、各级官衙的兴建、各级政府与人民刊刻精美书籍、州县城郭、边防与水利设施等硬件建设，次数之多，规模之大，远高于北宋及南宋前期。"[①] 这些建筑往往是地方官员、百姓时常出入的场所，其中很多是当地的标志性建筑，相应的记文通常以详细记载修造经过、褒扬建设者的功绩为主要内容。中兴时期的公共建筑记文大都曾经刻石立于建筑之侧，既记录着地方发展的历史，也逐渐成为地方历史文化的有机组成部分。

第一节　基础设施修建记：地方建设之功的铭刻

为加强农业生产、方便百姓生活而修建的基础设施，既是社会发展的突出表现，也是官员政绩的重要组成部分。基础设施修建记是记体文不可轻视的一类题材，《全宋文》所收的南宋中兴时期这类题材的记文约有

[①] 黄宽重：《艺文中的政治：南宋士大夫的文化活动与人际关系》，北京大学出版社，2020年，第56页。

250篇。南方地区的地理条件决定了农业生产、百姓生活与水资源之间的密切联系，南宋中兴时期，陂塘、堤堰、水闸等水利设施大量修建并得到了记录，桥、社仓等建筑也成为记体文的常客。以"桥记"为例，北宋古文大家中，欧阳修、王安石、苏洵、苏轼均无这类题材的记文传世，仅曾巩与苏辙各有一篇；南宋中兴时期，古文名家洪适、韩元吉、范成大、周必大、杨万里、朱熹、吕祖谦、叶适等人的别集中都有桥记。绍圣年间苏轼谪居惠州时曾为筹建东西两桥东奔西走、慷慨解囊，但两桥修成之后他并未写作桥记，而是写作了《两桥诗》。而中兴时期即便是不擅长古文的地方官主持修建了地方基础设施，也往往要请自己的朋友或当地的名人写作一篇记文。工程建设需要大量的人力和物力，从记文的内容来看，地方官们为了避免劳民伤财而采取了多种有效措施，许多闲居家乡的士大夫与乡绅一起参与家乡的基础设施建设，推动了当地的发展。基础设施的大量修建，主要受惠者是百姓，相应的记文在记述修建者的功劳时，也描绘了地方社会复兴的景象。

一、对南方民情的体察与记体文题材的开拓

士大夫对当地民情的体察，往往是基础设施建设开展的直接原因，这一过程又能够显示官员的爱民之心，故而是记文不可或缺的一部分。南宋绍兴年间朝廷曾规定诸州路府长官、监司在到任半年后向朝廷提交"便民五事"，《建炎以来朝野杂记》载："自绍兴初，令诸道守臣到官半年，陈便民五事。既又命给舍看详，其可行者以闻。其后寖废。淳熙末，复申行之。"[1] 所谓"便民五事"，即社会调查报告与整改计划。虽然这一规定的执行时断时续，但从南宋中兴时期基础设施修建记来看，官员们到任后大都深入体察民情，对民生疾苦有比较充分的认识，基础设施建设也随之得到了大力开展。如张孝祥《黄州开澳记》开篇云：

> 守杨宜之至黄三月，问诸父老，曰："黄之所以未复其故者，以古澳之未濬也。黄为州，临江背山，沙岸壁立。客舻上下，无所于

---

[1] （宋）李心传著，徐规点校：《建炎以来朝野杂记》甲集卷六，中华书局，2000年，第143页。

泊，幸而毕关征，则弃去如脱兔。四方之物至黄者，不复贸易。黄之民，惟其土之毛，昼合于市，无所售，则闷然以归。夫然者，以四方之来者不留故也。今诚还澳之旧，使顺流而下、沂江而上者，不于黄有风涛之厄，稍为旦暮计，黄之为黄，庶乎可也。"

宜之惕然，不皇顾其帑廪之有无，即日鸠工，惟父老之言为信。亲率畚锸，于以用民，而民无怨，阅廿日而开澳之工毕。①

根据宋代官制，地方官只能由外地人担任，在这种情况下，地方官上任之初若想有所建树，尤其需要对当地百姓的需求加以细致考察。长江水从黄州北面来，在黄州城边转而向东流去，黄州是名副其实的"长江绕郭"，且有"黄金水道"之称，"澳"指岸边水流弯曲、可供船舶停靠的地方，开澳以借江上往来之客开展贸易，无疑是促进当地经济发展的上策。父老之言有理，官员行动迅捷，当地百姓定能从中得到实惠。

宋室南渡后，南方地区人口迅速增加，许多荒地得到开垦，水利设施的修建，为农业生产提供了必要的支持。与之相应的是水利设施记文数量的大幅度增长，（浮）桥、井、渠、塘、陂、池、河、闸、湖、堰、浦、堤、澳、峡、渡船等水利设施频繁出现在中兴时期记体文的题目中，成为基础设施修建记的重要题材。叶适《绩溪县新开塘记》是这类记文中比较有代表性的一篇：

田于山谷，蹛高逗深烧变，筑叠而堨，引其泉流以润泽之，有所不及，益凿为塘，储雨以待。昔之聚民于此者，择其水土之利，固已详矣。若夫计田而掘，量亩而浚，必使水无不足，而不以雨旸之节听于天，时有水旱而田无高下，皆欲为乐岁。人之愿虽然，而人之事不能尽然也。民啬税输，而与官较尺寸之旱，常以报闻，则讼牒烦而诈伪起，绩溪之民无善俗矣。

王君木叔宰是县之始，行视民田，验其水利之近远，塘堨之有无，而知所以丰荒之故曰："凡不得水者，当别开塘注田尔。"农不可，曰："田狭，吾安能坏见田，又刻财与力创为之耶！"教之再三，

---

① （宋）张孝祥著，徐鹏点校：《于湖居士文集》卷十四，上海古籍出版社，1980年，第143页。

犹不听。木叔曰："是不足告语。"其治县节缩，稍得余钱，遂请于监司，买民田使为之，古迹之废并修之，塘之所须楗桩木石皆买与之，工食之不足者颇助之。毕二年，为新塘六十八，堨六，买田有自亩三十至六十步，出钱有自缗二百三十以上至千文，饮田有自亩二千至三千，然后绩溪之田无不得水。绍熙五年，县民始不以旱报官而岁全熟美矣。木叔之治民，又详矣哉！

古之长民者示之以意，其次为条教，其次号令之，最下者挞罚驱胁之，意之难从久矣。若木叔知计田掘塘为民利，以条教告之，以号令使之而已；民有不听，挞罚之尔。夫将以利之而已，虽或挞罚之，未过也。今木叔以条教号令为不能，挞罚之又不可，故为之买田掘之，又为之买楗桩木石与之，工食助之，如父母待骄子然。或曰："非常道，木叔委曲以就其民尔。"夫委曲以就其民而可以利之，虽非常道，斯谓之仁矣。绩溪之民，忘之，可乎？不忘，未之计，废坠之，可乎？

木叔名柟，永嘉人也。

庆元元年五月二十日。①

作者首先论述了修筑水塘的必要性，认为靠天吃饭不是长久之计，凿塘储存雨水以应对水旱之灾，才是农业生产的正确路径。绩溪的百姓常常稍有旱灾就上报，官府不得不因此下令减免税收，谎报灾情的情况时有发生，导致地方财政收入不足，形成了恶性循环。叶适未曾在绩溪做官，文章第一段所讲的内容应当主要是王柟在绩溪做县令时发现的，如第二段所说，是他"行视民田，验其水利之近远，塘堨之有无"的结果。为了改变绩溪县农业生产的状况，王柟力排众议，在两年的时间内主持建造了六十八个水塘，六个堨（挡水的堤坝）。百姓的反对声音，是这类记文中较少见的，比较常见的情况是当地百姓都认为迫切需要改善基础设施，地方官顺应民意，官民齐心协力开展工程建设。例如楼钥《余姚县海隄记》载："施君始至，问民疾苦，咸以此为大病。亲往视之，询究利害，乃得要领。"②

---

① （宋）叶适著，刘公纯、王孝鱼、李哲夫点校：《叶适集》卷九，中华书局，2010年，第148-149页。

② （宋）楼钥著，顾大朋点校：《楼钥集》卷五六，浙江古籍出版社，2010年，第1014页。

相比而言，顺应民意的工程开展起来更容易，而官员一手包办的工程则更能体现个人的组织能力。绩溪百姓的反对意见，恰好可以折射出王桐眼光的长远。

王桐在绩溪修建水塘，所花费的钱财是他"治县节缩"所得，地方官员从自身做起、缩减财政支出以支持基础设施建设，是这一时期基础设施修建记中经常记载的现象。韩元吉《信州新作二浮桥记》亦云："淳熙十年仲夏，信溪大水，浮桥敝几垫，郡守朝奉郎钱侯象祖议新之。时岁屡歉，众惧费不能给也，侯则曰：'吾非取诸经赋也，刻敢敛于民？顾吾承乏民上，愧无以及民者，惟是燕设厨传之常，则加节焉。'"① 浮桥是在水灾中损坏的，而水灾必定影响到当地的农业生产，百姓很难出资修桥，官府的税收也不足以支撑修桥，钱象祖自愿缩减自己的日常支出，积攒钱财以用于浮桥的修建。如此损己利人的举动，尤其能够体现地方官员对百姓的深切关怀。

绩溪一系列的水利设施建成后，农田皆有灌溉水源，庄稼丰收，官府也不再接到旱灾的报告了。第三段中，叶适肯定了王桐的长远眼光，评价王桐对待百姓的态度"如父母待骄子然""斯谓之仁矣"，并希望绩溪百姓能够铭记王桐的贡献，妥善地维护这些水利设施。关于修建水利设施的益处，楼钥《慈溪县兴修水利记》谈道："余观古循吏剖讼解纷，功止一时，惟水利之兴，则可以惠民于无穷。"② 在这一点上，楼钥与叶适、王桐等人的看法是一致的。

二、地方社会振兴的注脚

南宋中兴时期记体文中所记述的基础设施建设许多是由地方官员决策、众人合力为之，作者在记述建设之功时常常关注到当地社会的景象，地方社会的振兴在记体文中得到了细致的展现。关于南宋的地方建设，黄宽重谈道："检视相关史籍，特别是南宋的文集、地方志等资料，却会发现从北宋到南宋，江南地区各州县诸多有形的硬件建设，如城墙、官衙、

---

① （宋）韩元吉著：《南涧甲乙稿》卷十五，中华书局，1985年，第300页。
② （宋）楼钥著，顾大朋点校：《楼钥集》卷五六，浙江古籍出版社，2010年，第1010页。

学校、书院、贡院、寺庙乃至桥梁、渠堰水利等不断兴修或重建,规模越来越大。同时诗社、乡饮酒礼、法会等社会文化宗教活动及乡曲义庄、社仓、赈灾、施药、施粥、育婴等慈善公益活动也不断出现,而且愈来愈多。这些事实充分显示宋代江南地区的经济实力与文化建设,并不因财政中央化而萎缩、衰退,反而呈现相当蓬勃、极具活力的景象。"[1] 中兴时期文人记录基础设施建设的记体文,既存在于文集,也被收录到地方志中成为可靠的资料,为南宋地方社会的振兴提供了极好的注脚。

郑汝谐《易瓦记》记载了青田县(在今浙江丽水)百姓的房屋更换屋瓦之事,郑汝谐为青田本地人,他深知当地百姓所受的火灾之苦,在乾道年间就曾给郡守范成大上书,请求将百姓屋顶的茅草更换为瓦,但范成大很快离任,郑汝谐也前往临安做官,此事被搁置了三十年。作者在文中记述火灾的景象云:"三十年间,无一岁不火,或一岁而再火,民力日瘁,民俗日陋,茅茨之居,至是十几七八。火之始炽,未尽一室,而茅烬飞扬,拂空而下,四面之火环合而起,操器提水欲事沃灭者,眙愕无所措。漏下数刻,燎余之室无几矣。居者惴惴,苟幸朝夕之安,殆不知有生之乐也。"[2] 水火无情,一场火灾很容易让一个家庭遭受灭顶之灾,而且还威胁到人们的生命安全。屋顶的茅草极其易燃,即便自己处处小心谨慎,也难以避免周围邻居家火势的蔓延。生活在这样的环境中,人们日日担忧火灾的发生,心神不定。郑汝谐虽宦游在外,却"每念此事,未尝不蠱于怀"。直到庆元年间,他闲居在家,此事才得以正式提上日程。文中记述事情的经过云:

> 今太守赵公善坚才全而贤,始至,访民之疾苦,皆罢行之。摩抚赢瘵,政化日洽,补漏葺罅,财用日裕。余亦得请居闲,因自喜曰:"三十年落落之志,其登济于斯乎?"爰露前恳,公无靳色。县有征木之入,岁率归郡,郡给以资其用,令尹黄由己总其施行之略。余命乡

---

[1] 黄宽重:《从中央与地方关系互动看宋代基层社会的演变》,见张希清、田浩、黄宽重等主编《10—13世纪中国文化的碰撞与融合》,上海人民出版社,2006年,第334页。

[2] 曾枣庄、刘琳主编:《全宋文》卷五四一〇,第242册,上海辞书出版社、安徽教育出版社,2006年,第146页。

官毛当时、邑士潘硕司其出纳,董凡役事。二子于义甚勇,遍走里巷,携寻度以计民居之广狭,而籍其用瓦之数,且号之曰:"贫者给之,富者而自易之。"榱桷楹栻之朽腐挠弱者,次第新之。民悦以听,罔敢违拒。乃于溪之南北择便地而陶焉。藉乡县之匠,以次就役,日给佣金。买薪于贩鬻之家,僦工于游闲之夫,无一毫扰吾民也。以庆元二年六月始事,至次年九月讫工。蕞尔井邑,斩然一新。甍宇相属,栉比鳞合,沿流下上,明洁可观,东西行者,叹昔未有。是役也,郡用钱百万有奇,县佐以十之一,费不甚夥,而利则甚溥。以邑令措画究心,与士夫相其成者众也。曰余熙、陈熺、留自度、祝大辨,其直之不取,而捐地以为埴;赵希慥、毛竑又相先后,随事以宣其劳。

郑汝谐见当地太守赵善坚是一位关心民生的官员,遂向他提出了易瓦的建议,两人顺利地达成了共识。易瓦的用度主要由赵善坚协调,工程的开展则由郑汝谐统筹安排,参与其事的既有官府中的小官,也有当地的士人,记文中一一记录他们的姓名与各自的贡献,表彰了他们共同的功劳。施工的过程中,郑汝谐等人为节省开支,提出了"贫者给之,富者而自易之"的办法,根据每户人家的经济情况决定是否免费提供瓦,得到了当地百姓的广泛支持。这项工程需要耗费极大的人力,他们并没有征百姓服役,而是雇佣瓦工、游闲者来工作,付给他们相应的酬劳,因此并未影响到当地百姓的生活。工程结束后,当地景象焕然一新,与前文中火灾的情形相比,易瓦后"甍宇相属,栉比鳞合,沿流下上,明洁可观",百姓无须生活在惴惴不安之中。"东西行者"的赞叹尚且是次要的,当地百姓的生活因此平安稳定,才是郑汝谐等人最大的功绩。

袁枢《万石桥记》记载万石桥落成典礼上当地耆老之言说:"吾邦地狭而岁多俭,人贫而心易危,使年穀不登,田里愁嗟,则桥之成无日矣。今岁丰人安,事克有济,亦太守镇抚之惠也。"① 万石桥的建设历时五年,过程曲折,工程量巨大,尽管有地方官的支持,但是必须在"岁丰人安"

---

① 曾枣庄、刘琳主编:《全宋文》卷五四二〇,第 242 册,上海辞书出版社、安徽教育出版社,2006 年,第 314 页。

的情况下才能完成。记文中还常常写到这些建筑建成之后当地气象的焕然一新，例如杨万里在《新喻县新作秀江桥记》中写道："桥成，沂而望者，若凫鸥之泛清波而将翔也；履而过者，若乌鹊之梁天汉而不没也。于是畋之栖者果，瘠者泽，流者止，而往来之济者，视渊为陵，视水为岸，视惊涛为坦途。"① 虽然叙述中有杨万里诗意的想象，但这座"亘古未有"的浮桥给当地百姓带来的生活上的便利与视觉上的震撼，一定是实实在在的。曹纬《重建跨塘桥记》云："桥梁之兴废，先贤以是观人之政。"② 地方基础设施的兴建，是南宋社会中兴的极好注脚。

中兴时期社会振兴的景象，很容易让人联想到北宋年间的情况。陆游《常州奔牛闸记》在记述奔牛闸的重修经过后议论道：

> 予谓方朝廷在故都时，实仰东南财赋，而吴中又为东南根柢。语曰："苏常熟，天下足。"故此闸尤为国用所仰。迟速丰耗，天下休戚在焉。自天子驻跸临安，牧贡戎赟，四方之赋输，与邮置往来、军旅征戍、商贾贸迁者，途出于此，居天下十六七，其所系岂不愈重哉？虽然，犹未尽见也。今天子忧勤恭俭以抚四海，德教洋溢如祖宗时，齐、鲁、燕、晋、秦、雍之地，且尽归版图，则龙舟仗卫，复沂、淮、汴以还故都，百司庶府，熊罴貔虎之师，翼卫以从，戈旗蔽天，舳舻相衔，然后知此闸之功，与赵侯为国长虑远图之意，不特为一时便利而已。③

奔牛闸是运送粮饷的重要通道，在北宋年间就曾在南方财赋向汴京的运输中起到重要作用。宋室南渡后，江浙地区成为全国的中心，奔牛闸的重要性也进一步体现出来，四方的人马货物都从这里经过，此地的熙熙攘攘是南宋社会繁荣景象的一个缩影。不过，陆游始终对收复北方失地抱有幻想，他在此处描绘自己想象中南宋君臣返回汴京的情景，表达了他对南

---

① （宋）杨万里著，辛更儒笺校：《杨万里集笺校》卷七三，中华书局，2007年，第3065—3066页。
② 曾枣庄、刘琳主编：《全宋文》卷五七一五，第254册，上海辞书出版社、安徽教育出版社，2006年，第287页。
③ （宋）陆游著，涂小马校注：《渭南文集校注》卷二十，见钱仲联、马亚中主编《陆游全集校注》第9册，浙江教育出版社，2011年，第497—498页。

宋社会进一步的期望。将陆游想象中的景象与南宋的社会现实对比可以看出，中兴时期的社会振兴终究还是有缺憾的。

中兴时期的地方基础设施中，社仓是比较特别的一种。高宗绍兴二十年（1150），魏掞之在建阳县（今南平市建阳区）首创社仓，在庄稼歉收时借贷粮食给百姓。朱熹对这一制度十分赞赏并大力推行，在他的努力下，多处社仓得以建立，淳熙八年（1181），社仓制度在全国推行。为社仓写作记文，是朱熹推广社仓制度的重要步骤。《晦庵先生朱文公文集》中现存八篇社仓记，其中《建宁府崇安县五夫社仓记》是最早的一篇，文章详细记录了建立社仓的缘由。乾道四年（1168），朱熹奉祠闲居于福建崇安县开耀乡，春夏之交，当地发生了严重的饥荒。知县写信给朱熹，请他与当地另一位有名望的老人刘如愚共同劝说富裕的人家开仓赈济灾民，灾情因此得到了暂时的缓解。不料旁边一地区突发盗窃案，周围民心不稳，当地的粮食也消耗殆尽，直到知府从官仓中发来粮食，方才真正缓解了灾情。当年冬天，百姓自愿上交家中多余的粮食补充官仓的赈灾粮，新任知府王淮命他们将粮食留在当地，并在官府登记备案。第二年夏天青黄不接时，朱熹和刘如愚又建议将这些粮食贷给百姓，按当年的收成收取利息。此后，王淮离任，沈度继之，朱熹和刘如愚再次建议在当地建立社仓储存粮食，沈度接受了他们的建议，并专门拨款予以支持。五夫社仓于乾道七年（1171）建成，次年，与朱熹共同主持此事的刘如愚前赴江西幕府为官，朱熹向官府推荐了经营社仓的人选，并与王炎共同商定了社仓的规程。淳熙元年（1174），朱熹为五夫社仓写作记文并刻石立碑。淳熙八年（1181），他向孝宗建议推行社仓制度，孝宗诏令颁其法于四方，《晦庵先生朱文公文集》卷九九收有朱熹的《社仓事目》①。在为《社仓事目》自作的跋语中，朱熹记载自己入对时"因得具以所居建宁府崇安县开耀乡社仓本末推说条奏"，可见《社仓事目》是以五夫社仓的模式为蓝本的。

得到孝宗的认可后，社仓在南宋得到了一定的推广，从现存的文献来看，实际响应者并不多，但朱熹却不辞劳苦地陆续写作了数篇社仓记，努

---

① 朱杰人、严佐之、刘永翔主编：《朱子全书》第 25 册，上海古籍出版社、安徽教育出版社，2002 年，第 4596－4600 页。

力推广其事。其中,《常州宜兴县社仓记》与《建昌军南城县吴氏社仓记》均在开篇部分简单介绍五夫社仓的创立经过,进而赞扬当地人能够建立社仓、使百姓有所依恃。在《建昌军南城县吴氏社仓记》的末尾,朱熹写道:"熹病,力不能文,然嘉其意,不忍拒也,乃为之书其本末。既以警夫吴氏之子孙,使其数世之后,犹有以知其前人之意如此,而不忍坏。抑使世之力能为而不肯为者,有所羞愧,勉慕而兴起焉,则亦所以广先帝之盛德于无穷,而又以少致孤臣泣血号穹之慕也。"① 这篇文章写于庆元二年(1196),道学当时已被斥为"伪学"。尽管体力不支,朱熹还是坚持写作了这篇记文。在希望吴氏子孙长久地维持社仓运营、"广先帝之盛德"、实践自己的主张等目的的背后,固然有朱熹本人远大的政治理想,但无疑也深藏着朱熹真诚而迫切的爱民之心。

三、"风波"中的一座浮桥及三篇桥记

南宋中兴时期修建的基础设施中,台州中津桥是设计最精心、形制最特别、规模最宏伟、延续时间最长的建筑之一。《全宋文》中收有关于该桥的记文三篇,该桥的修建关系到朱熹弹劾唐仲友的公案,它的新建与数次重修牵涉到当时多位重要人物,是中兴时期基础设施修建记中一个值得详细考察的个案。

淳熙七年(1180),唐仲友调任台州知州,次年三月,常平使者前来巡视②,唐仲友在城南迎接,不料"戊夜登舟,篙工失度,比晓乃汔济"③,不难想象,那天拂晓前在那艘迷失方向的渡船上,唐仲友心中会怎样焦虑不安。或许就是在渡船茫然无际地漂浮时,他下定决心要在这里修一座风雨无阻的桥。唐仲友向当地父老询问这一交通要道为何至今没有

---

① (宋)朱熹著:《晦庵先生朱文公文集》卷八十,见朱杰人、严佐之、刘永翔主编《朱子全书》第24册,上海古籍出版社、安徽教育出版社,2002年,第3815页。

② 《中国古代建筑文献集要·宋辽金元·下册》(程国政编注,路秉杰主审,同济大学出版社,2013年)称这位常平使者是朱熹,并说"不知道朱熹后来弹劾唐仲友是否与此有关"。据《朱子年谱》卷三,朱熹于淳熙八年十月改除提举浙东常平茶盐公事,淳熙九年七月巡历绍兴府属县,入台州界。因此,唐仲友此次迎接的常平使者当不是朱熹,此事与朱熹后来弹劾唐仲友并无直接联系。

③ (宋)陈耆卿纂,徐三见点校:《嘉定赤城志》,中国文史出版社,2004年,第23页。

修桥，得知每日潮汐升降给桥梁的修建带来了极大的障碍后，他按照比例尺建造模型、在水池中做实验——"度高下，量广深，立程度，以寸拟丈，创木样置水池中，节水以籥，效潮进退，观者开谕"。唐仲友利用这一比例尺为1∶100的模型直观地向工匠们解说自己对浮桥的设计，工匠们很快明白了他的想法。仅仅一个月后，中津桥正式动工，当年九月便已修成。唐仲友亲自撰写《新建中津桥碑记》及碑铭，并将石碑立于桥边的亭子里。从《新建中津桥碑记》来看，令唐仲友自矜的，主要是其设计浮桥的才能以及周密的筹划。记文对浮桥的建筑形制与维护制度均做了详细的记载：

> 筑两堤于皇华亭之东，鳌以巨石，贯以坚木，载护以蔄楗。中为级道，两旁却为月形，三其层以捌水势，南堤上流为夹木岸以受水冲，堤间百十有五寻，为桥二十有五节，旁翼以栏，载以五十舟，舟置一碇，桥不及岸十五寻，为六筏，维以柱二十，固以楗筏，随潮与岸低印，续以版四，锻铁为四锁，以固桥纽，竹为缆，凡四十有二，其四以维舟，其八以挟桥，其四以为水备，其二十有六以系筏、系锁，以石围四系缆，以石狮子十有一、石浮图二缆当道者，植木为架，迁飞仙亭于南岸，迁州之废亭于北岸，以为龙王神之祠。为僧舍及守桥巡逻之室二十有一间，南僧舍，为僧伽之堂。凡桥栏舟筏之役，五邑共之。黄岩预竹缆之需，余皆属临海。金木土石之工二万二千七百，用州钱九百八十万，米四百五十斛，酒二百六十石。桥既成，因其地名之，曰中津。第赏官吏有差，宴犒以落之。命临海尉、支盐官主桥事，两指使同视启闭，择报恩寺僧行各二人奉香火，置吏属，行文书，番将校，主巡警逻者二人，守桥十有四人，皆厚其廪给。又以度数名物为图志，禁防法守为要策，田亩财用为版籍。东湖岁输公帑数百缗，改入焉，以备葺费。命临海、黄岩令董茸事，所以为桥计者，粗备矣。

如此详细地记述建筑形制、花费及维护制度，显然更方便后人了解中津桥的构造，这样的记文在这一时期并不多见。茅以升《中国古桥技术史》便依据唐仲友的记文推测中津浮桥接活动引桥以解决潮汐浮沉的技术,绘制了"宋代中津浮桥潮汐升降布置推测图",并称赞唐仲友"在800年前解决了复杂的潮汐河流浮桥问题","在近代浮桥设计中也可作为参考"①。浮桥的建造取材便利,但容易被大水冲坏,中兴时期的桥记中有很多类似的情形,例如吕祖谦《抚州新作浮桥记》记载抚州的浮桥在乾道初年开始修建,淳熙二年(1175)便因"甚雨淫潦,漂航断笮,无一存者"②。中津桥受河水与潮水的双重冲击,尽管在设计上已有周全的考虑,新修浮桥的唐仲友还是早早预料到了它将来不可避免的修葺,甚至,他觉得这座浮桥"虑始之难,未若保之之难"。因此,他安排专人负责浮桥的修葺,并专门调拨了每年修葺的费用。由此也可以推测,他在记文中详细记录浮桥的形制,一方面应出于对自己的建筑设计才能的自矜,另一方面可能希望后人维护、修葺这座桥时以文中记载的信息作为参照。

果然,这座漂浮于潮汐之上的浮桥难以长久地保全,它重修的频率甚至比唐仲友预想的还要高——据《赤城志》,绍熙二年(1191)、庆元元年(1195)、庆元二年(1196)、嘉定四年(1211)、嘉定六年(1213)皆重修之,自建成起,三十二年间重修五次。然而,就是这样一座在潮汐河流上风雨飘摇、极易损坏的浮桥,自南宋淳熙八年(1181)建成后一直在灵江上作为百姓往来的交通要道,直到新中国成立后1964年新的临海大桥建成,才被迁到上津改作上津浮桥。《中国古代交通》一书称其为"现存距今最早的,也是最有代表性的古代浮桥"③。唐仲友在记文中叙述自己作记的初衷云"记其大概,使后人知其勤,尚或继之",后人能够继之近八百年,一定是他始料未及的。近八百年间,每当需要重修中津桥时,唐仲友这篇《新建中津桥碑记》都应该是首先会被查阅的文献资料,或许是从桥边的石碑上,或许是从地方志中,也或许是从唐仲友的别集里。数百年间,从浮桥上往来的人们,应当常常会驻足于桥边的亭子里,一边读石碑上记载的浮桥形制一边对照眼前浮桥的构造,感叹这座近三百米长的浮桥

---

① 茅以升:《中国古桥技术史》,北京出版社,1986年,第219-220页。
② (宋)吕祖谦著:《东莱吕太史外集》卷六,见黄灵庚、吴战垒主编《吕祖谦全集》第1册,浙江古籍出版社,2008年,第96页。
③ 李楠编著:《中国古代交通》,中国商业出版社,2015年,第36页。

的宏伟与神奇。

《新建中津桥碑记》还记载了唐仲友造桥前后当地百姓的反应："方议作桥则疑，中则谤，既成则疑释谤弭，而悦继之。"由此看来，中津桥的建造过程中，百姓颇有非议。不过，唐仲友在写作记文时远远未曾料到，所谓"既成则疑释谤弭"，只是他的一厢情愿。中津桥建成的那年秋天，宰相王淮举荐朱熹为提举浙东常平茶盐公事，第二年八月，朱熹前往台州巡查，他在来台州的途中便因听闻台州流民之言而上书弹劾与王淮有姻亲关系的唐仲友（《按唐仲友第一状》，七月十九日），朱唐交恶自此拉开序幕。这场公案在当时和后世均受到了许多关注，洪迈《夷坚志》与周密《齐东野语》均有记载，其中朱熹杖责营妓严蕊之事被明代凌濛初写进《二刻拍案惊奇》，近现代以来也经常被人们提起。朱熹《按唐仲友第三状》中，中津桥成为朱熹弹劾唐仲友的一个理由，朱熹的证据是唐仲友"破费支万余贯官钱，搔扰五县百姓数月"，"专置一司，以收力胜为名，拦截过往舟船"，"却是本州添一税场"①。由于朱熹不遗余力地弹劾，不久后，唐仲友离开台州回到家乡，此后再未担任官职，淳熙十五年（1188）逝世，时年五十三岁。

《全宋文》收有高文虎《重建中津桥记》一篇，在记述完庆元元年（1195）时任台州知州周晔修桥的经过，尤其是褒扬其"不剥于下，民罔闻知，植大惠利，寓以康衢"后，高文虎特意发表了自己对唐仲友修桥的意见："比岁始谋桥，实规截舟以事征剥，意靡在民，今所谓启桥钱者是也。夫设桥以惠民，乃售钱然后启，检匿煽虐，岁月未艾，是岂善政哉！诚能悉捐其旧以尽惠台人，则桥可损益，而惠无穷已也。前十三年，余及观桥之成，既不能伸其言，后于此乃及述桥之再，犹觊其言之听也。"②尽管这里没有直接点出"比岁始谋桥"的主角唐仲友，其中的指责与批评却是毫不留情的，几乎可以看作是朱熹弹劾唐仲友的理由的详细版，而且这篇记文对周晔的褒扬中也暗含对唐仲友的讽刺。中津桥最初修建时，高

---

① （宋）朱熹著：《晦庵先生朱文公文集》卷十八，见朱杰人、严佐之、刘永翔主编《朱子全书》第20册，上海古籍出版社、安徽教育出版社，2002年，第839页。
② 曾枣庄、刘琳主编：《全宋文》卷五四一一，第242册，上海辞书出版社、安徽教育出版社，2006年，第170页。

文虎担任台州添差通判，虽然朱熹在弹劾唐仲友的札子中并未写到高文虎向他提供怎样的证据，但高文虎无疑想通过这篇记文进一步坐实唐仲友的罪名，哪怕此时唐仲友早已去世七年。《宋元学案·说斋学案》在谈到朱熹弹劾唐仲友这段公案时揣测"文虎小人之尤，殆曾出于其手"①，高文虎这篇《重建中津桥记》正可以作为证据之一。不过，当年在幕后帮助朱熹的高文虎，写作这篇记文时正在辅助韩侂胄、胡纮制造庆元党禁，朱熹则以"伪学魁首"落职罢祠并很快在党禁中离世，令人唏嘘。

嘉定六年（1213），台州知州俞建重修中津桥，叶适为其写作《台州重建中津桥记》②。当时，唐仲友、王淮、朱熹、胡纮、韩侂胄、高文虎均已离世，叶适因"附韩侂胄用兵"被夺职奉祠潜居水心。目睹了围绕中津桥的各种人事的纷纷扰扰，叶适对于为中津桥作记之事并无多大兴趣，他带着几分调侃在记文中感慨道："今星以三周而记是桥者四，百年之外，千岁之内，记凡几笔，桥凡几成，中津之亭，碑无所容而读不暇遍矣。"尽管如此，重视事功的叶适还是借俞建之口说出了作记的必要性："苟有以利民，奚厌其多！且后必有考于此，时之久近可以验工之良苦，会之出入可以较用之少多，作之缓急可以知吏之贤否。"他并不打算评说往事，只想为那些做实事的官员留下相应的记录。所谓"记是桥者四"，当有唐仲友与高文虎的两篇，其余两篇出于何人之手如今已无从查考。从中津桥建成的淳熙八年（1181）到叶适作记的嘉定六年（1213），二十二年间，桥头的亭子里已经刻有五篇碑记，中津桥在台州的重要性、当时为公共建筑作记刻石的普遍性，均可由此证明。试想，当台州的继任官员们面对破损的中津桥，考虑是要弃之不顾还是勉力补救时，这几篇碑记一定能够给他们带来继续补救的压力，还有勇气。这座日日在风波中随潮汐飘摇的浮桥能够延续八百年之久，碑记之功亦不可没。

---

① （明）黄宗羲著，（清）全祖望补修，陈金生、梁运华点校：《宋元学案》卷六十，中华书局，1986年，第1953页。高柯立《南宋地方政治微探——以朱熹按劾唐仲友事件为中心》认为，台州公使库的支用被唐仲友的心腹控制，其心腹甚至挪用了通判所管辖的军资库（籴本库）的财物，是通判不遗余力地推动朱熹按劾唐仲友的真正原因。见《唐宋历史评论》（第二辑），社会科学文献出版社，2016年，第142－177页。

② （宋）叶适著，刘公纯、王孝鱼、李哲夫点校：《叶适集》卷十，中华书局，2010年，第171－172页。

另外值得一提的是,《全宋文》收录的唐仲友《新建中津桥碑记》①是由《续金华丛书》本《悦斋文钞》辑得,与《嘉定赤城志》中所载的碑记相比,文字有删节。删去的主要内容有五个方面:

①交代中津桥修建缘由时所述的唐仲友迎接常平使者时迷失方向的故事。

②中津桥修建花费中金木土石之工,米、酒的消耗。

③中津桥的维护制度、修葺制度。

④中津桥建造前后当地百姓态度的变化。

⑤唐仲友自述写作记文的动机——"使后人知其勤,尚或继之"。

这些内容位于文章的不同位置,且删去后文章也基本连贯,因此可以确认是编者故意所为。因被朱熹弹劾,唐仲友的著作大量散佚,《悦斋文钞》也不能幸免。以上五个方面的内容删去的具体原因难以确知,从中津桥的相关故事与记载来看,应当与朱熹的弹劾、高文虎记文的指摘以及叶适记文末尾的"考校"不无关系。幸运的是,台州的地方志——《嘉定赤城志》中保留了全篇,让后人仍然得以知晓唐仲友修桥、作记的真正初衷。

台州宁海县(今属浙江宁波)另有一座桐山桥,早年以木为梁,北宋嘉祐八年(1063)在当地人应宗贵的主持下修建了石桥,罗适为其写作《桐山桥碑》,但淳熙年间石桥又已损坏。淳熙九年(1182),当地百姓张潭向唐仲友提出重修桐山桥的书面申请,唐仲友欣然拨付公钱十五万,但不久后,唐仲友因朱熹弹劾而离开台州。淳熙十一年(1184),桐山桥建成,张潭还是请唐仲友为之写作了《重修桐山桥记》②。从唐仲友被弹劾、落职归乡后张潭仍然请他写作桥记的举动来看,唐仲友其人及其在台州修桥的举动,台州百姓应当是认可的。

在辗转漂泊的仕途与浮沉不定的命运中,主持修建基础设施是地方官能够给一方百姓带来的最实际的福祉之一,基础设施修建记将这些功绩记录下来变成不朽的石刻,长久地赞颂着。随着时间的流逝,石碑本身也会

---

① 曾枣庄、刘琳主编:《全宋文》卷五八六四,第260册,上海辞书出版社、安徽教育出版社,2006年,第352-353页。

② 曾枣庄、刘琳主编:《全宋文》卷五八六五,第260册,上海辞书出版社、安徽教育出版社,2006年,第359-360页。

变成当地的文化景观，成为地方历史文化中不可或缺的一部分，吸引着来往者的目光。

第二节 官署修造记：政治秩序恢复与强化的文学渲染

南宋中兴时期以官员主持修建的官署建筑为题的记文约有120篇，另有120余篇厅壁记、题名记，其写作契机、文章内容均与官署修造记类似，只是多出了介绍前任官员的题名部分，而所题之名向来不被收入文集，因此本节将这240余篇记文一并纳入讨论范围。这些记文大多在官署重建、修整后写成，许多题目中标有"重建""重修"等字眼，也有一些在题目中并未标注此类字眼，而是在正文中交代重建、重修之事。官员处理政务的场所既是政治权力的象征，也是士大夫实现自身社会价值的空间，官署的修建既意味着官员办公环境的改善，也显示出了国力的增强。官署修造记的文章结构比较固定，往往从地方历史文化和相应官职的设置说起，首先叙述官署修造的必要性，进而引出主持修建的官员，叙述修造经过，并在末尾抒发作者的感想。在叙述官署修造的事实之外，作者往往还借机赞美主持修造工程的官员，帮助自己做地方官的朋友树立其勤政、英明的形象。

一、官署修复、扩建的如实记录

据《宋会要辑稿》，孝宗隆兴二年（1164）二月十六日曾下诏："楚、滁、濠、庐、光州、盱眙、光化军管内，并扬、成、西和州、襄阳、德安府、信阳、高邮军，应官舍、刑狱曾经兵火烧毁去处，许行修盖整葺外，其余并未得兴工。候及一年，逐旋申取朝廷旨挥，不得擅起夫搔扰。"整体而言，南宋朝廷对于修整官署建筑之事的态度是保守、谨慎的①，但经历了南渡的战火，许多官署建筑亟待整修，正如韩元吉《饶州安仁县丞厅记》所言："数十年来，加之以兵火，因之以匮乏，官廨不整尤甚。"② 乾

---

① 参见王晓龙、郭志伟《宋代地方官员修建官廨态度的变化及原因探析》，《宋史研究论丛》2020年第2期，第176-188页。

② （宋）韩元吉著：《南涧甲乙稿》卷十六，中华书局，1985年，第308页。

道九年（1173），朱熹在《建宁府建阳县主簿厅记》中叙述了建阳县主簿厅北宋末年以来的情况："建阳县主簿之廨，故在县治西墉下，自建炎中火于盗而寓于浮屠之舍，距县且三里所，盖主簿之不得司其局者四十有余年矣。"① 北宋时期修建的官署在宋金战争中遭到了极大的破坏，像建阳县主簿厅这样的例子在南宋中兴时期的官署记文中十分常见。洪适《荆门军守厅壁记》亦云："中兴初，侨治四徙，摄承者去来不常，一切以便宜从事，无律令之守。暨再选武臣，薅刜棘茨，驱其狐狸虎狼，然后人复见炊烟。二十年间，文吏踵相蹑者十一辈。"② 南渡初年，许多地方官员被迫在寺庙、民房等简陋的地方设置临时的办公场所，直到中兴时期，这种局面才逐渐得到了改观。

南宋中兴时期官署记所记之事，主要是官署修复、扩建的过程，包括调查情况、制订计划、筹集钱财、组织劳役等。这些步骤环环相扣，缺一不可，只有精心筹划才能顺利完成，从中可看出筹划者的才干。对修造步骤的记述，是这一时期绝大多数官署修造记的中心内容。以袁燮《江阴尉司新建营记》记述自己修建军营的经过为例：

> 始予得尉兹邑，或曰阻江而盗多，予甚忧之。既至而考弓兵之籍，多阙不补，询武艺之教，亦复久废。乃多方招募，营葺射亭，谨阅习法。而至者常先后不齐，察其故，则远者居数里外，近者犹二三里，而家于尉曹之旁者才数人。予喟然叹曰：此曹之设，本以备不虞尔。群焉而居，犹惧弗及，散而不聚，如缓急何？欲择便地为营，役大用艰，莫开其端。乃请于常平使者罗公，求顷岁佣钱之未给者千七百余缗，与夫在官之田为之基，公忻然从之。田散而不属，以易私田，广三十亩，邻于阅习之场，爽垲宽平。卜云其吉，鸠工庀财，考极相方矣。会御史吴公力言弓兵利害，宜拘之营，以革散处之弊，上施行之。太守侯公奉命惟谨，乃辍郡计钱以缗、米以石者，皆二百，

---

① （宋）朱熹著：《晦庵先生朱文公文集》卷七七，见朱杰人、严佐之、刘永翔主编《朱子全书》第24册，上海古籍出版社、安徽教育出版社，2002年，第3717页。

② 曾枣庄、刘琳主编：《全宋文》卷四七四二，第213册，上海辞书出版社、安徽教育出版社，2006年，第372页。

木三百章,以佐其费。罗公行部,至而观焉,复给钱三十万,以竟其役。盖经始于丁未之仲春,而告具于是年之季冬,凡为屋百七十六间,而栖神有宇,宿甲有房,观功有亭。凡授屋,人处其一,有功者加半或倍之,董役而有劳者三之,未有室者两人同之。于是向之散处于外者,合而为一,等级相承,上下有列。而又穿渠潴水,足以备灾;斫石为梁,无或病涉。里中好义数家,复以地假我,乃翦榛莽,辟道途,而营垒备矣。①

作者到达江阴前就已经听说江阴的盗贼很多,到任后经过实地考察发现负责巡逻、缉捕的兵士有很多空缺,他们的军事技术也有很久没有操练。于是,他多方招募弓兵并组织他们开展军事训练。然而,这些弓兵常常不能按照规定的时间前来训练,作者发现弓兵们居住的地方大都距离官署很远,在路上就会耽搁很长的时间。弓兵原本是为应对突发事件而招募的,如果连日常训练都不能按时到达,那么出现紧急情况时就更无法保证应急的效果了。于是,作者决心修建营房,为兵士们提供集中的住所。然而,"役大用艰,莫开其端",越大的工程,需要的人力和物力就越多,千头万绪,难以开展。常平使者罗公、太守侯公为营房的修建协调了足够的财物,为工程的顺利展开提供了重要的支持。筹备人力物力的过程是官方建筑记文中必谈的内容,一方面可以显示组织者的才能,另一方面也体现着对众人功劳的感念。营房建成后,作者为兵士们有条不紊地安排了各自的住处,又带领他们挖渠道储存水源、建设桥梁和道路等,营房由内而外井然有序。官方建筑营造记多数由主持修建者的友人写成,袁燮为自己主持建设的工程写作记文,文章形式稍显特别,不过,正因如此,他在记文中才能够如此清晰而详细地介绍建造的全过程。在记录修建过程这一点上,这篇文章是出类拔萃的,清人庄仲方编《南宋文苑》时将其选入其中,颇具慧眼。与其他题材的记体文相比,这类文章的议论大都比较简短,只紧密结合人物、官职、建筑等发表简单的感想,修建过程才是文章重点记述的内容。

---

① (宋)袁燮著:《洁斋集》卷九,中华书局,1985年,第138-139页。

南宋中兴时期的厅壁记、题名记中也常常记录官署的修造情况，如楼钥《钱清盐场厅壁记》云："廨宇建于崇宁二年，适百年矣。虽颓敝之甚，高宗幸四明，略尝驻跸其中。镛为一新之，仓使得十万钱而为屋三十余楹，宏敞雅洁，什器俱备。使亭民之解事者司钱物之出入，官吏皆不预。居民仰叹，以为前未有也。"① 与袁燮《江阴尉司新建营记》相比，这篇厅壁记对营建过程的叙述略显简洁，重在记述其营建的成果，这应当是厅壁记、题名记与官署修造记因主题的不同而在内容方面产生的差异。文中主持修造工程的官员是楼钥的从弟楼镛，文章在介绍盐场的修建之前，先记述了楼镛上任前后钱清镇盐场经营情况的转变：

> 老吏云崇宁改盐法，始以钱清分为三场。场基堆阜四环，乃旧教阅之所，今犹目为教场。亭民本九十余户，户每月出盐一席，豪民既侵夺其地，邑胥又多方渔猎之，复有私贩通注之扰，仅余三十八户，而额不减，使之均出，是以重困。四五十年来，未尝及额，而逋负愈积矣。从弟镛孤苦力学，久处上庠，幸取世科，顷尉东阳，颇著能声。转而为此，不敢不谨。抚存亭民，既为之剔蠹疏源，又间为之代税输。三十八户欣然如更生，而课亦随美，遂加增九分有奇。

在盐场亭民数量不到崇宁年间的一半、盐场的土地被豪民侵占、胥吏从中掠取利润、私盐贩卖横行的情况下，盐场的总税额居高不下，百姓生活艰难，盐场的运转陷入了恶性循环之中。楼钥的从弟楼镛到任后，盐场的种种弊端得以革除，三十八户亭民的生活得到了切实的改善。盐场生产秩序的恢复，成为楼镛重建官署的先决条件。虽然钱清盐场亭民数量不多，但政治秩序的恢复由此可见一斑。

官署条件的改善，使地方官员能够体面地工作、生活，对士大夫阶层而言无疑是值得欣慰的。赵不愚《主簿厅记》载："独官舍欹隳，率多古屋，前后因循，未尝加葺，而簿厅其甚者。吁，士君子扶老携幼，随牒南北，数椽之屋，曾不足以蔽风雨，安得惬然忘情哉！"② 赵不愚是宗室中

---

① （宋）楼钥著，顾大朋点校：《楼钥集》卷五五，浙江古籍出版社，2010年，第1007页。
② 曾枣庄、刘琳主编：《全宋文》卷五四二七，第242册，上海辞书出版社、安徽教育出版社，2006年，第443页。

人，他与当时的士大夫一样先参加科举考试、后出任地方官，因此既对士大夫辗转为官之苦有切身的体察，又能够从局外人的角度点明此事并获得使人信服的效果。此处的感叹实际上道出了地方官员营缮官署的主要原因，但是碍于绝大部分记文写作者的身份，类似的说法在官方建筑记文中并不多见。

记文写作涉及的官方建筑，除用作办公场所的官署外，还有一些礼制建筑，如社坛、社稷坛、风师坛等。陆游《会稽县重建社坛记》介绍了这类建筑的情况："宋兴，文物寖盛，自朝廷达于下州蕞邑，社稷之祀，略皆复古。不幸中更金人之祸，兵气南被吴楚，中兴七十年，郡县之吏，往往惟饷军弭盗、簿书讼狱为急。及吏以期告，漫应曰如令。至期，又或移疾弗至。虽朝廷所班令式，或未尝一视，况三代之旧典礼乎？"① 北宋太平之时，对土地神（社）、五谷神（稷）的祭祀基本能够遵循古代的典法。南渡之初社会动荡不安，筹集军饷、整肃盗贼、处理百姓之间的纠纷等成为地方官的当务之急，礼仪之事根本无暇顾及。直到社会安定、政事清减，社坛的建设才提上日程。所谓"仓廪实而知礼节"，社坛、社稷坛、风师坛等建筑的兴建意味着中兴时期地方政府能够"知礼节"，由此自然可以看出其仓廪之实。

严肃整齐的官署常常是地方的标志性建筑，这些建筑的营造，为地方带来了新的气象。楼钥《澧阳楼记》记载澧州（在今湖南常德）太守修建澧阳楼之事，借时任澧州太守王承父之口讲述澧州在唐、北宋之盛，与建炎之后的景象形成了鲜明的对比。在当地故老的建议下，太守主持重修城门楼，完成后，"治事之厅始得轩豁宽敞，而前无蔽障，得以挹兰江之秀，俯仙明之洲"，"气象焕然，顿还旧观"，楼钥称赞其"振起固陋，兴五纪之阙典，开一郡之眉目"②。建筑可以通过视觉使人们的心理产生变化，重修城门楼，使澧州城的气象焕然一新，堪与北宋繁盛之时比肩。官方建筑的大量营造是地方社会复兴的表现，地方社会的复兴则是南宋中兴的有

---

① （宋）陆游著，涂小马校注：《渭南文集校注》卷十九，见钱仲联、马亚中主编《陆游全集校注》第9册，浙江教育出版社，2011年，第478页。
② （宋）楼钥著，顾大朋点校：《楼钥集》卷五一，浙江古籍出版社，2010年，第957页。

机组成部分，官方建筑记文对社会复兴之细节的记录，显现出了南宋中兴的蓬勃气象。

二、地方历史沿革的考察梳理

考察梳理当地的历史沿革本是官署修造记的题中之义，而南宋中兴时期地理学著作中文字所占的比重大幅度上升，地方志大量出现并将记文作为可靠的历史文献收入其中，在这样的背景下，官署修造记的撰写更需要在作者对当地情形比较熟悉的基础上进行。例如韩元吉《风鹤楼记》梳理了合肥自秦汉以来的历史沿革，并分析其地理条件，寄寓了收复中原的愿望①；晁公遡《静边堂记》则记载了绍兴三十年（1160）嘉州与蛮夷之间的误会及其引起的高度戒备，以及郡守李侯到任后严格要求官吏、放松戒备、安抚民心的经过②。厅壁记和题名记往往在记述相应官职的设置、变更情况之外涉及当地的历史沿革，如楼钥《攻媿集》中的七篇厅壁记中，除《新昌县丞厅壁记》以表弟汪履道请自己写作厅壁记的书信作为文章主体之外，其余六篇中，《钱塘县厅壁记》《沿海制置司参议厅壁记》《昌国县主簿厅壁记》《钱清盐场厅壁记》《池州教官厅壁记》均以梳理地方历史沿革开篇，《庆元府通判南厅壁记》也在中间部分谈到了庆元府南渡以来的情况。

官署修复、扩建后，由谁来写作相应的记文，通常是一个需要认真考虑的问题。主持修造者请来写作记文的有的是亲人，有的是朋友，有的是文坛知名的前辈，有的是才华横溢的下属，有的是修造者本人。了解当地的历史沿革，是这些作者的共同点之一。比起主持修造官署建筑的地方官来，当地人无疑更了解家乡的历史沿革，中兴时期官署修造记中有不少篇章就是地方官请当地文化名人撰写的，这些作者饱含深情地记述当地的历史与现状，将回忆、想象甚至轻度的夸张融入严谨客观的记述中，文章读来更有情致。例如叶适《瑞安县重建厅事记》云：

---

① （宋）韩元吉著：《南涧甲乙稿》卷十五，中华书局，1985年，第295－296页。
② 曾枣庄、刘琳主编：《全宋文》卷四六九八，第212册，上海辞书出版社、安徽教育出版社，2006年，第39－40页。

民于令，最亲也；令必有宫室居处，合力奉之无难也。民聚而多，莫如浙东、西，瑞安非大邑而聚尤多。直杉高竹皆丛产，复厢穹瓦皆赘列，夜行若游其邻，村落若在市廛，肤挠背决，或赴于令，暮往而朝达也。是合以奉令之宫室居处，愈无难也。然余自童子，见县门甚卑狭，毁置不常，厅屋摧破，无立人处。弃而即他舍，寒暑相抵突，令常降气低色，惨戚不怡，字民之志落如也。夫华于民而俭于令，岂其理固然哉？岂民姑自营而不顾其令哉？抑令仅自保，无以得于民哉？不然，则期迫会促，月销岁殒而不暇也。

庆元二年，信安留君寅始建门楼。后十四年，当嘉定庚午，嘉兴许君兴裔知县事，而大厅、琴堂始克并立，上极旁挟，比旧倍差，厚基博础，楹楠丰硕。民来观者，倾动惊骇，忘其百年之陋，而以为今日之瑰杰丽伟，竦踊而独出也。

嗟夫！宫室居处者，言之无难而成之岂易哉！夫以义则下卫上，故《灵台》之歌，乐于始附；子罕之扑，尽其末力。以仁则上安下，故君之经度，积累辛苦，三载然后集此，而犹曰不敢烦民也。

郭西有观潮阁遗址，平视海门，众山葱茏，鱼龙变怪，为一县奇特。惜乎，君既去，不及谋矣！①

叶适于绍兴二十年（1150）生于瑞安县城南门望江桥一带，十三岁时方随父亲迁居附近的永嘉，文章首段中的"直杉高竹皆丛产，复厢穹瓦皆赘列"，在记述当地物产、建筑风貌的同时，还充溢着叶适对家乡美景的自矜。那高耸入云的杉树、郁郁葱葱的竹林、鳞次栉比的民宅，是少年叶适登高远眺时涤荡心胸的美景，也很可能是他迁居永嘉后时常浮现的回忆。可以想象，当地的读者站在官署门旁读碑文到此处，很容易在脑海中浮现出类似的景象，与作者产生共鸣；外地人读到此处，可以对瑞安形成比较直观的印象。这样的记文将当地人对家乡的共同印象加以定型，成为向他人展示当地风景的一张名片。与这一段相呼应的，还有最后一段中观潮阁遗址"众山葱茏，鱼龙变怪"的景象。观潮阁是瑞安西山上的最佳观

---

① （宋）叶适著，刘公纯、王孝鱼、李哲夫点校：《叶适集》卷十，中华书局，2010年，第162-163页。

景点，乾道四年（1168），王十朋曾登临赋诗，王十朋的家乡乐清亦属温州，绍兴二十七年（1157）王十朋被宋高宗亲擢为状元，他的诗想必在当地流传甚广，甚至有可能被题写在阁中，但在叶适写作记文的嘉定年间，观潮阁仅存遗址而已。叶适特地将这处与官署关系不大的建筑写入记文，一方面可见观潮阁的美景给他留下的印象之深，另一方面还隐含着对继任官员的期待。叶适《水心文集》卷十二有《观潮阁诗序》一篇，云"赵君既成观潮阁，遍索阁上旧诗刻之"，赵君重建观潮阁的契机之一，很可能就是读到了叶适《瑞安县重建厅事记》中的期待。与此同时，这一段中记述家乡人口众多、物产丰富，还暗示了百姓生活的富足，为接下来谈到的整修官署之事铺垫了条件。接下来，作者将自己幼年所见的县令治所作为参照，来衬托重建后建筑的"瑰杰丽伟"，"民来观者，倾动惊骇"，固然是文学化的夸张之辞，这样的夸张如若出自外地人笔下，恐怕会有虚饰之嫌，出自当地人叶适笔下，却透露出他对修建者巨大功绩的真诚颂赞。

这一时期以冷静客观的笔调考察地方历史沿革者也有不少，范成大就是其中的典型代表。南宋末年，黄震在《黄氏日抄》中评价范成大"善文章，踪迹遍天下，审知四方风俗"[①]，既能"审知四方风俗"，必当对家乡风俗特别留意。范成大的文集已散佚，20 世纪 80 年代初，孔凡礼先生整理《范成大佚著辑存》时，《瞻仪堂记》《思贤堂记》《新修主簿厅记》《三高祠记》《吴县厅壁续记》《双瑞堂记》六篇记文均从《吴郡志》中辑出，可见在范成大看来，这些文章都能够辅助了解地方历史文化。如《瞻仪堂记》云：

> 吴自置守以来，仍古大国，世为名郡。又当东南水会，外暨百粤，中属之江淮，四方宾客行李之往来毕，上谒戏下，愿见东道主，城门之轨深焉。稻田膏沃，民生其间寔繁，井邑如云烟，物夥事穰，有司程文书应官府者以千万计。奉使命大夫行部第郡课，必致详于吴。以视列城，其雄剧如此。夜漏未尽，太守坐堂上，主吏候客，旅进退，语言面目不暇相孰何，平明乃得据案听诸曹白事。率常旰食有

---

① 王水照编：《历代文话》第 1 册，复旦大学出版社，2007 年，第 850 页。

顷，它客与报期会者又至如前。虽精力过绝人，其势亦出甚劳，而后能善治。①

范成大为吴郡人，生于斯、长于斯、晚年退隐于斯，记文中的这段话从吴郡的行政设置谈起，依次交代吴郡地理位置的重要性、户口之繁多、官府事务之繁剧，然后记述太守忙于政务的状态，得出此地郡守极为劳苦的结论。地方历史沿革的考察梳理通常位于官署记文的开篇部分，为官员的正式出场做铺垫。周必大《静晖堂记》谈到自己写作记文的思路说："故予本赣之风，推君之政，以及夫景物之大略，而详记命名之所自，庶几来者知静治乃可以乐此，毋徒为扰扰以病民且自病也。"② 静晖堂位于赣州，与周必大家乡吉州相邻，同属江南西路，周必大的写作思路，与当时文人为家乡官署写作修造记的思路是相通的。

葛兆光谈到南宋士大夫时总结近年来欧美学者的观点说："他们强调士的身份，并不是内藤湖南等人所说的平民，而是精英，但是他们又强调，到了南宋，更重要的不是中央精英而是地方精英，他们觉得，北宋的精英常常为了实现理想，远离本土，力图成为国家精英，而南宋的精英地方化了，逐渐和国家分离，而与地方结合。"③ 翻阅南宋中兴时期文人的别集可以发现，每一位著名文人都为自己家乡的建筑题写过记文，这些记文记述的对象或者是官署，或者是基础设施，或者是学校、祠堂、寺观等。为家乡的建筑写作记文，是中兴时期文人关心地方建设的体现，也成为他们以文学参与地方建设、传承地方历史文化、宣扬当地风土民情、提高当地知名度的重要途径。

三、官员勤政爱民形象的树立

对相应官员的赞颂，是绝大多数官署修造记文的主要写作目的之一，

---

① 曾枣庄、刘琳主编：《全宋文》卷四九八三，第224册，上海辞书出版社、安徽教育出版社，2006年，第379-380页。
② 曾枣庄、刘琳主编：《全宋文》卷五一四八，第231册，上海辞书出版社、安徽教育出版社，2006年，第220页。
③ 葛兆光：《思想史研究课堂讲录》（增订版），生活·读书·新知三联书店，2019年，第32页。

中兴时期的官署记文无论介绍地方行政区划的设置、官员的职责，还是记述官署的修建过程，最终大都指向官员本人的形象。通过叙事，从不同侧面描绘官员的形象，是官署修造记文比较独特的写作方式。从某种意义上来说，官署修造记文就是为宣扬官员政绩而写作的。

洪迈《芜湖县令厅壁记》开篇首先提出："郡县之官难莫难于令，令不可为也。"在解释其缘由之后，又记述芜湖当地的状况道："芜湖在春秋曰鸠兹，盖吴楚必争地。入东晋、宋、齐，建牧立州，实为南豫，台家常选宗王名将握节往控临。今虽不能邦，犹名姑孰壮县。用壮为累，郡百役以要之，栖栖然而来，贸贸然而去，项领常相望也。挈此校彼，其视他令中为又难。"① 县令之难为、芜湖之紧要，是芜湖县令在上任后处理政务时需要考虑的，同时可以衬托芜湖县令个人能力之强。朱熹在《建宁府建阳县主簿厅记》中记述县中主簿的设置云：

> 县之属有主簿，秩从九品，县一人，掌县之簿书。凡户租之版、出内之会、符檄之委、狱讼之成，皆总而治之，勾检其事之稽违，与其财用之亡失，以赞令治。盖主簿之为职如此，而予尝窃论之，以为县之治虽狭，而于民实甚亲，主其簿书者秩虽卑，而用人之得失，其休戚于民实甚重。顾今铨曹所领员以百数，既不容有所推择，而为令者又往往私其政，不以及其属，是以官多不得其人，而人亦不得其职。举天下之县，偶能其官者，计百不一二，然亦不过能取夫户租之版而朱墨之耳，若其他则固不得而与焉，而亦莫或知其职之旷也。②

引文第一句清楚地交代了县中主簿的品级、数量与职责，语言简练而概括全面，龚延明《宋史职官志补正》就直接引用这段文字为"主簿"做了注解③。接下来，朱熹发表了自己对这一职位的看法：县治与百姓的关系非常亲近，主簿用人之得失对百姓的生活有重要影响，但是眼下的主簿绝大多数不能胜任其职，让人深以为憾。下文中，朱熹叙述了建阳县前后

---

① 曾枣庄、刘琳主编：《全宋文》卷四九一八，第 222 册，上海辞书出版社、安徽教育出版社，2006 年，第 78 页。

② （宋）朱熹著：《晦庵先生朱文公文集》卷七七，见朱杰人、严佐之、刘永翔主编《朱子全书》第 24 册，上海古籍出版社、安徽教育出版社，2002 年，第 3717 页。

③ 龚延明：《宋史职官志补正》，上海古籍出版社，1991 年，第 473 页。

两任主簿分别为主簿厅的修建做出的贡献,并谈及"予佳王君之不私其政与叶君之能忧其职也,则为推本其所以设官之意,并叙其事而书之,以告来者,俾无旷于其职"。王君、叶君之"不私其政""忧其职",与引文中"不得其职""莫或知其职之旷"者形成了鲜明的对比,王君、叶君便是朱熹心目中"百不一二"的"能其官者"。在褒美人物的同时,文章前后照应,串联成了一个紧凑的整体。

地方官员之勤政在劳苦功高之余,亦可得君子之乐。范成大《新修主簿厅记》就结合吴县(今苏州市)的景色、风土民情记述了吴县主簿高文虎的宦游之乐:

> 州县之任,古谓之宦游,岂直以斗升易农而已哉!名山大川,雄尊奇秀之境,从事其间,足以窥览观而昌神明。古之君子,固有乐乎此矣。松江,太湖水国之胜,当天下第一。四方好事者,想像其处,欲至而无由。今行临东南,士大夫假道以奏名场,与夫商贾百族樯船而逐利者,飙帆相摩,此其人皆有所期会,叫呼争先,乱次以济,终夜汹汹有声,其势岂能少留而一寓目,是虽日过乎前而与未始至者奚辨?余家吴门,莽苍在望,又无声利火驰之役,宜能数游,而躬耕作苦,正尔少暇日。私念诚得筑室茸间,卜邻三高,以朝夕于斯,吾乐可胜计耶!乾道丙戌,八月既望,间从容泛舟垂虹。主县簿高君炳儒,适新作治所落其成,余与观焉。盖自始役至是,财七十日,而闬闳高昭,廊户靓深,髹缋虋镘,皆中度程。既聚庐之百须,无一可恨,而为之读书之斋,休坐之堂,修竹绕围,光景潇然,所谓垂虹者,乃在其旁数十百步耳。夫出有江湖之趣,居有清燕之适,此固古之君子宦游之乐,而余素愿朝夕于斯而不可得者。炳儒之职,会计当而已,无催科敲扑之烦,奔命将迎之劳,而有可乐者如此,于是求文以为识。余闻汉高士不为主簿,孙子严徙舍而有喜色,士未遭随所遇而安其可愧者,不在我也。炳儒有文学行谊,而不卑其官,又作意而新之,视祭灶请比邻有加焉。其志固未易量,姑为叙其所可乐,以告后之贤者使共之。①

---

① 曾枣庄、刘琳主编:《全宋文》卷四九八四,第224册,上海辞书出版社、安徽教育出版社,2006年,第385—386页。

宦游是宋代官员普遍拥有的经历，羁旅之愁自北宋前期便常常成为诗词的主题，而宦游之乐的正面书写却并不多见。身为吴县人，范成大深谙家乡山水之美，在为家乡的地方官写作记文时有意无意地避开了羁旅之愁，以豁达开朗的态度专门记述其宦游之乐。"出有江湖之趣，居有清燕之适"，是地方官生活的理想状态；在频繁的迁徙中创造条件随遇而安，是地方官整修官署的内在动力。与朱熹《建宁府建阳县主簿厅记》强调主簿之职的写法恰好相反，范成大在记文中略写其建筑工期短、"皆中度程"，不写其职位之重要反而说高文虎"不卑其官"，不写其辛勤劳苦之姿反而畅谈其从容闲适之态，表面上看是凸显高文虎在吴县主簿任上的宦游之乐，实质上则是在高度称赞高文虎的政治才能与优雅风度。高文虎于绍兴三十年（1160）中进士，吴县主簿是他的政治生涯的第一站，记文写成的乾道三年（1167）高文虎三十三岁，范成大已四十二岁且与洪适、洪遵、周必大等人均有密切交往，范成大笔下"志固未易量"的赞颂，对年轻的高文虎而言应当是宝贵的奖掖与激励。

将大量笔墨用于赞颂地方官员而略讲营建过程者，以陆游《筹边楼记》与《铜壶阁记》为代表。淳熙初年，范成大以制置使治成都，主持重修了筹边楼与铜壶阁，陆游时任其参议官，应范成大的要求，先后于淳熙三年（1176）九月与淳熙四年（1177）三月写作了这两篇记文。《筹边楼记》从范成大早年在朝中时便"洽闻强记，擅名一时"说起，特别强调了他出使金国归来后对北方诸事的了如指掌，以此来突出范成大对边境情况的熟知①。《铜壶阁记》则对范成大筹划营造之事谈得更加充分：

> 淳熙二年夏六月，今敷文阁直学士范公以制置使治此府。始至，或以阁坏告公曰："失今不营，后费益大。"于是躬自经画，趣令而缓期，广储而节用，急吏而宽役。一旦崇成，人徒骇其山立翚飞，岿然摩天，不知此阁已先成于公之胸中矣。夫岂独阁哉！天下之事，非先定素备，欲试为之，事已纷然，始狼狈四顾，经营劳弊，其不为天下笑者鲜矣。方阁之成也，公大合乐，与宾佐落之。客或举觞寿公曰：

---

① （宋）陆游著，涂小马校注：《渭南文集校注》卷十八，见钱仲联、马亚中主编《陆游全集校注》第9册，浙江教育出版社，2011年，第449－450页。

"天子神圣英武，荡清中原。公且以廊庙之重，出抚成师，北举燕赵，西略司并，挽天河之水，以洗五六十年腥膻之污，登高大会，燕劳将士，勒铭奏凯，传示无极，则今日之事，盖未足道。"识者以此知公举大事不难矣，其可阙书？①

文章用几句话简练地记述了铜壶阁的修造过程，随即转而赞美范成大的韬略，在作者心目中，铜壶阁能够顺利重建，首先应当归功于范成大的深思熟虑。接着，陆游记述了铜壶阁落成仪式上宾客的话语，认为以范成大的才能，足以率军北上、恢复失地，修建铜壶阁只不过体现了范成大个人才能中微不足道的一点。这篇文章中记述铜壶阁修建过程、描绘铜壶阁景象尤其是借宾客之口赞扬范成大个人才能的部分都有些夸张，而且，将直接赞颂人物作为记文的主体部分，并不符合官署修造记的写作规范。不过，这样的夸张、溢美使文章的气势更加流畅、可读性更强，同时也显示出官员个人形象的塑造在官署修造记写作中的重要分量。

地方官员是地方政治秩序的维护者，他们既是朝廷政策的实际执行者，也是受百姓依赖的"父母官"。一位勤于政事的地方官员，能够为当地社会发展提供巨大的推动力量。从南宋中兴时期的官署修造记可以看出，大量体察民情、忠于职守的官员散布在各个地方，为地方社会的振兴做出了力所能及的贡献。南宋朝廷在中央财政层面对官署修建的支持力度较小，官署修建主要靠地方官员多方筹措，官员的个人能力的确在官署修建中起到了巨大作用，值得记录，值得称颂。

第三节　学校记：文教建设的记录与教育理念的阐发

南宋中兴时期，官学和书院大规模创办或兴复，为士子们的读书学习提供了很大的便利，学记和书院记的写作随之出现了一个高峰。这一时期的记体文中，以各级官学及其中建筑为题者有160余篇，以书院、精舍等为题者有30余篇（不含官学、书院中的祠堂），其数量几乎可以与北宋百余年间所有学校记的数量比肩。官学与书院有着不同的办学模式，但二者

---

① （宋）陆游著，涂小马校注：《渭南文集校注》卷十八，见钱仲联、马亚中主编《陆游全集校注》第9册，浙江教育出版社，2011年，第451-452页。

同属于学校,且这一时期有多处学校名为书院,实则官学①,学记与书院记在思想内容上相同之处较多,因此,将学记和书院记合而论之,能够更全面地观察这一时期士大夫对学校教育的认识。中兴时期的学校很多是在北宋的基础上重新修整而成的,回顾北宋的兴学历史、记述修整过程、赞颂修建者的功绩并提出对士子的期望等,是学校记常见的写法。中兴时期文教事业繁荣发展的景象、士大夫的教育理想、对当时学校教育和考试制度的批判等,都在学校记中得到了生动的展现。

一、"沂泗之风,宛然在目":文教事业繁盛录

南宋中兴时期学校记的写作契机大都是学校建筑的修复、重建或扩建等活动,不论修复、重建还是扩建,均是在之前的基础上开展的,因此,追溯当地学校建立、发展的历史,是学校记尤其是官学记文中一项普遍的内容。这些记文所涉及的学校建筑常常始建于北宋,在南渡年间遭到破坏,中兴时期得到整修。以陆游《婺州稽古阁记》为例:

> 大观二年九月乙丑,天子既大兴学校,举经行之士。于是诏天下州学经史阁,皆赐名稽古。婺州稽古阁者,本以阁之下为讲堂,而阁用大观诏书易名。绍兴中,学废于火,及再建讲堂,虽复其故,不暇为阁。至嘉泰元年,太守丁公逢,乃即讲堂后得旧直舍地以为阁,而请于今参知政事许公大书其颜。公书宏伟有汉法,于是阁一日而传天下。丁公既代去,曾公槃来为郡,阁之役尚未既也。于是窗户阑楯,瓦甓髹丹,粲然皆备。又为两庑,达于讲堂,高广壮丽无遗力。②

据《宋大诏令集》,徽宗大观二年(1108)九月十九日,诏赐诸路州学经阁名云:"比闻诸路州学有阁藏书,皆以经史为名。方今崇八行以迪

---

① 如在南宋时被朱熹称为"天下三大书院"之一的石鼓书院,北宋时已改为州学,南宋乾道元年(1165)修复后张孝祥为其写作的记文题为《衡州新学记》,文中称"衡之学曰石鼓书院云者,其来已久"。(宋)张孝祥著,徐鹏点校:《于湖居士文集》卷十四,上海古籍出版社,1980年,第137–138页。

② (宋)陆游著,涂小马校注:《渭南文集校注》卷二十,见钱仲联、马亚中主编《陆游全集校注》第9册,浙江教育出版社,2011年,第493–494页。

多士，尊六经而黜百家，史何足言？应已置阁处，可赐名稽古。"① "稽古"，即考察古事以明辨是非、总结历史中的经验教训从而为今所用，以这两个字为州学中的藏书阁命名，既体现了藏书阁的功用，又表达了对前来读书之人的期待，的确胜过"经史阁"许多。婺州州学中，藏书之所与讲堂位于同一座楼阁，楼下为讲堂，楼上为稽古阁。绍兴年间，州学毁于火灾，灾后重建时只建了讲堂，并未筑阁藏书。直到嘉泰年间，在两任太守的共同努力下，婺州稽古阁才得以重建，在规模上超越了北宋末年的建筑。

像婺州稽古阁一样在南渡时被损毁、中兴时期得以重建的学校建筑在当时非常普遍，比它命途多舛者也时常有之。韩元吉《张郏重修儒学记》记载仪真官学的情况云：

> 郡故有学也，公田之入，养士可四百人，在郡治之东一里而近。建炎初火于兵，绍兴八年犹寓于城南之廨，二十九年始复之。隆兴二年，又残于兵，久之，虏骑渡江，戍兵并集，则又毁焉。故学之舍以刓而壁以摧，宇陧弗支，垣败弗涂，莽茀于庭，庙像无饰，童冠肄业，相视解体。侯下车奠谒，周览喟瞻，不月而日，即而新之。②

仪真即今江苏仪征，位于长江下游的北岸，北宋年间当地的学校规模很大，可以养四百名士子。经过建炎年间的兵火，绍兴时学校只能暂时设置在城南的官署中，直到高宗末年才得以重建，然而之后很快又在隆兴年间的战争中被摧毁。这篇学记乃是乾道三年（1167）郡守张郏重建学校之后请韩元吉写作的。兴建学校并维持其日常运转需要巨大的财力物力，学校的发展有赖于社会的安定、富足，南宋中兴时期学校的大量建设及其记文的写作，折射出了社会中兴的图景。

在距离金人更近的宋金边境上，还有比仪真更容易受到宋金局势影响的地方，淮河岸边盱眙军中的学校，便是一例。这一时期，宋金之间虽然有和议的约束，却始终处于敌对状态之中，边境的战备从未松懈。在这样的情况下，当地官员似乎是可以将文教事业抛诸脑后的，然而，在历次战

---

① 司义祖整理：《宋大诏令集》卷一七九，中华书局，1962年，第649页。
② 曾枣庄、刘琳主编：《全宋文》卷四七九九，第216册，上海辞书出版社、安徽教育出版社，2006年，第230页。

争之后,盱眙的学校总是很快便能得到重建。袁燮《盱眙军新学记》在记文的开头和结尾分别谈论学校建设的必要性云:

> 当边烽未息之时,而兴崇学校,可谓知务乎?曰:此乃知时务之要者也。夫人生天地间,所以自别于禽兽者,惟此心之灵知有义理而已。义理之在人也,甚于饥渴。饥渴之害,不过伤其生尔;义理之忘,将无以为人,害孰大于此乎?学校之设,所以明此义理也。如是而为忠为孝,如是而为奸为慝,判然殊途,不啻黑白,此天地之大闲也。军事虽殷,闲不可废,人道之所由立也,岂可谓不急之务哉?

> ……古者受成于学,献馘于泮,军旅之设学,实始终之,脉理固相关也……且三代之学,惟以明伦。君臣父子,人之大伦也。集俊彦以磨励之,昭揭大伦,俾皆竭忠致死,以卫君父,尤今日封守固疆之臣所不可缓者,宜乎侯之亟为是举也。呜呼,其真时务之要也!①

从道理上来说,设立学校可以教人明义理、树立道德观念,这在任何时候都是非常必要的。联系到宋金交战的实际,向守卫边境的将士们揭示君君臣臣、父父子子的人伦之理,恰恰可以让他们更加坚定效忠君王的决心,竭尽全力保卫国土。因此,在烽火未熄的边境,让将士们在军事训练的余暇到学校中学习,正是洞察时务的做法。不因军事紧张而废学,反在边境兴建学校,尤其可以看出中兴时期全社会对文教建设的重视与学校设立的广泛。

在追述学校的兴建历程时,作者对北宋文教建设的赞许与自豪往往流露在记文之中,如周必大《万安县新学记》云:"宋兴,艺祖方四征不庭,已数幸国学,钦崇将圣,亲为之赞,列圣继志。首善始京师,繇内及外;至于庆历,学校遂遍天下。"② 朱熹《南剑州尤溪县学记》更是盛赞道:"至于我宋文治应期,学校之官遍于郡县。其制度详密、规模宏远,盖已超轶汉唐,而娓娓乎唐虞三代之隆矣。"③ 像周必大、朱熹一样认为北宋

---

① (宋)袁燮著:《洁斋集》卷十,中华书局,1985年,第147–148页。
② 曾枣庄、刘琳主编:《全宋文》卷五一四九,第231册,上海辞书出版社、安徽教育出版社,2006年,第238页。
③ (宋)朱熹著:《晦庵先生朱文公文集》卷七七,见朱杰人、严佐之、刘永翔主编《朱子全书》第24册,上海古籍出版社、安徽教育出版社,2002年,第3719页。

文教建设远远超越了汉唐者大有人在。北宋庆历、熙宁、崇宁年间曾先后三次兴学，其中，庆历兴学在中兴时期的学校记中得到了最多的赞扬，这一方面是由于庆历兴学乃是宋朝第一次兴学，另一方面应当也与南宋人崇尚庆历士风且轻视熙宁、崇宁时期政治风气有关。高宗末年开始，官学再度兴起并在朝野受到高度重视，这既是王朝中兴在文教建设方面的突出表现，也是北宋文教政策的进一步延续。政权虽然偏安一隅，但南宋疆域内的地区在学校建设方面丝毫不逊色于北宋时期，甚至，由于政治中心和经济中心的南移、科举制度的发展、印刷术的进步等，南宋时期南方许多地区受教育的人口数量都是空前的。以福州为例，绍兴十九年（1149）洪迈《福州教授壁记》与庆元元年（1195）朱熹《福州州学经史阁记》先后谈及"福于东南最大，为督府，自平时最多士"①，"福州之学，在东南为最盛"②。据乾道元年（1165）王之望《福唐解试告谕举子文》，福州"秋赋，投家状于有司者，万有七千人。乡举之众，天下莫比，亦闽中昔日之所未有也，可谓盛哉"③。南宋中兴时期的学校制度承袭北宋而来，士大夫对北宋的盛赞中其实包含了对当时文化教育的高度自信。

这一时期，以个人之力建设精舍或书院的事例也时有发生。韩元吉《武夷精舍记》中的武夷精舍、陆游《桥南书院记》中的桥南书院、杨万里《廖氏龙潭书院记》中的龙潭书院、叶适《石洞书院记》中的石洞书院等，都是由个人主持修建的。其中，武夷精舍与桥南书院分别由朱熹和他的弟子徐赓为读书讲学而建，龙潭书院由廖氏兄弟的藏书之处扩建而成，石洞书院则是郭钦止供家中子孙读书的场所。这些学校规模不一，但每一处都是主人精心营建的结果，学校建筑与自然山水相得益彰，主人及其门人或后辈在秀美的景色中读书治学，记文也因而带有了特殊的美感。以上记文中，以韩元吉《武夷精舍记》记述学校风光的部分最为出色：

  吾友朱元晦居于五夫山，在武夷一舍而近，若其外圃，暇则游

---

① 曾枣庄、刘琳主编：《全宋文》卷四九一八，第 222 册，上海辞书出版社、安徽教育出版社，2006 年，第 67 页。

② （宋）朱熹著：《晦庵先生朱文公文集》卷八十，见朱杰人、严佐之、刘永翔主编《朱子全书》第 24 册，上海古籍出版社、安徽教育出版社，2002 年，第 3812 页。

③ 王之望著：《汉滨集》卷十六，文渊阁四库全书本。

焉。与其门生弟子挟书而诵，取古《诗》三百篇及楚人之词哦而歌之。得酒啸咏，留必数日。盖山中之乐，悉为元晦之私也，余每愧焉。淳熙之十年，元晦既辞使节于江东，遂赋祠官之禄，则又曰吾今营其地，果尽有山中之乐矣。盖其游益数，而于其豀之五折负大石屏，规之以为精舍，取道士之庐犹半也。诛锄茅草，仅得数亩，面势清幽，奇木佳石，拱揖映带，若阴相而遗我者。使弟子具畚锸，集瓦竹，相率成之。元晦躬画其处，中以为堂，旁以为斋，高以为亭，密以为室，讲书肄业，琴歌酒赋莫不是。余闻之，怳然，如寐而醒，醒而后隐，隐犹记其地之美也。①

武夷精舍建立之前，朱熹就常常携门生弟子来此吟诵诗赋，奉祠归家后又特意经营其地，取风景绝佳之处亲自指挥建造精舍，与弟子在此读书论道、琴歌酒赋。朱熹及其弟子深受自然山水的滋养，自然山水也因朱熹师生在此间的活动而映照出了人文的光辉。自然与人文的气息完美交融，使学校本身成为一道独特的风景。

周必大《咏归亭记》记述吉州州学之咏归亭的景色云："沂泗之风，宛然在目。"② 在这座亭子里，他仿佛看到了孔子为弟子讲学、弟子跟随孔子咏而归的场景。中兴时期的学校记以上古三代之学为典范，教导士子将学习与修身、齐家、治国、平天下紧密联系在一起，学校的形貌虽然不同，但其传承沂泗之风的主旨是高度相似的。沂泗之地虽然已经不在南宋的版图之内，沂泗之风却在江南的土地上大为盛行，这一时期的学校记正是以文字记录了当时的沂泗之风，将其呈现在后世读者的眼前。

二、赞圣人之道，勉诸生以学

在《赣州赣县重修学记》一文中，周必大说："予闻记有二说，不赞圣人之道则勉诸生以学。"③ 围绕学校建设之事赞颂圣人之道，对士子提

---

① 曾枣庄、刘琳主编：《全宋文》卷四七九九，第216册，上海辞书出版社、安徽教育出版社，2006年，第226-227页。
② 曾枣庄、刘琳主编：《全宋文》卷五一四八，第231册，上海辞书出版社、安徽教育出版社，2006年，第218页。
③ 曾枣庄、刘琳主编：《全宋文》卷五一四九，第231册，上海辞书出版社、安徽教育出版社，2006年，第241页。

出期许，是宋代学校记比较普遍的写法，记文中的其他内容，往往是由圣人之道与诸生之学引申而来的。随着儒学的发展与科举制度弊端的显现，南宋中兴时期的学校记在赞颂圣人之道、勉励诸生之学方面体现出了相应的时代特色。以张孝祥《衡州新学记》为例：

> 先王之时，以学为政，学者政之出，政者学之施，学无异习，政无异术。自朝廷达之郡国，自郡国达之天下，元元本本，靡有二事。故士不于学，则为奇言异行；政不于学，则无道揆法守。君臣上下，视吾之有学，犹农之有田，朝斯夕斯，不耕不耘，则无所得食，而有卒岁之忧。此人伦所以明，教化所以成，道德一而风俗同，惟是故也。
>
> 后世之学，盖盛于先王之时矣。居处之安，饮食之丰，训约之严，先王之时未必有此；然学自为学，政自为政，群居玩岁，自好者不过能通经纬文，以取科第，既得之，则昔之所习者，旋以废忘。一视簿书期会之事，则曰："我方为政，学于何有？"嗟夫！后世言治者常不敢望先王之时，其学与政之分与！
>
> 国家之学至矣，十室之邑有师弟子，州县之吏以学名官，凡岂为是观美而已？盖欲还先王之旧，求政于学。顾卒未有以当上意者，则士大夫与学者之罪也。
>
> 衡之学曰石鼓书院云者，其来已久，中迁之城南，士不为便，而还其故，则自前教授施君鼎。石鼓之学，据潇、湘之会，挟山岳之胜。其迁也，新室屋未具。提点刑狱王君彦洪、提举常平郑君丙、知州事张君松，皆以乾道乙酉至官下，于是方有兵事，三君任不同而责均，虽日不遑暇，然知夫学所以为政，兵其细也，则谓教授苏君总龟，使遂茸之。居无何而学成，兵事亦已，环三君之巡属，整整称治。
>
> 夫兵之已而治之效，未必遽由是学也，而余独表而出之，盖乐夫三君识先王所以为学之意，于羽檄交驰之际，不敢忘学，学成而兵有功，治有绩，则余安得不为之言，以劝夫为政而不知学者耶！凡衡之士，知三君之心，则居是学也，不专章句之务，而亦习夫他日所以为

政；不但为科第之得，而思致君泽民之业。使政之与学复而为一，不惟三君之望如此，抑国家将于是而有获与！

明年八月旦，历阳张某记。①

记文首段论述上古之时的以学为政，士人以所学的内容施于政事，先王之学通过士人施政而影响到了整个社会的人伦、教化、道德、风俗等。对上古先王教育理念的阐发，是中兴时期学校记的作者比较看重的部分，朱熹曾称赞曾巩的学记云："南丰作宜黄筠州二学记好，说得古人教学意出。"② 将"说得古人教学意出"作为曾巩《宜黄县县学记》与《筠州学记》最大的闪光点，可见在朱熹看来，这是学校记中非常重要的内容。朱熹一向喜爱曾巩之文，他在学校记的写作中有意向曾巩学习。朱熹《静江府学记》开篇论述古人教学之意的部分也非常精彩：

> 古者圣王设为学校，以教其民，由家及国，大小有序，使其民无不入乎其中而受学焉。而其所以教之之具，则皆因其天赋之秉彝而为之品节，以开导而劝勉之，使其明诸心，修诸身，行于父子、兄弟、夫妇、朋友之间，而推之以达乎君臣、上下、人民、事物之际，必无不尽其分焉者。及其学者既成，则又兴其贤且能者，置之列位。是以当是之时，理义休明，风俗醇厚，而公卿、大夫、列士之选，无不得其人焉。此先王学校之官，所以为政事之本、道德之归，而不可以一日废焉者也。③

张孝祥从宏观层面论述了先王以学为政的方式，朱熹这段文字则详细介绍了先王之"学"的具体内容，通过层层推论，解释了"以学为政"的具体架构。从格物致知、正心诚意到修身齐家、治国平天下，所学内容一环紧扣一环，从知识逐渐深入内在的品格之中。学成后"兴其贤且能者，

---

① （宋）张孝祥著，徐鹏点校：《于湖居士文集》卷十四，上海古籍出版社，1980年，第137-138页。
② （宋）黎靖德编，王星贤点校：《朱子语类》卷一三九，中华书局，1986年，第3314页。
③ （宋）朱熹著：《晦庵先生朱文公文集》卷七八，见朱杰人、严佐之、刘永翔主编《朱子全书》第24册，上海古籍出版社、安徽教育出版社，2002年，第3741页。

置之列位",也就是说,在官员的任命上,道德与才干是需要同时考察的。只有这样,先王之政才能够通过各级官员在民间得到有效的施行。虽然这段文字的精髓是从《大学》得来,但是经过朱熹的阐释,古人设立学校教学之意得到了有条理的分析,文中的道理即便在今天也仍然有丰富的现实意义。

张孝祥《衡州新学记》第二、三段谈到,后世的学校虽然在物质条件上超过了上古之时,然而,与上古之时以学为政的自然程序相比,后世的士子进入学校读书,其目标带有强烈的功利性,为了达到目标,不惜运用手段走捷径,因而违背了先王设立学校的本意。学校教育成为士子取得科第、进入仕途的敲门砖,士子一旦为官则将所学内容全部抛开,大大背离了"求政于学"的初衷。以上古三代之学为典范,并对后世尤其是当下学校教育的不足之处加以反思、批判与纠正,是中兴时期学校记中常见的内容。作者的矛头主要对准的是官学,尤其是科举制度下士子专攻时文、一心应试而不顾道德修养的行为。对此,周必大《广昌县学记》亦云:"本朝开设学校,复帝王之盛。虽硕儒名卿布于中外,而士之月书季考惟在举业,故时文无虑三变。始因唐旧,专用词赋;或曰雕篆无益也,于是经义行焉;专门一律,又以为病,而《大学》《中庸》之说出。时论愈高,行之愈难,为师儒者既用此为去取,士亦以此应之,殆非国家孜孜求贤之本意也。"① 他从实用的层面具体论述了时文写作与现实生活的脱钩:自宋初以来,科举考试的内容从辞赋到经义再到《大学》《中庸》等,时文立论越来越宏大高远,也越来越脱离实际,从学校所学的内容无法应用于政事之中。在对本朝的文教政策及科举制度发出批判的声音,在北宋学校记中少见,在南宋中兴时期学校记中则时常见到。任何一种教育、考试、人才选拔制度都很难做到完美,随着时间的推进,宋代科举制度及学校教育中存在的问题逐渐显露了出来。中兴时期学校记的作者绝大多数是通过科举考试进入仕途的,他们能够根据亲身经历反观学校教育的情况,并在学校记中提出问题,从中可以看出士大夫对社会现实的深切关怀。

---

① 曾枣庄、刘琳主编:《全宋文》卷五一五一,第231册,上海辞书出版社、安徽教育出版社,2006年,第263页。

在对比当下之学与三代之学的差距之后，张孝祥从此次迁建石鼓书院的事实出发，赞颂衡州官员们在烽火未熄、政事繁忙之时完成迁建书院的工程，并对士子们提出了期许：在学习时文章句以应对科举考试之外，还要修身治心并学习古人处理政治事务的方法等。虽然中兴时期的学校记对当时的官学教育多有批评，但是，这些记文所记述的学校，或者有高瞻远瞩的地方官，或者有德高望重的教授，当地的士子都能够从身边找到师法的对象，学风并非不可救药。从这个角度来说，记文指出当时学校教育中存在的问题，是为了反衬相应学校、官员或教授的正面形象，并引导士子警醒问题的发生。

不论"赞圣人之道"还是"勉诸生以学"，学校记都体现出了浓浓的教化之意。相比于频繁调换的地方官与教授，学校记大多以石刻的形式存在于学校之中，能够产生更加长久的影响。记文作者叙述的固然是当时文化教育的状况，不过，由于记文具备突出的教化意义，学校记本身就是南宋中兴时期文教建设的内容之一。

三、道学家弘扬教育思想的媒介

著书立说与讲学授徒是道学家最主要的思想传播方式，学校记既是作者思想的载体，又能够直接在学校展示、容易在士子中间流传，因此可谓兼具著书立说与讲学授徒两种功能。中兴时期，道学家敏锐地发现了这一学校记的双重功能，并身体力行地写作了大量学校记。《晦庵先生朱文公文集》收有朱熹的学校记21篇，占现存这一时期学校记总数的10%以上；张栻作有学校记12篇，在其个人现存记文中占20%以上，足以看出他们对学校记的重视。道学家的学校记不仅有书院记，还有一些为官学所作的学记，他们在这些记文中孜孜不倦地弘扬自己的教育思想，表现出了明显的道学倾向。

淳熙三年（1176），朱熹为衢州江山县（今江山市）县学写作记文，在介绍这座学校兴复的经过后，朱熹在文中记述了自己对江山县尉熊可量所说的话：

> 子之邑故有儒先曰徐公诚叟者，受业程氏之门人，学奥行高，讲

道于家，弟子自远而至者常以百数，其去今未远也。吾意大山长谷之中，陋巷穷阎之下，必有独得其传而深藏不市者，为我访而问焉，则必有以审乎此，而知所以为教之方矣。①

以朱熹对道学的热心，当他到达衢州后，记起当地二程的门人是再自然不过的事情；以朱熹当时的声望，请县尉去寻访徐诚叟的门人弟子，事情本身也没有任何不合情理之处。然而，朱熹将自己对熊可量的请托以白纸黑字写入学校记之中，文章末尾还说"俾刻焉"，也就是说希望熊可量将学记刻石立于学中，其目的显然并不像字面上所说的那么简单。试想既有朱熹的碑文立于学校之中，倘若熊可量没有全心全意去寻访徐诚叟的门人，或者虽然找到了徐诚叟的门人却没有在学校中给他安排重要的位置，那无疑会使众人皆知他辜负了朱熹的期盼。从正面来说，有这样一篇碑文，不仅徐诚叟的门人弟子会在学校中更容易受到弟子的拥护，而且当地其他人也会对其敬爱有加。徐诚叟为二程的再传弟子，他的门人如果到江山县学任教，受这篇记文的约束，其教授内容理当以二程之学为重点。如果没有这样一篇学记刻石立于学校之中，或者学记中不曾谈及此事，朱熹与熊可量的嘱托不过是与他们二人有关之事，旁人既难以知晓，更无从干涉。综上，朱熹在《衢州江山县学记》中写到自己对熊可量的请托之事，当是用心良苦，体现了他传播道学的一片苦心，学校记以其特殊呈现方式与传播方式，为朱熹提供了最有效的传播途径。

宋代书院的发展与道学的成长联系紧密，中兴时期绝大多数书院是由道学家主持的，道学家写作的书院记在宣扬道学思想方面更加直接，张栻的《潭州重修岳麓书院记》是这一时期书院记中影响较大的一篇，其中论述为学的目的云：

某从多士往观焉，爱其山川之胜，堂序之严，徘徊不忍去，喟而与之言曰："侯之为是举也，岂将使子群居族谭，但为决科利禄计乎？抑岂使子习为言语文词之工而已乎？盖欲成就人才，以传斯道而济斯

---

① （宋）朱熹著：《晦庵先生朱文公文集》卷七八，见朱杰人、严佐之、刘永翔主编《朱子全书》第24册，上海古籍出版社、安徽教育出版社，2002年，第3736页。

民也。"惟民之生,厥有常性,而不能以自达,故有赖于圣贤者出而开之。是以二帝三王之政,莫不以教学为先务。至于孔子,述作大备,遂启万世无穷之传。其传果何与?曰仁也。仁,人心也,率性立命,知天下而宰万物者也。今夫目视而耳听,口言而足行,以至于食饮起居之际,谓道而有外夫是,乌可乎?虽然,天理人欲,同行异情,毫厘之差,霄壤之缪,此所以求仁之难,必责于学以明之与?善乎,孟子之得传于孔氏,而发人深切也!齐宣王见一牛之觳觫而不忍,则告之曰:"是心足以王矣。"古之人所以大过人者,善推其所为而已。论尧舜之道本于孝悌,则欲其体夫徐行疾行之间;指乍见孺子匍匐将入井之时,则曰恻隐之心,仁之端也,于此焉求之,则不差矣。尝试察吾终日事亲从兄、应物处事,是端也,其或发见,亦知其所以然乎?诚能默识而存之,扩充而达之,生生之妙,油然于中,则仁之大体岂不可得乎?及其至也,与天地合德,鬼神同用,悠久无疆,变化莫测,而其则初不远也。是乃圣贤所传之要,从事焉终吾身而后已,虽约居屏处,庸何损?得时行道,事业满天下,而亦何加于我哉?侯既属某为记,遂书斯言以厉同志,俾无忘侯之德,抑又以自厉云尔。①

张栻不只是把它当作一篇书院记来写,他几乎是在写一篇学术文章,论述如何通过为学而求仁,将仁从待人接物逐渐扩充至与天地合德,并最终得时行道、广济斯民。尧舜之道、天理人欲、默识而存、得时行道等,都是道学家词典中的高频词,而这篇文章的主要价值也体现在其中的道学思想上。淳熙十五年(1188),地方官再次主持修葺岳麓书院,陈傅良在记文中谈道:"某尝获诵侍讲张先生所为记,及于治心修身之要。湖湘之俊,亦既知所指归,近岁以其论述由大学礼部奏名,及对大廷,连为天下第一,他未试,可略睹矣。虽欲有言,无以出讲闻之外者。"② 可见不论

---

① (宋)张栻著:《南轩先生文集》卷十,见邓洪波点校《张栻集》,岳麓书社,2010年,第571-572页。按:此文在宋代至少有两个版本,一为朱熹所定《南轩文集》本,一为魏齐贤、叶棻所辑《五百家播芳大全文萃》本,《全宋文》与《张栻集》均将两个版本收录在内,二者文字有别而大意相同。此处引用的文本源自朱熹所定《南轩文集》本。
② (宋)陈傅良著,周梦江点校:《陈傅良先生文集》卷三九,浙江大学出版社,1999年,第499页。

陈傅良、湖湘才俊还是朝中大臣，都对张栻文中有关修身治心的言论高度认同。朱熹《衡州石鼓书院记》中讨论为学的内容，也是结合张栻的这篇记文来写的，他提出：

> 若诸生之所以学而非若今人之所谓，则昔者吾友张子敬夫所以记夫岳麓者，语之详矣。顾于下学之功有所未究，是以诵其言者，不知所以从事之方，而无以蹈其实。然今亦何以他求为哉？亦曰养其全于未发之前，察其几于将发之际，善则扩而充之，恶则克而去之，其如此而已矣，又何俟于予言哉！①

在朱熹看来，张栻文中详细而透彻地讲述了抽象的"上学"之理，对此，自己无须多言，而"下达"之方，则是张栻《潭州重修岳麓书院记》中所缺，《衡州石鼓书院记》加以补充的内容。朱熹曾云："南轩记岳麓，某记石鼓，合而观之，知所用力矣。"② 显然，他是将这两篇学记当作教育思想的纲领，希望士子们能够完全领悟其中的思想并遵从之。

在写给吕祖谦的信中，朱熹针对吕祖谦所作的《白鹿洞书院记》提出了自己对学校记的认识："白鹿书院承为记述，非惟使事之本末后有考焉，而所以发明学问始终深浅之序尤为至切。此邦之士蒙益既多，而传之四方，私淑之幸又不少矣。"③ 于他而言，叙述书院建立发展的事实本末在书院记中处于次要位置，而发明学问变成了记文的中心内容。随着记文的广泛传播，作者阐述的道理能够启发大量士子，这更是学校记在思想传播方面所独有的功能。然而，将记事与议论本末倒置，把记文作为传播思想的工具，终究还是背离了记体文写作的本义。林纾《春觉斋论文·流别论》谓："学记一体，最不易为……非湛深于经学儒术者，不易至也。"④ 从道学家的学校记来看，湛深于经学儒术者之记，又容易利用这一文体而

---

① （宋）朱熹著：《晦庵先生朱文公文集》卷七九，见朱杰人、严佐之、刘永翔主编《朱子全书》第 24 册，上海古籍出版社、安徽教育出版社，2002 年，第 3783－3784 页。

② （明）黄宗羲著，（清）全祖望补修，陈金生、梁运华点校：《宋元学案》卷七一《岳麓诸儒学案》，中华书局，1986 年，第 2384 页。

③ （宋）朱熹著：《晦庵先生朱文公文集》卷三四，见朱杰人、严佐之、刘永翔主编《朱子全书》第 21 册，上海古籍出版社、安徽教育出版社，2002 年，第 1505 页。

④ 林纾著，范先渊点校：《春觉斋论文》，人民文学出版社，1959 年，第 70－71 页。

使其流为经学儒术之传播手段，学记一体，确不易为。

第四节　祠堂记："国朝"先贤精神的揭示与发扬

　　祠堂，通常是指祭祀祖先、供奉鬼神或纪念先贤的场所。南宋中兴时期记体文中现存祠堂记160余篇，其中涉及的祠堂大多数是为纪念先贤而设立的。这些祠堂记以记述历史人物的事迹为主，既看重人物的品格与才识，又特别关注人物在地方的历史故事，尤其是他们处理具体事务时显现出的政治才能。现存中唐至北宋的祠堂记数量很少，且基本是为纪念孔子、庄子、严子陵、诸葛亮等时代间隔非常大的前代历史人物而设。南宋中兴时期，祠堂记数量显著增长，北宋庆历和元祐年间的著名士大夫如范仲淹、欧阳修、司马光、苏轼、黄庭坚等，是当时祠堂记中多次出现的重要人物。随着道学的发展，纪念北宋周敦颐、二程、张载等人的祠堂大量出现，对这些祠堂的记录，是南宋道学家梳理北宋道学发展史的关键环节之一。

一、祠堂教化意义的揭示

　　设立祠堂以追怀地方先贤，既是对地方文化的回顾与总结，也是地方文化建设的重要内容。祠堂记中的地方先贤，既有在当地出生者，也有曾在当地留下遗迹、对当地的发展做出贡献者。祠堂记通常以祠堂的设立为写作契机，重点记述先贤在当地的事迹与祠堂设立的经过，进而揭示祠堂的教化意义。如尤袤《二贤堂记》开篇便指出：

　　　　兴旧起废者为政之先务，思贤尚德者风化之本原也。滁阳本淮甸幽僻处，在全盛时不能当一大县。自翰林王公与文忠欧阳公以天下重望，屈临此邦，二公不鄙夷其民，涵养教育，如抚幼稚。方时太平，内外晏然，既不闻田里愁恨之声，因得日与斯民同乐于山巅水涯，因自放于诗酒。二公既去，犹眷眷不忘此邦，此邦之人亦怀公之德，如怀其父母，至今如一日。虽名公伟儒来守是邦者前后相望，皆不敢与此两人者齿。至人诵其诗，家传其像，过其所经行之地，亦必为之动容敛衽，其爱与思之如此其深且久也。始翰林乐其豁山之胜，发于吟咏。迨文忠益疏理泉石，作诸亭于琅琊幽谷两山之间，而自为之记。

一时名士竞为歌诗，更唱迭和，文献之盛，播于中都。由是滁之为州，遂名于天下。先是滁人绘翰林之像于琅琊山寺。绍圣中，曲阜曾文昭公作二贤堂于郡学西南。其后邦人别建堂于州城之南七里，岁时必祭。自经兵火，其堂与亭宇焚烁俱尽。其仅能复建者，醉翁一亭而已。①

王禹偁至道元年（995）被贬滁州，次年改知扬州，在滁州的时间并不长，但有《今冬》《滁州谢上表》等名篇传世。欧阳修庆历五年（1045）被贬滁州后将王禹偁引为同调，并在《书王元之画像侧》中写道："偶然来继前贤迹，信矣皆如昔日言。诸县丰登少公事，一家保暖荷君恩。想公风采常如在，顾我文章不足论。"②此诗题下注云"在琅琊山"，可见庆历年间在琅琊山寺中已有王禹偁的画像。欧阳修任滁州太守将近三年，在此期间自号"醉翁"，写下《醉翁亭记》《丰乐亭记》《菱溪石记》《题滁州醉翁亭》《琅琊山六题》等诗文，还请曾巩作《醒心亭记》，滁州也随着这些诗文名满天下。绍圣四年（1097），曾巩之弟曾肇被贬滁州，首建二贤堂③。尤袤这篇《二贤堂记》记滁州地方官为二人重建的祠堂，无意在祠堂记中总结两人的整体成就，而是将焦点对准二人在滁州的事迹，赞颂二人在使滁州声名远播方面的巨大作用，叙述滁州人对他们的怀想，并且记录绍圣年间曾巩之弟曾肇建二贤堂的往事。

祠堂的设立者往往是地方官员、乡绅、学者、僧人等，设立之地大都是先贤的家乡或者先贤留下足迹的地方，被祠祀者往往与当地有比较密切的联系，设立祠堂者与被祠祀者，都是祠堂记中重要的人物形象。韩元吉《两贤堂记》中的两贤堂是为纪念吕本中与曾几二人而建，文章在叙述当地人对二者的印象的同时，也突出了设立祠堂的广教寺住持敦仁的形象：

> 绍兴中，故中书舍人吕公居仁尝寓于寺。公以文章名于世，而直

---

① 曾枣庄、刘琳主编：《全宋文》卷五〇〇〇，第225册，上海辞书出版社、安徽教育出版社，2006年，第234-235页。
② （宋）欧阳修著，李逸安点校：《欧阳修全集》卷十一，中华书局，2001年，第181-182页。
③ 《全宋文》收有曾肇《二贤堂祝文》一篇，见曾枣庄、刘琳主编《全宋文》卷二三八四，第110册，上海辞书出版社、安徽教育出版社，2006年，第142页。

道劲节,不容于当路者,屏居避谤,赍志以没。上饶士子稍宗其学问,虽田夫野老,能记其曳杖行吟风流韵度也。后数年,故礼部侍郎文清曾公吉甫复来居之。二公平生交,俱以诗名江右,适相继寓此,而曾公为最久。杜门醉诗书以教子弟,或经时不入州府,不问世故,好事者间从公游谈风月尔。公亦自号茶山居士,若将终身焉。会朝廷更庶政,一时端人正士,始得进用,而吕公前已下世,莫不惜而哀之。公起为部刺史,遂以道德文学,入侍天子,盖退而老于稽山之下。而上饶之人,称一时衣冠师友之盛,及二公姓字,则拳拳不忍忘。寺之僮奴,指其庭之竹,则曰此文清公所植也。山有隙地,旧以为圃,指其花卉,则曰此文清公所艺也。一亭一轩,爱而不敢动,曰此公所建立或命名也。主僧敦仁者,言少年走诸方,侍其师清于草堂,清每与其徒诵二公诗语,且道其禅学之妙,敦仁窃闻之,以谓非今世之人也,不意游上饶,及见二公于此寺。今既叨洒扫之职矣,俯仰踰三十载,思再见而不可得也,将虚其室,绘二公之像,事以香火而祭其讳日焉。于是榜以两贤堂,而求为之记。夫自中原隔绝,士大夫违其乡居,类多寄迹浮图之宇,固有厌苦,冀其速去者矣,未有能知其贤,既去而见思也。在《诗》有之:"蔽芾甘棠,勿剪勿伐,召伯所茇。"说者曰:茇之为言,草舍也。召伯听断于棠木之下,而民之被其德者,思其人,敬其木,不加剪伐云尔。今二公之寓室,殆亦茇舍之比也。然非有听讼之劳、及民之化,而敦仁又佛之徒,岂能尽知吾儒之事与夫贤者之详,乃尊敬爱慕不已,至袚饰其居,以为二公之思而祠祀之。使二公也得位以行其志,则所以致民之思者,岂不足侔于召伯哉?虽然,世之为士者,见贤不能慕,既去而忘其人,闻敦仁之为,过于堂下,亦可以少愧矣夫![1]

吕本中因与秦桧不合而罢职,于绍兴十一年(1141)移居上饶,绍兴十五年(1145)在上饶去世。此后,曾几也因与秦桧力争和议而被罢,自绍兴十九年(1149)至绍兴二十五年(1155)在上饶侨居,直到秦桧去世

---

[1] (宋)韩元吉著:《南涧甲乙稿》卷十五,中华书局,1985年,第291-292页。

才重新得到起用。两人均在茶山的广教寺中居住,当地士子能够直接向他们问学,就连田夫野老也对他们的风流韵度印象深刻。广教寺中曾几亲手栽种的绿竹与花卉、亲自建立或命名的建筑,都得到了僧人的悉心保护。作者将召伯之甘棠与之对比,认为甘棠之所以被人爱护,主要是因为召伯曾在当地为民断案,百姓能够得到切实的恩惠;而吕本中与曾几仅仅在此闲居便能得到如此礼遇,如果两人像召伯一样在位为官、亲自处理政事,必然会得到更多的拥戴。住持敦仁年少时曾跟随其师诵读吕本中与曾几的诗作,歆慕二人在禅学与诗歌上的造诣,后来行游至上饶,得以在广教寺中与二人接触,因此对他们有着格外深厚的感情。韩元吉在文章的开头记述上饶"物产丰美、土壤平衍,故北来之渡江者爱而多寓焉",然而,这些南渡之人却并不受当地的欢迎。在这样的形势下,吕本中与曾几不仅生前受到上饶士子、僧人、田夫野老的尊崇,死后还被当地人追怀,一方面可见二人个人魅力之大,另一方面也体现出了广教寺僧人的包容、善良、敬贤之心。作者认为,广教寺住持敦仁对贤士的敬慕、追思,值得当世的士人学习。《两贤堂记》虽是为两贤堂而作,文中却穿插着作者对敦仁的敬佩之情,实乃"三贤"之记。

被祠祀的先贤可以为当地士子、百姓树立榜样,因此祠堂的设立这一行为本身便带有浓厚的教化之义。祠堂记则以文字的形式揭示、强调其教化意义,祠堂存在的价值也因此得到了彰显。尤袤《五贤祠记》从正反两方面论述了祠堂的意义:

> 侯知邦人之可与为善,思有以风厉鼓发,乃祠是五人者,使凡游乎乡校而睹其遗像,其善者跃然而喜,常若五君子之诱之也;其不善者惕然而惧,常若五君子之临之也。然礼义兴行而风俗淳厚,将不在兹乎?抑尝谓古者道化行于乡党之间,必有一乡之善士为之表率,生则师尊之,死则祠祭之,故人有所慕而为善,有所畏而不为恶。其师友渊源,薰陶渐渍,愈久而愈可爱慕。自先王之教不明,而隆师尊友之义废,斯人气质斲丧几尽,后生晚学不复识前辈典型,耳濡目染,安于末路。而为政者,大抵汩没于财赋狱讼之间,事之关于风教,则一切指为迂阔,漫不复议,故无以感发斯人之善心而阴消其傲慢之

气,变易其鄙薄之习。方且操其隄防笼络之具,形驱而势格之,奸愈不胜,俗日益靡,则诿曰民不如古。呜呼,民之不如古,无乃吏之所以为教者非欤!①

文中的五贤祠位于南康(今江西赣州),是朱熹知南康军期间主持修建的,其"五贤"分别指陶渊明、刘恕父子、李常与陈瓘。他们或出生于当地,或曾在当地居住。文中解释朱熹将五人并列于祠堂的原因说:"是五人者,其出处虽不同,其名节大略相似,其所以扶世立教,其归一也。"联系引文的第一句,朱熹是希望以"五贤""风厉鼓发"当地百姓,也就是要启发、鼓励他们为善,可见,以五人之"名节"来"扶世立教",是这一祠堂建立的初衷。至于如何"扶世立教",尤袤在文中给出了详细的解释。见到五君子之遗像,善者会跃然而喜,心生羡慕之情,并因此而坚持为善;不善者则会惕然而惧,生出敬畏之心,因此不敢为恶。为善之心得到感发,傲慢之气与鄙薄之习渐渐消除,在前代典范的耳濡目染之下,当地的礼义之风自然会愈加淳厚。在尤袤看来,风俗教化与财赋狱讼同为地方官的分内之事,不可轻忽。因此,这篇祠堂记教化的对象不仅包括当地的士子、百姓,还包括为政者。一味宣扬教化之义容易使文章显得迂腐,不过,南宋中兴时期的祠堂记大多能够结合事实展开讨论,故而言之有据,通常并不让人感到乏味。

这一时期还有一些祠堂记先以古文记述祠堂设立的经过、阐释先贤的教化意义,然后在文章末尾写作一段韵文,便于吟诵或歌唱,例如,杨万里《龙伯高祠堂记》在记文末尾有供祭祀时歌唱的歌词②;周必大《分宁县学山谷祠堂记》在叙述山谷祠堂新修的经过、简单概括分宁的山川之盛、盛赞黄庭坚的成就后云:"予既书其大略,又系以辞,使遇祀事而歌焉"③;范成大《三高祠记》,先以散文记述范蠡、张翰、陆龟蒙三人的事

---

① 曾枣庄、刘琳主编:《全宋文》卷五〇〇一,第225册,上海辞书出版社、安徽教育出版社,2006年,第242-243页。

② (宋)杨万里著,辛更儒笺校:《杨万里集笺校》卷七一,中华书局,2007年,第2989-2991页。

③ 曾枣庄、刘琳主编:《全宋文》卷五一五〇,第231册,上海辞书出版社、安徽教育出版社,2006年,第250页。

迹，又以楚辞体作歌三章，以招其魂①。这些歌词围绕被祠祀者的人生经历、精神品格而作，与记文相映生辉。以上三篇中，范成大《三高祠记》的三章歌词在南宋时期受到的称赞最多，文中介绍自己作歌的缘由说："然屈平既从彭咸，而桂丛之赋，犹招隐士，疑若幽隐处林薄，不死而仙，况如三君蝉蜕溷浊，得全于天者。尝试倚楹而望，水光浮天，云日下上，风帆烟蓬，飘忽晦明，意必往来其间，成大亦何足以见之。姑效《小山》，作歌三章以招焉。"周密《齐东野语》曾称赞《三高祠记》云："石湖老仙一记，亦天下奇笔也。"②《三高祠记》之"奇"，主要就在于这三章歌词。楼钥《读范吏部三高祠堂记》也曾盛赞道："三高之风天与高，三高之灵或可招。《小山》以后无此作，具区笠泽空寥寥……瑰词三章妙天下，大书深刻江之隅。我来诵诗凛生气，若有人兮在江水。"③范蠡、张翰、陆龟蒙三人均有隐逸的事迹，范成大效仿《楚辞·招隐士》，在祠堂记中作歌为其招魂，既符合《诗经》以来在重要祭祀典礼上唱诗的习俗，又赞颂了隐士的高风峻节，楼钥诗中称赞的对象主要是三章歌词。对诗赋的兼容，显示了记体文包容性的提升，散文与韵文互相映衬、相得益彰，既显示出文学作品独特的美感，也因诗赋之朗朗上口而促进了记文的传播。

二、富于时代特色的人物品评

在阐释设立祠堂之缘由、记述先贤之建树的过程中，祠堂记并不追求全面介绍人物，而是通常有意识地着重叙述先贤在某一方面的突出成就，进而揭示其教化意义。祠堂记中重点记述的成就，理应是祠堂的设立者与祠堂记作者共同看重的，因此，通过祠堂记的侧重点，可以看到中兴时期人物品评的时代特色。

诸葛武侯祠是这一时期祠堂记中被反复记述的对象，相关的记文有王十朋《夔州新修诸葛武侯祠堂记》与《夔州新迁诸葛武侯祠堂记》、张震《忠武侯祠记》、张栻《衡州石鼓山诸葛忠武侯祠记》、李嘉谋《武侯祠堂

---

① 曾枣庄、刘琳主编：《全宋文》卷四九八四，第 224 册，上海辞书出版社、安徽教育出版社，2006 年，第 386-387 页。
② （宋）周密著，张茂鹏点校：《齐东野语》卷十六，中华书局，1983 年，第 288 页。
③ （宋）楼钥著，顾大朋点校：《楼钥集》卷一，浙江古籍出版社，2010 年，第 10 页。

记》、吴猎《益阳三贤堂记》等。其中,张栻《衡州石鼓山诸葛忠武侯祠记》引用诸葛亮"汉贼不两立,王业不偏安"的诗句,直指宋金对抗、南宋偏安的社会现实,挑明了诸葛亮在南宋受崇敬的主要原因。张栻还说:"夫有天地则有二纲,中国之所以异于夷狄,人类之所以别于庶物者,以是故耳。若汩于利害之中,而忘失天地之正,则虽有天下,不能一朝居,此侯所以不敢斯须而忘讨贼之义,尽其心力,至死不悔者也。"这既是为诸葛亮的行为提供依据,也吐露了自己主战的心声。王十朋《夔州新修诸葛武侯祠堂记》则在诔文中感叹道:"假令毋死,师一再举。吴魏可吞,礼乐宜许。宁使英雄,泪堕今古。"记文在对诸葛亮出师未捷身先死的叹息中,透出了对南宋时局的深深担忧。

类似的记文还有王十朋《寇忠愍公巴东祠记》,文中记述寇准在宋辽战争中的贡献云:"景德澶渊之功,尤为隽伟。方契丹入寇,中外汹汹,当时苟从建议之臣幸蜀、江南,则胡马不止于饮河洛,而三光五岳之气必分。公独毅然决亲征之策,銮舆一动,丑虏自毙,社稷安于泰山,天下混一者二百年。较其功烈,与傅岩之人任舟楫之寄、中兴有商,未可得而轻重。"北宋景德元年(1004),辽萧太后与辽圣宗亲自率兵入侵,宋真宗朝大臣王钦若等人建议真宗南下,而寇准则坚定地请求真宗率兵亲征,真宗御驾亲征使宋军的士气得到了极大鼓舞,最终在战场上奠定了优势。经历过靖康之难的王十朋,在回顾景德年间宋辽对峙的局势时,难免会心有余悸:倘若真宗听从了王钦若等人的劝说,辽军得以长驱直入,宋朝恐怕从真宗朝便开始偏安了。正因为亲身经历过靖康之难,王十朋才特别清楚寇准在景德元年为宋朝立下的汗马功劳,也更加痛惜靖康年间没有出现像寇准一样的能臣。在叙述祠堂设立的经过后,王十朋说道:"予平生歆慕公之为人,每叹靖康间复有如公者出,则南北岂至于分裂耶?"历史是无法假设的,靖康之难业已发生,王十朋也只能在缅怀先贤的文章中发出无奈的反问。米居一《靖共堂生祠记》记述的是抗金名将吴玠的事迹。与北宋景德年间的情况恰恰相反,吴玠在对金人的战争中已经明显占据优势,而高宗与秦桧却坚持和议,文中说:"适朝廷与虏讲好,宣抚司檄班师,公闻和议,愀然不乐,遂整旅而还。"显然,"愀然不乐"者不仅有吴玠,还有他的士兵、当地百姓、祠堂的创建者以及祠堂记的作者等。记文中的这座祠堂在吴玠生前便已建立,绍兴和议已经签订,但欲图抗金的民意却不会轻易改变。诸葛亮、寇准、吴玠等人的祠堂的设立,本身便可以看出中兴时期人们对能臣贤相的推崇,祠堂记中的感慨、惋惜、痛恨与无奈,则抒发了文人们心中郁结的偏安之恨。

三、庆历、元祐士风的回响

南宋中兴时期祠堂记所记的祠堂,有大量是为本朝前辈而建的。较之前朝已经盖棺定论的历史与人物,本朝史更加鲜活,本朝前辈也更加亲切。为供奉本朝前辈的祠堂而作的记文,生动地展现着作者对本朝历史与人物的认识。具体而言,与庆历、元祐士人相关的祠堂记在这一时期大量出现,文人们的个人理想与家国理想,都在这些记文中有所体现。

庆历士人中,范仲淹、欧阳修、韩琦等人得到了较多的关注,他们为北宋发展繁荣所做的贡献,是祠堂记中重点强调的内容。例如,楼钥《广德军范文正公祠记》称赞"文正公盛德绝识,才兼文武,非赞扬所能尽",将立志于"追古人而友之"作为范仲淹卓然而立的缘由,并鼓励"为士者无徒慕公之名位,当求其所以致此者"[①]。高远的志向是范仲淹能够陶铸个人品格并引领庆历士人先忧后乐的重要因素,楼钥希望士子们能够像范仲淹一样树立远大志向,体现出他对中兴士风朝庆历士风发展的期望。杨万里《沙溪六一先生祠堂记》云:"盖自韩退之没,斯文绝而不续。至先生复作而兴之,天下之于先生,不此之知者否也。若夫自唐末五代以来,为臣者皆以容悦而事君。能以容悦而事君,岂不能以容悦而事雠乎?忠言直节,举明主于五三,以丕变容悦之俗,至于庆历、元祐之隆,近古未有。天下国家,至今赖之。"[②] 此处亦在强调欧阳修兴复古道,以忠言直节改变了唐末五代以来以容悦事君的风气,对庆历、元祐的兴盛做出了极大的贡献,影响了宋代历史、文化的发展。

梁克家在《宋中令韩公忠献魏王祠堂记》一文中记载自己出使金国时

[①] (宋)楼钥著,顾大朋点校:《楼钥集》卷五二,浙江古籍出版社,2010年,第967页。
[②] (宋)杨万里著,辛更儒笺校:《杨万里集笺校》卷七二,中华书局,2007年,第3041页。

的见闻云:"克家顷使北虏,过相州,虏使者语及公,举手加额曰:'公勋德威名,百世所仰,今昼锦堂固无恙?'公殁百余年,彼异域且知所尊敬如此,而况此邦之人哉!"① 相州位于今河南安阳,南宋时属金国,是宋金使者往来的必经之地。淳熙四年(1177),周煇《北辕录》中记载自己经过相州时,"或云韩魏公昼锦堂,今为一贵人宅,石记犹在,好事者叩门打碑,不禁也"②。昼锦堂既在金国境内,前来叩门请求打碑者也只能是金人或北方的汉人。昼锦堂为韩琦所建,韩琦志在安邦定国、不念个人荣华富贵的品德在欧阳修的《昼锦堂记》中得到彰显,昼锦堂也因此声名远播。家国天下的情怀,是庆历士人留给后代的宝贵财富。

在《庐州重建包马二公祠堂记》中,韩元吉谈论自己心目中的包拯云:"世之论孝肃第以刚正敢言、辨忠邪、诋权倖、犯天子颜色以议国本、罢内降为难,而某独叹其初为监察御史时,首言国家取士用人未得其实,岁赂缯币非御戎之策,宜选将练兵以为边备,此诚知天下大计,为万世虑者。"③ 包拯拜监察御史在庆历三年(1043),韩元吉对包拯最钦佩之处在于他能够高瞻远瞩,洞察宋辽局势与朝廷的用人之策,知天下大计、为万世思虑,包拯之作为正是庆历士风的典型表现。庆历士人以天下为己任的担当、刚正直言的品格、高瞻远瞩的谋略等,都是中兴士人高度钦慕的。

元祐士人生活的时代与南宋距离更近,中兴时期祠堂记中关于元祐士人个人经历的记叙也更加具体,元祐士人在北宋末年的遭遇通过口耳相传的方式在当时流传,这些历史细节也在祠堂记中得到了记录。王质《雪山集》卷六有《东坡先生祠堂记》一文,记载了富川(在今江西兴国县)流传的苏轼的故事:

> 前三十年,一妪尚及见,修躯鬓面,衣短绿衫才及膝,曳杖调士民家无择。每微醉辄浪适,欢相迎曰:"苏学士来。"来则呼纸作字,无多饮,少已,倾斜高歌,不甚著调。薄睡即醒,书一士人家壁云:

---

① 曾枣庄、刘琳主编:《全宋文》卷五〇一三,第226册,上海辞书出版社、安徽教育出版社,2006年,第13页。
② (宋)周煇著:《北辕录》,中华书局,1991年,第3页。
③ (宋)韩元吉著:《南涧甲乙稿》卷十五,中华书局,1985年,第299页。

"惟陈季常不肯去,要至庐山而返,若为山神留住,必怒我。"书一民家户云:"今日借得西寺《法华经》,其僧欲见遗,吾云汝须得、我不须得。"今传富川。①

据此文考证,苏轼于元丰七年(1084)自黄州移汝州,四月七日至十日在富川逗留。这篇祠堂记的写作时间难以确定,富川是王质的家乡,王质生于绍兴五年(1135),绍兴三十年(1160)登进士第,文中记载的三十年前之老妪,当是年轻时见过苏轼、此后常常以此自矜者。老妪口中苏轼的身高、肤色、衣着等细节,只有接触过苏轼的人才能描述得真切,关于苏轼本人的气质,后人也只有通过类似的细节才能够展开具体的想象。引文中的题壁之词,直到孔凡礼先生点校《苏轼文集》时才辑入《苏轼佚文汇编》之中②。两则题壁文生动幽默,苏轼的随性潇洒在这样的情境中得到展现。

淳熙五年(1178),杨万里作《宜州新豫章先生祠堂记》记载黄庭坚晚年在宜州的经历云:"予闻山谷之始至宜州也,有畀某氏馆之,太守抵之罪。有浮图某氏馆之,又抵之罪。有逆旅某氏馆之,又抵之罪。馆于戍楼,盖囷之也。卒于所馆,盖饥之寒之也。"③ 作者在文中交代,淳熙年间宜州太守韩璧刚刚上任就着手修建纪念黄庭坚的祠堂,请张栻为其命名,张栻又写信请杨万里写作了这篇记文。黄庭坚于崇宁三年(1104)到达宜州,时年六十岁,他在《题自书卷后》中记述"官司谓余不当居关城中"④,却并未记述宜州太守究竟如何刁难自己。杨万里的记述,详细地展现了太守为讨好当权者而对黄庭坚百般为难的情形。将祠堂记中记载的故事与黄庭坚笔下的轻描淡写相对照,更可以看出黄庭坚宽广仁厚的胸怀与坚韧不拔的品格。苏轼与黄庭坚的生活细节在民间长久流传,这一事实

---

① (宋)王质著:《雪山集》卷七,中华书局,1985年,第79页。
② (宋)苏轼著,(明)茅维编,孔凡礼点校:《苏轼文集》,中华书局,1986年,第2541页。
③ (宋)杨万里著,辛更儒笺校:《杨万里集笺校》卷七二,中华书局,2007年,第3028页。
④ (宋)黄庭坚著,郑永晓整理:《黄庭坚全集辑校编年》第十辑,江西人民出版社,2008年,第1265页。

本身便显示出了二人强大的人格魅力,"最爱元祐"这一南宋初年由最高统治者提出的政治文化导向,是与民意一致的。

元祐士人在中兴时期得到的褒扬与他们在北宋末年经历的挫折之间极大的落差,是相关祠堂记中一再感慨的内容。例如,绍熙三年(1192),洪迈在《武宁县山谷先生祠堂记》中说道:

> 天下是非,常公于身后。先生瑰琦之文妙当世,孝友之行配古人,苏长公爱之重之,同时名胜,略相推第,顾自以为莫及。而事与时忤,顿撼抑摧,流连馆下,毫升寸迁,攫财秉笔螭头,又不使拜。受郡甫入境,即以罢闻。在史官,书铁龙爪事,谪黔,徙戎。记承天塔院,窜宜州,死。翰墨落人寰,随辄扫空,读其书者或牵联得咎于斯时也,夫岂豫卜异日显晦哉!天定胜人,中兴兴,公道提,遂职美秩,赍诸九京,且召贵其甥孙,学士大夫益知所乡挹。然区区一轩,到于今乃得还旧观,吁亦难矣!①

此文将黄庭坚在北宋末年与南宋年间的际遇加以对比,并得出"天定胜人"的结论,写作思路与周必大《分宁县学山谷祠堂记》② 十分相似。"孝友之行,追配古人;瑰玮之文,妙绝当世",乃是苏轼《举黄庭坚自代状》之词,在洪迈与周必大的两篇文章中都有化用。黄庭坚晚年自身难保,他的后人却因为他而得到朝廷的提拔重用,这一方面说明黄庭坚在道德、文章方面的成就是无法遮蔽的,另一方面则体现了北宋末年与中兴时期政治风气的天壤之别。然而,政治风气的转变与元祐士人生前身后际遇的翻转,并非一个自然而然的过程,叶适在《司马温公祠堂记》中谈道:"余读《实录》,至靖康元年二月壬寅诏赠公太师,未尝不感愤泪落也。盖是非邪正,久郁不伸,至使夷狄驾祸以明之而后止。"③ 从中兴时期祠堂记展现的南宋士大夫对元祐士人的态度可以看出,宋室南渡后朝廷重定

---

① 曾枣庄、刘琳主编:《全宋文》卷四九一九,第 222 册,上海辞书出版社、安徽教育出版社,2006 年,第 85 页。
② 曾枣庄、刘琳主编:《全宋文》卷五一五〇,第 231 册,上海辞书出版社、安徽教育出版社,2006 年,第 249 页。
③ (宋)叶适著,刘公纯、王孝鱼、李哲夫点校:《叶适集》卷九,中华书局,2010 年,第 146 页。

"国是""最爱元祐",是与士大夫的心意高度契合的。

不过,在重定"国是""最爱元祐"的政治风气下,也有士大夫为美化前人的形象而故意借祠堂记记录不实之事,例如,晁公武《东坡先生祠堂碑记》借晁说之之口对苏辙《亡兄子瞻端明墓志铭》提出了质疑:"公武闻诸世父景迂生,崇宁间贼臣擅国,颠倒天下之是非,人皆畏祸,莫敢庄语。公之葬也,少公黄门铭其圹,亦非实录。其甚者以赏罚不明罪元祐,以改法免役坏元丰,指温公才智不足而谓公之斥逐出其遗意,蔡确谤讟可赦而谓公之进用自其选擢,章惇之贼害忠良而云公与之友善,林希之诬诋善类而云公尝汲引之。"① 关于记文中涉及的历史事实,沈松勤《宋室南渡后的"崇苏热"与词学命运》已指出:"晁公武于事实真相视而不见,并以纠谬求真的姿态,为东坡祠堂作记,是在特定的心理定势之下,出于塑造苏轼作为元祐党人的完美形象之需……晁公武是怀着弥漫于广大士林之中的'党元祐'情结撰写这篇《东坡祠堂记》的。"② 晁公武在这篇记文中谈到自己的写作动机说:"公武因子健之请,伏自思念,岁月滋久,耆旧日益沦丧,存者皆邈然后进,则绪言将零落不传,于是不敢以不能为辞,而辄载其事。"所谓"绪言",当指前人遗留下来的话。子健,即晁子健,是晁说之的孙子;晁说之是晁公武的伯父,因慕司马光为人而自号景迂生。关于司马光与苏轼在元祐元年(1086)围绕免役法的冲突,司马光的追随者们一向不愿意相信他曾对苏轼有斥逐之意,晁公武很可能因为笃信晁说之的"绪言",想要借此机会将其写入祠堂记中。晁公武一生著述颇多,但文集大多散佚,已无从查考他是否还曾在其他著作、诗文中提到上述观点,从文本来看,晁公武明显试图以这篇祠堂记"存史",将此事流传下去,这从侧面看出中兴时期士大夫对记体文文体功能的认识。

四、道学发展史的简要梳理

在南宋"最爱元祐"的大潮中,淳熙十五年(1188),王安石的同乡

---

① 曾枣庄、刘琳主编:《全宋文》卷四六六〇,第210册,上海辞书出版社、安徽教育出版社,2006年,第174页。
② 沈松勤:《宋代政治与文学研究》,商务印书馆,2010年,第315-316页。

陆九渊借《荆国王文公祠堂记》发出了不一样的声音——他在文中发出了这样的提问："元祐大臣一切更张，岂所谓无偏无党者哉？""绍圣之变，宁得而独委罪于公乎？""近世学者，雷同一律，发言盈庭，岂善学前辈者哉？"① 这篇两千字的文章是中兴时期祠堂记中篇幅最长的文章之一，而且在讨论王安石的思想、功绩、后人对他的评价时加入了大量类似的反问句，使文章波澜迭起，颇有气势，引人深思。关于这篇记文的撰写始末、观点、论证逻辑、价值、影响、陆九渊的评价标准与写作缘由、文章招致的朱熹的攻击等，学界已有比较细致的讨论②。值得一提的是陆九渊对这篇祠堂记的态度，他在给朋友的信中反复谈道："《王文公祠记》，乃是断百余年未了底大公案，自谓圣人复起，不易吾言"③，"荆公之学，未得其正，而才宏志笃，适足以败天下，《祠堂记》中论之详矣，自谓圣人复起，不易吾言"④。陆九渊自始至终将写作这篇祠堂记作为"断公案"的方法，不仅论述自己的观点，而且有为王安石"盖棺定论"之意，这显然并非记体文原有的功能，但他对是否"破体为文"并不在意，中兴时期道学家利用记体文传播学术观点的自觉性由此可见一斑。

与文章之士或政治之才相比，道学家的影响对象主要是学者与士子。从南宋中兴时期的祠堂记来看，为道学家设立的祠堂大部分位于书院或官学之中，得到祠祀的道学家主要是周敦颐、二程等人，主持设立祠堂并为其写作记文的大都是道学人士，其中，朱熹与张栻为这类祠堂写作的记文数量最多。设立祠堂并撰写祠堂记，是中兴时期道学家树立典范、传播学术思想的重要途径，相应的祠堂记也因而带有了浓厚的道学气息。

---

① （宋）陆九渊著，钟哲点校：《陆九渊集》卷十九，中华书局，1980年，第233－234页。
② 李华瑞：《王安石变法研究史》，人民出版社，2004年，第288－294页；邢舒绪：《陆九渊研究》，人民出版社，2008年，第157－163页；周建刚：《陆九渊〈荆国王文公祠堂记〉与朱陆学之争》，《江西师范大学学报》(哲学社会科学版) 2013年第1期，第54－59页；杨高凡：《陆九渊〈荆国王文公祠堂记〉刍议——兼论朱陆之争》，《宋史研究论丛》(第18辑)，河北大学出版社，2016年，第169－189页；王建生：《陆九渊视野中的王安石——以〈荆国王文公祠堂记〉为中心》，《南昌大学学报》(人文社会科学版) 2019年第4期，第48－56页。
③ 陆九渊：《与胡季随》，见（宋）陆九渊著，钟哲点校：《陆九渊集》卷一，中华书局，1980年，第7页。
④ 陆九渊：《与薛象先》，见（宋）陆九渊著，钟哲点校：《陆九渊集》卷十三，中华书局，1980年，第177页。

与贤臣、文人相比，道学家的社会影响力较弱。前辈道学家祠堂的设立与祠堂记的写作，都是中兴时期道学家在有意识地扩大前辈学人及其学术思想的社会影响力。在《黄州州学二程先生祠记》中，朱熹曾将在黄州居住的王禹偁、韩琦、苏轼与二程做对比云：

> 齐安在江淮间最为穷僻，而国朝以来，名卿士大夫多辱居之，如王翰林、韩忠献公、苏文忠公，邦人至今乐称，而于苏氏尤致详焉。至于河南两程夫子，则亦生于此邦，而未有能道之者，何哉？盖王公之文章、韩公之勋业，皆以震耀于一时，而其议论气节，卓荦奇伟，尤足以惊动世俗之耳目，则又皆莫若苏公之为盛也。若程夫子则其事业湮郁，既不得以表于当年；文词平淡，又不足以夸于后世。独其道学之妙，有不可诬者，而又非知德者莫能知之，此其遗迹所以不能无显晦之殊，亦其理势之宜然也。①

北宋以来，在黄州居住过的名卿士大夫很多，当地人直到中兴时期还常常对王禹偁、韩琦、苏轼等人在黄州的事迹津津乐道。二程先生之父程珦曾任黄陂县（今武汉市黄陂区）县尉，黄陂在宋代时属于黄州齐安郡，程颢与程颐均在黄陂出生，在此地生活十余年才返回洛阳，然而许多黄州人却对他们一无所知。朱熹认为，王禹偁、韩琦、苏轼在文章与政事方面的成就容易吸引世俗之人的视线，二程在这两方面均不引人注目，他们主要的建树在于道学，只有懂得道学的人读过他们的学术著作才能知道他们高深的造诣，二程之名流播不广是情有可原的。朱熹在文中进一步为二程辩护道："是盖将有以振百代之沉迷而纳之圣贤之域，其视一时之事业词章、议论气节，所施孰为短长？当有能辨之者。"在他看来，百代以来不曾被发扬光大的儒学因北宋道学家而得以振兴，这一功绩远比政事、文章等方面的成绩更有分量。因此，太守李訦在黄州州学中为二程先生设立祠堂，乃是笃于自信、不向世俗妥协的表现。

介绍祠祀对象的道学思想，是相应的祠堂记中一个必要的内容。例如张栻《南康军新立濂溪祠记》介绍周敦颐的成就云："惟先生崛起于千载

---

① （宋）朱熹著：《晦庵先生朱文公文集》卷八十，见朱杰人、严佐之、刘永翔主编《朱子全书》第24册，上海古籍出版社、安徽教育出版社，2002年，第3797页。

之后，独得微旨于残编断简之中，推本太极，以及乎阴阳五行之流布，人物之所以生化，于是知人之为至灵，而性之为至善，万理有其宗，万物循其则，举而措之，则可见先生之所以为治者，皆非私知之所出，孔孟之意于以复明。"① 周敦颐的《太极图说》与《通书》虽然内容简洁，内涵却十分丰富，对南宋道学家关心的许多问题有过论述，不过，祠堂记篇幅有限，只能择取其中最精华的部分加以介绍。这类祠堂大多位于学校中，祠堂记的读者主要是在学的师生，记文对祠祀对象的学术成就极力推崇，但文中对其学术的介绍却通常是简明扼要的。究其原因，一方面，记文主于叙述的体制不便于作者展开论述道学思想；另一方面，精练概括比泛泛之谈更容易在读者心中留下印象，更有利于达到宣传的目的。

在精练概括其学术思想的同时，梳理学术源流也是这类祠堂记中常见的内容。南宋中兴时期祠堂记中比较普遍的说法是，儒学在孔、孟之后不得其传，直到周敦颐才重新发明其义，二程受教于周敦颐，进一步将儒学发扬光大。将周敦颐与二程并列在同一个祠堂中加以祠祀者不乏其人，朱熹与张栻的文集中均有为"三先生祠堂"写作的记文，以朱熹《袁州州学三先生祠记》中讲述周程学问渊源的段落为例：

> 盖自邹孟氏没而圣人之道不传，世俗所谓儒者之学，内则局于章句文词之习，外则杂于老子释氏之言。而其所以修己治人者，遂一出于私智人为之凿，浅陋乖离，莫适主统，使其君之德不得比于三代之隆，民之俗不得跻于三代之盛，若是者，盖已千有余年于今矣。濂溪周公先生奋乎百世之下，乃始深探圣贤之奥，疏观造化之原，而独心得之。立象著书，阐发幽秘，词义虽约，而天人性命之微，修己治人之要，莫不毕举。河南程氏先生既亲见之而得其传，于是其学遂行于世。士之讲于其说者，始得以脱于俗学之陋，异端之惑。而其所以修己治人之意，亦往往有能卓然不惑于世俗利害之私，而慨然有志于尧舜其君民者。盖三先生者，其有功于当世，于是为不小矣。②

---

① （宋）张栻著：《南轩先生文集》卷十，见邓洪波点校《张栻集》，岳麓书社，2010年，第582页。

② （宋）朱熹著：《晦庵先生朱文公文集》卷七八，见朱杰人、严佐之、刘永翔主编《朱子全书》第24册，上海古籍出版社、安徽教育出版社，2002年，第3743-3744页。

这段文字所称赞的周敦颐在道学发展史上的功绩,几乎可以用"道济天下之溺"来概括。周敦颐的学说虽然在其生前并没有知音,身后却得到了南宋道学家的高度尊崇。南宋中兴时期仅朱熹与张栻两人专门为各地的濂溪先生祠堂写作的记文就有七篇之多,二程先生祠堂仅有两篇,另外还有三篇是为包括周敦颐与二程在内的"三先生祠堂"而作的。与此同时,这些祠堂记几乎都提到了周敦颐和二程之间的师承关系,认为二程受周敦颐影响极大,甚至如引文所说,二程得到了周敦颐的真传,并使周敦颐之学大行于世。然而,二者之间的师承关系事实上并不成立,邓广铭先生在《关于周敦颐的师承与传授》一文中曾论定:"二程绝不是受'学'于周敦颐的,特别是对于他的《太极图》和《通书》,二程都是不曾接触过的","二程以外,在北宋人的文献记载当中,也找不到有任何人曾经受学于他。所以他的学业,在北宋一代并未见有人加以称述和表彰。到南宋孝宗时候,经胡宏、张栻,特别是朱熹才得揭出其人其书而大加表扬,使之著称于世"[①]。从祠堂记来看,朱熹、张栻等人树立周敦颐作为典范,与他们一再叙述周、程之间的渊源是基本同步的。既然周敦颐与二程的学问之间根本没有确切的联系,那么朱熹与张栻在祠堂记中屡次申明其师承关系,显然是有意识的。他们的目的或许是建构完整的道学谱系、为自己的学说找到渊源、让道学得到更久远的流传、使自己在道学发展史中占据一席之地等,如今已很难考证。但是,祠堂记无疑为他们实现自己的目的提供了极为有效的途径,记文铭刻在祠堂中,传播迅速、广泛而久远,二程师从于周敦颐的说法从南宋末年开始成为普遍的认识,祠堂记在其中起到了重要的助推作用。

将祠堂与祠堂记作为传播学术思想的手段,使记体文的现实意义得到了有效利用,这与中兴时期古文家对古文之现实功用的追求是一致的。但是,从另外一个角度来看,以道学家为祠祀对象的祠堂记文主题极为相近,写作目的大同小异,往往侧重于说理,呈现出强烈的教化意味,其文学性也因而大打折扣。

中兴时期祠堂记中涉及的北宋先贤,几乎囊括了北宋政治、文学、学

---

① 邓广铭:《邓广铭治史丛稿》,北京大学出版社,1997年,第211-212页。

术领域所有的中心人物。后世常常以南渡为界,将宋代划分为北宋与南宋,但是这一说法在南宋时并未出现,在南宋人的眼中,只有一个宋朝,那是他们的"国朝"。对国朝先贤的推尊,既是南宋人对本朝繁荣历史的深情回顾,是他们对本朝思想文化的全面传承,也包含着他们对宋朝之中兴的殷切期待。

第五节 寺观记:儒家文人对佛道的褒扬

与官署、学校等类似的是,寺观在南渡年间也遭到了极大的破坏。使寺观遭到破坏者不仅有金兵,而且有来自北方的移民,从北方南下的宗室、官员、军队等长期在寺观中居住或办公,寺观建筑、宗教活动均受到了很大的影响。绍兴末年张孝祥任秘书省校书郎期间曾进《乞不施行官员限三年起离僧寺寄居札子》,请求允许西北士人和宗室之人继续留宿在寺庙之中,"庶使侨寓之士数百千家皆均被上恩,不致失所"[①]。可见直到当时,仍有大量移民寓居在寺庙之中。南渡后,寺观的修整经历了一个漫长的过程,直到中兴时期,随着社会的安定与君王对宗教事业的支持,大批寺观建筑才得以营造,相关记文也随之大量出现。现存中兴时期以寺观及其建筑、藏书等为题的记体文将近300篇,占记体文总数的1/6以上。寺观记的作者大都是儒家文人,从他们为寺观建筑写作大量记文这一现象,可以看出儒、释、道和谐共处的态势。寺观的建设需要耗费大量人力物力,许多僧人、道士十几年乃至数十年如一日坚持寺庙的修建与完善,成就卓著。寺观记的作者常常在记述僧人、道士的功业时反观士大夫的做法,希望士大夫能够从寺观建设中得到借鉴,更多地造福于民。

一、"天下乱则先坏,治则后成"

乾道三年(1167),应禅师升公之请,陆游写作了《黄龙山崇恩禅院三门记》。结合崇恩禅院在不同时期的遭遇,陆游谈道:"自浮屠氏之说盛

[①] (宋)张孝祥著,徐鹏点校:《于湖居士文集》卷十六,上海古籍出版社,1980年,第160-161页。按:《于湖居士文集》题下注云"校书郎赐对日",据韩酉山《张孝祥年谱》(安徽人民出版社,1993年),张孝祥任秘书省校书郎是在绍兴二十六年(1156),绍兴二十七年正月二十日转宣教郎,因此这篇札子极有可能是绍兴二十六年所作。

于天下，其学者尤喜治宫室，穷极侈靡，儒者或病焉。然其成也，无政令期会，惟太平久，公私饶馀，师与弟子四出丐乞，积累岁月而后能举。其坏也，无卫守谁何，一日寇至，则立为草莽丘墟。故天下乱则先坏，治则后成。"① 自东汉佛教传入以来，寺庙的建设便与社会的安定繁荣联系紧密。陆游敏锐地指出，在社会安定富足之时，僧人们多方化缘，经过长期的经营，才能够建起严整华丽的寺庙。然而一旦遇到战争，寺庙没有守卫，往往是最先被毁坏的建筑。从寺观记中所记述的内容来看，"天下乱则先坏，治则后成"，的确符合南渡以来寺观发展的情形，而中兴时期寺观记的大量出现，正显示着整个社会的治平安定。

君王对佛道的支持，为这一时期寺观建设提供了极大的推动力量，寺观记中多次记载宋高宗、宋孝宗等人的尚佛行为，他们或为寺观题字，或赠予经书，或与僧人来往密切，以实际行动支持了寺观的建设。以陆游《明州阿育王山买田记》为例：

> 绍兴元年，高皇帝行幸会稽，诏明州阿育王山广利禅寺上仁宗皇帝赐僧怀琏诗颂亲札，念无以镇名山、慰众志，乃书佛顶光明之塔以赐。又申以手诏，特许买田赡其徒。逾五十年，未能奉诏。佛照禅师德光，以大宗师自灵隐归老是山，慨然曰："僧寺毋辄与民质产，令也。今特许勿用令，高皇帝恩厚矣，其可弗承。且昔居灵隐时，寿皇圣帝召入禁闼，顾问佛法，屡赐金钱，其敢为他费。"乃尽以所赐及大臣长者居士修供之物买田，岁入谷五千石，而遣学者义铦求记于陆某。②

文中的广利禅寺，有宋仁宗、宋高宗两位君王御赐的墨宝，还有曾多次与宋孝宗谈论佛法并得到孝宗厚赐的佛照禅师，禅寺受君王之恩泽可谓厚矣。高宗曾亲书手诏，特许广利禅寺买田赡养寺中的僧人，佛照禅师以孝宗赐予他的金钱和朝中士大夫布施的财物为寺庙购买田地，大大增加了

---

① （宋）陆游著，涂小马校注：《渭南文集校注》卷十七，见钱仲联、马亚中主编《陆游全集校注》第 9 册，浙江教育出版社，2011 年，第 434 页。
② （宋）陆游著，涂小马校注：《渭南文集校注》卷十九，见钱仲联、马亚中主编《陆游全集校注》第 9 册，浙江教育出版社，2011 年，第 468 页。

寺庙的经济来源。从陆游的记述来看，这座禅寺的每一步发展，都与君王的支持密切相关。

中兴时期在位时间最长的君王孝宗对佛、道均有一定研究，为当时寺观的发展提供了大力支持。据《四朝闻见录》，"孝宗圣性超诣，靡所弗究厥旨，尤精《内景》。时诏山林修养者入都，置之高士寮，人因称之曰'某高士'"①。《内景》指《黄帝内景经》，是道教的经典著作。陆游《圆觉阁记》亦载，淳熙十年（1183），"诏赐住持僧宝印御注《圆觉经》"②。可见孝宗对佛、道两家都很感兴趣，并有自己的独到见解。淳熙八年（1181），他曾自作《原道辨》一文，提出"以佛修心，以道养生，以儒治世"③的宗旨，为儒、释、道三教的和谐发展提供了坚定的支持。在君王的倡导之下，士大夫与百姓对寺观建设给予了大力支持。陆游《能仁寺舍田记》记载了这样一则事例：

> 淳熙十三年三月乙巳，承节郎河东薛纯一诣绍兴府，自言生长太平，蒙被德泽，念亡益县官，不胜悾悾报国之心，愿以家所有山阴田千一百亩，岁为米千三百石有奇，入大能仁禅寺，祝两宫圣寿。安抚使龙图丘公视牒异之，问所以然。纯一曰："昔汉卜式上书，愿输家财半助边，且曰：'天子诛匈奴，愚以为贤者宜死节，有财者而输之，如此可灭也。'今天子垂拱穆清，北方詟服，岁时奉贡，纯一弗获倾赀备军兴一日费，故因像教为两宫祈年，诚愚戆不识法令，罪死不宥。愿言之朝，即伏斧锧，不敢悔。"于是龙图公嘉其意，为上尚书户部。④

薛纯一只是一介武官，但他报效国家的理想却是远大的。他崇拜西汉

---

① （宋）叶绍翁著，沈锡麟、冯惠民点校：《四朝闻见录》丙集，中华书局，1989年，第108页。
② （宋）陆游著，涂小马校注：《渭南文集校注》卷十八，见钱仲联、马亚中主编《陆游全集校注》第9册，浙江教育出版社，2011年，第462页。
③ 曾枣庄、刘琳主编：《全宋文》卷五二七九，第236册，上海辞书出版社、安徽教育出版社，2006年，第297页。
④ （宋）陆游著，涂小马校注：《渭南文集校注》卷十八，见钱仲联、马亚中主编《陆游全集校注》第9册，浙江教育出版社，2011年，第464页。

人卜式捐家产助武帝讨伐匈奴的行为，却因自己身处太平时期，只好将自己的田产捐给寺庙，为高宗、孝宗祈年。文中"北方奢服，岁时奉贡"之语显然是虚言，薛纯一的做法在今人看来有些迂腐甚至带有反讽的意味，但是他为能仁寺舍田，合乎高宗、孝宗崇尚佛法之意，无疑也有利于能仁寺的发展。

像薛纯一这样为寺庙捐献财产的情况在南宋中兴时期并不鲜见，不过，并不是所有人捐献的额度都像他那样高，从寺观记来看，多数寺观建筑的重修经历了漫长的过程。以周必大笔下庐山圆通寺的状况为例：

> 乾道丁亥，予尝至焉。中经兵厄，惟青石架梁导溪水遍给僧舍，凡二百五十丈，俨然如故，余非旧物矣。正殿初奉观音，后改塑释迦、文殊，而环以二十五圆通。绍熙壬子秋，长老师序自开先移住此山，明年十二月癸丑，回禄为灾，焚荡无孑遗。序辛苦经营，阅二年浸还旧观，殿犹未备。郡人刘必达以母田氏命施钱百万，造殿五间，起庆元丙辰，迄丁巳冬落成，宏丽坚壮，实与寺称，而像设未备。戊午岁，庐帅高司农夔唱之，楚城潘汝纲、筠州延福院僧宗禧及好事者争和之。于是置释迦、文殊、普贤像于前，十八罗汉分列左右，塑观音像于后，而圆通诸菩萨环之。庚申春毕工，远来求记。予既推原名殿之由，知佛之尊，又谂序曰：坏于劫火，存乎定数，成以愿力，则系人焉。①

圆通寺在南渡的战火中损毁，乾道三年（1167）周必大造访时只剩传导溪水的青石架梁是昔日之物。从南渡的损毁到大殿的重修经历了七十多年的时间，参加这次修复的既有僧人、信士，又有官员、平民，周必大因此感叹寺庙之坏存乎定数，寺庙之成乃是由于众人之齐心协力。从众人对圆通寺重修的鼎力支持，可以看出中兴时期宗教文化之复兴。与圆通寺大殿重修的过程类似的例子在这一时期的寺观记中还有很多，尽管每座寺庙或道观的重修背后都有其具体的背景，但是绝大部分符合陆游"天下乱则

---

① 曾枣庄、刘琳主编：《全宋文》卷五一五一，第 231 册，上海辞书出版社、安徽教育出版社，2006 年，第 272-273 页。

先坏,治则后成"的说法。寺观在南渡年间的毁坏程度比普通建筑更甚,从寺观建筑的重修中,可以更显著地看出南宋社会的全面复兴。

南宋中兴时期的寺观记绝大多数以佛寺为描写对象,与道观相关的记文仅占总数的 10% 左右。针对这一状况,楼钥《望春山蓬莱观记》引欧阳修的观点谈道:"以吾乡一境计之,僧籍至八千人,而道流不能以百。其居才十数,而佛庐至不可数,何邪?盖尝闻之欧阳公矣,大略以为佛能箝人情而鼓以祸福,人之趋者众而炽。老氏独好言清净灵仙之术,其事冥深,不可质究,故凡佛氏之动摇兴作,为力甚易,而道家非遭人主之好尚,不能独兴。且曰:'其间能自力而不废者,岂不贤于其徒者哉!'"① 从楼钥的家乡到整个南宋境内,佛寺、僧人的数量都远远多于道观、道士的数量。上文中引述的欧阳修的观点出自他庆历二年(1048)所作的《御书阁记》一文,欧阳修的观点到南宋中兴时期依然适用,说明南宋佛、道两家势力的对比与北宋基本一致,欧阳修对佛、道的认识也得到了楼钥的高度认同。

二、儒家士大夫身份意识的深刻印记

中兴时期寺观记的作者绝大多数是儒家士大夫,他们自小学习儒家经典著作,身处儒学发展势头强劲的宋代,并且以古文的形式为寺庙、道观作记,儒家士大夫与僧人、道士之间的思想冲突与调和,在记文中留下了多重印记。儒家士大夫的身份与寺观记之间的不协调,几乎是每一位寺观记作者都面临的问题。袁燮《绍兴报恩光孝四庄记》在叙述记文写作缘起时提出了疑问:"余惟佛教显行,缁徒日盛,高堂邃宇,不耕而食,古盛时所无有。为吾儒者,纵不能庐其居,食其粟,又从而登载称美以助发之,可乎?"② 尽管作者是在熟悉的僧人的请求之下写作记文,但是诸如"不耕而食"一类的话语出现在寺观记中,无疑是相当尖锐的。作者在收到僧人的请求时便有如此思量,这几乎是他本能的直觉,将其写入文中,

---

① (宋)楼钥著,顾大朋点校:《楼钥集》卷五四,浙江古籍出版社,2010年,第989-990页。
② (宋)袁燮著:《絜斋集》卷十,中华书局,1985年,第153页。

体现出了他对写作这篇记文一事的警觉。袁燮《洁斋集》中的寺观记仅此一篇,可见他对寺观记的写作的确持有保守的态度。周必大在《新复报恩善生院记》中也有类似的疑问,他说:"昔人论为政之蠹,释老常居其一。今竭中人数十家之产而成尔数十人之居,为吾儒者方且膺之,又何记焉?"① 此处"为吾儒者"的说法与袁燮所言完全相同,而周必大这段话中对佛寺兴盛的态度更加鲜明,单从字面意思来看,他似乎是义愤填膺的。报恩善生院于徽宗政和年间开始兴复,寺僧宗式花费了五十四年的时间,殚精竭虑才修建了这座寺庙,周必大将崇佛、兴建寺庙称作"为政之蠹",毫不留情地直陈其弊,其言辞之激烈足以让众僧难堪。韩元吉《景德寺五轮藏记》则对僧人收藏经书的行为提出了质疑:"吾闻之,佛经之入中国,重译而仅传,其杂伪纷舛,殆与儒书未删者同。而中国之学者,穿凿傅会,亦不异于俗儒稽古之说也。尔之徒不务其择而惟取其富,又庋而弗读,乃为是机关技巧,以衒于愚夫愚妇,而曰是将运之而与读无异,不几于儿戏而自诳哉?且在尔之法,一已多矣,而安用五为?"② 作者接连抛出了三个问题:佛经版本杂乱,僧人不加甄别;僧人只藏经而不读经;若依照佛法收藏经书,则无须追求数量之富。虽然只有第一个问题明确地将经藏与儒书对比,但仔细观察后面两个问题便可以发现,它们都是作者将儒者的读书经验与僧人收藏经书的行为对比而发出的疑问。不论袁燮、周必大、韩元吉提出质疑的动机是什么,他们在叙述记文的写作缘起时提到对佛经、僧人、寺庙的质疑,都体现出了他们对自己儒家士大夫身份的高度自觉。

不过,袁燮、周必大与韩元吉终究还是写下了相应的记文,他们质疑的问题,也都得到了比较合理的答复。以周必大《新复报恩善生院记》为例,在作者的质问后,文章记述了宗式的辩白:

> 不然,古用普度之制,闲民无常职,多寓名于帐籍,幸国大庆,例得黄其冠,缁其衣,动以千万计,而试经若恩泽不与焉,故丁壮日

---

① 曾枣庄、刘琳主编:《全宋文》卷五一四九,第 231 册,上海辞书出版社、安徽教育出版社,2006 年,第 233 页。

② (宋)韩元吉著:《南涧甲乙稿》卷十六,中华书局,1985 年,第 313-314 页。

耗,害一也。寺观占田无艺,富则千蹊百辙,规免徭役,故民产又耗,害二也。今固异此,输金于官乃度以牒,其利一。常产主秦不可增,而州县科调时仰给焉,其利二。去二害、得二利,果可同日而语哉? 观昔之佛庙道宫相望于通都大邑、名山胜境之间,吾徒亦温饱衣食,在处充满,何其盛也! 数十年来,不烬于兵火则摧于风雨,至有空其庐弗居者,岂二氏之教始隆而终替哉? 势使然尔。于斯时也,有能不藉公家之力,不强贫窭之民,易草莽之墟为金碧之坊,使已坠者兴,已坏者成,亦可以为难矣。君子成人之美,当在所取乎,抑在所绝乎?

针对周必大"竭中人数十家之产而成尔数十人之居"的质问,宗式以宗教政策的今昔变化来回应。南宋时,僧尼需要向官府交钱才能获得自己的身份凭证——度牒,售卖度牒所得的钱财是各级官府的重要经济来源;寺观不能像过去一样侵占平民的土地,官府税收不足时还常常依靠寺观的补给。僧人不仅不扰民,而且能够为地方政府提供经济支持,在这样的情况下,僧人不强求官府与平民的援助而能修缮战争中损毁的寺庙建筑,是非常难得的。周必大在记文中记录这段话,意味着他认可了宗式的观点,放下了释老乃"为政之蠹"的偏见。陆游《会稽县新建华严院记》中以韩愈和杜牧为例,从正反两面论述儒者亦乐于见到寺庙建筑严整之貌而不愿见其残破颓败,并指出"乐成而恶废,亦人之常心耳"①。周必大上述记文中也提到自己隆兴二年(1164)经过报恩善生院所见的景象云:"望其山林如百年之积累,视其栋宇有二浙之气象,为留连竟日。"可见在感情上,他是为寺庙建筑之恢宏气象感到欢欣、喜悦的。那么,周必大为何还要向寺僧宗式提出那样尖锐的问题并将其写入记文之中呢? 从他本人的角度来看,写作记文是一件严肃的事情,他虽然在感情上倾向于赞扬宗式的成绩,但在写作记文之时必须理智地全面考虑寺庙兴盛所带来的隐患,表明自己的立场,以免因为赞颂佛事而受到诟病。从记文写作的角度来看,周必大的疑问为行文带来了突然的转折,既由此引出了宗式合情合理的解

---

① (宋)陆游著,涂小马校注:《渭南文集校注》卷十九,见钱仲联、马亚中主编《陆游全集校注》第9册,浙江教育出版社,2011年,第487页。

释、突出了宗式本人的形象，又使文章曲折回转，引人入胜。因此，文中的问题未必一定是周必大本人的疑问，很可能是出于记文写作的需要才提出的，或许作者在发问之前早已明白其中的缘由，只是文章需要借助寺僧之口来做解释而已。

从寺观记来看，南宋中兴时期许多文人不仅乐于见到寺观之成，而且对僧人、道士数十年如一日花大量时间、精力经营寺观的行为加以赞扬，认为他们的做法是非常值得儒家士大夫用心借鉴的。例如张孝祥《隐静修造记》云："此佛事也，非久不济；而今之为郡县者，视所居官如传舍，朝而不谋其夕，欲民之化也，政之成也，难哉！"① 陆游《抚州广寿禅院经藏记》也在赞叹僧人之功绩后提出："予切怪士大夫操尊权，席利势，假命令之重，耗府库之积，而玩岁愒日，事功弗昭，又遗患于后，其视子岂不重可愧哉？"② 前者批评地方官目光短浅，后者批评士大夫手中握有各种资源而不作为，与无权无势的僧人长年累月专注于经营寺庙相比，士大夫的"无为"令人汗颜。张孝祥与陆游身为儒家士大夫，因僧人之举而反省士大夫阶层的过失，其自省精神无疑是极为可贵的。

考虑到实际情况，僧人有所建树而士大夫碌碌无为，不应仅仅归咎于士大夫本人。绍熙二年（1191），在《建宁府尊胜院佛殿记》中，陆游深入探索了这一现象背后的原因：

> 世多以浮屠人之举事，诮吾士大夫，以为彼无尺寸之柄，为其所甚难，而举辄有成。士大夫受天子爵命，挟刑赏予夺，以临其吏民，何往不可，而熟视蠹弊，往往惮不敢举，举亦辄败，何耶？予谓不然。怀素之来为是院，固非有积累明白之效，佛殿方坏，而院四壁立，今日食已，始或谋明日之食。怀素坐裂瓦折桷腐柱颓垣之间，召工人，持矩度，谋增大其旧，计费数百万，未有一钱储也。使在士大夫，语未脱口，已得狂名，有心者疑，有言者谤，逐而去之久矣。浮

---

① （宋）张孝祥著，徐鹏点校：《于湖居士文集》卷十三，上海古籍出版社，1980年，第133页。
② （宋）陆游著，涂小马校注：《渭南文集校注》卷十八，见钱仲联、马亚中主编《陆游全集校注》第9册，浙江教育出版社，2011年，第454页。

屠人则不然，方且出力为之先后，为之辅翼，为之御侮，历十有四年如一日，此其所以阒然有所成就，非独其才异于人也。以十四年言之，不知相之拜者几人，免者几人，将之用者几人，黜者几人。礼乐学校，人主所与对越天地，作士善俗，与夫货财刑狱足用而弼教藩翰之臣，古所谓侯国者，大抵倏去忽来，吏不胜纪。彼怀素固自若也，则其有成，曷足怪哉？且怀素之为是院，不独致力于佛殿，凡所谓堂寝之未备者，廊庑之朽败者，皆一新之。今老矣，无他徒意。使不死，复十四年，或过十四年，皆未可知也。则是院之葺，又可前知耶？而士大夫凛凛拘拘，择步而趋，居其位不任其事，护藏蠢萌，传以相诿，顾得保禄位，不蹈刑祸，为善自谋，其知耻者，又不过自引而去尔。天下之事，竟孰任之？於摩！是可叹也已。①

首句言世人多以僧人的功绩讥讽士大夫无所作为，实际上持这种想法的人也包括十几年前的陆游本人。不过，自己笔下的文字中所含的讥讽尚有谦逊的成分在，若被他人指摘、讥诮，难免会心有不甘进而自我辩白。引文中，作者从三个方面解释了士大夫难以成事的缘由：就外部环境而言，士大夫的一举一动都处在众人注目之下，极易受到舆论的裹挟，很难按照自己的想法心无旁骛地做事；从制度层面来看，朝廷人事调动的频繁致使政策难以持续，对某一士大夫来说，像僧人一样常年在同一个地方专注于同一项事务是不可能的；具体到士大夫群体来说，个人的官位、利禄是他们最关心的东西，小心谨慎、亦步亦趋才是升官发财之道。虽然陆游有心为士大夫辩护，指出了环境与制度的问题，但他终究还是要承认士大夫的做法有不当之处。引文末尾陆游的深深叹息中，颇有几分怒其不争的意味，由此来看，僧人之专心做事，的确有士大夫所不及之处，值得人们敬重。

从儒家士大夫的角度赞颂僧人、道士的事迹，作者与记述对象的立场毕竟不同，他们之间的隔膜往往导致寺观记中的叙述、议论有些浮泛。参与寺观记写作的佛、道之徒极少，释宝昙是当时写作记文最多的一位，可

---

① （宋）陆游著，涂小马校注：《渭南文集校注》卷十九，见钱仲联、马亚中主编《陆游全集校注》第9册，浙江教育出版社，2011年，第470-471页。

惜他的寺庙记中充斥了过多的佛理，文学性较弱。中兴时期寺观记中，有些文章的作者与寺观之间存在许多交集，或者作者与寺观中的僧人、道士往来密切，相应的记文中更多地浸润了作者的个人情感。以叶适的《白石净慧院经藏记》为例，文章第一段记述少时在山中读书期间游玩寺庙的经历云：

> 乐清之山，东则雁荡，西则白石。舟行至上水，陆见巨石冠于崖首，势甚壮伟，去之尚数十里外，险绝有奇致。其山麓漫平，深泉衍流，多香草大木。陆地尤美，居之者黄、钱二家，累世不贫。以文义自笃为秀士。北山有小学舍，余少所讲习之地也。常沿流上下，读书以忘日月，间亦从黄氏父子渔钓，岛屿萦错可游者十数。有杨翁者，善种花，余或来玩其花，必大喜，延请无倦。间又游于其所谓净慧院者，院僧择饶善诗。义充、从岳、文捷，皆黄氏子，终老不出户，而从岳又以其兄子仲参为子。余时虽尚少，见其能侃然自得于山谷之间，未尝不叹其风俗之淳，而记其泉石之美，既去而不能忘也。盖天下之俗，往往皆如是。使为上者知冒之以道，而不以偏驳之政乱之，则以余所闻于古人之治，何不可致之有哉！①

叶适从家乡的美景入手，经由自己求学之地引出净慧院，文章结构设置巧妙，不论乐清山景、讲习之地还是渔钓岁月，在作者的深情回忆中都散发着浓浓的温情。净慧院以风俗之淳、泉石之美，在少年叶适的心中成为一个桃花源，寄托着他对三代之治的憧憬。少年时的美好印象一直留在叶适的心中，使他在十余年后写作记文时依然心怀向往，文章也因他深情的回望而情景交融，富有感染力。

寺观记是寺观文化建设的重要内容，儒家文人为佛寺、道观大量写作记文，一方面使相应寺观的历史文化得到了总结、佛道之徒的功绩得到了表彰，另一方面使作者的思想、名声因记文的传播而流传，这对寺观与作者来说可谓是双赢的。南宋中兴时期儒家士大夫的身份意识在寺观记中留

---

① （宋）叶适著，刘公纯、王孝鱼、李哲夫点校：《叶适集》卷九，中华书局，2010年，第137页。

下的深刻印记，显示出了他们宽广的胸襟；寺观记对宗教事业的褒扬，则展现了当时儒、释、道三家和谐共处的状态。然而，儒者与寺观之间的因缘终究是可遇而不可求的，从个人经历出发有感而作的寺观记并不多，儒家士大夫的身份意识不可避免地影响了记文的视角与叙述方式。这一时期寺观记总数虽多，传世的名篇却很少，应当与此有一定关系。

第三章 私人空间精神意义的赋予和阐释

第一节 私人居所记文：燕居之乐的追求及其文学印记

会见朋友、饮酒品茗、吟诗作文等，是古代文人日常生活的重要内容。展开这些活动的场所大到园林别业，小到厅堂、亭台、楼阁、居室，往往经过主人精心的构造与修饰，因而特别为他们所珍视，很早就作为文学题材出现在诗文当中。中唐时期，以私人居所为题的记体文开始零星出现，白居易《庐山草堂记》是这类记文最早的典范文本。进入北宋后，在士大夫日常生活日趋雅化的过程中，一部分居室被赋予别致的名称，私人居所记文在数量上比唐代有了明显的增加，王禹偁《黄州新建小竹楼记》、欧阳修《非非堂记》、苏轼《墨妙亭记》、苏辙《遗老斋记》等名篇相继问世，带动了这一题材的成长。南宋中兴时期，为私人居所命名、作记成为士大夫群体中的一大风尚，最高统治者也通过为大臣的居室题写匾额而参与到这个风潮之中，私人居所记文在这一时期得到了空前的发展，并呈现出许多新的特征。私人居所记文所记述的建筑物的所有权并不一定为文中的居住者所有，但居住者是建筑物精神世界的建构者，因此不妨称其为它的主人。本节以私人居所统称士大夫日常生活起居所在的各种建筑，重点关注私人居所记文中展现的士大夫的精神世界。在私人居所中，藏书楼、书斋具备相对独立的功能，对士大夫而言有着特殊的意义，故另辟专节分而论之。

一、记述对象：从开放空间到私人领地

南宋中兴时期以私人居所为题的记体文有400余篇，其建筑类型包括堂、轩、园、亭、台、楼、阁、斋、庵（菴）、室等，还有容纳多种建筑在内的庭院和园林。其中，堂、轩、园、亭、台、楼、阁在中唐至北宋的记体文中常常出现，唐代亭台记中涉及的亭台多数由地方官修建，是供当地人游赏、休憩的；北宋时，厅堂记、亭台楼阁记中私人居所占的比例有所上升，但这类文章记述的主要对象仍然是地方官修建的游憩之所；南宋中兴时期，私人居所则成为厅堂记、亭台楼阁记的主要记述对象，"燕居""燕息""居处"等成了相应记文中的高频词。与此同时，斋、庵（菴）、室等唐代记体文中非常少见、北宋记体文中偶然可见的场所，在中兴时期则成为记体文中的常客，仅在题目中明确标注"斋""庵（菴）""室"的记文就有117篇之多。私人居所的普遍命名与大量记录，既是中兴时期文人日常生活发生变化的突出表现，又导致记体文的题材产生了巨大的变化。

南宋中兴时期被命名的私人居所，大部分是士大夫私人住宅中的燕居之室。这些居所大都由主人主持营造，其规模大小不等，但均以适意为目的，呈现在记文中的居所及主人的日常生活也是清闲安适的。陆游在《心远堂记》中描绘燕居生活景象云：

> 士得时遇主，施其才于国，退居闾里，闲暇之日为多。樽俎在前，琴奕迭进，欣然自得，悠然遐想，问馈宴乐，以修亲旧凤昔之好，讲解诵说，以垂后进无穷之训，进退两得，可谓贤矣。①

这是一幅理想的图画：士大夫功成身退，闲暇之日与亲朋好友宴饮、有琴棋书画相伴，将自己的知识传授给后辈，既可以实现自己的价值，又能够放松身心、享受生活。心远堂位于朱钦则的家乡福建邵武，陆游并未亲自登堂，只是应朱钦则书信中的请求写作这篇文章，因此，朱钦则在心远堂中的具体活动，是陆游根据自己对朱钦则的印象和朱钦则的书信来想

---

① （宋）陆游著，马亚中校注：《渭南文集校注》卷二一，见钱仲联、马亚中主编《陆游全集校注》第10册，浙江教育出版社，2011年，第20页。

象的。不过，由于记文对真实性的追求，陆游的想象必须从自己的生活现实出发。从这个角度来说，引文所记述的心远堂中的活动，正可以被视为当时士大夫闲居生活的缩影。

身为官员，游宦四方是中兴士大夫必须经历的，他们常常在地方治所旁边的郡圃中专门安排一处房屋，供其在处理公务的余暇读书、会客等。张栻《隐斋记》开篇便写道：

> 予弟杓为袁州，再阅月，以书来曰：某幸得备位郡守，惧无以宣上之泽于斯民，乃辟便斋于厅事之旁，日与同僚讲民之疾苦，相与究复之，于其暇则诵诗读书于其间，以自培溉，敢请名。予嘉其意，为大书"隐斋"字以寄，盖取孟子恻隐之心之义。①

隐斋的主人张杓勤勉为官、一心造福地方百姓，他在办公场所的旁边设置隐斋，一方面可以通过相对随意的形式与同僚商议政事，另一方面可以在处理政事的间隙抽身读书增强自身的修养。作者张栻将这一居所命名为"隐斋"，以"恻隐"之意勉励张杓心系民生疾苦，希望他通过努力能够让当地百姓的生活得到切实的改善。这类记文呈现的当时士大夫在公务余暇的状态，与基础设施修建记中他们致力于改善地方民生的行动互相补充，使他们的官员形象得到了立体、丰满的呈现。

除了以上两种建筑，南宋中兴时期私人居所记文还有许多特殊的记述对象。朱熹《畏垒庵记》云，绍兴末年，他在福建同安的任期已满，但他的继任者尚未到达，而官署中的房屋已经坍塌，他只好"假县人陈氏之馆居焉"。这个居所位置偏僻，形制简陋，"然其中粗完洁，有堂可以接宾友，有室可以备栖息，诵书史，而佳花异卉、蔓药盆荷之属，又皆列莳于亭下，亦足以娱玩耳目而自适其意焉"②。有客人取《庄子》中庚桑子居于畏垒之山的典故，将这处居所命名为畏垒庵。朱熹在此处居住了七个月，原本没有打算给畏垒庵写作记文，但当他决定离开时，畏垒庵的主

---

① （宋）张栻著：《南轩先生文集》卷一二，见邓洪波点校《张栻集》，岳麓书社，2010年，第597页。

② （宋）朱熹著：《晦庵先生朱文公文集》卷七七，见朱杰人、严佐之、刘永翔主编《朱子全书》第24册，上海古籍出版社、安徽教育出版社，2002年，第3697页。

人——同安县医陈良杰请他作记,希望通过朱熹的记文让后人知道朱熹曾在这里居住。作为房屋建筑,畏垒庵的所有权属于陈良杰,然而它的精神意义却源于暂时寓居其中的朱熹;朱熹在其中居住时,畏垒庵有名而无文,直到他要离开时陈良杰才请他写作记文;记文完成后,朱熹很快就离开了畏垒庵,在畏垒庵中生活的人是主人陈良杰。短短七个月的生活,过客本不足以在房屋中留下多少印记,而记文的写作,却将朱熹的这段经历定格下来,使这处偏僻简陋的处所长久地散发着精神魅力。表面上看,这似乎颇有"名人故居"的意味,不过,这篇文章作于绍兴二十七年(1157),当时朱熹刚刚28岁,同安县主簿只是他仕宦之路的开端,他甚至还没有正式拜李侗为师,因此陈良杰请朱熹作记的行为谈不上是要借朱熹之名提升自家院落的知名度,毕竟,朱熹日后的成就恐怕不是陈良杰能够预料的。记文的写作,原本只是为了记录一段经历以告知家中的后人,是对这段生活的纪念,然而,当朱熹后来在经学、文学等方面成绩卓著时,《畏垒庵记》随他的其他文章一起流传于世,畏垒庵也因此得到了当时人和后世人的景仰。据明代林希元《重建文公书院记》所载,成化八年(1472)同安重建文公书院时还曾"刻公神像于退轩,匾曰'畏垒庵',盖用文公去时假寓民居之号,以致思慕之意"①。

名副其实的"名人故居",亦是中兴时期记体文的记述对象。例如,乾道七年(1171),陆游在夔州寻访杜甫位于东屯的高斋,并写下了《东屯高斋记》②;继陆游之后,庆元三年(1197),于臬又与同僚拜访东屯高斋并写下了《东屯少陵故居记》③。杜甫于大历二年(767)移居此处,他在《自瀼西荆扉且移居东屯茅屋四首》(其二)中说"若访衰翁语,须令赚客迷",仇兆鳌注云"过客易迷,言地僻不减桃源"④。写诗的时候,杜甫大概不会料到,四百多年后还会有文人寻访此处并为它写作记文。从这

---

① (明)林希元著,林海权点校:《林次厓先生文集》卷十,商务印书馆,2018年,第277页。
② (宋)陆游著,涂小马校注:《渭南文集校注》卷十七,见钱仲联、马亚中主编《陆游全集校注》第9册,浙江教育出版社,2011年,第438—439页。
③ 曾枣庄、刘琳主编:《全宋文》卷六六七二,第293册,上海辞书出版社、安徽教育出版社,2006年,第169—171页。
④ (唐)杜甫著,(清)仇兆鳌注:《杜诗详注》卷二十,中华书局,1979年,第1747页。

个角度来看，杜甫的高斋与朱熹的畏垒庵有不少相似之处，可惜杜甫未曾为高斋作记，我们只能通过杜甫诗意的描写以及四百多年后陆游和于槩的记录来认识杜甫居住的东屯高斋了。

还有一些特别的处所进入中兴时期私人居所记文，不止包括一般意义上的建筑，陆游《东篱记》记载了自己在居所旁边栽种花草树木的一个园子：

> 放翁告归之三年，辟舍东茀地，南北七十五尺，东西或十有八尺而赢，或十有三尺而缩，插竹为篱，如其地之数。艺五石瓮，潴泉为池，植千叶白芙蕖，又杂植木之品若干，草之品若干，名之曰东篱。放翁日婆娑其间，掇其香以嗅，撷其颖以玩，朝而灌，莫而鉏。①

东篱之名，显然来源于"采菊东篱下"的陶渊明，园子的面积约有一百二十平方米，其中并无房屋建筑，但这并不妨碍它成为陆游居家生活的好去处，通过栽花种草、浇水锄地，陆游在这里享受到了田园生活的乐趣。

以上进入记文写作的每一处私人居所，功能都是多方面的，并且无不带有鲜明的文人色彩，私人居所也因文人的活动、命名和记录而拥有了浓厚的文化意蕴。承载着文人日常生活的居所，时而摆满了美酒佳肴，时而激荡着高谈阔论，时而回响着琴声雅韵；更多的时候，主人独坐其中，凝神静思，读书作文。开门纳客时，它的怀抱是敞开的；闭门静思时，它又为主人的思绪所独占。从这个意义上来说，文人的私人居所是半开放、半私密的，它是物质空间，更是精神空间。物质空间的架构需要工匠们添砖加瓦，精神空间的建构却必须通过主人才能实现，而命名与作记，恰恰是将私人居所的精神加以总结、升华、外现并固定化的过程。

二、命名与释名：精神意义的赋予

在建筑与作记之间，命名是私人居所的精神得以外现的关键一环。因为记文在篇名中就要点出居所的名字，而记文内容也多半围绕居所之名展开，所以居所的命名在时间上一向早于记文的写作。居所被命名后，主人

---

① （宋）陆游著，涂小马校注：《渭南文集校注》卷二十，见钱仲联、马亚中主编《陆游全集校注》第9册，浙江教育出版社，2011年，第501页。

常常会将名字题于匾额并挂在墙上,即记文中多处出现的"题名于牓""扁其居""牓曰……""以……牓之"等。为私人居所命名成为中兴时期士大夫阶层中的一大潮流,连君王也自发加入其中。《建炎以来朝野杂记》载:"绍兴末,上尝作损斋,屏去玩好,置经史古书其中,以为燕坐之所……及作损斋,上亦老矣,因自为之记,刻石以赐近臣焉。"① 宋高宗《损斋记》云:"宵旰余暇,乃辟殿庐之侧,明窗户,为游息之所。"② 损斋是高宗读书作文的休闲去处。不仅设斋、命名、作记,高宗还将记文刻石并赐给近臣,《全宋文》便收有得到御赐《损斋记》之后大臣所上的谢表五篇③。这一系列高调的自我标榜,足以看出高宗对损斋的喜爱。周麟之《春帖子词·皇帝阁六首》云"圣主清心仍寡欲,惟于笔砚未忘怀。彤廷仗下春朝散,独拥图书坐损斋"④,可见高宗于损斋读书的形象深深印刻在大臣心中。孝宗曾亲自为范成大的石湖别墅题写"石湖"二字,光宗为范成大题写"寿栎堂"(见周必大《资政殿大学士赠银青光禄大夫范公成大神道碑》)、为杨万里题写"诚斋"(见《宋史·儒林传》)、为尤袤题写"遂初堂"(见《宋史·尤袤传》),等等。君王亲自书写牌匾,无疑让大臣倍感荣耀,并且进一步推动了当时私人居所的经营与命名风潮。

中兴时期士人对私人居所之名的看重,在士人以居所之名自号的行为中得到了显著的体现。居所之名与自号对应,北宋后期苏辙的"遗老斋"与"颍滨遗老"之号便是一例。然而《遗老斋记》中苏辙已经交代:"斋成,求所以名之,予曰:予颍滨遗老也,盍以'遗老'名之?"⑤ 很明显,他是先以颍滨遗老自号,后将斋室命名为遗老斋的。中兴时期,文人的居

---

① (宋)李心传著,徐规点校:《建炎以来朝野杂记》甲集卷一,中华书局,2000年,第31-32页。
② (宋)潜说友纂:《咸淳临安志》卷一,浙江古籍出版社,2012年,第38页。
③ 即苏籀《拟本州守谢御制损斋刻表》(见《全宋文》第183册,第228页)、洪适《谢赐御制损斋记表》(见《全宋文》第212册,第415-416页)、周必大《谢御制书损斋记表》三篇(分别代江东帅司、方总领、吴漕作,见《全宋文》第227册,第168-170页)。
④ 北京大学古文献研究所编:《全宋诗》卷二〇八九,北京大学出版社,1998年,第23570页。
⑤ (宋)苏辙著:《栾城三集》卷十,见陈宏天、高秀芳点校《苏辙集》,中华书局,1990年,第1237页。

所之名与自号对应者如洪迈"容斋"、范成大"石湖居士"、周必大"平园老叟"、杨万里"诚斋"、辛弃疾"稼轩"等，无一不是先有居所之名，后以居所之名自号的。以上几位文人还分别有以居所命名的作品集传世，即《容斋随笔》《石湖集》《平园集》《诚斋集》《稼轩长短句》。居所名称、自号、文集名对应，居所之名成为显示他们个性的抽象标签，象征着他们的人格特质。高度的浓缩，使居所的名称往往带有一定的理想成分，它源于现实又高于现实，既彰显着主人已经具备的美好特质，又勉励其朝着更加理想的方向前进。

居所之名多数是抽象而凝练的，他人很难通过字面意思了解其具体来历，因此，阐释命名缘由便成为一件必要的事情，这是多数私人居所记文写作的直接动机，几乎没有一篇私人居所记文不涉及其命名缘由。如王十朋《四友堂记》载："家君燕坐乎四友堂，某侍侧，家君曰：'汝知吾此室之意乎？吾言汝，书之。'"① 四友堂为王十朋父亲的居所，《四友堂记》全文以父亲之言写成，父亲将命名之意娓娓道来，儿子以手中之笔记录父亲之言，稍加润色即可成文。陆游《烟艇记》乃绍兴三十一年（1161）为自己在临安寓居的两间房屋而作，记文以主客问答体的结构，首先通过客人之口质疑"屋之非舟，犹舟之非屋也"，然后陆游反驳之，提出："意者使吾胸中浩然、廓然，纳烟云日月之伟观，揽雷霆风雨之奇变，虽坐容膝之室，而常若顺流放棹，瞬息千里者，则安知此室果非烟艇也哉？"② 将两间普通的屋子命名为"烟艇"，看似名不副实，陆游在记文中明确指出，所谓烟艇，不只是指向容膝之室，而且还指向他那浩然、廓然、纳烟云日月、揽雷霆风雨的心胸，后者才是他将居室命名为烟艇的真正用意。单从"烟艇"二字，显然难以看到陆游的用意所在，因此必须用一篇记文来阐释名字背后的深刻寓意。

吕祖谦《横山吴君佚老菴记》则以另外的方式，巧妙记述了自己探索居所名字寓意的全过程：

---

① （宋）王十朋著，《梅溪集》重刊委员会编，王十朋纪念馆修订：《王十朋全集》（修订本）卷十二，上海古籍出版社，2012年，第762页。
② （宋）陆游著，涂小马校注：《渭南文集校注》卷十九，见钱仲联、马亚中主编《陆游全集校注》第9册，浙江教育出版社，2011年，第427-428页。

横山吴君珉治别室之西偏，榜以"佚老"。休工归役，斤斧收声，辑杖立于前荣，闻窃语于阶者曰："碁垅绳畦，坻粟京稼；筹算挂壁，万货四凑。此吾主人翁所以佚其老也。"少进至于门，闻行语于涂者曰："丰林邃宇，尊俎静嘉；鸥鹭不惊，风月相答。此吾豪长者所以佚其老也。"又进至于郊，闻聚语于塾者曰："培嗣以学，既楸既夔；秩壶以礼，既序既饬。此吾乡丈人所以佚其老也。"他日，吴君为予道之。予曰："夫三者之言何如？"吴君曰："阶得吾粕，涂得吾漓，塾得吾醇。出浸远而说浸近，吾名吾室，义其究于此乎！"予曰："未既也。畏崤登舆，身闲心栗；厌市筑墉，目静耳喧。君虽善自佚，踰阓以往，肩頮腹桴者踵相接，岁或不升，尪瘠困惫，呻吟交于大逵。专一室之佚乐乎哉！君，里中望也，盍劝相族党，惕劳赈乏，已责纾逋，同其佚于是乡，则尽横山表里，皆君佚老菴也。其视尺椽半席，广狭何若？"吴君谢曰："厚矣，子之拓吾境也。"顾童奴陷其说于壁间以为券。①

吴珉取"佚老"二字名斋，至于何为"佚老"，吕祖谦的记文先通过台阶上人们的窃窃私语、路途中行人的话、塾室中人们的聚谈，从不同的侧面由浅入深地揭示身为"主人翁""豪长者""乡丈人"的吴珉如何"佚其老"。在简洁的记录后，吕祖谦将评价众人话语的机会留给了吴珉，吴珉将自己的命名意图与众人的说法对照，为上述三种说法定性。吴珉指出，塾室中众人所谈论的"培嗣以学""秩壶以礼"，才是自己真心想要做的事情。然而，在吕祖谦看来，"专一室之佚"是远远不够的，作为当地有名望的长者，吴珉还应当改善当地父老乡亲的生活，使他们能够与自己同"佚于是乡"。若能如此，横山将处处是吴珉的"佚老菴"，吴珉自然能从中得到更多的佚老之乐。与《四友堂记》相比，《横山吴君佚老菴记》不仅阐述了居所的命名之由，而且加入了作者自己的见解，拓展了居所名称背后的精神内涵，为居所主人带来了新的启示。

有时，名字还会为居所修建创造关键契机。袁燮《嚵爽亭记》载，嘉

---

① （宋）吕祖谦著：《东莱吕太史外集》卷五，见黄灵庚、吴战垒主编《吕祖谦全集》第1册，浙江古籍出版社，2008年，第685-686页。

定五年（1212），他在临川认识了云巢居士王公的儿子，进而读到了云巢居士的诗集，对其中"爽气真可嚼"一句击节叹赏，"因谓二子：'盍即别墅筑亭，名曰嚼爽，以无忘先大夫之高致？'"两年后，王公的长子给他写信说："嚼爽既营，将断手矣，请识诸。"① 嚼爽亭按袁燮之意修建完成，写这篇《嚼爽亭记》，袁燮责无旁贷。记文作者袁燮既是嚼爽亭的命名者，也是嚼爽亭的规划者，嚼爽亭的修建源于他对王公诗句的感触，在建议修建嚼爽亭时，《嚼爽亭记》的内容很可能已经隐约存在于他的胸中了。嚼爽亭虽是王公的长子为纪念王公而作，但袁燮未尝不是它精神空间的主人之一。像嚼爽亭一样先有名称、后建居所的现象在南宋中兴时期并非仅此一例，杨万里《浩斋记》、朱熹《刘氏墨庄记》所记的居室都是前人取名、前人去世之后方由后人营造建筑的。这一类现象尤其可以说明，文人在为私人居所取名时主要看重的是居所主人的特质，它甚至可以作为命名者唯一的考虑因素，建筑的位置、环境、形制等都无关紧要，由此更可见文人心目中私人居所精神属性的重要性。私人居所的命名者、私人居所记文的写作者可以从未见过该建筑，但必须熟知居所的主人。

中兴时期进入记文写作的私人居所几乎个个都有别出心裁的名字，这些名字是取名者根据主人的性格特质与人生经历、居所的地理位置与周边环境等因素综合确定的。阐释命名缘由，并根据居所的名字发表作者的个人见解，是这一时期私人居所记文最常见的写法。以地名或历史故事为名的居所，其记文在释名时往往叙述相关的事件。例如，游桂《思洛亭记》叙述李师杜思洛亭的命名缘由："师杜故中原冠族，丞相张文正公，其祖母家也，畀以赐园，甲于洛下。宣和初，取为离宫，号景华苑，既而归之，则中原陆沉矣。师杜既不能忘洛，而犹思故园，则因斯亭以致思，而属余为之记。"② 李师杜因思念北方故土而将自己的亭子命名为"思洛"，记文理应交代李师杜与洛阳的渊源，因此需要记述他在洛阳的经历。李师杜身在合州（今重庆合川）而心向洛阳，他将南渡人深沉的故园情浓缩在

---

① （宋）袁燮著：《洁斋集》卷十，中华书局，1985年，第155页。
② 曾枣庄、刘琳主编：《全宋文》卷四八九六，第221册，上海辞书出版社、安徽教育出版社，2006年，第119页。

"思洛亭"这一名字中。与此相对的是，以经史典籍或诗词中的词语为名者，在释名时大都倾向于展开议论。黄庭坚曾转述王安石的话，称苏轼《醉白堂记》实乃《韩白优劣论》①。可惜的是，在苏文盛行、"最爱元祐"的南宋中兴时期，来自王安石的批评声音很难得到文人的正视，私人居所记文中的议论难免进一步蔓延。随着道学的发展，经书中的许多字眼被学者用作居所之名，如"克斋""复斋""存斋""恕斋""敬斋""约斋""定斋""复礼斋"等。道学家们在记文中解释这类斋名无疑需要从经义说起，如此一来，私人居所记文成为道学家表达学术思想的途径之一，相应篇章的文学色彩自然会大大弱化。

  记文写成之后，比较常见的处理方式是题写在居所的墙壁上或者在居所旁边刻石。例如朱熹《高士轩记》"因书之壁以为记"、《克斋记》"幸其朝夕见诸屋壁之间，而不忘其所有事焉者"②，潘畤《郑氏北野记》云："郑拜首曰：'吾愿也，请刻于石。'"③。由于居所名字中常常含有劝勉、警示之意，相应的记文也随之具备了劝诫意味。杨万里《爱教堂记》提到记文的写作缘起时云："虞卿又介予弟廷徽，谒予文以记其堂，以范其子。"④ 在请杨万里写作记文时，居所的主人已经指出，文章的写作目的是为自己的孩子提供规范。周孚《樊氏读书堂记》云："夫博而不要其统，学者之通患也，故予因记君堂而及之，且以自警焉。"⑤ 此处警示的对象不只是读书堂的主人樊氏，还包括作者自己。记文中强烈的警示意味，使人很容易联想到座右铭。张栻《无倦斋记》云："予于此惧，书于

---

① 黄庭坚《书王元之〈竹楼记〉后》："荆公评文章，常先体制而后文之工拙。盖尝观苏子瞻《醉白堂记》，戏曰：'文词虽极工，然不是《醉白堂记》，乃是《韩白优劣论》耳。'"（宋）黄庭坚著，郑永晓整理：《黄庭坚全集辑校编年》第十一辑，江西人民出版社，2008年，第1526页。
② （宋）朱熹著：《晦庵先生朱文公文集》卷七七，见朱杰人、严佐之、刘永翔主编《朱子全书》第24册，上海古籍出版社、安徽教育出版社，2002年，第3692、3710－3711页。
③ 曾枣庄、刘琳主编：《全宋文》卷四九九三，第225册，上海辞书出版社、安徽教育出版社，2006年，第110页。
④ （宋）杨万里著，辛更儒笺校：《杨万里集笺校》卷七二，中华书局，2007年，第3033页。
⑤ 曾枣庄、刘琳主编：《全宋文》卷五八二二，第259册，上海辞书出版社、安徽教育出版社，2006年，第59页。

坐右以自警,并以告来者云。"① 座位之右本是座右铭的领地,自警亦是座右铭的功能,在张栻的无倦斋中,座右铭的位置和功能均被记文取代。与之类似的还有直接为居室题写的居室铭,这类铭文在北宋数量很少②,南宋中兴时期,周必大、杨万里、朱熹、张栻等人写作的居室铭数量均在十篇以上。记文与铭文一同写作的情况也不少见,如林之奇在《寸斋记》的末尾写道:"入予斋而未喻其义,试观诸此,则予之区区名斋自警之意一见决矣。遂兼收遐取以为吾斋之记,且系之以铭。"③ 褚斌杰《中国古代文体概论》中将座右铭和居室铭归为警戒性铭文,南宋中兴时期铭文的数量远少于记文,可见劝诫、勉励这些铭文具备的功能并不能满足文人的需求,而记文这一相对自由的形式,与私人居所的随意、舒适等特点相吻合,可以容纳叙事、议论等内容,是当时文人们更喜欢、更习惯使用的。

三、从"迂叟之乐"到"君子之乐"

从现代人的视角来看,营建舒适的居所、享受闲暇生活是再正常不过的事情,然而,对忧国忧民的宋代士大夫而言,这种状态与他们肩负的家国责任却不太协调。朱熹《五朝名臣言行录》中记载了范仲淹的这则故事:

> 公在杭州,子弟以公有退志,乘间请治第洛阳,树园圃以为逸老之地。公曰:"人苟有道义之乐,形骸可外,况居室哉!吾今年踰六十,生且无几,乃谋树第治圃,顾何待而居乎?吾之所患,在位高而艰退,不患退而无居也。且西都士大夫,园林相望,为主人者,莫得常游,而谁独障吾游者?岂必有诸己而后为乐耶?俸赐之余,宜以赒

---

① (宋)张栻著:《南轩先生文集》卷一二,见邓洪波点校《张栻集》,岳麓书社,2010年,第594页。
② 苏轼是北宋写作居室铭最多的士人,《苏轼文集》中收有《桄榔庵铭》《三槐堂铭》《雪浪斋铭》《思无邪斋铭》《梦斋铭》等,他的铭文前面大都有一段散文,叙述居室、名字及铭文的来历。欧阳修、曾巩、王安石等人的文集中均无此类作品。
③ (宋)林之奇著:《拙斋文集》卷十五,据旧抄本影印,见四川大学古籍整理研究所编《宋集珍本丛刊》第44册,线装书局,2004年,第714页。

宗族。若曹遵吾言，毋以为虑。"①

已到耳顺之年的范仲淹严词拒绝了修建私人居所的建议，在他看来，若能体会到道义之乐，连形骸都是次要的，更何况形骸之外的居室。他并不在意自己的住处是否舒适惬意，甚至不在乎有没有自己的居所，这与他在《岳阳楼记》中讲到的"进亦忧，退亦忧"高度一致，他不肯放下自己肩负了一生的家国责任。艾朗诺先生从司马光《独乐园记》、李格非《洛阳名园记》等文章中敏锐地发现，北宋士大夫在欣赏花园时心情是复杂的，他们明明非常喜爱那些富丽的花园，却对自己的热情有所顾虑，并表现出自我克制、两面为难的态度②。司马光在《独乐园记》中自称"迂叟"，认为"迂叟之乐""薄陋鄙野"，无法比拟"君子之乐"③；李格非则在《洛阳名园记》后记中明确地指出，园圃的兴盛意味着洛阳的衰落，并感慨："公卿大夫，方进于朝，放乎一己之私自为，而忘天下之治忽，欲退享此乐，得乎？唐之末路是矣。"④ 不过，相比于范仲淹的坚决，司马光与李格非在感性上已经开始向认同退居生活之乐倾斜，只不过在理性上还需要维护精英士大夫的正统观念。

从私人居所记文来看，南宋中兴时期士大夫对待私人居所与燕居之乐的态度发生了明显的转变。他们在记文中毫不避讳地谈论对居所舒适度的追求，闲暇之时在力所能及的范围内享受外物所带来的快乐，在他们眼中这是士大夫锦衣归故里之后理所当然的收获。韩元吉《东皋记》中引用主人陶茂安之语叙述东皋景象云：

> 抗湖而东，得地数十亩，以为东皋焉。东皋中为一堂，曰"舒啸"，南望而行，花木蔽带，以极于湖之涯，作亭曰"驻屐"，西则又为"莲荡"小阁，挹湖光而面之，余可以为亭为榭者尚众，而力有未

---

① （宋）朱熹著：《五朝名臣言行录》卷七之二，见朱杰人、严佐之、刘永翔主编《朱子全书》第12册，上海古籍出版社、安徽教育出版社，2002年，第219页。
② 参见［美］艾朗诺《美的焦虑：北宋士大夫的审美思想与追求》第三章"牡丹的诱惑：有关植物的写作以及花卉的美"，上海古籍出版社，2013年，第81－119页。
③ （宋）司马光著，李文泽、霞绍晖点校：《司马光集》卷六六，四川大学出版社，2010年，第1376－1378页。
④ （宋）李格非著：《洛阳名园记》，文学古籍刊行社，1955年，第13－14页。

及也。力之及者，名葩异卉，间以奇石，而松竹之植，稍稍茂益矣。至于山光之秀列，湖波之潆迤，风日发挥，四时之景万态，则亦不待吾力者也。吾虽老矣，得以朝夕自逸，而时与宾客游于其间，往往爱之不忍去。①

  二人同在朝中为官时，陶茂安就曾向韩元吉介绍过自己的东皋，坦言那是自己期待中归老的去处。从引文的内容来看，东皋临湖而建，占地数十亩，中间建有堂屋，在水边修建了亭、阁，花木繁多，松竹茂盛，怪石嶙峋，这一切都是主人花费了大量的钱财与精力用心经营的结果。周围的湖光山色随着季节轮转、阴晴变幻而显现出不同的风景，主人日日悠游其间，不忍离去。对此，韩元吉的态度是："今茂安世之贤大夫也，脱迹于名利之场，休心于寂寞之境，是宜得其乐，而自附于乃祖，以荣其归。"他不再像范仲淹、李格非那样强调士大夫肩上的家国责任，而是将政坛视作"名利之场"，认为陶茂安不眷恋名利之场而向往"寂寞之境"，"宜"得其乐，并且，这样的做法与他的祖先陶渊明如出一辙，是受人敬重的。

  生活富裕的文人们可以修建像东皋那样宽广精致、类似于园林的豪宅，日子清贫的文人也会想方设法得到一处舒适安闲的处所。乾道五年（1169），洪迈收到老朋友向巨源的信，信中描写了自己新建的临湖阁的景色，并请洪迈为其写作记文。读完这封信，洪迈十分怀疑，他知道向巨源一向贫穷，没有足够的钱财去建造一座如信中所说的那样美轮美奂的楼阁，认为向巨源只是故意"文其滑稽，饷我一笑耳"。直到他听到向巨源家乡南昌来的客人的一番话，才改变了先前的看法：

    会有客从南昌来，为予笑曰："巨源再为人诔墓，郑重答谢，通得百万钱，妻子睥睨咨晓，规作求田计。巨源左遮右给，如护头目，举以付工师，不留一钱，故其就斯阁也勇之甚。书生定可笑，君无庸疑。"予曰："诚然。又有说于此，有阁如是，将不得以瓦器饮，以一豆饴客，以老无齿婢佐酒。巨源其铸黄金之杯，行白玉之桦，唤侪命侣，巽风介月，哀丝豪竹，光妓侍绕，熊蹯豹胎，饫及童骑，倾骇山

---

① （宋）韩元吉著：《南涧甲乙稿》卷十五，中华书局，1985年，第288页。

川之神，日夜鼓舞之，于是为至，敢问策安出？"①

通过多次为人谀墓而获得大量润笔，又小心翼翼回避着家人，将润笔全部交给了工匠，向巨源修建临湖阁的"英勇"既可笑又可爱。洪迈则以玩笑的语气告知向巨源，既然有了如此精致的临湖阁，就不能再像从前那样生活简朴了，必须有黄金杯、白玉盘、熊掌、豹胎、光鲜亮丽的歌妓、悦耳动听的丝竹之音等，才能与华美的临湖阁相配。记文结构的别出心裁、洪迈精明的经济头脑等暂且不论，单是向巨源和洪迈对临湖阁表现出的坦率姿态，就让这篇文章有了活泼的生气。囊中羞涩的向巨源为了营造一处舒适的居所，宁愿放下文人的清高姿态通过谀墓赚取润笔，不惜得罪家人、绕过买田置业的精打细算，并在信中直白地向洪迈阐释了自己对临湖阁的喜爱："吾夷犹其上，非更衣就枕不释也。吾困陋与世不谐偶，一旦独得此，吾心乐焉。"他对临湖阁的钟爱几乎可以用"贪恋"一词来形容，对于这样沉溺的状态，向巨源乐在其中，而洪迈文中狡黠的幽默也透露出了他对老朋友的赞赏。

朱熹将致仕后的燕居之乐视为功业完成后的美好归宿，他在《归乐堂记》一文中说：

> 予惟幼而学，强而仕，老而归，归而乐，此常物之大情，而士君子之所同也。而或者怵迫势利，眷眷轩冕印绂之间，老而不能归，或归矣而醻酢之余，厌苦淡泊，顾慕畴昔，不能忘情。方且咨嗟戚促，自以为不得其所，而岂知归之为乐哉！或知之矣，而顾其前日从官之所为，有不能无愧悔于心者，则于其所乐，虽欲暂而安之，其心固不能也。然则仕而能归，归而能乐，斯亦岂不难哉！②

他将老而归、归而乐视为如幼而学、强而仕一样的人之常情，分别讨论了仕而不能归、仕而能归、归而不能乐、归而能乐四种情况，认为仕而能归、归而能乐极为难得，意味着"士君子"不为势力所迫、不眷恋官

---

① 曾枣庄、刘琳主编：《全宋文》卷四九一八，第222册，上海辞书出版社、安徽教育出版社，2006年，第72—73页。
② （宋）朱熹著：《晦庵先生朱文公文集》卷七七，见朱杰人、严佐之、刘永翔主编《朱子全书》第24册，上海古籍出版社、安徽教育出版社，2002年，第3700页。

场、安于淡泊并且从官期间所作所为无愧于心。朱熹此处的说法与他本人的行为是一致的，他在乾道六年（1170）就买下了庐山之巅一个景色绝美的山谷——云谷，并在其中精心建造了晦庵、鸣玉亭、云庄、怀仙台、云社、挥手台、云社、休庵等，淳熙二年（1175）作《云谷记》，自述其志云："予常自念，自今以往，十年之外，嫁娶亦当粗毕，即断家事，灭景此山，是时山之林薄当益深茂，水石当益幽胜，馆宇当益完美，耕山钓水，养性读书，弹琴鼓缶，以咏先王之风，亦足以乐而忘死矣。"① 此处虽只谈到家族中的嫁娶之事，并未涉及自己的政治理想，但"归而能乐"的期望与《归乐堂记》所论完全相同，如他所言，此乃"士君子之所同"。

在营建私人居所方面倾注大量精力的行为，偶尔也会触发中兴时期个别文人的忧患意识。在为辛弃疾写作的《稼轩记》中，洪迈高度赞扬了辛弃疾的智谋与胆识，并说道：

> 使遭事会之来，挈中原，还职方，氏彼周公瑾、安石事业，侯盖饶为之。此志未偿，顾自诡迹，放浪林泉，从老农学稼，无亦大不可欤！若予者，侁侁一世间，不能为人轩轾，乃当夫须被襏醉眠牛背，与菟童牧孺肩相摩。幸未黎老时，及见侯展大功名，锦衣来归，竟厦屋潭潭之乐，将荷笠棹舟，风乎玉溪之上，因围隶内谒，曰是尝有力于稼轩者。②

《水龙吟·登建康赏心亭》中曾经"求田问舍，怕应羞见，刘郎才气"的辛弃疾，终究还是走上了求田问舍之路。虽属无奈之举，辛弃疾却十分坦诚地对洪迈说："吾甚爱吾轩。"在为带湖新居所写的《新居上梁文》中，辛弃疾还谈道"人生孰若安居之乐"③，亦可见当时辛弃疾对燕居之乐的无限向往。引文中洪迈这段貌似平常的恭维之言至少包含了三层意思。第一，像辛弃疾这样智勇双全之人，应当得到建功立业的机会，挥师

---

① （宋）朱熹著：《晦庵先生朱文公文集》卷七八，见朱杰人、严佐之、刘永翔主编《朱子全书》第 24 册，上海古籍出版社、安徽教育出版社，2002 年，第 3730 页。
② 曾枣庄、刘琳主编：《全宋文》卷四九一九，第 222 册，上海辞书出版社、安徽教育出版社，2006 年，第 88 - 89 页。
③ （宋）辛弃疾著：《稼轩文存》，见徐汉明校注《辛弃疾全集校注》，华中科技大学出版社，2012 年，第 827 页。

北上收复故土，在功业未完成时就放逸于山水田园之中，是很可惜的。第二，作者自认为没有辛弃疾那样的见识与能力，无足轻重，因此不必力求建功立业，可以与柴夫、牧童这样的人为伍。第三，当辛弃疾功成名就、衣锦还乡，就可以回到稼轩之中，尽情享受田园生活之乐。与北宋士大夫的想法类似的是，洪迈对辛弃疾的燕居生活感到不安，认为北方战场才是他的用武之地。不过，在洪迈看来，大功告成之后，辛弃疾是可以卸下自己的重任回归田园的，这与范仲淹的观点截然不同。况且，该文于淳熙八年（1181）写成①，洪迈当时已58岁，据《宋史》本传记载，他少年时便过目不忘、"博极载籍"，22岁中进士，"尤以博洽受知孝宗，谓其文备众体"②。学识如此过人、身份如此尊贵的洪迈声称自己"当夫须被裋醉眠牛背，与荛童牧孺肩相摩"，未免有些妄自菲薄，文中对辛弃疾的规劝也显得不那么有力。

  对读书治学、修身体道等活动的看重，恰恰是将退居之乐视为"君子之乐"而非"迁叟之乐"的关键缘由。周必大《肖颜堂记》云："进以行道为乐，退以守道为乐。"③ 在他的观念中，私人居所不仅是闲暇时的享乐之所，也是读书治学、修身体道之所。从"迁叟之乐"到"君子之乐"，这名称的转变背后意味着思想观念的转变，思想观念转变的背后则是士大夫生存处境的变化。南宋朝廷为维系士大夫阶层的稳定而投入了大量财力，现任官有丰厚的俸禄，不做现任官的大多也能拿到宫观祠禄，正如刘子健《两宋史研究汇编》所云："从行政的观点说，当然是等于无功受禄，吃饭不做事。可是就统治的观点来说，这是施小惠以防大乱，把这些统治阶级的分子，全部维系住"，"哪怕是性理自守，林泉自安，诗画自娱，也可能间接地有助于稳定"④。宽裕的经济条件，是文人们建造私人居所的物质基础，仕途时断时续，他们有更多的闲暇时间和精力用于经营自己的

---

① 据邓广铭《辛稼轩年谱》（上海古籍出版社，1997年，第95页），《稼轩记》当作于淳熙八年暮春之前。
② （元）脱脱等著：《宋史》卷三七三，中华书局，1977年，第11570-11574页。
③ 曾枣庄、刘琳主编：《全宋文》卷五一四八，第231册，上海辞书出版社、安徽教育出版社，2006年，第215页。
④ ［美］刘子健：《两宋史研究汇编》，台湾联经出版事业公司，1987年，第33、40页。

日常生活。《建炎以来朝野杂记》"晦庵先生非素隐"一条载,"晦庵先生,非素隐者也,欲行道而未得其方也……今特取史官所书,诸家所记,先生难进易退之大节,会萃于此,后有学者,因得以求先生之志焉"①。朱熹一生"难进易退""欲行道而未得其方"并不纯属偶然,得君行道的愿望,在任何一个历史时期都不是容易完成的。南宋中兴时期私人居所记文中的居所主人绝大多数也像朱熹一样并非真正的隐者,他们仍然惦念恢复大业、希望得君行道或者造福一方百姓,但时机始终未能成熟,难免让人失落。官场一贯是"难进易退"的,如果退而能自得其乐,且退居后能够读书治学、修身体道,虽不立功却可立德、立言,亦能够实现人生价值。将"退以守道"与"进以行道"并列,意味着许多士大夫退居之后的生活也有目标、有准则、有自我约束,而不是失落之后自我放逐。

记体文以纪实为本色,容不得虚假,也少有游戏姿态,但是,士大夫日常生活的文学书写因题材之丰富灵活而具备了相对宽广的自由空间。钱穆在《杂论唐代古文运动》一文中指出:"宋人记亭阁,记斋居,皆摩空寄兴,不为题材所限,尚有运诗入文之遗意,而宋人亦不自知。"② 完全不为题材所限,是记体文无法做到的,但从中兴时期记亭阁、记斋居之文来看,题材对记文的限制的确比较小,摩空寄兴、运诗入文得到了广泛的运用。私人居所记文是中兴时期文人精神世界的外现,与所记内容的物质属性有所疏离,可以拓展的范围则十分宽广,娱情、言志的功能在这类记体文中得到了不同程度的实现,记体文的艺术表现力也因此得到了显著的提高。

第二节 藏书楼记:藏书、读书风尚的弘扬

宋代藏书大致有秘阁、官学、书院、寺庙与私家藏书等类型,其中,私家藏书楼大多位于私人居所之中,是记体文主要的记述对象。南宋中兴时期专门为私家藏书楼而作的记文有18篇,虽然在数量上不足以与其他题材的记文抗衡,但几乎每一篇藏书楼记的质量都很高,其中传达的作者的思考也很有时代特色。私家藏书楼的修建,首先是为了满足主人爱书的

---

① (宋)李心传著,徐规点校:《建炎以来朝野杂记》乙集卷八,中华书局,2000年,第632-637页。

② 钱穆:《中国学术思想史论丛》(四),台湾东大图书公司,1983年,第50页。

癖好，其次会为家族乃至周边的读书人提供丰富的文本资源，发挥强大的文化辐射力量。

一、进入中兴时期记体文的藏书楼

尽管经历了宋金交战的硝烟炮火，凭借主人们精心的保护，北宋的很多私家藏书还是流传到了南宋。当社会局势逐渐安定下来，传承中原文明的责任落到南宋人的肩上，他们对书籍的搜集、整理、出版与保存倾注了极大的热情。在《中国印刷史》中，张秀民将宋代称为"雕版印刷的黄金时代"①。宿白在《南宋的雕版印刷》一文中总结道："从现存大量的南宋刻本书籍和版画中，可以看出雕版印刷业在南宋是一个全面发展的时期。中央和地方官府、寺院、私家和书坊都从事雕版印刷，雕版数量多，技艺高，印本流传范围广，不仅是空前的，甚至有些方面明清两代也很难与之相比。"② 文坛巨匠周必大还亲自"以胶泥铜版移换摹印"③，印制自己的《玉堂杂记》，这是目前有确切依据的最早的活字印本。与北宋相比，南宋的版图虽然缩小，出版印刷业却更发达。正是空前发达的出版印刷，为当时人收藏书籍提供了前所未有的便利。

存放书籍的处所，早在北宋就已进入记文之中，传世篇目中比较著名的当属苏轼为李常写作的《李氏山房藏书记》。南宋中兴时期，随着私人居所记文的大幅度增长，私人居所中的藏书之处也得到了文人们的重视。与后世藏书楼专门贮藏书籍不同，这一时期的藏书楼常常是多功能的，除藏书之外，主人读书、起居、饮食、接待客人、家中子弟读书等一系列活动都可能在藏书楼中展开。例如，洪迈《拄颊楼记》记载林明父的拄颊楼云："明父始主治之，徒书且万卷，日哦其上，起居饮食，未尝一不与山接，既得主人而境益章。"④ 将近万卷的藏书在当时已经可以与大部分藏书楼比肩，但这座拄颊楼同时还是林明父在地方官任上的居所，并不是专

---

① 参见张秀民《中国印刷史》第一章，上海人民出版社，1989年。
② 宿白：《南宋的雕版印刷》，《文物》1962年第1期，第15页。
③ 周必大：《与程元成给事札子》，见曾枣庄、刘琳主编《全宋文》卷五一一三，第230册，上海辞书出版社、安徽教育出版社，2006年，第72页。
④ 曾枣庄、刘琳主编：《全宋文》卷四九一九，第222册，上海辞书出版社、安徽教育出版社，2006年，第99－100页。

门用于贮藏书籍。陈造《思可轩记》中的思可轩是他在自家庭院中开辟出来、"俾儿姪诸孙肄业休息"的处所，他记载自己藏书的情况道："向贫无书，借而得，手抄心记未厌，旋复索去。收贮且三十年，其富至五千卷，则有书可读。"① 在这篇文章中，"有书可读"与"有田可耕""有家法可守"并列，都是陈造毕生积累并希望子孙能够继续持守的。功能的多样化是南宋中兴时期私人居所比较普遍的现象，当时纯粹用于藏书的处所并不多，因此藏书楼记往往会从书籍入手，讨论有关读书、教育一类的话题。

　　书籍是他们的私人物品，这一时期能够阅读私家藏书的，大都是藏书者及其家人，前文提到的拄颊楼、思可轩，就分别是供藏书者本人与子弟阅读藏书的例子。不过，中兴时期的藏书楼还没有像明代天一阁那样严格的管理制度，主人有时会邀请朋友参观他的藏书楼，有时还会特意将自己所藏的珍贵文献展示出来。张震《博雅堂记》载：

　　　　宇文绍奕为资守，风清事简，则叹曰："自吾承先大父右丞相公余烈，以诗书发身，凡二十年间，聚书上自孔氏，下至历代诸史、稗官小说，与夫国典名公之文，合万余卷，手所校录者几半之，不为不多矣。顾犹有遗憾者。尝见前汉文字之奥，篆隶之工，镂金石而传后世，尚有可考，乃其在中原者沦于夷狄，后生不可复见。吾家故所贮，吾幸得之，不欲擅而有也，盍传之是邦，以为学士大夫共之？"于是摹刻汉石经及他碑凡五十四卷，覆以石柱大厦，名其堂曰博雅。登斯堂者，如入太庙，见尊罍、彝鼎、簠簋、盂豆之陈，闻《咸》、《韶》、《濩》、《武》、《云》、《和》、箜篌之音，列天球、河图、宝玉、大弓之器，飨太羹、玄酒、昌歜、醓醢之味，莫不咨嗟叹息，以为君侯好古博雅之士矣。②

　　宇文绍奕收藏了一万多卷书籍，其中有一半得到了他亲自校正著录。

----

　　① （宋）陈造著：《江湖长翁集》卷二一，据明万历刻本影印，见四川大学古籍整理研究所编《宋集珍本丛刊》第60册，线装书局，2004年，第564页。
　　② 曾枣庄、刘琳主编：《全宋文》卷四九八八，第225册，上海辞书出版社、安徽教育出版社，2006年，第39页。

于他个人而言，他藏书、读书的范围已经足够广，但是自己从先人那里继承而来的汉代以及之前的金石资料是非常珍贵的，相关钟鼎碑碣大多位于黄河流域的中原地区，它们随着中原的土地一起陷入了金人的手中，绝大部分南宋人无缘一见。于是，他将自己家藏的碑帖摹刻了五十四卷，专门放到堂中与周围人共享。在记文的末尾，作者借众人之口称宇文绍奕"好古博雅"，其实，宇文绍奕何止是好古博雅？中原土地沦陷，积淀了华夏民族数千年文明的黄河流域突然被划到疆域之外，身为华夏子孙的南宋人，无法不为之遗憾，无法对其不神往，在这样的情况下，保存并传播中原文明，对他们来说是义不容辞的。宇文绍奕并未将自己全部的藏书都展示出来，他只选择了当时人难得一见的前汉碑帖，并不是为了显示自己的好古博雅，而是为了让周围的人更多地认识古老的中原文明。在南宋偏安的历史背景下，这一身体力行的做法让人肃然起敬。

藏书楼记的写作，与藏书多寡并无太大关系。进入南宋中兴时期记体文的藏书楼，既有周必大《章氏近思堂记》、释宝昙《雪窗记》一类藏书数千卷的，也有杨万里《委怀堂记》一类藏书三万卷的，杨简的《深明阁记》还记载了专门存放《春秋》一书的深明阁。文中转述主人沈仲一的书信说："熙、丰间不立《春秋》学官，士非新经不学。当是时，族曾王父彬老独好《春秋》。暨游太学，遂摹石经篆本以归，今藏家四世矣。近作阁岘南，严奉之于其上。"①阁中所藏的《春秋》是沈仲一家族中的长者从北宋太学中摹刻而来，在熙宁、元丰年间，研习《春秋》是小众的爱好，到中兴时期，政治风向早已逆转，沈仲一一家悉心保护的《春秋》碑帖与上文中宇文绍奕家收藏的金石拓片一样，成为南宋人连接中原文明的重要纽带。沈家专门建一座楼阁供奉这部珍贵的《春秋》，既是对经典的尊崇、对祖先的纪念，又包含着对北方故土的怀念。这座藏书楼由叶适命名，杨简为其书写记文，亦可谓盛矣。要之，藏书数量并不是藏书楼进入记文写作视野的关键，如果藏书楼有特别之处，或者主人有为藏书之所写作记文的想法，它才会被文人形诸笔墨，留下独具特色的文学印记。

---

① 曾枣庄、刘琳主编：《全宋文》卷六二四〇，第 276 册，上海辞书出版社、安徽教育出版社，2006 年，第 4 页。

二、"万卷"与"一经"

与印本文化空前兴盛相伴随的,是手抄本文化的日渐没落。宋代读书人并不是这一潮流的制造者,却是受其影响最大的人群。物质条件改善后,读书人无须将文本一一手抄,这无疑是一种解放。然而,从另一个角度看,延续了近千年的治学方法必然在手抄本向印本文化的转变中受到冲击,当原有的读书治学习惯受到挑战,人们难免会本能地表现出抗拒。印本文化的兴盛,使图书数量剧增,读书人在有生之年读遍自己见到的文本成为一件不可能的事情,于是,精读与泛读、读与不读,成为读书人必须慎重考虑的事情。

在私人藏书空前鼎盛的南宋中兴时期,有些藏书家特意将藏书万卷的建筑取名为"一经",藏书楼记中也常常见到有关"万卷"与"一经"的讨论,例如周孚《樊氏读书堂记》云:

> 世之学者皆知书之不可一日废也。然予尝怪汉之诸儒如韩婴、董生辈止守一经,终其身不易,以今之士视之,不亦浅狭而可笑哉!而其事业文章,后之人卒未有能过之者。夫书岂徒以诵读乎哉?盖不诱于外,故能致思精;不役于名,故能信古笃。唯其如是,是以书之节会肯綮皆可铢分而缕解之,故一书亦足以为吾之用。夫书岂徒以诵读云乎哉?此昔之学所以为善,而今之学所以为不及也。君于此盖亹焉。夫博而不要其统,学者之通患也,故予因记君堂而及之,且以自警焉。①

文中以汉儒为参照,认为韩婴、董仲舒等人都是终生专治一经而取得巨大成就的,他们读书绝不像当下的士人一样只是诵读而已,他们不受外界名利的诱惑,专注于一经,能够细密全面地领会经书的关键精神,因此一部经书就足以受用终生。印本文化的发展使读书人的阅读视野大为拓展,广博与纯粹不可得兼,以古人为榜样,他们宁愿舍广博而取纯粹。赵逵在《一经轩记》中记载:"自汉韦氏父子以经术取宰相,当时歆艳,为之语曰:'遗子千金,不如教子一经。'今之教子者,率以此籍口。"② 一

---

① 曾枣庄、刘琳主编:《全宋文》卷五八二二,第259册,上海辞书出版社、安徽教育出版社,2006年,第59页。
② 曾枣庄、刘琳主编:《全宋文》卷四七〇四,第212册,上海辞书出版社、安徽教育出版社,2006年,第156页。

部经书的价值胜过千金,对学者而言,通晓一部经书,便可以触类旁通。张孝祥《万卷堂记》则将"求仁"视作读书的终极目的,认为圣人通过六经想要传达的思想无非仁爱,如果能够从书中切实体会到这一点,"一卷之书,有余师矣。不然,尽读万卷之书,以为博焉,其可也;以为知读书,则未也"①。不难看出,上述三人对印本文化的态度都是相对保守而谨慎的,他们并不打算因此改变读书治学的方法,并在藏书楼记中提醒自己与藏书楼的主人对此保持警惕。这样的警示的确有其存在的必要性,但是,如此一来,藏书这一行为的意义难免会被消解,相应的藏书楼也被记文推向了略微尴尬的境地。

身为藏书家的陆游在晚年写作的《万卷堂记》,是中兴时期讨论"万卷"与"一经"最透彻的记文之一,"万卷"与"一经"之间的紧张关系在其中很大程度上被消解:

> 学必本于书。一卷之书,初视之,若甚约也。后先相参,彼此相稽,本末精粗,相为发明,其所关涉,已不胜其众矣。一编一简,有脱遗失次者,非考之于他书,则所承误而不知。同字而异诂,同辞而异义,书有隶古,音有楚夏,非博极群书,则一卷之书,殆不可遽通。此学者所以贵夫博也。自先秦、两汉迄于唐、五代以来,更历大乱,书之存者既寡,学者于其仅存之中,又卤莽焉以自便,其怠惰因循,曰"吾惧博之溺心也",岂不陋哉!故善学者通一经而足,藏书者虽盈万卷犹有憾焉。而近世浅士,乃谓藏书如斗草,徒以多寡相为胜负,何益于学。呜呼!审如是说,则秦之焚书,乃有功于学者矣。
>
> 昭武朱公敬之,粹于学而笃于行,早自三馆为御史,为寺卿,出典名藩,尊所闻,行所知,亦无负于为儒矣。然每怃然自以为歉,益务藏书,以栖于架、藏于椟为未足,又筑楼于第中,以示尊阁传后之意,而移书属予记之。
>
> 予闻故时藏书,如韩魏公"万籍堂"、欧阳充公"六一堂"、司马温公"读书堂",皆实万卷,然未能绝过诸家也。其最擅名者,曰宋

---

① (宋)张孝祥著,徐鹏点校:《于湖居士文集》卷十四,上海古籍出版社,1980年,第140页。

宣献、李邯郸、吕汲公、王仲至，或承平时已丧，或遇乱散轶，士大夫所共叹也。朱公齿发尚壮，方为世显用，且澹然无财利声色之奉，傥网罗不倦，万卷岂足道哉。予闻是楼，南则道人三峰，北则石鼓山，东南则白渚山，烟岚云岫，洲渚林薄，更相映发，朝莫万态。公不以登览之胜名之，而独以藏书见志，记亦详于此、略于彼者，盖朱公本志也。

嘉定元年秋七月甲子记。①

万卷楼是朱钦则的藏书楼，它与私人居所一节中提到的心远堂，是朱钦则的宅第中最重要的两处建筑。在陆游看来，书籍是为学的根本。一卷、一编、一简之书，看起来微不足道，如果想要彻底通晓其中的意思，就需要搞清楚上下文的脉络，并与相关文本互相参照阅读，这有些类似于今人常常说的把书"读厚"。所谓"善学者通一经而足"，与上文中周孚、赵逵、张孝祥的观点是一致的，然而，陆游接下来指出，这"一经"的学习，即便有"万卷"作为铺垫也无法完全满足。随着私家藏书的发展，一些浅薄的子弟常常以藏书数量的多少来衡量藏书楼意义的大小，殊不知藏书万卷只是为了通过广博达到精通。以物质形态存在的书籍承载着无形的文明，衡量藏书楼的价值不应当看表面物质载体的多少，而要看书中承载的精神内涵被汲取了多少，后者才是设立藏书楼真正的价值所在。对此，杨万里《一经堂记》也说道："书盖有可恃者矣：不家于藏而身于藏，则几矣。"②"家于藏"仅仅是在物质层面上占有书籍，只有汲取书籍的精神内涵，也就是做到"身于藏"，才能真正体现藏书的意义。

陆游称朱钦则"粹于学而笃于行""尊所闻，行所知"，既是赞扬朱钦则能够得到学问的精粹并且踏实地将其付诸实践，也透露了这篇记文立意的初衷。万卷楼三面环山，风景如画，但朱钦则为其取名"万卷"，并在给陆游的信中详细介绍其藏书、对周围景色一笔带过，显然是"粹于学而

---

① （宋）陆游著，马亚中校注：《渭南文集校注》卷二一，见钱仲联、马亚中主编《陆游全集校注》第10册，浙江教育出版社，2011年，第20—21页。
② （宋）杨万里著，辛更儒笺校：《杨万里集笺校》卷七一，中华书局，2007年，第2998页。

笃于行"的重要表现。第三段中,陆游说"倘网罗不倦,万卷岂足道哉",可见朱钦则这座万卷楼中藏书的数量还不到一万卷。朱钦则总是谦虚地认为自己藏书不够多,他并不满足于将书籍存放在书架、书柜上,而是专门建楼藏书,他的行为本身已经表现出了对藏书事业孜孜不倦的态度。陆游通过对"万卷"与"一经"的探讨,阐释了藏书数量多多益善的缘由,亦是在支持、鼓励朱钦则进一步增加藏书,通过万卷之书通晓一经,进而在日常生活中加以实践。

通晓"一经"固然是重要的,但倘若因此否定了"万卷"存在的意义,那便会走向另外一个极端。从陆游的论述中可以看出,他已经开始正视先进生产力带来的益处与弊端,在读书治学的过程中有意识地规避印本文化带来的负面影响,安心地享受其带来的便利。

三、"诗书继世长"

藏书世家的大量出现,是宋代私家藏书空前发展的又一明证。其中,江西新喻刘氏、巨野晁氏、安阳韩氏、山阴陆氏、新昌石氏、汝阴王氏、莆田方氏等家族的藏书事业均从北宋延续到了南宋①,刘敞、刘攽、刘清之、晁说之、晁冲之、晁公武、韩琦、韩忠彦、韩侂胄、陆佃、陆游、王明清、方崧卿等,均出自以上藏书世家。上述家族的藏书普遍经历了两宋之交战火的破坏,但家族成员却都能在战乱之后重新营聚图书,家族的辉煌也从北宋延续到了南宋。朱熹在《刘氏墨庄记》中详细地介绍了刘氏家族的藏书史:

> 一旦,子澄拱而起立,且言曰:"清之之五世祖磨勘工部府君仕太宗朝,佐邦计者十余年。既殁,而家无余赀,独有图书数千卷。夫人陈氏指以语诸子曰:'此乃父所谓墨庄也。'海陵胡公先生闻而贤之,为记其事。其后,诸子及孙比三世,果皆以文章器业为时闻人。中更变乱,书散不守,清之之先君子独深念焉,节食缩衣,悉力营聚,至绍兴壬申岁,而所谓数千卷者始复其旧。故尚书郎徐公兢、吴

---

① 参见范凤书《中国私家藏书史》第二编第一章第三节"宋代有影响的大藏书家和藏书世家",大象出版社,2001年,第83-116页。

公说皆为大书'墨庄'二字,以题其藏室之扁。不幸先人弃诸孤,清之兄弟保藏增益,仅不失坠,以至于今。"①

所谓"墨庄",最初并不是为一座藏书楼取的名字,而是单纯地指向刘氏先人的数千卷图书,将图书形容为墨的村落,巧妙的比喻透出了主人的灵气。刘氏家族对藏书事业的持守是惊人的,从创始人刘式到请朱熹作记的刘清之,墨庄已经延续了六代。这一家族北宋时有刘敞、刘攽二兄弟,前者尤以学问渊博著称,欧阳修比他年长十二岁,却常在读书遇到疑难问题时写信向其求助,并在为刘敞写的墓志铭中称其"为文章,尤敏赡"②。南宋时,刘清之、刘靖之兄弟均中进士,是当时著名的学者③。朱熹在记文中发表感慨说:"呜呼!非祖考之贤,孰能以诗书礼乐之积,厚其子孙;非子孙之贤,孰能以仁义道德之实,光其祖考。"刘氏家族的文脉赓续与藏书的延续是同步的,也是密切相关的,这是北宋初年以来诗书传家的经典案例。从朱熹的感叹中可以看出,藏书世家、文学家族的繁荣,使当时人歆羡不已。

从藏书楼记来看,这一时期的藏书楼主人与藏书楼记作者均已意识到,丰富的藏书可以为家族带来浓厚的读书氛围,使子孙后代容易通过科举考试进入士大夫阶层,从而保持家族的长盛不衰。在他们看来,书籍是最珍贵的传家之宝,而藏书的传承是延续家族繁荣的最佳途径。李石《邓氏读书楼记》与晁公遡《程氏经史阁记》分别从不同角度阐释了这一观点:

邓氏世居水之南,而隐于罗泉之育材山。筑楼以"读书"名,今几世矣,至于吾友进道为几代孙,人不以为异其世者,以其传之久,不以为攘取贪得者,非独其楼也,以其名也,非独其名也,以读书之

---

① (宋)朱熹著:《晦庵先生朱文公文集》卷七七,见朱杰人、严佐之、刘永翔主编《朱子全书》第24册,上海古籍出版社、安徽教育出版社,2002年,第3712-3713页。
② 欧阳修:《集贤院学士刘公墓志铭》,见(宋)欧阳修著,李逸安点校《欧阳修全集》卷三五,中华书局,2001年,第526页。
③ 有关刘氏墨庄的资料详见清人阮元《扬州文楼巷墨庄考》[(清)阮元著,邓经元点校:《揅经室集》二集卷二,中华书局,1993年,第389-391页]、今人葛付柳《宋代墨庄刘氏家族论》(光明日报出版社,2009年),兹不赘述。

人之实也。千金之器以为货而陈于世,凡力可以具千金者皆可得之;若夫世传之名,虽陶朱、猗顿有不得窃目而视者。呜呼!吾今乃知为读书楼为传世之器,千金之货敌也。(李石《邓氏读书楼记》)①

天下之名为公卿、大夫、诸侯,率无世家者,以其礼先亡也……眉州程氏始以进士起家,今六世矣,仕者日以加多,其乡人私怪其故,将何以致之?予昔尝为涪州军事判官,事太守程公,知其家既贵,而不以殖其货,而能筑阁于其所居,以聚四库书,而贻其子孙。程公岂特程氏之贤哉?实古之公卿、大夫、诸侯之选也。其子孙能世守之,是亦常为公卿、大夫、诸侯,则所获宁止鸡豚之利也耶?(晁公遡《程氏经史阁记》)②

在李石看来,士君子之所以为人所看重、有较高的社会地位,是因为他们有可以传世的东西。书籍不同于贵重的器物,器物都是有价格的,只要人们手中有相应的钱财便可以买下,而邓氏家族利用藏书将读书治学的习惯传承了几代人,他们作为读书人世代相传的名声,是多少钱财也买不来的。晁公遡则将"礼"的传承视作士大夫家族繁荣兴盛的关键,程公跻身于士大夫之列、获得物质财富后,并不致力于扩大家业,而是藏书传给子孙,如果子孙能够守住这些藏书并通过读书而守礼,必然能够像程公一样成为公卿、大夫、诸侯。

朱熹、李石、晁公遡三人讨论藏书的传承,均涉及了社会阶层流动的问题。他们或深或浅地意识到,书籍的流传对子孙后代长期处于士大夫阶层有着关键的作用。宋代科举的发展使平民子弟的上升渠道比前代宽阔了许多,凭借读书治学而跻身于士大夫阶层的人比前代大幅度增多,社会阶层的流动也相应地有所增强,如果子孙不能像自己一样努力读书、通过科举入仕,家族的社会阶层会很快滑落。在这样的环境中,想要保持子孙后代长久地处在较高的社会阶层,科举几乎是唯一的途径。当精英阶层意识

---

① 曾枣庄、刘琳主编:《全宋文》卷四五六七,第206册,上海辞书出版社、安徽教育出版社,2006年,第41-42页。
② 曾枣庄、刘琳主编:《全宋文》卷四六九八,第212册,上海辞书出版社、安徽教育出版社,2006年,第46-47页。

到这一点之后,便开始不遗余力地掌握丰富而优质的教育资源,承载着圣贤之道的书籍无疑是他们的首选。藏书固然与主人风雅的品格、对书的爱好、财力的充沛等密切相关,但从藏书楼记对诗礼传家的反复强调中,可以看到他们对维持家族的社会阶层的焦虑。藏书楼的修建与维护需要大量的资金与精力,单纯凭借对书籍的爱好来守护藏书楼并不是一件容易的事情,将个人利益、家族利益与藏书联系起来,不失为将藏书楼传之久远的有效策略。杨万里《一经堂记》云:"世之君子,门户失守而后以赀,赀又失守而后以田,田又失守而后以书。盖门户有寒有炎,而田与赀有去来。逐之莫去,捐之莫取者书也,三失而一不失者也。是故守家者,莫固于书。"① 这段话从流动性的角度将书籍与门户、财物、田产相对比,认为后三者都很容易失去,只有书籍是守护家族的可靠保障。联系晁公遡"其子孙能世守之,是亦常为公卿、大夫、诸侯"的言论可知,当时许多士人认为守住了书籍,自然就会守住门户、财物和田产,守住藏书,乃是万无一失的上策。

藏书楼记传达诗书继世的愿望时常常带有浓厚的劝诫意味。陆游在《吴氏书楼记》中说道:

> 成矣,又虑其坏,则吾有子,子又有孙,孙又有子,虽数十百世,吾之志犹在也,岂不贤哉……予读唐李卫公文饶《平泉山居记》,有曰:"鬻平泉者,非吾子孙也。以平泉一木一石与人者,非佳子弟也。"平泉特燕游地,木石之怪奇者亦奚足道,而其言且如此,况义仓与书楼乎?②

陆游虽然没有明确地说"鬻藏书楼者,非吾子孙;以藏书楼之书与人者,非佳子弟",但他已经指出,守护藏书楼远比守护平泉重要得多,那么,损坏藏书楼的后果自然比损坏平泉严重得多。这固然是将自己的愿望强加于后人,但在当时的环境中,书籍无疑是读书人能够为后人留下的最

---

① (宋)杨万里著,辛更儒笺校:《杨万里集笺校》卷七一,中华书局,2007年,第2997—2998页。
② (宋)陆游著,马亚中校注:《渭南文集校注》卷二一,见钱仲联、马亚中主编《陆游全集校注》第10册,浙江教育出版社,2011年,第15—16页。

实用、最可靠、最宝贵的遗产。吴儆《隐微斋记》记载吴氏家族的祖先吴瑾"月朔望列其家人拜所藏书,且祝曰:世世子孙,其尊道好学,无为蠹书鱼。今更四世,斋固屡易,然其子孙群居燕处之室,必揭其名而不敢失坠"①。吴瑾于北宋中后期创设隐微斋,在他身后,四代子孙群居燕处、藏书读书的房屋经常变动,但均以"隐微"为名。这一名字出自《礼记·中庸》"莫见乎隐,莫显乎微,故君子慎其独也",带有明显的劝诫、勉励之意。吴儆在阐释"隐微"之意后指出:"贤者固宜有后,为其子孙者,视其名,思其所以名,当竦然而作,如见大宾,如承大祭,如衣冠而侍于祖父之侧,则居敬之心自无间于隐见显微之际。"这些劝诫之言从吴瑾的命名意图引申而出,合情合理,在心理和行为方面为隐微斋中的子弟定下了规约。据吴儆自述,他与吴瑾家同宗而不同族,因此文中从长辈的角度对后人提出要求,更多了几分威严之气。为藏书楼作记这一行为,将藏书楼主人诗书继世的愿望用文字记录下来,记文的广泛传播,无疑会对家族中的晚辈形成道德上的约束。南宋中兴时期江南地区众多私家藏书楼的存在,是诗书继世这一思想得以实践的明证。无论他们修建、维持藏书楼的动机是高尚的还是世俗的、是复杂的还是简单的,藏书楼的林立,本身就是诗书文明得到传承的表现。

印本文化的发展对宋代文化产生了许多方面的影响,藏书楼记的出现是其中最直接的影响之一。中兴时期的藏书楼记饱含着读书人对书籍的深深热爱,既反映了当时私人藏书迅速发展的事实,记录了印本文化发展初期读书人的许多思考,也对今人读书治学有一定的借鉴意义。

第三节 书斋记:书斋自是黄金屋

南宋中兴时期私人居所记文中明确提到主要作读书场所之用的有50余篇,这些记文以书斋的精神空间为描写对象,主要围绕书斋主人及其所读之书展开,文人们关于读书之乐的体会、关于读书之用的思考等,都在书斋记中得到了艺术化的呈现。

---

① 曾枣庄、刘琳主编:《全宋文》卷四九六九,第224册,上海辞书出版社、安徽教育出版社,2006年,第130-131页。

一、精神空间的文字记录

在私人居所中，书斋是与主人的精神世界关系最密切的一种，相应地，书斋记也是私人居所记文中最专注于记录精神世界并且记录得最细致的一种。如果说命名为私人居所赋予了精神意义，那么读书这一行为则为书斋这一有形、有限的物质空间建构了一个无形、无限的精神空间。在读书行为中，读书人是主体，书籍是客体，然而，由于书籍中包含着丰富的知识与思想资源，它们能够通过阅读行为对读书人的精神世界产生影响，进而反映到书斋的精神空间中。因此，书籍与读书人都是书斋这一精神空间中的主体，书斋记对书斋精神空间的记录正是围绕着书籍与读书人展开的。

通过描写书籍所承载的知识与思想来展现读书人的特质与书斋的精神世界，是书斋记常用的写作方法之一。如朱熹《通鉴室记》云：

> 营丘张侯仲隆慷慨有气节，常以古人功名事业自期许，不肯碌碌随世俗上下。至其才器闳博，则又用无不宜，盖临大事变而愈益精神，指麾处画，无一不中几会者，是其志与其材，虽未尽见施设，而人知其有余矣。然未尝以是自足也，方且博观载籍，记览不倦，盖将酌古揆今，益求所以尽夫处事之方者而施之，非特如世之学士大夫，兀兀陈编，掇拾华靡，以为谈听之资，至其施诸事实，则泛然无据而已也。
>
> 尝客崇安之光化精舍，暇日新一室于门右，不置余物，独取《资治通鉴》数十帙列其中，焚香对之，日尽数卷，盖上下若干年之间，安危治乱之机，情伪吉凶之变，大者纲提领挈，细者缕析毫分，心目瞭然，无适而非吾处事之方者。如是盖三年矣，而其起居饮食，宴娱谈笑，亦无一日而不在是也。室之前轩，俯视众山，下临清流。邑屋台观，园林陂泽之胜，月星雨露，风烟云物之奇。又若有以开涤灵襟，助发神观者，尤于读是书也为宜。于是直以"通鉴"榜之，而属予记。①

虽是为书斋作记，但作者在文章开头部分首先记述了自己对通鉴室主

---

① （宋）朱熹著：《晦庵先生朱文公文集》卷七七，见朱杰人、严佐之、刘永翔主编《朱子全书》第 24 册，上海古籍出版社、安徽教育出版社，2002 年，第 3703–3704 页。

人张栋（字仲隆）的印象，接下来才写到通鉴室的设置及张栋的读书生活，这与朱熹认识张栋其人、了解通鉴其室的先后顺序是一致的。然而，读完后一段再回头读前一段便很容易发现，该文描写的张栋形象，几乎完全是其研读《资治通鉴》之后呈现的结果，两段之间其实存在很强的因果关系。为了读《资治通鉴》专门开辟一间书斋，三年间专门研读此书并以"通鉴"为书斋名，足以看出张栋多么看重这部书、在这部书上下了多少功夫，而前一段中朱熹对张栋的印象，说明此书已经在张栋身上烙下了深深的印记。每当张栋焚香默坐、翻开《资治通鉴》，其间上下若干年的安危治乱、情伪吉凶，不仅跃然纸上，还像空气一样弥漫在整个书斋之中，静静熏陶着他的身心，就连窗外的山水亭台、日月风云，也恰如其分地烘托着读书的氛围。久而久之，张栋和整个书斋都因《资治通鉴》而具备了特别的气质，前一段中提到的"慷慨有气节""以古人功名事业自期许""才器闳博""用无不宜""临大事变而愈益精神""酌古揆今""施诸事实"，正是所谓的读史明智、博古通今。

　　为自己的书斋作记，自然可以记录自己的阅读体验；为他人的书斋作记，想要贴切地状绘他人的精神世界，就不是一件容易的事情了。通过所读之书来概括书斋中的精神世界，不失为书斋记写作的一个巧妙的切入点，然而，对书斋主人所读之书的认识，很大程度上是书斋记作者从自己的阅读体验中得来的，如果不曾接触书斋主人所读之书，作者就无法进入相应书斋的精神世界。清人陆陇其评价朱熹《通鉴室记》中"大者纲提领挈，细者缕析毫分"一句云"此二语是读书要法"①。在记文中，这是通鉴室主人张栋阅读《资治通鉴》的方法，但是，就读书方法本身而言，它与朱熹"每论著述文章，皆要有纲领""玩味深思，久之自可见"② 等说法非常相近，即便它的确是张栋本人的阅读体验，记文也难免带入朱熹自己的观点与思绪。从这个角度来说，呈现在书斋记中的精神世界，很容易留有记文作者的影子。

　　印本文化的发展让宋人很容易获得前代的经典文本，然而，并不是只

---

① （清）陆陇其辑：《读朱随笔》卷四，中华书局，1991年，第90页。
② （宋）黎靖德编，王星贤点校：《朱子语类》卷一四九，中华书局，1986年，第3320、3318页。

要书斋中存放着一部《资治通鉴》就可以将书斋取名为"通鉴室",可否如此命名关键还是要看书斋主人是否对此书有所钻研。正如洪适《耕获斋记》所说:"六经百氏之书,五帝三王十有五代之史,人得而诵之。至于发为辞藻,则浑雄遒丽,骩骳无近,不翅天冠地屦者,亦问学之有浅深而已。"① 只有被读书人精研深思过的书,才有可能真正影响到读书人的精神世界,进而进入书斋的精神空间之中。书斋记所看重的,正是这些在书斋主人身上已经留下了深刻印记的书籍。

通鉴室以书名为斋名,已经强调了书籍在书斋中的重要性,杨万里《浩斋记》中浩斋的主人则直接"以书为斋",进一步凸显了书籍在书斋中绝对的主角地位。浩斋这所建筑是刘廷直去世多年后家人为追念他而建的,不过,浩斋之名在刘廷直生前就已存在,是胡安国为他取的斋名,刘廷直因此被世人称为浩斋先生。可惜的是,刘廷直生前"宦游北南,清贫没齿,竟未克就斋房之一椽",他去世后,家人为了追念他,特意盖了一座房子,将其命名为"浩斋",并请杨万里写作了《浩斋记》。针对刘廷直生前浩斋"有名无实"的问题,文中写道:

或曰:"先生之浩,盖将天地之塞,今斋房乃尔隘耶?"某曰:"此已广矣。昔者先生名斋而未屋也,有问之以斋焉在者,先生曰:'吾斋天地间,无所不在。'因指其书箧曰:'即吾斋也,此已广矣。'"②

本质上说,新修的浩斋已经不能算作刘廷直的书斋了,但杨万里的《浩斋记》是为刘廷直和他胸中那个浩斋而作,因此仍然可以视作书斋记。刘廷直于绍兴三十年(1160)去世,《浩斋记》在淳熙十六年(1189)写成,中间相隔了近三十年之久。然而,对于刘廷直来说,他的浩斋无处不在,是始终伴随他的。以书为斋,将自己充塞于天地间的"浩"完全包括在内,的确不可谓不广。《浩斋记》虽是刘廷直的后人请杨万里写作的,但记文中浩斋的精神世界完全是刘廷直一个人的,杨万里表面上是为新建

---

① 曾枣庄、刘琳主编:《全宋文》卷四七四一,第213册,上海辞书出版社、安徽教育出版社,2006年,第354页。

② (宋)杨万里著,辛更儒笺校:《杨万里集笺校》卷七三,中华书局,2007年,第3056页。

的、取名为浩斋的建筑作记，实质上是为恩师刘廷直的精神世界作记。不论在刘廷直眼中还是杨万里眼中，浩斋都是刘廷直精神世界的安放之处，从这个意义上说，刘廷直即浩斋，浩斋即刘廷直。

文人的书斋不过是方寸之地，但他们的读书活动使书斋在时间与空间上得到了无限的拓展，主人的形体虽拘于一室之内，精神却可以畅游于无限的宇宙之中。书斋是私人居所中精神属性最突出的一种，相比于藏书楼，书斋中有一个具备主观能动性的文人，因此其精神世界是流动、鲜活、富于生命力的，它是变动不居的，主人的思绪、所读之书的变化等等，都随时会对其产生影响。因此，想要在记文中描绘书斋的精神世界，只能择取某一时刻的某一截面作为记述对象。在介绍书斋主人时，记文往往会专门展示读书对其知识、见地、品格、气质等产生的影响。如释宝昙《柔克斋记》载："僧窗寂寥，官潮时一振撼，公辄痛饮酣咏，与潮相答，略不见其愤懑无聊不平意。抵掌谈笑，皆古今得丧成败。出入经子史百家，坐诵行吟，绝出人意。"① 此处讲到的心态平和、学识广博、文才出众，正是书卷气的突出表现。书斋主人身上的书卷气，会长久地弥漫在他的书斋之中，整个书斋都带有主人的气质，反过来，长久地身处书斋之中，读书人自身也会得到书斋的浸润并因此带有更多的书卷气。读书人及其书斋的精神世界可能是瞬息万变的，但个人气质是相对稳定的，从书斋记对书斋主人气质的描绘中，可以窥见相应书斋精神世界的常态。

二、陋巷箪瓢之乐的切身体会

穷居陋巷、箪食瓢饮的颜回得到了宋人的高度关注。朱刚《从"先忧后乐"到"箪食瓢饮"——北宋士大夫心态之转变》一文提到，北宋后期著名的士人几乎都曾谈到颜回的话题，通过对颜回之学的探讨，士大夫越来越把目光集中到内在的精神天地，"转向内在"的士大夫心态在北宋后期已经完成并且延续到了南宋②。南宋中兴时期，朱熹、张栻、陆九渊等

---

① 曾枣庄、刘琳主编：《全宋文》卷五三八七，第241册，上海辞书出版社、安徽教育出版社，2006年，第177页。

② 朱刚：《从"先忧后乐"到"箪食瓢饮"——北宋士大夫心态之转变》，《文学遗产》2009年第2期，第54-63页。

道学家都曾在学术著作中讨论到颜回之乐，文学作品中论及颜回之乐的内容，则大都出现在与个体日常生活密切相关的私人居所等题材的作品中，如王十朋《次韵昌龄至乐斋读书》①、《至乐斋赋》②，杨万里《题黄辰告愚斋》③、陈造《颜乐堂铭为友人胡良卿作》④、辛弃疾《水龙吟·题瓢泉》⑤ 等。其中，书斋记在讨论读书生活之乐时，常常会将其与颜回之箪食瓢饮、安贫乐道相关联，将对颜回的认识与自己的书斋生活体验相结合，在说理之上又多出了一些切身的感受。

绍兴末年，庐陵隐士梁克道修建"肖颜堂"，并请周必大为之作《肖颜堂记》。在记文中，作者考察《论语》中孔子对颜回的多次称赞，发现孔子唯有谈到颜回箪食瓢饮、身居陋巷而不改其乐时，才动情地感叹"贤哉回也"。据此，周必大认为"箪瓢之乐，颜氏之极致也"，颜回"进以行道为乐，退以守道为乐，一性之外，无余事矣"，"非深造乎道者不至于此"⑥。中兴时期书斋记中谈到颜回，几乎不会涉及他在其他方面的成就，完全专注于他的陋巷箪瓢之乐，陋巷箪瓢之乐几乎成为颜回唯一的符号。

将书斋生活之乐归结为颜氏之乐，是这一时期书斋记中常见的现象。释宝昙《清阴堂记》曾以简洁的方式介绍过书斋之乐与颜氏之乐的关联：

> 若夫嗜好之移人，则如浸润肤受，不觉而入。虽圣门诸子，犹不免于出见纷华盛丽之患，况庸庸常人哉？独颜子陋巷箪瓢，若固自有乐之，修身不厌，无它，有圣道为之依归故也。吾尝梦想于是，若先师者在昔固未有，彼诸子者亦岂易得哉！下而至于汉唐，及国朝以来老师宿儒，其人云亡，其道固至，其事业文章犹布之方策。余将择胜

---

① （宋）王十朋著，《梅溪集》重刊委员会编，王十朋纪念馆修订：《王十朋全集》（修订本）诗集卷十五，上海古籍出版社，2012年，第239页。
② （宋）王十朋著，《梅溪集》重刊委员会编，王十朋纪念馆修订：《王十朋全集》（修订本）文集卷六，上海古籍出版社，2012年，第660页。
③ （宋）杨万里，辛更儒笺校：《杨万里集笺校》卷一四，中华书局，2007年，第732页。
④ （宋）陈造著：《江湖长翁集》卷二九，据明万历刻本影印，见四川大学古籍整理研究所编《宋集珍本丛刊》第60册，线装书局，2004年，第661页。
⑤ （宋）辛弃疾著：《稼轩词》卷五，见徐汉明校注《辛弃疾全集校注》，华中科技大学出版社，2012年，第222页。
⑥ 曾枣庄、刘琳主编：《全宋文》卷五一四八，第231册，上海辞书出版社、安徽教育出版社，2006年，第215-216页。

己者相与求诸寂寞之域,放之于广大宽闲之乡,以足于予心,以赦予不学之咎。虽清阴屋陋,亦得无愧,顾不伟欤!①

在他看来,颜子之所以能够安于陋巷中箪食瓢饮的生活、不为外界的纷华盛丽所诱惑,是因为有圣人(此处当指孔子)之道可以依归。今人虽不能像颜子那样有孔子做老师,但可以通过书上的文字认识前贤的行为与思想,而书斋正是自己与前贤展开精神交流的处所。从这个意义上来说,读前贤之书就是返回内心去求道,这与颜子求道的方式一致,因此也可以体会到颜子之乐。

在为自己的书斋写作的《牧斋记》中,朱熹详细地叙述了自己对孔颜之乐认识深化的过程:

> 余为是斋而居之三年矣。饥寒危迫之虑,未尝一日弛于其心,非有道路行李之劳,疾病之忧,则无一日不取六经百氏之书,以诵之于兹也。以其志之笃、事之勤如此,宜其智益加明,业益加进,而不知智益昏而业益堕也。以是自咎,故尝间而思之。
>
> 夫挟其饥寒危迫之虑,以从事于圣人之门,而又杂之以道路行李之劳、疾病之忧,有事物之累,无优游之乐。其于理之精微,索之有不得尽其事之是非,古今之成败兴废之故,考之有不得其详矣。况古人之学,所以渐涵而持养之者,固未尝得施诸其心而错诸其躬也,如此则凡所为早夜孜孜以冀事业之成,而诏道德之进者,亦可谓妄矣。
>
> 然古之君子,一箪食瓢饮而处之泰然,未尝有戚戚乎其心而汲汲乎其言者,彼其穷于当世,有甚于余矣。而有以自得于己者如此,必其所以用心者或异于予矣。孔子曰"贫而乐",又曰"古之学者为己",其然也。岂以饥寒者动其志,岂以挟策读书者而谓之学哉!予方务此以自达于圣人也,因述其所以,而书其辞于壁,以为记。②

---

① 曾枣庄、刘琳主编:《全宋文》卷五三八七,第 241 册,上海辞书出版社、安徽教育出版社,2006 年,第 178 页。《全宋文》编者已指出,文中之语与释宝昙生平不合,疑有误,或是代人作此文。释宝昙著有《橘洲文集》十卷,《禅门逸书》初编本(以清抄本为底本)、日本元禄十一年(1698)刊本中均收有《清阴堂记》,极可能是他代人为之。

② (宋)朱熹著:《晦庵先生朱文公文集》卷七七,见朱杰人、严佐之、刘永翔主编《朱子全书》第 24 册,上海古籍出版社、安徽教育出版社,2002 年,第 3699-3700 页。

在过去的三年中，朱熹虽然每日在此读书，却发现自己并没有多少进益，对此他深刻地自省，认为对饥寒、道路行李与疾病等生活琐事的担忧，是妨碍自己探索义理、思考古今成败之故的重要原因。在这一点上，箪食瓢饮的颜回比自己的物质条件更差，但他并不因此感到纠结、焦虑，不以饥寒动其志，而是能够一心治学，自己也应当摒弃饥寒之虑，专心读书治学。朱熹以自我检讨的方式写成全篇，并且将其题于壁间，警示意味十足。在亲身经历之后，朱熹深刻认识到了箪食瓢饮之乐的来之不易，自己对此有了更深的体会。《朱子语类》"论语·雍也"篇之"贤哉回也"章记载了朱熹对围绕颜子之乐的一系列问题的答复，其中有许多内容明显与《牧斋记》中记载的体会有关，例如，"颜子私欲克尽，故乐，却不是专乐个贫。须知他不干贫事，元自有个乐，始得"，"不要去孔颜身上问，只去自家身上讨"，"颜子之乐，深微而难知"，"箪瓢陋巷非可乐，盖自有其乐耳"①。读过《牧斋记》朱熹对自己体道经过的记述，再看《朱子语类》中的说理之言便觉得平易起来。

书斋生活中的颜子之乐，在南宋中兴时期被许多文人视作"天下之至乐"。叶适在《风雩堂记》中指出，颜子"乐其乐而忘其忧，身如附蜕，家如据槁，人欲之累尽矣，故孔子以为不可及而贤之"。曾点的浴沂舞雩之乐尚且有待于物，颜子之乐则无待于物，比曾点之乐层次更高，乃是风雩堂主人李伯珍应当进一步追求的②。风雩堂主人李伯珍自己为书斋取名并请叶适作记，叶适原本只需讨论浴沂舞雩、咏而归之乐足矣，可他偏偏要以颜子开头、以颜子结尾，文章的刻意安排已经透露出叶适对颜子的由衷仰慕。叶适在《沈氏萱竹堂记》中也说："古之人，惟颜子知自备天地万物之道，其陋巷饮水，如寄泊焉。"③ 将颜子视为古人中唯一一位知晓自身具备天地万物之道者，这与《风雩堂记》中孔子以为颜子不可及的看

---

① （宋）黎靖德编，王星贤点校：《朱子语类》卷三一，中华书局，2006年，第794-802页。
② （宋）叶适著：《水心文集》卷十，见刘公纯、王孝鱼、李哲夫点校《叶适集》，中华书局，2010年，第177-178页。
③ （宋）叶适著：《水心文集》卷九，见刘公纯、王孝鱼、李哲夫点校《叶适集》，中华书局，2010年，第154页。

法相呼应，更可见叶适对颜子的无限景仰。张震《诚乐堂记》也注意到了颜回返回自己内心去体道的这一特点，他引孟子"万物皆备于我矣，反身而诚，乐莫大焉"之语，将反身而诚视作天下之至乐，并认为"自吾所有而安之，是之谓乐；充吾之所乐以至于不知其所以为乐，是之谓诚。颜氏之乐，乐夫此而已"①。私人居所有富丽堂皇与寒微简陋之分，书斋对文人而言主要是一个为返回内心、反观自身而设置的精神空间，主人的贫富程度对书斋精神世界建构的影响微乎其微，在这一点上，书斋主人之间是平等的。既然书斋生活之乐与颜子之乐是相通的，而颜子之乐又是天下之至乐，那么，虽然没有真的像颜子那样身居陋巷、箪食瓢饮，文人在书斋中涵养心性也可以体验天下之至乐，书斋因此成为一个自给自足的精神世界。或许正是因为身在书斋便可以得到天下之至乐，文人才能够安于书斋生活，南宋中兴时期才会出现如此丰富多彩的书斋记。

三、阅读姿态的精彩描摹

书斋记作者常常以自己的读书生活为蓝本，根据对书斋主人的认识，描绘其书斋生活图景，读书人是书斋生活图景中最具活力的部分。由于阅读内容、阅读方法、阅读理念的不同，书斋记中读书人的活动也有一定的差异，他们或严谨地修身治学，或随心所欲地沉浸在书本中，或专心致志，或随性自然，在中兴时期记体文的人物画廊中留下了许多别具风采的人物形象。

作者在为晚辈而写的书斋记中谈到读书，往往是目标明确、态度严谨的。杨万里《谭氏学林堂记》载："尝筑一堂，丛书于间。绝甘屏荤，而以诗礼为膏粱。捐绮牴缟，而以文史为襟带。去丝远竹，而以简编为笙镛……有义理之林，有文词之林，有圣贤之林，有名爵之林。由于义理，入自圣贤，此根柢之林也。由于文词，入自名爵，此荣华之林也。学者亦孰不曰：'吾将根柢之求，而不荣华之求哉？'然咀义理者其滋淡，餐文词者其味腴，蹈圣贤者其途悠，趋名爵者其径捷。子能不诱于腴，不厌于

---

① 曾枣庄、刘琳主编：《全宋文》卷四九八八，第225册，上海辞书出版社、安徽教育出版社，2006年，第38页。

淡，不勤于捷，不惰于悠，则假道义理之林有日矣。"① 学林堂主人谭知言已经绝甘屏荤、捐绮牴缟、去丝远竹，专心致志于诗礼、文史与简编，然而在杨万里看来，即便如此，人们仍然很容易为文词所惑，进而妨碍到钻研义理。因此，学林堂主人还应当进一步摒弃文词，专注于义理。该文作于绍熙五年（1194），学林堂主人谭知言时年 24 岁，而杨万里已 67 岁，后者很自然地以自己的读书治学经验指导晚辈，使文章不可避免地透出浓厚的教诲意味。

学者在为自己的书斋作记时谈到读书生活，自身的气质和思想更容易渗入记文之中。例如，薛季宣《克斋前记》自述道："走生二十有三年矣，日闻道于圣人之书，然临事辄失其情，益知胜私之不可不务。是以考之大《易》，取'损卦'以名书堂曰'损斋'，以为居处，期将斋心窒欲，反本归仁，日革非心，庶乎尽于此生也。"《克斋后记》又云："及今能以礼自克，率性而知道哉，或庶几乎可也。"② 文中提到的闻道于圣人之书、斋心窒欲、反本归仁、日革非心、以礼自克、率性知道，均是典型的学者行为，体现出严谨的治学态度。为书斋命名与作记，可以使斋主人明确自己的目标，在行为、思想方面约束修身、治学，以期获得更多的进益。由于学者的严谨态度，这类记文中的书斋主人形象往往让人肃然起敬，这类书斋的名字大多出自经书，记文也以学者的说理为主，文学色彩较弱。

上述书斋记描述了严肃庄重的氛围与正襟危坐的读书人形象，而南宋中兴时期还有一些书斋记要活泼许多，书斋中的读书人也呈现出随性自在、无拘无束的状态。陆游的《书巢记》是一篇经典美文，文章以主客问答的方式解释了书巢的命名缘由：

> 陆子曰："子之辞辩矣，顾未入吾室。吾室之内，或栖于椟，或陈于前，或枕藉于床，俯仰四顾，无非书者。吾饮食起居，疾痛呻吟，悲忧愤叹，未尝不与书俱。宾客不至，妻子不觌，而风雨雷雹之

---

① （宋）杨万里著，辛更儒笺校：《杨万里集笺校》卷七四，中华书局，2007 年，第 3098 页。
② （宋）薛季宣著，张良权点校：《薛季宣集》卷三一，上海社会科学院出版社，2003 年，第 460、462 页。按：薛季宣起先将自己的书斋命名为"损斋"，但好友提醒他高宗亦有"损斋"，因此薛季宣将其更名为"克斋"。《克斋前记》乃最初取名"损斋"时所作，更名后他又自作《克斋后记》。

变，有不知也。间有意欲起，而乱书围之，如积槁枝，或至不得行，则辄自笑曰：此非吾所谓'巢'者耶？"乃引客就观之。客始不能入，既入，又不能出，乃亦大笑曰："信乎其似巢也。"①

书巢既指向陆游的这间书斋，也指向斋室之中陆游用书搭建的独立精神空间。在这间书巢中，陆游得以全身心地沉浸在书中，饮食起居、喜怒哀乐都有书相伴。没有宾客的喧嚣，没有妻儿的打扰，书巢是个极其安静的所在，即便风雨雷电，也无法吸引陆游的注意力。避开了现实世界，书巢自成一统，颇有几分桃花源的意味，陆游一往情深地耽溺其中，几乎不可自拔。他并不在乎读书有多大用处，对自己如何读书、读怎样的书也没有要求，甚至都没有用只言片语去讲述他从书本中得到的快乐，他只是随心所欲地将自己安放在书巢之中。事实上，陆氏家族自北宋年间便形成了极为浓厚的读书风气，陆游不仅喜欢读书，而且致力于藏书、校书、编书、刻书，并在诗歌、尺牍、书序等作品中屡屡谈到读书之用、读书方法②。然而，他在自己的书斋记中却只展示自己的阅读状态、描绘书斋生活的景象，并没有谈论自己的阅读经验或见解。

与陆游《书巢记》类似，潘時《月林堂记》也不强调读书之用，只表现自己任凭兴趣爱好读书，作者云：

> 志懒多倦，读书不立程度，然非有益于善心，有微于昏惰，有助于闲适者，则有所不眼。惟寿乐堂为叙族之所，而月林堂、静止斋乃余修藏之所，各一大厨，贮《孝经》、《论语》、《孟子》、四书、《易》、《春秋》、《礼记》、大字《通鉴》、三史、范纯夫《唐鉴》，陶渊明、韦苏州、元道州、杜子美诗，《本草》、《千金》诸方，遇欲观览，信手抽取，随意翻阅，有所会悟。或不觉终卷，困即推去，支颐而睡，童仆无敢呼者。有时闻池中鱼跃，或山间鸟鸣，忽然有觉。③

---

① （宋）陆游著，涂小马校注：《渭南文集校注》卷十八，见钱仲联、马亚中主编《陆游全集校注》第9册，浙江教育出版社，2011年，第458页。
② 参见曹德超《论"阅读"对陆游人格塑造、学识培养和诗歌写作的意义》，北京大学硕士学位论文，2014年。
③ 曾枣庄、刘琳主编：《全宋文》卷四九九二，第225册，上海辞书出版社、安徽教育出版社，2006年，第111-112页。

与《书巢记》相同,《月林堂记》也是自我作记,讲述自己的读书生活。作者并没有像陆游那样蜗居于一室之内,而是完全融入山水田园之中,读书与弹琴、下棋、观鱼等活动类似,成为闲居生活的一个组成部分,随性、适意而自然。类似的书斋记通常作于书斋主人科举及第之后,摆脱考试的压力、按照自己的喜好读书,是他们早年梦寐以求的,书斋记中常常记载的就是这种时而轻松惬意、时而如痴如醉的读书生活。由于记述对象的率性自然,这类书斋记的结构往往比较灵活,记述贴切生动,少有议论、说教的内容。

不过,严谨治学与随性读书的状态通常不规则地穿插在读书人的书斋生活之中,使书斋中读书人时而严谨庄重,时而轻松活泼。舒邦佐《双峰堂记》云:"予窃第归,厌举子业平生缠绕肺腑,欲以古书一瀚之……堂成,终日徜徉,坐则深文颐义,名章俊语,相与为莫逆;起则烟霞吾朋徒,林泉吾啸傲,花石吾娱戏。盖未始一日不居。"① 既徜徉于书斋之内,又与优美的山水泉石相接;既严肃地探求书中之义理,又能体会文章之美,动静相宜:读书生活的魅力在这一张一弛之间散发出来。

第四节 由私人空间到公共话题的文学途径:《雪巢记》与雪巢书写

随着私人居所记文的传播,有些私人居所会成为文人之间的公共文学话题,尤袤《雪巢记》中林宪的雪巢就是一个突出的例子。淳熙二年(1175),尤袤以承议郎知台州,结识了居住在天台寺庙中的诗人林宪,尽管为政事所困,他还是常常抽身前往林宪的居所——雪巢。离任后,尤袤每当思念林宪,总会回想起两人在雪巢交谈的情境,于是在淳熙五年(1178)为林宪写下了《雪巢记》。记文的生动优美、尤袤在当时文坛的巨大影响力、林宪高古的品格与杰出的诗歌创作才能、雪巢超尘脱俗的寓意、题壁文的特殊魅力等,共同促成了《雪巢记》的迅速传播。《雪巢记》使林宪和雪巢声名大振,雪巢不仅成为林宪的代称,而且变成了他个体人

---

① (宋)舒邦佐著:《双峰先生存稿》卷一,据明崇祯刻本影印,见四川大学古籍整理研究所编《宋集珍本丛刊》第62册,线装书局,2004年,第710页。

格的象征，林宪和雪巢也成为当时文坛的一个公共话题。杨万里为其写作《雪巢赋》，楼钥、范成大、赵蕃、释道全、徐似道等人为雪巢写诗，林宪还将自己的诗集命名为《雪巢小集》，尤袤、杨万里、楼钥相继为其写作诗集序。围绕着林宪及雪巢的同题书写，大都沿着《雪巢记》所开辟的路径歌咏雪巢主人林宪安贫乐道的高洁品格，赞扬他的文学才情，作者们还从不同角度回应《雪巢记》，寄托了他们对富贵功名之空幻的认识以及对孔颜乐处境界的追求。林宪去世后，从南宋末年到元、明、清时期，有许多文人效仿他，或将自己的居室命名为雪巢，或以雪巢自号，在遥远的时空之外，分享着林宪与雪巢所提供的精神资源。

一、雪巢主人林宪生平考

林宪，字景思，生卒年不详，其事迹散见于尤袤《雪巢记》《雪巢小集序》、杨万里《雪巢小集序》、楼钥《雪巢诗集序》等，清代陆心源《宋史翼》曾整合相关文献为林宪作传云：

> 林宪，字景思，吴兴人。少从侍郎徐度游，度得句法于魏衍，实后山嫡派也。卓荦有大志。参政贺子忱奇其才，以孙女妻之，临终复遗以米数百斛，谢不取。贺既亡，挈其孥居萧寺，屡濒于馁而不悔。读书著文，不改其乐。喜哦诗，落笔立就，浑然天成。一时名流皆愿交之，若徐敦立、芮国器、莫子及、毛平仲，相与为莫逆。杨诚斋、楼攻媿皆称其诗似唐人，其人高尚清谈，五言四韵，古句殆逼陶谢。淳熙五年，尤袤为作《雪巢记》，又为《雪巢小集序》。①

这是现存史料中唯一一篇专门记述林宪个人经历的文章，以此为线索，可大致勾勒出林宪的生平。不过，鉴于有关林宪事迹的材料比较零散、从未有人考证过他的经历，而有关雪巢的书写又与此密切相关，本节在讨论雪巢书写之前，需要依据现有文献详细梳理林宪的生平经历和雪巢的实际情况。

据《宋史翼》，林宪的家乡为吴兴，在今浙江湖州。关于林宪出生的

---

① （清）陆心源辑撰：《宋史翼》卷三六，中华书局，1991年，第391–392页。

年份，文献中没有明确的记载。楼钥在淳熙五年（1178）写成的《雪巢诗集序》中记述林宪之言说"吾行于世五六十年"，由此可以推断出他出生的时间应当在1118—1128年。林宪少年时曾从徐度游，徐度，生卒年不详，字仲立，一字敦立，睢阳（今河南商丘东南）人，绍兴末年官至吏部侍郎，著有《却扫编》三卷，周必大称其"词章为学者之宗，德业系国人之望"①。徐度的老师魏衍（？—1127），字昌世，彭城（今江苏徐州）人，他自认为不能为王安石新学，不习举业，唯以经籍自娱，自号曲肱居士。魏衍曾从陈师道学，于师道殁后为其作行状、编诗文集并为之作序。陈师道为苏门六君子之一，也是苏门六君子中日常生活最为拮据困窘的一位。简而言之，林宪的师承关系为：苏轼→陈师道→魏衍→徐度→林宪。此外，据尤袤《雪巢记》，他"少尝从高僧问祖师西来意，又于方士得养生术"，可见他对释、道也有所钻研。

较早发现林宪才能的"参政贺子忱"即贺允中（1090—1168），字子忱，眉州（今眉山市）青神人，徽宗政和五年（1115）进士及第，绍兴二十九年（1159）与隆兴二年（1164）两度短暂拜相。绍兴二年（1132），贺允中因喜爱天台之幽深，在天台山万年禅院之西卜居，死后也葬在了天台。方回《瀛奎律髓》云："初贺参政允中奇其才，妻以女孙，而不取奁出，贫甚。"② 贺允中以举贤荐能著称，他明知林宪十分贫穷，却不惜免去林宪的彩礼而将孙女嫁给他，显然，贺允中眼中的林宪不同凡响，两人之亲厚也非同一般。尤袤《雪巢小集序》载林宪"尝随贺使虏"③，据韩元吉《资政殿大学士左通议大夫致仕贺公墓志铭》，贺允中两次出使金国，一次是在北宋徽宗年间，一次是在南宋高宗绍兴二十九年奉高宗生母显仁太后的遗物出使金国，林宪随贺允中出使，当为绍兴末年之事。

据陈耆卿《嘉定赤城志》，林宪曾"中特科，监西岳庙"，《宋诗纪

---

① 周必大：《贺徐漕度除江东启》，见曾枣庄、刘琳主编《全宋文》卷五〇七六，第228册，上海辞书出版社、安徽教育出版社，2006年，第309页。
② （元）方回撰评，李庆甲集评点校：《瀛奎律髓汇评》卷二四，上海古籍出版社，1986年，第1096页。
③ （宋）尤袤著，（清）朱彝尊辑：《梁溪遗稿》，据清康熙刻本影印，见四川大学古籍整理研究所编《宋集珍本丛刊》第46册，线装书局，2004年，第492页。

事》《宋登科记考》等书均提到林宪中特科是在乾道年间①。特科进士的身份无法与常科进士比，林宪中特科之后被任命的监庙官只是祠禄官中最低的一种，无须赴任，仅挂名领取微薄的俸禄。贺允中于乾道四年（1168）三月底去世，林宪谢绝了贺允中生前赠予的钱物，此后全家寓居在天台城西的寺庙中，再度过上了家徒四壁的清苦生活②。《雪巢小集序》称其"屡濒于馁而不悔""无屋可居，无田可耕"③，林宪亦自述"平淡固可嘉，饥来欲谁诉"④，可见饥肠辘辘的情况在他的生活中时常存在。考虑到徐度在绍兴末年官至吏部侍郎，贺允中为官期间曾向朝廷举荐过大量人才，即便以监庙官作为仕途的起点，如果想在官场继续发展，林宪也拥有足够丰富的资源。在食不果腹的处境下仍旧对富贵利禄保持淡然的心态，"读书著文，不改其乐"（尤袤《雪巢小集序》），这样的品格的确令人钦佩。正是这样的品格，令当时许多著名文人为之倾倒。除去《宋史翼》中提到的徐敦立（徐度）、芮国器（芮烨）等人外，从现存作品来看，与林宪来往密切的尚有尤袤、杨万里、范成大、楼钥、戴复古、沈揆、赵蕃、李兼、徐似道、释道全等。中兴四大诗人中，与他熟识的有三位，身居偏僻破败的寺庙中的林宪，坐拥一个众星闪耀的文人朋友圈。

高洁的品格是林宪身居萧寺而高朋满座的重要因素，精彩的诗篇则是他的另外一个闪光点。杨万里《林景思寄赠五言，以长句谢之》诗云："华亭沈虞卿，惠山尤延之。每见无杂语，只说林景思。试问景思有何好？

---

① （清）厉鹗辑著：《宋诗纪事》卷五四，上海古籍出版社，1981年，第1374页；傅璇琮、祖慧：《宋登科记考》附录，江苏教育出版社，2005年，第1998页。笔者所见南宋文献中均未提及林宪中特科的具体年份，但尤袤《雪巢小集序》云，林宪在使金回朝后曾到都城"赴大比试"，因此他中特科的时间很可能是在此次科举考试之后的乾道年间。

② 关于林宪寓居天台寺庙的时间，《瀛奎律髓》称林宪"少从其父宦游天台，因留萧寺寓焉"，然尤袤《雪巢记》中记述林宪之语云："自吾来居天台……今未二十年……回视二十年……"可见当时林宪在天台已定居将近二十年。《雪巢记》作于淳熙五年（1178），林宪至天台居住当在绍兴三十年（1160）及之后几年间，《瀛奎律髓》所云或有误。

③ （宋）尤袤著，（清）朱彝尊辑：《梁溪遗稿》，据清康熙刻本影印，见四川大学古籍整理研究所编《宋集珍本丛刊》第46册，线装书局，2004年，第492页。

④ 北京大学古文献研究所编：《全宋诗》卷二〇五四，北京大学出版社，1998年，第23102页。

佳句惊人人绝倒。"① 对诗人杨万里而言，林宪最大的优点就在于作诗佳句频出，林宪和他的诗作，是杨万里、尤袤、沈揆等人会面时必谈的话题，是他们一致赞叹称赏的对象。林宪的诗集《雪巢小集》在南宋便有家集与刻本流传于世②，《直斋书录解题》《宋史·艺文志》《文献通考》均著录有林宪《雪巢小集》二卷，《全宋诗》编者据《天台集续集别编》等书录林宪诗 52 首，编为一卷。从现存诗作来看，林宪诗中的意象大多来源于自己的山居生活，但他的诗歌少有冷涩孤僻之气，风格清新自然，其中的佳句的确值得杨万里、尤袤等人称赏。淳熙七年（1180），沈揆跋《颜氏家训》记述共同校书者有"乡贡士州学正林宪"③，可见在结识众多友人的同时，林宪做过台州州学的学正，他的经济条件应当随之有一定的改善④。

关于林宪去世的时间，钱文子《次韵李使君追悼雪巢先生》诗后的自注给出了提示，他说："予为台州，雪巢屡从予饮池上，未几病不能起，比予罢官，别之牖下。"⑤ 钱文子于嘉泰四年（1204）十二月知台州，开禧元年（1205）四月改常州⑥，林宪与钱文子一同饮酒，当是嘉泰四年末至嘉泰五年初之事。钱文子在诗中回忆"凄怆床前永诀时"，可见开禧元年他与林宪告别时，林宪已经病重到卧床不起，他去世的时间应当在这次告别之后不久，很可能在开禧元年下半年或者之后的一两年之内。

综上，以《宋史翼》为基础，林宪的小传可以进一步完善如下：

> 林宪，字景思，号雪巢，北宋末年生于吴兴，约开禧年间卒于天台。少从侍郎徐度游，度得句法于魏衍，实后山嫡派也。尝从高僧问

---

① （宋）杨万里著，辛更儒笺校：《杨万里集笺校》卷二二，中华书局，2007 年，第 1146 页。

② 陈振孙在《直斋书录解题》中记载他与《雪巢小集》的因缘云："余为南城，其子游谒至邑，以家集见示，爱而录之，及守天台，则板行久矣，视所录本殊多。"（宋）陈振孙著：《直斋书录解题》卷二十，上海古籍出版社，1987 年，第 604 页。

③ 王利器：《颜氏家训集解》（增补本）附录一，中华书局，1993 年，第 610 页。

④ 《宋史·职官志二》还提到"乾道七年林宪以宗卿入经筵，亦兼侍讲者"，不过，龚延明《宋史职官志补正》已指出，此处的"林宪"当为"林机"。详见龚延明《宋史职官志补正》（增订本），中华书局，2009 年，第 85-86 页。

⑤ （宋）李庚等编：《天台续集别编》卷三，见浙江省地方志编纂委员会编《宋元浙江方志集成》，杭州出版社，2009 年，第 6880 页。

⑥ （宋）陈耆卿编：《嘉定赤城志》卷九，中国文史出版社，2008 年，第 107 页。

祖师西来意，又于方士得养生术。卓荦有大志。参政贺子忱奇其才，以孙女妻之，而不取赍出。绍兴二十九年，尝随贺使虏。贺临终复遗以米数百斛，谢不取。贺既亡，挈其孥居萧寺，破屋数椽，不庇风雨，屡濒于馁而不悔。榜其燕坐之室为雪巢，日哦诗于其间，读书著文，不改其乐。乾道间，中特奏名进士，监西岳庙。淳熙中，为台州州学正。喜哦诗，落笔立就，浑然天成。一时名流皆愿交之，若徐敦立、芮国器、莫子及、毛平仲、范至能（范成大）、戴式之（戴复古）、沈虞卿（沈揆）、赵昌父（赵蕃）、李孟达（李兼）、徐渊子（徐似道）、释道全，相与为莫逆。尤延之（尤袤）、杨诚斋、楼攻媿皆称其诗似唐人，其人高尚清谈，五言四韵，古句殆逼陶谢。有《雪巢小集》二卷，已佚。淳熙五年，尤袤为作《雪巢记》，其后，杨万里作《雪巢赋》，尤袤、杨万里、楼钥又为《雪巢小集》作序。

二、《雪巢记》中尤袤的慷慨歌颂与雪巢文化意义的彰显

贺允中于乾道四年（1168）去世后，林宪一家借住在破败的寺庙中，日子贫苦却清静。直到淳熙二年（1175）尤袤出知台州，林宪和雪巢才逐渐为同时期的文人所知，而林宪的声名鹊起，在很大程度上要首先归功于《雪巢记》。这篇文章写道：

> 吴兴林君景思寓居天台城西之萧寺，破屋数椽，不庇风雨。榜其燕坐之室曰"雪巢"，日哦诗于其间。客有问君所以名巢之意，君曰："天下四时之佳景，宜莫如雪。而幻化变灭之速，亦无甚于雪者。方其凝寒立水，夜气颢颢，纷纷皓皓，万里一色，瑶台银阙，亦现于俄顷间。然朝阳曦晖，则向之所观，荡然灭没而不留矣。自吾来居天台，时王公贵人比里而相望，朱门甲第击钟而鼎食，童颜稚齿群聚而嬉戏。今未二十年，其昔之贵者则已死，向之富者或已贫，而往之少者悉已耋。回视二十年，直俄顷尔。其幻化变灭之速，不犹愈于雪乎？知其非坚实也，于其俄顷起灭之中，乃复颠冥于利害，交战于宠辱，汩汩至于老死而不自知，非惑欤！今吾以是名吾巢，且将视其虚以存吾心，视其白以见吾性，视其清以励吾节，视其幻以观吾生，则

知少壮之不足恃，富贵之不足慕，贫与贱者不足以为戚。非特以此自警，而且以警夫世之人。使凡游吾之巢者，躁者可使静，险者可使平，而污者可使之洁，不亦休乎。"

余闻而叹曰：浩哉斯巢，虽方丈之地，其视广厦万间而不与易也。夫乐莫乐于富贵，忧莫忧于贫贱。然有马千驷，不如西山之饿夫；纡朱怀金，不如陋巷之瓢饮！孰知乎匹夫之乐，有贤于王公大人之忧畏也哉！世之附炎之徒，方思炙手权门，焦头烂额而不悔，求而不得则躁，得而患失则戚，戚与躁相乘，则心火内焚，日夜焦灼。闻君之风，亦可少愧矣。

君少尝从高僧问祖师西来意，又于方士得养生术，其清玉洁，其真行烈，其穷不堪忍，而其乐侃侃然。余来天台，始识君，一见如平生欢。时方因郡事，卒卒无须臾间。每从君语，辄爽然自失。顾视鞭朴满前，牒诉盈几，便欲舍去。今得归休林泉之下，每一思君，发于梦想，则雪巢之境，恍然在吾目围中矣。因述君之说，使书于其壁，以为之记。①

虽然是为雪巢作记，文章却没有详细交代雪巢的情况，只在首句简单交代了包括雪巢在内的林宪居所的整体状况，即"天台城西之萧寺，破屋数椽，不庇风雨"。此处对真实存在的雪巢的"匆匆一瞥"，显示出作者对雪巢之物质属性的弱化，在他眼中，雪巢的形貌并不重要。与此同时，日日在陋室中吟哦诗句的雪巢主人林宪高调出场。

接下来，作者通过林宪之口阐述了雪巢命名的原因。世间人事的幻化变灭，从本质来看与雪的形貌变化非常相似，表面上，它们是"佳景""乐事"，实际却难以长久地存在、无法让人依恃，因此并不值得羡慕，更不值得苦苦追求。雪以其谦虚、洁白、清雅与变幻莫测，为林宪修养心性、磨炼品格提供了榜样。其实，林宪居住在天台的二十年已经是徽宗末年以来政局最稳定、百姓生活最安定的一段时间，经历了南渡初年政权的风雨飘摇，文人的幻灭感自然分外强烈。陆游《对云堂记》亦谈道："仆

---

① （宋）尤袤著，（清）朱彝尊辑：《梁溪遗稿》，据清康熙刻本影印，见四川大学古籍整理研究所编《宋集珍本丛刊》第46册，线装书局，2004年，第491-492页。

行年五十，阅世故多矣，所谓朝夕百变者，奚独云山哉！"① 江南的雪比朔雪松软、融化得快，偏安江南的文人们也更容易感受到世事的无常。文中引述林宪的话时说，这是"客有问君所以名巢之意"时林宪的答复，这位"客"或许真有其人，或许是尤袤自己，也或许只是尤袤虚构的，不过，这一段叙述的内容切合林宪的实际经历，从语气来看应当与林宪的原话相去不远。这种主客问答体一方面可以阐释雪巢的命名原因，另一方面也凸显了雪巢主人的形象。

记述完雪巢得名的缘由后，尤袤感叹，雪巢虽小，却比广厦万间还要珍贵。他将林宪提出的幻化变灭的外延缩小到富贵与贫贱，认为趋炎附势妄图富贵之人往往会患得患失，内心无法平和安宁，远不如林宪安于贫穷，自得其乐。林宪所讲到的幻化变灭只是他在漫长的时间长河中得到的感触，只要有类似的时间积累，他人也可以从中体会到类似的无常感。但是，尤袤将林宪的复杂感想直接简化为富贵利禄之空幻，进而将林宪树立为不贪求富贵、安贫乐道的典范，这是对雪巢精神意义的高度提炼，也是对自己心目中林宪最突出特点的强调。简化雪巢的精神寓意并将它与林宪的个人特质紧密结合在一起，使雪巢与林宪原本复杂多面的形象变得单一、简洁，也更加鲜明，令人印象深刻。在这一段的开始，尤袤感叹"浩哉斯巢"，然而整段只有第一句是在讲雪巢，之后都不涉及雪巢，而是专门赞扬林宪，与其说是"浩哉斯巢"，毋宁说是"浩哉斯人"。雪巢之妙的根本在于林宪，只有林宪的存在，才能让雪巢成其为雪巢。

最后一段中，尤袤介绍了自己与林宪的交往，以"其清玉洁，其真行烈，其穷不堪忍，而其乐侃侃然"总结自己认识的林宪，并与前文中林宪自我勉励的话相呼应，表达了自己对林宪的钦佩和对雪巢的怀想。尤袤在台州知州任上政务繁剧，他以"爽然自失"来形容自己当时与林宪交谈的状态，并且每当念及林宪总会联想到雪巢，更可见林宪与雪巢的巨大魅力。结合自己与林宪接触的真实感受来评价林宪和雪巢，与文章一开始对雪巢境况的叙述遥相呼应，令记文真实可感，林宪在雪巢以诗会客的景象

---

① （宋）陆游著，涂小马校注：《渭南文集校注》卷十七，见钱仲联、马亚中主编《陆游全集校注》第 9 册，浙江教育出版社，2011 年，第 443 页。

也跃然纸上。

从"居陋巷,人不堪其忧,回也不改其乐"(《论语·雍也》)到"斯是陋室,惟吾德馨"(刘禹锡《陋室铭》),以居住条件的简陋衬托主人的高洁品格是赞美安贫乐道者最常用的方式之一,这在《雪巢记》中也得到了应用。比起这些陋巷、陋室,林宪的雪巢另有其独特之处:一是它的所有权并不在林宪手中,林宪只是借住于此,从这一点来看,他的贫穷比颜回、刘禹锡更甚;二是林宪为他的陋室取了一个极为别致的名字,命名这一行为令雪巢拥有了自己的精神内涵,在安贫乐道的背后,雪巢之名还包含了林宪对世事无常的深刻体悟。以"雪"命名自己的居室并不是林宪首创的,秦观《淮海集》中有《雪斋记》[元丰三年(1080)]一篇,其中的雪斋,是"杭州法会院言师所居室之东轩"。熙宁五年(1072)七月,时任杭州通判的苏轼为其取名"雪斋"①。元丰五年(1082),苏轼在黄州东坡的旁边筑雪堂而居之,并为其写作了《雪堂记》。此外,北宋时期的佛教典籍中也出现"雪巢"之名,如成书于真宗年间的《景德传灯录》记录澧州乐普山元安禅师之言云:"鹭倚雪巢犹可辨,乌投漆立事难分。"②但此处的雪巢只是一个虚构的意象,并非确指某人的居所。林宪虽然没有明确指出雪巢之名与苏轼喜欢的雪斋或苏轼自筑的雪堂有关联,但是,考虑到苏文在南宋中兴时期备受朝野追捧,且林宪的师承脉络可以上溯至苏轼,林宪为雪巢命名、尤袤为雪巢作记,很可能对雪斋、雪堂与《雪斋记》《雪堂记》等有过一定的参考。苏轼"非取雪之势,而取雪之意"③的命名方式、雪堂"凄凛其肌肤,洗涤其烦郁"的精神,同林宪雪巢的命名、尤袤《雪巢记》写作的主旨都是相通的。

《雪巢记》的末尾,尤袤云:"因述君之说,使书于其壁"。从现有文献中,已经很难找到相关的线索断定林宪是否遵从尤袤之说,将这篇记文写在了雪巢的墙壁上。但是,《雪巢记》在之后频频被提及:杨万里《雪

---

① (宋)秦观著,徐培均笺注:《淮海集笺注》卷三八,上海古籍出版社,1994年,第1219-1220页。
② (宋)道元辑,朱俊红点校:《景德传灯录》(上),海南出版社,2011年,第484页。
③ (宋)苏轼著,(明)茅维编,孔凡礼点校:《苏轼文集》卷一二,中华书局,1986年,第412页。

巢赋》云:"天台林君景思之庐,字以'雪巢',尤延之为作记"①,尤袤《雪巢小集序》云"君所居室名曰雪巢,尝属余记之"②,《瀛奎律髓》《直斋书录解题》《文献通考》《吴兴备志》等书也都记载了尤袤曾为林宪写作《雪巢记》一事。由此可见,林宪与尤袤均十分看重此文并努力促进文章的传播,《雪巢记》写成之后很快便广泛流传。淳熙四年(1177)尤袤离任时作诗告别林宪,提道:"二年无德及斯民,独喜从游得此君。"③ 所谓"无德及斯民",只是尤袤自谦之语,据《宋史》记载,尤袤知台州期间,"民诵其善政不绝口"④,尤袤此诗全然不为自己在当地所做的事情感到满足,而将林宪作为他在台州的最大收获,尤可见他对林宪的赏识。尤袤的慧眼识人,使林宪在台州当地声望陡增。继尤袤之后,到台州做官的楼钥、沈揆、钱文子等人均与林宪有过密切的来往。现存的林宪与他人交游唱和的作品,凡是能够判定写作年份的,绝大多数在淳熙五年之后写成,亦可见林宪在寓居雪巢之初与其他文人来往不多。尤袤的青睐,尤其是《雪巢记》的写成,将林宪和雪巢推向了文坛的中心。

三、雪巢书写的多维度延伸

继《雪巢记》后,"庐陵杨某复为赋之",杨万里为林宪写下了《雪巢赋》⑤。或许由于主客问答体在《雪巢记》中已经出现,杨万里写作《雪巢赋》时特意避开了赋体常用的主客问答,转而记述自己想象中雪巢的营造经过和建成后的雪景。《雪巢赋》通篇由作者的想象构成,包含着许多脱离实际的大胆夸张与铺排,通过描写理想中雪巢的外在形貌去触及林宪与雪巢的精神内核,将林宪与雪巢双双远离尘俗的特点加以浓重渲染,营

---

① (宋)杨万里著,辛更儒笺校:《杨万里集笺校》卷四四,中华书局,2007年,第2280页。
② (宋)尤袤著,(清)朱彝尊辑:《梁溪遗稿》,据清康熙刻本影印,见四川大学古籍整理研究所编《宋集珍本丛刊》第46册,线装书局,2004年,第493页。
③ (宋)尤袤著,(清)朱彝尊辑:《梁溪遗稿》,据清康熙刻本影印,见四川大学古籍整理研究所编《宋集珍本丛刊》第46册,线装书局,2004年,第483页。
④ (元)脱脱等著:《宋史》卷三八九,中华书局,1977年,第11924页。
⑤ (宋)杨万里著,辛更儒笺校:《杨万里集笺校》卷四四,中华书局,2007年,第2280-2281页。

造了一个缥缈而澄澈的仙境。

在《雪巢记》与《雪巢赋》之后，林宪顺理成章地将自己的诗集命名为《雪巢小集》，并再次请尤袤、杨万里先后为其写作序文。尤袤《雪巢小集序》在介绍林宪的经历和林宪诗歌名句后，赞扬林宪"其贫益甚，其节益固，而其诗益工"①。《雪巢记》只是将雪巢的简陋、林宪生活处境的穷困与林宪的高洁品格联系在一起，而《雪巢小集序》则进一步将处境之穷困与品格之高洁作为林宪诗歌才华横溢的重要成因。怀才不遇通常是令人郁闷、泄气的，尤袤却宽慰林宪道："抑尝谓富与贵人之所可得，而才者天之所甚靳。景思取天之所甚靳者多，则不能兼人之所可得固宜。"他的解释一方面为林宪之穷困找到了"借口"，另一方面也暗中赞扬了林宪的诗才，为林宪继续维持原有的生活方式提供了有力的精神支持。杨万里《雪巢小集序》则记述了自己与林宪就尤袤《雪巢小集序》的结论而展开的一段对话。其中，林宪将王涯、贾餗、王黼、蔡京与贾岛、孟郊、黄庭坚、秦观进行对比，表述了自己甘于困穷的态度②。此后，林宪又请楼钥写作了《雪巢诗集序》。为避免与前面两篇序文重复，楼钥在序文中就诗论诗，专门讨论了林宪在诗歌写作方面的理想与成就。他描写自己读林宪诗集的感受说，"读其诗，恍然自失，愈叩愈无穷"，又谈到二人"相与剧论诗家事，不知更仆之久"③。林宪能够与楼钥尽兴地谈论诗歌，他的诗作能够让楼钥读得恍然自失、读出无尽的意味，可见他在诗歌方面的造诣与当时最优秀的诗人们相去不远。林宪能与南宋中兴时期最著名的文人们成为知交好友，与他在诗歌方面的才能有直接的关系。读《雪巢记》与《雪巢赋》，可以知道林宪品格之美；读《雪巢小集》的三篇序文，则可以进一步认识林宪诗才之茂。从《雪巢记》中，我们已经得知，视富贵如浮云的林宪用心追求的就是磨炼自身品格与诗歌才能。他的品格在《雪巢记》与《雪巢赋》中早已得到了盛赞，从《雪巢小集》的三篇序文则可以

---

① （宋）尤袤著，（清）朱彝尊辑：《梁溪遗稿》，据清康熙刻本影印，见四川大学古籍整理研究所编《宋集珍本丛刊》第46册，线装书局，2004年，第492页。

② 据《杨万里集笺校》，此文写作年份不可考。

③ （宋）楼钥著，顾大朋点校：《楼钥集》卷四九，浙江古籍出版社，2010年，第925-926页。

看出，他的诗歌才能在当时受到了一流诗人们的高度认可。

像雪巢这样富于诗意的题材，自然不会被诗人们轻易放过。现存南宋中兴时期题咏雪巢的作品，有楼钥《林景思雪巢》、范成大《寄题林景思雪巢六言三首》、赵蕃《寄题林景思雪巢》、释道全《题林景思雪巢二首》、徐似道《题雪巢》等，林宪本人亦有《雪巢即事》《雪巢三首》等。其中，范成大笔下"捻髭冻吟"的林宪形象，与尤袤《雪巢小集序》、楼钥《林景思雪巢》分别记述的"落笔立就，浑然天成""落笔句惊人，不复寻推敲"有些出入。范成大未曾去过天台，自然不曾亲眼见过雪巢，诗中所写的雪巢，是他想象中的存在，而他展开想象的根据，一方面是林宪本人及其诗作，另一方面则是与雪巢相关的作品，特别是尤袤的《雪巢记》。

经过频繁的歌咏，作为文学意象的雪巢逐渐成为林宪的代称。从现存作品来看，谈到林宪者几乎必谈雪巢，林宪去世后，他的朋友写诗怀念他，也常常同时怀念雪巢。陈耆卿《梦林雪巢》云："雪亦本幻尔，巢今安在哉。"① 梦见林宪其人，在诗中却不直言对林宪的思念，而是表达对雪巢的怀想，雪巢完全成为林宪的象征。从雪巢的命名到《雪巢记》的写作、林宪的自号、林宪诗集的命名，"雪巢"二字逐渐成为象征林宪人格特质的抽象标签。

雪巢之名在林宪身后流传久远，从南宋后期开始，陆续有人效仿林宪，以"雪巢"自号并命名自己的居所。刘克庄《跋周天益诗》云："昔天台林景思，诗家前辈，号雪巢，近有同人刘某，亦号雪巢。建阳刘叔通，考亭高弟，号溪翁，君亦号溪翁。余尝戏刘君与景思争巢，今君又与叔通争溪耶？然景思、叔通诗皆行世，君其勉之。"② 刘克庄调侃说刘君与林宪争巢，并以林宪的诗歌成就勉励后学，可见刘克庄对林宪其人其诗的高度认可。元、明、清三代，分别有多位文人自号雪巢或以雪巢为居室命名，对林宪的景仰与追怀，在雪巢之名的延续中体现出来。

在南宋中兴时期的私人居所记文中，《雪巢记》不过是略微出色的一

---

① （宋）陈耆著：《陈耆卿集》卷十，浙江大学出版社，2010年，第102页。
② （宋）刘克庄著，辛更儒笺校：《刘克庄集笺校》卷一〇八，中华书局，2011年，第4499页。

篇,在尤袤现存为数不多的作品中,它也很难称得上是最好的一篇,对宏观的文学史而言,《雪巢记》和雪巢都是微不足道的。然而,文学史是由动态的文学活动与静态的文学作品共同构成的,对林宪本人而言,这篇记文将他带入了当时文坛的中心,为他与当时最著名的文人们交游唱和提供了难得的契机,他的生命轨迹也因此发生了巨大的转变。在某种层面上,记体文可以被视作对微观社会生态、文学生态的真实记录,刻印在纸上的文字固然是值得探究的,但是,文字背后有血有肉的人生才是文学研究真正的重点。

第四章 描摹江南山水，载录风土民情

宋代记述山水之游的散文主要有单篇山水游记、山水题名、日记体游记三种。南宋中兴时期，日记体游记不论内容还是形式都出现了巨大的突破，作品数量更是远远超过前代，因此本书为其专辟一章加以论述。这一时期山水题名的数量远远超过了单篇山水游记，《全宋文》中收有南宋中兴时期单篇山水游记50篇左右，山水题名140余篇。曾枣庄在《论〈全宋文〉的文体分类及其编序》一文中解释道："这类题名在金石书和各地方志中保存很多，《全宋文》拟适当收录，但仅记'某某到此一游''某某造像一尊'，没有多大意义者不收。"由此可见，南宋中兴时期的山水题名远不止140余篇，《全宋文》中收入的只是其中较有文学价值的作品。因此本章讨论山水游记，研究对象不仅包括单篇山水游记，也包括了收入别集或《全宋文》中的山水题名。在山水题名与日记体游记发展的同时，单篇山水游记写作也产生了一些的新的变化，体现出一定的时代特征。

第一节 山水题名的扩张

关于题名这一文体，徐师曾《文体明辨序说》云："按题名者，记识登览寻访之岁月与其同游之人也。其叙事欲简而赡，其秉笔欲健而严，独《昌黎集》有之，亦文之一体也。昔人尝集《华岳题名》，自唐开元至后唐清泰，录为十卷，中更二百一年，题名者五百四十二人，可谓富矣。欧阳公《集古录》有此书，而韩愈所题亦在其中，故朱子采之以入其集，而谓

'笔削之严,非公不可',则此文其可易而为之哉?"① 前文在讨论官署题名记时曾指出,官署题名记所题之名向来不被收入文集之中。然而,山水题名以记录游历时间、游历者姓名为主要功能,有些题名加入了个人感想,因此常被作为文学作品来看待。仅唐朝至后唐年间的华岳题名就有十卷之多,可见山水题名写作已经成为当时文人游山玩水过程中一项比较普遍的活动。可惜他们的绝大部分题名都没有收入个人文集之中,徐师曾提到的韩愈《华岳题名》,在韩愈的门人李汉最初编纂《昌黎先生集》时便未被收入,直到南宋中兴时期,因朱熹称赞其为文严谨有法,才得以进入了文集末尾的"遗文"之中②。由此亦可见,中兴文人对山水题名的认识与前人不同,山水题名中的文学价值得到了他们的重视。

一、表情达意功能的强化

宋代是山水题名写作的高峰期,北宋文人中,苏轼最喜欢在山水间留题,可惜元祐党禁期间他留下的字迹大都遭到了破坏。中兴时期,山水题名得到了空前的发展。清人叶昌炽曾云:"南宋光尧后,士大夫渡江而南,临安为六飞所止,江、皖不啻左右辅,即闽、蜀、楚、粤之区,或请祠归隐,或出守左迁,林壑徜徉,自题岁月,其词皆典雅可诵,其书皆飘飘有凌云之气。每一展对,心开目明,如接前贤謦欬。"③ 文章与书法的双重艺术效果,为山水题名吸引了大量文人,随着众人的大量写作,山水题名的内容也在这一时期发生了一些变化。

中兴时期的山水题名中,表达作者个人思想感情的内容得到了进一步发展。多数山水题名篇幅依然短小,但其中却穿插着作者的亲身体验、个

---

① (明)徐师曾著,罗根泽点校:《文体明辨序说》,人民文学出版社,1998年,第146-147页。
② 全文如下:"淮西宣慰处置使门下侍郎平章事裴度、副使刑部侍郎兼御史大夫马总、行军司马太子右庶子兼御史中丞韩愈、判官司勋员外郎兼侍御史李正封、都官员外郎兼御史冯宿、掌书记礼部员外郎兼侍御史李宗闵、都知兵马使左骁卫将军威远军使兼御史大夫李文悦、左厢都押衙兼都虞候左卫将军御史中丞密国公高承简,元和十一年八月,丞相奉诏平淮右,八日,东过华阴,礼于岳庙,总等八人,实备将佐以从。"(唐)韩愈著,马其昶校注,马茂元整理:《韩昌黎文集校注》,上海古籍出版社,2014年,第818页。
③ (清)叶昌炽著,韩锐校注:《语石校注》卷五,今日中国出版社,1995年,第500页。

人情绪、主观感受等,以精练的文字勾勒出了形象化、个体化的游踪。例如:

  濮国黄仲武梁公、寿春明宋子应小艇同来。是日积雨初晴,江天一碧,徘徊终日而归。时绍兴丁丑元宵后五日。(黄仲武《涪州石鱼题名》)①

  淳熙改元,七月既望,陈岩肖子象、陈良祐天与、黄挨子余、赵师龙德言、韩元吉无咎,观稼秋郊,自智者山来谒双龙洞。篝火蒲伏,遍阅乳石之状。寒气袭人,酌酒竹阴。支筇至中洞,饮泉乃归。(韩元吉《金华洞题名》)②

  绍熙甲寅闰十月癸未,朱仲晦父南归,重游郑君次山园亭,周览岩壑之胜,裴回久之,林择之、余方叔、朱耀卿、吴宜之、赵诚父、王伯纪、陈秀彦、李良仲、喻可忠俱来。(朱熹《昱山题名》)③

  第一篇题名中,作者首句记述了同游之人与他们的交通方式,第二句则描绘了当时的天气、景色。第二篇题名则在记述同游之人后详细记载了他们游玩的经过。两篇题名中,"积雨初晴,江天一碧""寒气袭人,酌酒竹阴"等,都无法契合朱熹称赞韩愈《华岳题名》时提出的"笔削之严"。就连朱熹笔下的《昱山题名》中,"周览岩壑之胜,裴回久之"一句,也不是山水题名必须记述的内容。以上有关天气、景色、游玩经过、个人感想等内容,在南宋中兴时期的山水题名中屡见不鲜。作者已经不是单纯地为记述事件而题名,表情达意也是写作题名的重要目的。记事功能的相对弱化与抒情、写景成分的加入,为山水题名增添了鲜明的文学色彩。山水题名中这些带有作者个人情感的内容,往往是作者在游玩过程中感触比较深的,作者以简练的字句记述之,无疑会提升题名的表现力,获得意在言外的效果。正是在这样的情况下,山水题名的文学性大大增强,同时更能

---

  ① 曾枣庄、刘琳主编:《全宋文》卷四七五六,第214册,上海辞书出版社、安徽教育出版社,2006年,第202页。
  ② (宋)韩元吉著:《南涧甲乙稿》卷一六,中华书局,1985年,第316-317页。
  ③ (宋)朱熹著:《朱子遗集》卷五,见朱杰人、严佐之、刘永翔主编《朱子全书》第26册,上海古籍出版社、安徽教育出版社,2002年,第787页。

够体现作者本人的文学功底，作者的写作积极性显著提高，推动了这一文体的发展。

南宋中兴时期还有一些山水题名记，以"题记"或"题名记"命名。与官署题名记中题名与记文分开、收入文集时只存记文不存题名的方式不同，这些山水题名记常常是记文与题名一体的，兼具单篇山水游记的特点。如冯允之《象耳山题名记》：

> 先兄之二三友，挟百倍之气，砥砺于此。是岁石德辅以经学擢甲科，后三年，先兄亦中上第，程廷老、石德远源委日深，当决明年之胜。朋友彫琢，江山助思，信有益哉！不幸先兄释褐未几，赍恨以游九原。重览旧游，泫然流涕，且感世事荣枯，恍然一梦也。乾道丁亥，冯允之题，季弟挺之、文仲应偕来。①

尽管记述的对象是乾道丁亥［乾道三年（1167）］之游，文章却用大部分的篇幅怀念此前一同来此处游玩的兄长，同游之人皆是兄长的故交，追忆旧游，让人分外伤感。心中充满悲伤，触目皆是故人的痕迹，鲜明的今昔对比使作者感叹世事荣枯恍然一梦。文章不记述自己此次游玩的情况，通篇追怀先兄、追忆旧游，亦可见这些感想才是此次象耳山之游对作者最大的触动，其余皆不足道也。"题名记"之"题名"，从内容来说只体现在最后一句对时间和人名的记述中。文章的主要内容是游记，因为作者将其题写在象耳山的石壁之上，才以"题名记"称之。

由于文体功能、呈现方式等原因，山水题名中抒发个人情感的部分往往比较简练，不过从另一方面来看，这些经过浓缩提炼的内容，使山水题名显得典雅精致。中兴时期，有些单篇山水游记也以类似的方式对游玩过程浓缩提炼，用简练的文字传达出了典雅精致的美感。如王十朋《卧龙行记》云：

> 永嘉王龟龄、少城周行可、海陵查元章载酒来游。时冻雨初霁，风日清美，山谷明秀，道旁杂花盛开，篮舆徐行，应接不暇。寺有茶

---

① 曾枣庄、刘琳主编：《全宋文》卷五〇〇三，第225册，上海辞书出版社、安徽教育出版社，2006年，第284页。

藤罗络松,上如积雪。崇兰数百本,秀发岩石间,微风透香,所至芬郁。东荣牡丹大丛雨前已开,道人植盖护持,留以供客。饮罢,纵步泉上,瀹茗赋诗而归。乾道丙戌清明前四日。①

记文从同游之人写起,中间大部分篇幅是在记述繁花盛开的景象,末尾简单交代了行程与时间。作者提到了道旁杂花、荼䕷、崇兰、牡丹,从视觉、嗅觉等不同角度记录自己的感受,又运用比喻的手法,形象地传达了荼䕷的繁盛。作者并未详尽叙述整个游玩过程,而是专门挑选这次游玩过程中自己最赏心悦目的景象加以描写,使这篇行记精致优美,读来有花香拂面之感。范成大的《中秋泛石湖记》,也是一篇短小而有味的美文:

> 淳熙己亥中秋,至先、至能自越来溪下石湖,纵身所如,忘路远近,约略在洞庭、垂虹之间。天容水镜,光烂一色,四维上下,与月无际。风露温美,如春始和,醉梦飘然,不知夜如何其。惟有东方大星,欲度蓬背,自后不复记忆。坐客或有能赋之者。张子震、马伊、郑公玉、章舜元,客也。②

水天一色,画面极其纯净唯美,美景与美酒均让人陶醉。"醉梦飘然"既是作者当时的感受,也是这篇记文着力营造的意境。作者与友人纵舟所如,并不确知身在何处,在酒醒之后写作此文,能够回忆起来的也只是微醺时分一些模糊的印象。作者将这模糊的印象随手加以记录,使其凭借文字而留存,亦可给后世的读者带来美感。这类短小的记游散文以自由灵活的形式记录游玩过程中的见闻、感触,内容精练,文笔优美,感情充沛,具有较强的艺术感染力。

这一时期,还有一些游记作者会仿照山水题名的呈现方式,直接将记文题写在石壁上。如张孝祥《游朝阳岩记》:

> 丙戌上巳,余与张仲钦、朱元顺来游水月洞,仲钦酷爱山水之胜,至晚不能去。僧了元识公意,即其上为亭,面山俯江,据登览之

---

① 曾枣庄、刘琳主编:《全宋文》卷四六三六,第209册,上海辞书出版社、安徽教育出版社,2006年,第140-141页。
② 曾枣庄、刘琳主编:《全宋文》卷四九八四,第224册,上海辞书出版社、安徽教育出版社,2006年,第396-397页。

会。五月晦,余复偕两贤与郭道深来,水潦方涨,朝日在牖,下凌倒景,凉风四集。仲钦忻然,举酒属余曰:"兹亭由我而发,盍以名之?"

余与仲钦顷同官建康,盖尝名其亭曰朝阳,而为之诗,非独以承晨曦之光,惟仲钦之学业足以凤鸣于天朝也。今亭适东乡,敢献亭之名亦以朝阳,而岩曰朝阳之岩,洞曰朝阳之洞。

元顺、道深合辞称善,即书岩石,记其所以。张某记。①

尽管以游记为名,但文章记述游踪的文字很少,大部分篇幅是围绕着朝阳亭的修建与命名来叙述的。因张仲钦酷爱水月洞的风光,僧人了元特地在此建亭,张仲钦欣喜之余,请张孝祥为亭子命名。张孝祥将两人同在建康做官时为张仲钦之亭取的名字用在此处,简单解释了名字的意义,并将岩、洞都命名为"朝阳",在岩石上题写了这篇记文。虽然仅仅是命名,但这样一篇记文题写在石壁上,颇有将此地打上张仲钦个人烙印的意味。篇首对时间和人物的记述,非常符合山水题名的特征。这篇记文糅合了山水题名、单篇山水游记、私人居所记文的不同特质,充分发挥了记体文灵活自由的优势,也体现了中兴时期山水游记在形式与内容方面的发展。

二、"边境"题名中浓缩的故土之思

以记述游玩活动为主题的山水游记,与社会政治相对疏远。南宋中兴时期的山水游记中,直接反映社会现实的内容并不多。不过,因造访"边境"地区而写下的"边境"题名则凝聚着浓厚的故土之思,表达了对偏安形势的深切怅恨。以陆游《浮玉岩题名》为例:

陆务观、何德器、张玉仲、韩无咎,隆兴甲申闰月二十九日,踏雪观《瘗鹤铭》,置酒上方。烽火未息,望风樯战舰在烟霭间,慨然尽醉。薄晚泛舟,自甘露寺以归。②

---

① (宋)张孝祥著,徐鹏点校:《于湖居士文集》卷十四,上海古籍出版社,1980年,第136页。

② (宋)陆游著,马亚中校注:《渭南文集校注》逸著辑存,见钱仲联、马亚中主编《陆游全集校注》第10册,浙江教育出版社,2011年,第512页。

隆兴二年（1164）冬，金人渡过淮河，宋军处于劣势，孝宗被迫议和，北伐以失败告终，这是陆游与友人此次游玩的背景。浮玉岩在今江苏省镇江市，在南宋既是交通要塞，也是军事重镇。陆游当时身为镇江通判，他一向坚定地主张抗战，自然高度关注隆兴北伐的态势。当时虽烽火未熄，但议和已是大势所趋，陆游的"慨然尽醉"中，包含着他对现实深深的失望与无奈。陆游与韩元吉此次共处六十余日，两人唱和之作三十余篇，结为《京口唱和集》，可惜后来失传。韩元吉《南涧甲乙稿》中尚存《隆兴甲申岁闰月游焦山》一诗，其中有"老鹘盘风舞江面，杀气淮南望中见。神龙只合水底眠，为洗乾坤起雷电"①，表达了收复失地、一洗乾坤的强烈愿望。

自绍兴和议起，淮水—大散关一线便成为南宋与金的分界线，此后，隆兴北伐、开禧北伐虽欲打破这一界限，但都以失败告终。淮水—大散关一线，在北宋时处在版图的中部，到南宋却成了不可跨越的"边境"。造访这样的"边境"，无疑会让游人心中感慨万千。这道"边境"线上最著名的景点，当属盱眙第一山。盱眙在今江苏淮安，陆游《盱眙军翠屏堂记》云："国家故都汴时，东出通津门，舟行历宋、亳、宿、泗，两堤列植榆、柳、槐、楸，所在为城邑。行千有一百里，汴流始合淮以入于海。南舟必自盱眙绝淮，乃能入汴；北舟亦自是入楚之洪泽，以达大江，则盱眙实梁、宋、吴、楚之冲，为天下重地，尚矣。粤自高皇帝受命中兴，驻跸临安，岁受朝聘，始诏盱眙进郡，除馆治道，以为迎劳宿饩之地。而王人持尺一牍，怀柔殊邻者，亦皆取道于此。"② 盱眙是汴河与淮河的交界处，北宋时，南方物产大多数由此进入汴京，当地是南北方交通运输的枢纽。南宋年间，昔日的内陆变为"边境"，盱眙成为宋金使者来往的必经之地。周密《齐东野语》亦载："时聘使往来，旁午于道。凡过盱眙，例游第一山，酌玻璃泉，题诗石壁，以记岁月，遂成故事，镌刻题名几满。"③ 盱眙第一山原名南山，北宋末年，米芾经过此地，为其题写"第

---

① （宋）韩元吉著：《南涧甲乙稿》卷二，中华书局，1985年，第36页。
② （宋）陆游著，涂小马校注：《渭南文集校注》卷二十，见钱仲联、马亚中主编《陆游全集校注》第9册，浙江古籍出版社，2011年，第499页。
③ （宋）周密著，张茂鹏点校：《齐东野语》卷十二，中华书局，1983年，第216页。

一山"三个大字,并作《题泗滨南山石壁曰第一山》诗①,"第一山"之名由此得之。此外,苏轼、贺铸等人也曾在此留题。

南宋中兴时期,位于"边境"的盱眙第一山,见证了游人对北方故土深沉而复杂的情感。黄由《盱眙第一山题名》云:"黄由、张宗益以使事同来,凭高远望,为之慨然。绍熙辛亥冬至前一日。"②据《宋会要辑稿》职官五一,绍熙二年(1191)九月,黄由为贺金国正旦国信使,张宗益为其副使。文中记载的日期既为当年冬至前一日,则此次登山无疑是在从南宋前往金国的路途中。黄由与张宗益登上山顶,观南北两地,鲜明的今昔对比定然会使他们心中产生复杂的感受,然而,文中仅以"慨然"二字极为精练地概括当时的心情,并未详细写出当时的感想。与黄由的题名相似,张釜《盱眙县第一山题名》也对此表达得极为简洁:"丹阳张釜、开封耿与义,被命肃客,舣舟淮岸,偶值日和雨霁,乘兴此来,访杏花岩,酌玻璃,并登第一山。吊古感今,三叹而反。庆元丙辰冬季四日。"③肃客,即迎接客人,张釜与耿与义此行的任务当是接待金国使者。题名中只写到两人"吊古感今,三叹而反",至于两人感叹的内容,则无从得知了。

与之相对的是,这一时期有许多优秀的诗作,比较详细地记录了此处游山者的感慨。杨万里《题盱眙军东南第一山》于淳熙十六年(1189)写成,诗云:

> 第一山头第一亭,闻名未到负平生。不因王事略小出,那得高人同此行?万里中原青未了,半篙淮水碧无情。登临不觉风烟暮,肠断渔灯隔岸明。
>
> 建隆家业大于天,庆历春风一万年。廊庙谋谟出童蔡,笑谈京洛博幽燕。白沟旧在鸿沟外,易水今移淮水前。川后年来世情了,一波

---

① (宋)米芾著,黄正雨、王心裁辑校:《米芾集》诗卷一,湖北教育出版社,2002年,第23页。
② 曾枣庄、刘琳主编:《全宋文》卷六四六一,第284册,上海辞书出版社、安徽教育出版社,2006年,第405页。
③ 曾枣庄、刘琳主编:《全宋文》卷六四一〇,第282册,上海辞书出版社、安徽教育出版社,2006年,第387页。

分护两淮船。①

望淮北，念中原，作者对中原故土的思念、对淮河成为宋金分界线的感伤、对庆历时期的追怀、对北宋末年腐朽统治的愤恨、对收复故土的殷切希望等等，都在两首诗中得到了表达。杨万里登上第一山时也十分简洁地写下了题名："庐陵杨万里、建宁黄夷行、京口霍篪淳熙己酉十有二月初二日偕来。"②这篇题名并未被收入杨万里的别集，《全宋文》也没有收录，这大概主要因其内容简省。将题名与诗对照来看，题名完全用来记事，其实可以作为诗序，对诗歌写作的背景加以说明。《齐东野语》中还记载了郑汝谐《题盱眙第一山》诗："忍耻包羞事北庭，奚奴得意管逢迎。燕山有石无人勒，却向都梁记姓名。"③"燕山有石无人勒"的情况的确让人惋惜，不过，从现存的盱眙第一山题名以及杨万里的诗中可以发现，"却向都梁记姓名"并不意味着题名者书写题名的意图是得意地炫耀。题名的简单并不代表游人心中思绪的单纯，"却向都梁记姓名"的现象当与山水题名的体制有很大关系。

中兴时期的单篇山水游记很少涉及"边境"之游，只有个别文人因所到之地地理位置的特殊而在记文中简短地表达黍离之悲，其用语之简洁与山水题名中的做法十分相似。例如吕祖俭《游候涛山记》云："问之习于海道者，云自虎蹲山七里塾至嘉门，抵石弄，涉羊山，绝海螺礁，又东北过黑水，涉黑山，入高丽封域，日本又在高丽之东。二国大舶遇南风则可发，风甚顺，不七八日可至城下互市。其北直趋登、莱、沂、密诸州，想象其处，使人惘然。"④候涛山又称招宝山，在今浙江省宁波市镇海区，紧邻杭州湾。作者登山时向熟悉海上航线的人询问交通情况，不免谈到由

---

① （宋）杨万里著，辛更儒笺校：《杨万里集笺校》卷二七，中华书局，2007年，第1405－1406页。
② 盱眙县文史资料委员会主编：《盱眙文史资料》第12辑《第一山题刻选》，第10页。
③ 《齐东野语》云此诗的写作时间在"绍兴癸丑"，但与郑汝谐生平不符。据《宋史·光宗本纪》，绍熙三年九月戊子，"遣郑汝谐等使金贺正旦"，此诗当作于绍熙癸丑［绍熙四年(1193)］。
④ 曾枣庄、刘琳主编：《全宋文》卷六四○二，第282册，上海辞书出版社、安徽教育出版社，2006年，第249页。

此处北上可至的山东半岛，记文中提到的登州、莱州、沂州、密州均位于山东半岛沿海，中原故地落入金人之手，南宋的文人们只能遥想而不可前去游历，徒增惆怅。即便是高丽、日本等地，也只需几日便可到城下交易商品，登州、莱州与候涛山的距离更近，却是南宋人无法到达的地方。不过，此处仅以"想象其处，使人惘然"记述自己当时的感情波澜，是比较简略的。山水游记中对偏安之恨的简略表达，与记体文主于记事的文体功能不无关系。南宋中兴时期的山水游记普遍以游玩踪迹为叙述线索，在这样的脉络中，抒情、议论的成分自然而然地会受到一定的限制。尽管内敛，文人心中浓浓的爱国之情却由此得到了准确的传达。

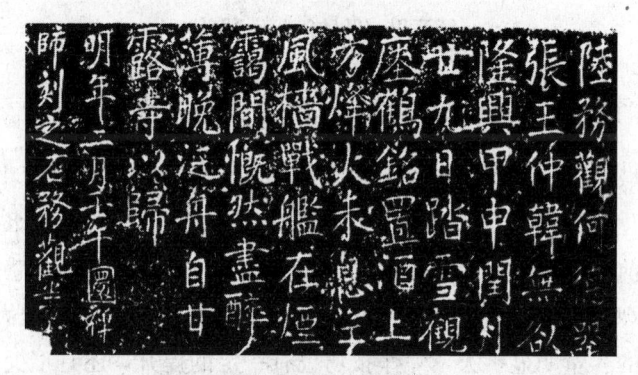

陆游《浮玉岩题名》

张釜《盱眙第一山题名》

杨万里《盱眙第一山题名》

第二节　山水游记：无往不在的山水之乐

受疆域所限，江南山水在南宋中兴时期山水游记中占据了中心位置，受市民文化的发展、经济条件的改善等因素影响，人们游山玩水兴致之高几乎是空前的。这一时期的山水游记以游踪为线索，将见闻与感想交织在一起，出现了许多情景交融的佳作。记录数日行程的长篇游记大量出现，山水游记的容量明显扩大，写作技巧也有一定的提升，还有不少山水游记记载了与游赏有关的地方风俗，从中可见当时丰富多彩的休闲文化。士大夫与民众一同在节日里游山玩水，并在文章中记录官民同乐的景象，是南宋中兴时期山水游记中特殊的风景。

一、"实其事为记"与长篇游记的发展

曾巩《游信州玉山小岩记》在末尾提到，游玩过程中游人们已经在石壁上写下了题名，然而"惧其远而翰墨剥缺也，复使仆实其事为记，以诒永久"①。这里不仅提到了记文的写作缘由，而且提到了这篇记文的写作方法，即"实其事为记"。以游踪为叙事线索记述途中见闻感想，是中兴时期单篇山水游记最常见的写法。以范成大《重九泛石湖记》为例：

---

① 曾枣庄、刘琳主编：《全宋文》卷一二六四，第58册，上海辞书出版社、安徽教育出版社，2006年，第192页。按：此文《曾巩集》失收，《全宋文》编者据陶宗仪《游志续编》录入。

淳熙己亥重九，与客自间门泛舟，径横塘。宿雾一白，垂欲雨。至彩云桥，氛翳豁然。晴日满空，风景闲美，无不与人意。会四郊刈熟，露积如缭垣。田家妇子著新衣，略有节物。挂帆溯越来溪，源收渊澄，如行波璃地上。菱华虽瘦，尚可采。檥櫂石湖，扣紫荆，坐千岩观下。菊之丛中，大金钱一种，已烂熳浓香。正午，薰入酒杯，不待轰饮，已有醉意。其傍丹桂二亩，皆盛开，多栾枝，芳气尤不可耐。携壶度石梁，登姑苏后台，跻攀勇往，谢去巾舆筇杖。石棱草滑，皆若飞步。山顶正平，有拗堂藓石可列坐，相传为吴故宫闲台别馆所在。其前湖光接松陵，独见孤塔之尖，尖少北，点墨一螺为昆山。其后，西山竞秀，萦青丛碧，与洞庭林屋相宾。大约目力踰百里，具登高临远之胜。①

　　文章直接从游玩时间切入游踪的记述，以时间先后为序将途中景色娓娓道来。从间门经横塘、彩云桥、越来溪，至石湖千岩观下饮酒，之后登姑苏后台，虽然作者着意记述见闻，突出美妙的景色及友人的心境，但是游踪的线索始终存在于景物背后，使文章脉络清晰。周必大《资政殿大学士赠银青光禄大夫范公成大神道碑》中称范成大"文章赡丽清逸"②，从这篇游记来看，其"赡丽"主要体现在写景的部分，"清逸"之感则主要归功于游踪脉络的简洁明了。山水游记中的"实其事为记"并不意味着专门叙事，而是指景物描写与游踪叙述紧密结合，记录作者移步换景过程中真切的见闻感受。

　　南宋中兴时期的单篇游记有篇幅长达千余字甚至数千字者，记录连续数日的旅程，文人游山玩水的高昂兴致贯穿其中，作者的思想情怀、见闻感慨随之得到了较为细致的展现。淳熙十年（1183），吕祖俭与友人沈端叔等相约前往候涛山（在今浙江宁波），行程长达四天，归家后写下了将近两千字的《游候涛山记》。文章从自己对山水的眷恋谈起，记述了自己

---

① 曾枣庄、刘琳主编：《全宋文》卷四九八四，第224册，上海辞书出版社、安徽教育出版社，2006年，第397页。
② 曾枣庄、刘琳主编：《全宋文》卷五一七九，第232册，上海辞书出版社、安徽教育出版社，2006年，第340页。

四天的旅程。在开篇部分，他说道：

> 予自十五六时，即欲适四方，观名山大川，以开广其志气。盖尝浮江淮，道闽浙，赤壁之雄胜，小孤之峭奇，庐阜之幽深，闽山之清美，松江太湖之空渺，云门若耶之闲旷，未尝不徘徊瞻顾，以慨想前人之遗风。家于金华山下，双溪依城为带，暇时即与二三友携筇挟册入深山中，遇会心处，或数日忘返。得月则襆被出城，棹小舟，听滩声，荡漾清景，终夕不能寐。①

少年时，他便希望以名山大川开广自己的志气，因此几乎踏遍了东南地区景色优美之处，追寻前人的足迹，体味自然山水中的文化底蕴。在家乡金华，他常常与朋友前往深山之中享受自然美景，为此甚至会通宵不眠，行程常常持续数日。在另一篇长篇游记散文《游赤松山记》中，吕祖俭记载了他在家乡金华游山的情形，其中最后一段说道："是行也，初为一日之留，而山灵不我厌也，晦而雨，雨而晴，极目于丹井，称心于桃源，而于枕流、过清之间，朝暮几与神交，自己未至辛酉，凡三日而后返。"②作者原本为探望朋友而来，因恰好望见近在咫尺的赤松山，当即决定前去游玩。他们的行程非常宽松，"道间有可寓目处则止，一以休足力，一以适吾意"，既能够避免过于疲惫，又不为时间所限，使游玩过程最大限度地顺心、适意。除去自然山水给作者的视觉、听觉等带来的享受，记文还简单叙述了作者"神游"的状态："坐而假寐，神清如游乎钧天而不自知。夜将半，始就寝，梦魂所历，盖亦非人间世也。"置身于秀美的山水中，游人心中毫无挂碍，心境得以澄清，梦境也随之变得缥缈，身心均得到了洗礼。神游的虚幻经历穿插在游山玩水的过程中，亦真亦幻，扩展了游记的表现范围。

---

① 曾枣庄、刘琳主编：《全宋文》卷六四〇二，第282册，上海辞书出版社、安徽教育出版社，2006年，第247页。
② 曾枣庄、刘琳主编：《全宋文》卷五八九一，第261册，上海辞书出版社、安徽教育出版社，2006年，第398页。按：明人王懋德等修《金华府志》，曾将此文收在吕祖谦名下，后世不少选集、论著沿用此说。近年来，已有多位学者指出此文并非吕祖谦所作，如杜海军《〈游赤松记〉的归属》(《文学遗产》2002年第2期)一文经过详细论证，认为此文作者当为吕祖谦的弟弟吕祖俭。《全宋文》将此文归在吕祖谦名下，但在注释中指出，此文似当是吕祖俭所作。

王质《游东林山水记》有条不紊地记述了与友人在东林山游玩两天的行程，出色的谋篇布局使文章和谐统一，充满了诗情画意：

绍兴二十八年八月三日欲夕，步自阛阓中出，并溪南行百步，背溪而西，又百步，复并溪南行。溪上下色皆重碧，幽邃靖深，意若不欲流。溪未穷，得支径，西升上数百尺。既竟其顶，隐而青者，或远在一舍外，锐者如簪，缺者如玦，隆者如髻，圜者如璧。长林远树，出没烟霏，聚者如说，散者如别，整者如戟，乱者如发，于冥濛中以意命之。水数百脉，支离轇轕，经纬参错，迤者为溪，漫者为汇，断者为沼，洇者为坳。洲汀岛屿，向背离合，青树碧蔓，交罗蒙络。小舟叶叶，纵横进退，摘翠者菱，挽红者莲，举白者鱼，或志得意满而归，或夷犹容与，若无所为者。山有浮图宫，长松数十挺，俨立门左右，历历如流水声从空中坠也。既暮不可留，乃并山北下，冈重岭复，乔木苍苍。月一眉，挂修岩巅，迟速若与客俱。尽山足，更换二鼓矣。

翌日，又转北出小桥，并溪东行，又西三四曲折，及姚君贵聪门。俯门而航，自柳竹翳密间，循渠而出。又三四曲折，乃得大溪，一色荷花，风自两岸来，红披绿偃，摇荡葳蕤，香气勃郁，冲怀冒袖，掩苒不脱。小驻古柳根，得酒两罂，菱芡数种。复引舟入荷花中，歌豪笑剧，响震溪谷。风起水面，细生鳞甲，流萤班班，若骇若惊，奄忽去来。夜既深，山益高且近，森森欲下搏人。天无一点云，星斗张明，错落水中，如珠走镜，不可收拾。隶而从者，曰学童，能嘲哳为百鸟音，如行空山深树间，春禽一两声，倐然使人怅而惊也。曰沈庆，能为歌声，回曲宛转，嘹亮激越，风露助之，其声愈清，凄然使人感而悲也。

追游不两朝昏，而东林之胜殆尽。同行姚贵聪、沈虞卿、周辅及余四人。三君虽纨绮世家，皆积岁忧患。余亦羁旅异乡，家在天西南，偶引领长望而不可归，今而遇此，开口一笑，不偶然矣。皆应曰："嘻！子为之记。"①

---

① （宋）王质著：《雪山集》卷六，中华书局，1985年，第53-54页。

前两段记述两天所见之景，第一日登山远眺，第二日乘舟观赏荷花，交通方式、观赏对象均有区别，作者从游玩中得到的意趣也有显著的区别。第一段重点以排比句式描绘了登山所见的山、树、水、舟的不同样貌。同为排比，作者将山形容为"簪、玦、髻、壁"，将树形容为"说、别、戟、发"，是用的比喻、拟人手法；将水划分为溪、汇、沼、坳，将小舟分为摘翠者、挽红者、举白者，这些都是经过仔细观察后的总结。两虚两实，虚实相生，错落有致。作者将浮图宫前的松涛比作流水声从空中坠下，灵巧而生动，松树之高、松涛之起伏，在这一比喻中都得到了贴切的传达。第二段泛舟而行，先描写白天与夜晚的荷塘，视觉、嗅觉、听觉兼而有之，突出白日之绚丽与夜晚之清静。"山益高且近，森森欲下搏人"一句，从苏轼《石钟山记》"大石侧立千仞，如猛兽奇鬼，森然欲搏人"[①]化用而来，与前后文配合默契。这一段中描写的景物多以动态的方式呈现，如荷花摇荡、流萤去来、星斗错落水中如珠走镜等等，与前一段中"不欲流"的溪水、"隐而青"的山峰、长林远树等静态景物相互映衬，体现了作者巧妙的构思。之后又记述两位侍从的声音，空山、风露为百鸟音、歌声的传播提供了有利条件，游人之心也因此受到了触动。前文记述的均是景色之秀丽，至此突然因侍从的声音而感到惆怅、悲凉，为篇末转而叙述"积岁忧患""羁旅异乡"做了铺垫。生活在失意的时代，自然山水给人的慰藉是暂时的。文章末尾看似轻松，却透出了深深的忧郁之感。

在篇幅较长的游记中描绘一地景色，难免会有相似的描写对象出现，《游东林山水记》中数次写到水，却能够写出其不同的状态。文章开头，写"溪上下色皆重碧，幽邃靖深，意若不欲流"，"不欲流"为溪水赋予了主观情志，恰切地写出了溪水如潭水一般平静幽深的状态；第一段中间，登高后，望见"水数百脉，支离轇轕，经纬参错，迤者为溪，漫者为汇，断者为沼，涸者为坳"，总写山下溪水的面貌；第二段中的"风起水面，细生鳞甲"则是舟行水中时，作者与水面一同感受微风的吹拂，观察也更

[①] （宋）苏轼著，（明）茅维编，孔凡礼点校：《苏轼文集》卷十一，中华书局，1986年，第371页。

加细致。对同一类事物的不同描绘,是长篇山水游记写作的难点,文中三处写水,样貌各不相同,每一处都能够写得妥帖到位,令人称赏。《游东林山水记》能成为南宋中兴时期山水游记的代表作之一,当与王质刻画景物时的精当运笔有很大的关系。

王质于绍兴五年(1135)出生,绍兴三十年(1160)中进士,游东林山在绍兴二十八年(1158),当时作者刚刚23岁,尚未及第。《宋史》本传借其友人王阮之口称赞:"听景文论古,如读郦道元《水经》,名川支川,贯穿周匝,无有间断,咳唾皆成珠玑。"① 令人无缘聆听王质如何论古,但是,他的山水游记恰恰体现了"名川支川,贯穿周匝,无有间断,咳唾皆成珠玑"的特点,脉络清晰,层次分明,文笔流畅,语言精美。

在谋篇布局、叙述事件、描绘景色、营造意境、提炼语言等方面,长篇山水游记比短小的散文往往难度更高,也更能够体现出作者的文学素养。南宋中兴时期长篇山水游记的发展,既细致地描绘了江南山水,又是这一时期记体文写作得到发展的重要标志。

二、市民之游与文人之乐

山水游记虽为士大夫所写,但游山玩水却并不是士大夫的专利,《诗经·郑风·溱洧》中就已经记载了上巳节的游赏活动,此后,诗词中常常会写到百姓在节日里倾城而出、游山玩水的景象,例如崔颢《上巳》诗云:"巳日帝城春,倾都祓禊晨。停车须傍水,奏乐要惊尘。弱柳障行骑,浮桥拥看人。犹言日尚早,更向九龙津。"② 欧阳修《采桑子》词云:"清明上巳西湖好,满目繁华。争道谁家,绿柳朱轮走钿车。游人日暮相将去,醒醉喧哗。路转堤斜,直到城头总是花。"③ 全城出游的景象使士人为之振奋,显然,他们也参与到了节日的欢庆之中,与众人一同体验着游玩的乐趣。地方志与笔记中常常可以见到类似的记述,然而,中唐至北

---

① (元)脱脱等著:《宋史》卷三九五,中华书局,1977年,第12055页。
② (唐)崔颢著,万竞军注:《崔国辅诗注》,上海古籍出版社,1982年,第35页。
③ (宋)欧阳修著,李逸安点校:《欧阳修全集》卷一三一,中华书局,2001年,第1992页。

宋的古文却很少涉及这一题材，即便偶尔提起，也常常一笔带过，例如欧阳修《真州东园记》通过许元之口说道："嘉时令节，州人士女啸歌而管弦。"①他仅仅将这一点与园中的佳木、清风等并列，并未介绍到底是什么人在哪个季节中的哪个节日来到园中开展怎样的活动。又如《洛阳名园记》中记载"天王院花园子""至花时，张幙幄、列市肆管弦其中，城中士女绝烟火游之"②，也是仅仅交代其事。以庆历士大夫为首的北宋文人已经开始在记体文中标榜地方官与民同乐的思想，但这些文章中主要记述的对象仍是文人之乐，直到南宋，这种情况才发生了本质的改变。

南宋中兴时期专门记载节日游玩的记文，以任正一《游浣花记》、吴儆《观潮记》为代表，文中分别记载当地出游的景象如下：

> 成都之俗以游乐相尚，而浣花为特甚。每岁孟夏十有九日，都人士女，丽服靓妆，南出锦官门，稍折而东，行十里，入梵安寺，罗拜冀国夫人祠下，退游杜子美故宅，遂泛舟浣花溪之百花潭，因以名其游与！其日凡为是游者，架舟如屋，饰以缯綵，连樯衔尾，荡漾波间。箫鼓弦歌之声，喧阗而作。其不能具舟者，依岸结棚，上下数里，以阅舟之往来。成都之人于他游观或不能皆出，至浣花，则倾城而往，里巷阒然，自旁郡观者，虽负贩蒭荛之人，至相与称贷易资，为一饱之具，以从事穷日之游。府尹亦为之至潭上，置酒高会，设水戏竞渡，尽众人之乐而后返。（任正一《游浣花记》）③

> 钱塘江潮视天下为独大，然至八月既望，观者特盛。弄潮之人，率常先一月立帜通衢，书其名氏以自表。市井之人，相与裹金帛，张饮具，至观潮日会江上，视登潮之高下者次第给与之。潮至海门，与山争势，其声震地。弄潮之人，解衣露体，各执其物，搴旗张盖，吹笛鸣钲。若无所挟持，徒手而群附者，以次成列。潮益近，声益震，

---

① （宋）欧阳修著：《居士集》卷四十，见洪本健校笺《欧阳修诗文集校笺》，上海古籍出版社，2009年，第1029页。

② （宋）李格非著：《洛阳名园记》，《丛书集成初编》本。

③ 曾枣庄、刘琳主编：《全宋文》卷四八六五，第219册，上海辞书出版社、安徽教育出版社，2006年，第250页。

前驱如山，绝江而上，观者震掉不自禁。弄潮之人方且贾勇争进，有一跃而登，出乎众人之上者；有随波逐流，与之上下者。潮退策勋，一跃而登出乎众人之上者，率常醉饱自得，且厚持金帛以归，志气扬扬，市井之人甚宠美之。其随波上下者，亦以次受金帛饮食之赏。有士人者，雅善士也，一旦移于习俗之所宠，心顾乐之。然畏其徒议己，且一跃而上与随波上下者有时而沉溺也。隐其身于众人之后，一能出其首于平波之间，则急引而退，亦预金帛饮食之赏而终无溺沉不测之患，其乡人号为最善弄潮者。久之，海神若怒曰："钱塘之潮，天下之至大而不可犯者，顾今嗜利之徒娱弄以徼利，独不污我潮乎？"乃下令水府惩治禁绝之。前以弄潮致厚利者颇溺死，自是始无敢有弄潮者。（吴儆《观潮记》）①

两篇记文均以游玩活动为题，但作者叙述的重点并不在于自己的游玩经过，而是落在了市民身上。两篇记文记述的内容大致有出游时间、人们的装束、游玩地点、交通工具、娱乐项目等。相对来说，游浣花与观钱塘江潮，前者为移步换景的动态之"游"，后者为静态之"观"，不过，钱塘江潮与弄潮儿都是变动的，因此能够吸引全城的百姓前去观赏。不论是富裕的都人士女还是贫穷的贩夫走卒，都主动参与到了节日的狂欢中。

《游浣花记》特意写到，在这一天，成都府尹也会在浣花溪的百花潭设宴招待友人，并组织水戏与竞渡，为市民的游玩创造更多的乐趣。《观潮记》则记载了一位"雅善士"的举动：有一天，他突然对弄潮产生了强烈的兴趣，但他担心自己加入弄潮儿的队伍中会招致友人的非议，于是弄潮时只躲在其他弄潮儿的身后，一旦露面马上退回去。吴自牧在《梦粱录》中记载弄潮儿的情况说："杭人有一等无赖、不惜性命之徒，以大彩旗或小清凉伞、红绿小伞儿，各系绣色缎子满竿，伺潮出海门，百十为群，执旗泅水上，以迓子胥弄潮之戏。"② 吴儆笔下的这位"雅善士"，与

---

① 曾枣庄、刘琳主编：《全宋文》卷四九六九，第 224 册，上海辞书出版社、安徽教育出版社，2006 年，第 133 页。
② （宋）吴自牧著：《梦粱录》卷四，浙江人民出版社，1984 年，第 28 页。

"无赖、不惜性命之徒"原本有着天壤之别,但是他无可救药地被潮水吸引了。这一冒险的举动显然是不合儒家礼法的,《梦粱录》记载治平年间郡守蔡端明的《戒约弄潮文》云:"以父母所生之遗体,投鱼龙不测之深渊,自谓矜夸,时或沉溺,精魄永沦于泉下,妻孥望哭于水滨。生也有涯,何终于天命?死而不吊,重弃于人伦。"此处对弄潮行为的批判,基本可以代表雅善士之徒,即士人群体的看法。从这里来看,身为士人,想要参加弄潮活动,的确会面对很大的压力。弄潮儿中,技艺出乎众人之上者可以得到更丰厚的奖赏,这位雅善士显然并非为奖赏而来,弄潮时不愿露面则意味着他根本不想通过这一活动出名。在这样的情况下还坚持参与到危险的弄潮活动中,只有兴趣、冒险心理与自我满足感可以解释他的行为。意料之外、情理之中的,还有乡人的评价,他们并没有因为士人参与弄潮而讥讽他,也没有因为他在弄潮儿的队伍中不能崭露头角而轻视他,相反,乡人们认为他既体验到了弄潮的乐趣,又能够明哲保身,正是最善于弄潮的人。实际上,不仅是乡人,作者吴儆在记文中记述这位雅善士的活动以及乡人的评价,也可以看出他对此事的认同。不过,在文章的末尾,他又写到海神对弄潮儿的惩罚,并不符合记体文对真实性的追求,这很可能是当时民间传说中对弄潮儿之死的解释。受到"海神"惩罚的,是从弄潮中获得丰厚利益的人,也就是"一跃而登出乎众人之上者",然而,当这些人死去之后,再也没有人敢于弄潮,即便那些相对谨慎的"随波上下者",也从此不再弄潮,这无疑令作者遗憾。

南宋中兴时期游山玩水风气最盛者当属都城临安,陈造《游山后记》云:

> 杭人喜遨,盖自《缓缓归曲》始盛,而极于今。今为帝都,则其益务侈靡相夸,佚乐自肆也宜。然湖山之盛,近在城外,城中冯高,约略在目;一举足,则向得之约略者,皆身履之。俗之喜遨,亦其孰然。山以湖故,以南北名,而北山尤便且易至……既归,日甫衔城,冯栏回首,则适之所历,指以语人无遗者,意喜遨者不必杭人也。凡羁人侠客与夫遗埃壒、工赋咏者,尤不能忘情于此……予尚留计时泛湖波,且涉其濒以细访,缓阅其烟水岚霏清丽胜绝之趣,以满酬凤

素。以予揆之，则杭人之俗未易可议。①

　　作者将杭人游玩的风气上溯至五代时期的《缓缓归曲》②，在陈造看来，升格为都城，助长了杭州游山玩水、铺张奢侈的风气，但更重要的是，杭州的美景本身便对人有着巨大的吸引力。政治、经济、文化中心的位置使它吸引了大量人口，经过实地游览后，陈造实实在在地体验到了杭州山水之美，对此流连忘返，因此也对杭人喜欢遨游的风俗产生了深深的认同。叶适在《醉乐亭记》中记载了永嘉地方官对百姓清明游山给予大力支持的故事。在叶适看来，西山之游对百姓而言乃是"求一日之乐而诒终年之忧"③。他深知百姓生活的艰难，在一日之乐后还有终年之忧等待着他们，因此能够以悲悯之心看待百姓的游玩，十分乐于见到他们获得放松游乐的机会。

　　从记文内容来看，《游浣花记》《观潮记》《游山后记》的作者任正一、吴儆、陈造都曾亲身参与到百姓的游玩中，但是这些记文却以记录百姓的游玩之乐为中心，较少涉及自己的游玩活动。作者站在士大夫的角度观察并记录百姓之游，其审美对象由山水景物变成了百姓的游玩活动，可见百姓的游玩活动成功吸引了士大夫的视线。欧阳修在《醉翁亭记》中谈到的"太守之乐其乐"，在南宋中兴时期的山水游记中得到了充分的体现。在倾城出动的游玩队伍中，百姓因自然山水而乐，士大夫则在山水之外还因百姓之乐而乐，尽管他们在记文中没有强调与民同乐的思想，但文中所描绘的却正是与民同乐的和谐景象。这一时期，南宋朝廷在政治、军事等方面都不容乐观，百姓的生活也有许多艰辛之处，但是，在日常生活中创造快乐，无论何时都是重要的、值得欢欣鼓舞的事情。宏观的历史背景与王朝的政治压力固然是要背负的，但这并不代表每个人都要时时刻刻处在紧

---

①（宋）陈造著：《江湖长翁集》卷二二，据明万历刻本影印，见四川大学古籍整理研究所编《宋集珍本丛刊》第60册，线装书局，2004年，第575页。

②苏轼《陌上花三首》诗序云："游九仙山，闻里中儿歌《陌上花》。父老云：吴越王妃，每岁春必归临安。王以书遗妃曰：'陌上花开，可缓缓归矣。'吴人用其语为歌，含思宛转，听之凄然，而其词鄙野，为易之云。"（宋）苏轼著，（清）王文诰辑注，孔凡礼点校：《苏轼诗集》卷十，中华书局，1982年，第493页。

③（宋）叶适著：《水心文集》卷九，见刘公纯、王孝鱼、李哲夫点校《叶适集》，中华书局，2010年，第151页。

张、压抑的状态中,从这个角度来看,百姓的山水之乐,恰恰是宋金和议带来的丰厚福利。

第三节 山水游记与山水诗的互补:以南岳唱酬为中心

南宋中兴时期的许多山水游记提到文人游玩过程中或游玩之后写作了相应的诗歌,诗歌与记文是他们记述游玩经过、表达个人感想的重要途径。山水游记与山水诗同以自然景物为描写对象,它们之间既有差异,又能够互补,可以使游玩的经过得到全面而细致的展现。宋孝宗乾道三年(1167),朱熹、张栻、林用中三人围绕着南岳之游写下的一系列作品,不仅记录了南岳衡山优美的自然景观,而且叙述了游玩过程中各自的心态,为观察山水诗与山水游记在叙述同一游玩活动时的不同特点提供了典型的例证。神奇的大自然在文人眼中如诗如画,理学家的理性却不时凸显出来,提醒着他们切勿玩物丧志。

一、南岳唱酬中的破体为文

乾道三年(1167)秋,应张栻的邀请,朱熹从福建崇安前往湖南长沙,就两人共同关心的学术问题等展开了长达两个月的交流。十一月十日至十六日,朱熹、张栻、林用中三人同游南岳衡山,历时七日,经行数百里,游玩过程中三人互相唱酬之诗多达149首,这些诗作被他们编为《南岳唱酬集》。《南岳唱酬集》不见宋人著录,很可能当时并未付梓,现存版本有明弘治刻本、清抄本,均系后人从张栻、朱熹、林用中的文集中重新辑录而成①。束景南《朱熹南岳唱酬诗考》一文曾对三人唱酬之诗做过详细的考证,指出朱熹、张栻、林用中三人分别作诗53、50、46首,合149首,并以表格的形式分别列出了唱酬诗的题目②。以束景南的表格为目录,阅读朱熹、张栻、林用中的相关诗作,可以大致看出《南岳唱酬集》的原貌。

三人将诗作结为《南岳唱酬集》后,张栻写作了诗集序——《南岳唱

---

① 详见祝尚书《〈南岳唱酬集〉"天顺本"质疑》,《中国典籍与文化》2005年第2期。
② 参见束景南《朱熹佚文辑考》,江苏古籍出版社,1991年,第703-719页。

酬序》，全文如下：

　　某来往湖湘逾二纪，梦寐衡岳之胜，亦尝寄迹其间，独未得登绝顶为快也。乾道丁亥秋，新安朱熹元晦来询予湘水之上，留再阅月，将道南山以归，乃始偕为此游，而三山林用中择之亦与焉。

　　粤十有一月庚午，自潭城渡湘水。甲戌，过石滩，始望岳顶。忽云气四合，大雪纷集，须臾深尺许。予三人者饭道旁草舍，人酌一巨杯，上马行三十余里，投宿草衣岩。一时山川林壑之观，已觉胜绝。乙亥抵岳后。丙子小憩，甚雨，暮未已，从者皆有倦色。湘潭彪居正德美来会，亦意予之不能登也。予独与元晦决策，明当冒风雪亟登。而夜半雨止，起视，明星烂然。比晓，日升旸谷矣。德美以怯寒辞归。予三人联骑渡兴乐江，宿雾尽卷，诸峰玉立，心目顿快。遂饭黄精，易竹舆，由马迹桥登山。

　　始皆荒岭弥望，已乃入大林壑，崖边时有积雪，甚快。溪流触石，曲折有声琅琅。日暮抵方广，气象深窈，八峰环立，所谓莲花峰也。登阁四望，霜月皎皎。寺皆版屋，问老宿，云用瓦辄为冰雪冻裂，自此如高台、上封皆然也。戊寅明发，穿小径，入高台寺。门外万竹森然，间为风雪所折，特清爽可爱。住山了信有书声，云良夜月明，窗牖间有猿啸清甚。出寺，即行古木寒藤中，阴崖积雪，厚几数尺。望石凛如素锦屏，日影下照，林间冰堕，铿然有声。云阴骤起，飞霰交集，顷之乃止。出西岭，过天柱，下福岩，望南台，历马祖庵，由寺背以登。路亦不至甚狭，遇险辄有石磴可步陟。逾二十余里，过大明寺，有飞雪数点自东岭来。望见上封寺，犹萦迂数里许乃至。山高，草木坚瘦，门外寒松皆拳曲拥肿，樛枝下垂，冰雪凝缀，如苍龙白凤然。寺宇悉以版障蔽，否则云气嘘吸其间，时不辨人物。有穷林阁，侍郎胡公题榜，盖取韩子"云壁潭潭，穷林攸擢"之语。

　　予与二友始息肩，望祝融绝顶，褰裳径往。顶上有石，可坐数十人。时烟霭未尽澄彻，群峰峭立，远近异态，然其外四望渺然，不知所极，如大瀛海环之，真奇观也。湘水环带山下，五折乃北去。寺僧指苍莽中云，洞庭在焉。晚归阁上，观晴霞，横带千里。夜宿方丈，月照雪屋，寒光射人，泉声隔窗，泠然通夕，恍不知此身踞千峰之上也。己卯，武夷胡实广仲、范念德伯崇来会，同游仙人桥。路并石，侧足以入。前崖挺出，下临万仞之壑，凛凛不敢久驻。再上绝顶，风劲甚，望见远岫次第呈露，比昨观殊快。寒威薄人，呼酒，举数酌，犹不胜，拥毡坐乃可支。须臾云气出岩腹，腾涌如馈馏，过南岭，为风所飘，空蒙杳霭，顷刻不复见。是夜风大作。庚辰未晓，雪击窗有声，惊觉。将下山，寺僧亦谓石磴冰结，即不可步，遂亟由前岭以下。路已滑甚，有跌者。下视白云瀚浡弥漫，吞吐林谷，真有荡胸之势。欲访李邺侯书堂，则林深路绝，不可往矣。行三十里许，抵岳市，宿胜业寺劲节堂。

盖自甲戌至庚辰凡七日，经行上下数百里，景物之美不可殚叙。间亦发于吟咏，更迭唱酬，倒囊得百四十有九篇。虽一时之作不能尽工，然亦可以见耳目所历与夫兴寄所托，异日或有考焉，乃褒而录之。方己卯之夕，中夜凛然，拨残火相对，念吾三人是数日间，亦荒于诗矣。大抵事无大小美恶，流而不返，皆足以丧志。于是始定要束，翼日当止。盖是后事虽有可歌者，亦不复见于诗矣。嗟乎，览是编者，其亦以吾三人者自儆乎哉！作《南岳唱酬序》，广汉郡张某敬夫云。①

这篇以"序"为名的文章，虽然是《南岳唱酬集》的诗集序，在写法上却与单篇山水游记高度一致，除了最后一段说明了唱酬诗写作、编辑的缘由，其他均是记述游山的文字。以序为记的做法前人早已有之，王羲之《兰亭集序》便是典型的例子，姚鼐《古文辞类纂》指出："柳子厚记事小文或谓之序，然实记之类。"② 这篇文章很早就被视作记游之文，南宋末年，陈仁玉辑《游志前编》，就特别提到了朱熹与张栻的南岳唱酬，并将张栻《南岳唱酬序》收入这部游记选之中③。今人编选古代游记选本，如

---

① （宋）张栻著：《南轩先生文集》卷十五，见邓洪波点校《张栻集》，岳麓书社，2010年，第 623－625 页。
② （清）姚鼐选纂，宋晶如、章荣注释：《古文辞类纂》，中国书店，1986 年，第 19 页。
③ 陈仁玉所辑《游志前编》已失传，陶宗仪所辑《游志续编》录有其目。

倪其心等选注《中国古代游记选》(中国旅游出版社，2000年)、张志江编著《中国古代游记名篇选读》(中国社会出版社，2008年)，也都将这篇序文作为山水游记的名篇收录在内。

《南岳唱酬序》完成后，朱熹与张栻等人从衡山向东北行至株洲，张栻从株洲向西回到长沙，朱熹则与范念德、林用中从株洲向东返回福建。分别之际，四人互相赠诗告别，朱熹在《南岳游山后记》一文中记述了当时的想法①。在时间上，朱熹《南岳游山后记》紧紧接续张栻《南岳唱酬序》而来，记述了下山之后游人的活动。将两篇文章结合起来，南岳之行的时间线索可以得到清楚的呈现：

乾道三年十一月六日（庚午）至十日（甲戌），自潭城到达衡山。

十一日（乙亥）至十六日（庚辰），登衡山，南岳唱酬止于庚辰日。

十七日（辛巳）、十八日（壬午）前后，整理、抄录唱酬诗，《南岳唱酬集》成书，张栻《南岳唱酬序》写成。

十九日（癸未）至二十二日（丙戌），自岳宫到达槠州，丙戌日傍晚，互相赠诗作别。

二十三日（丁亥），朱熹《南岳游山后记》写成。

后人编《南岳唱酬集》时常常将《南岳游山后记》也收录在内，实际上，朱熹这篇《南岳游山后记》并不是游玩之后写的游记，而是附于众人的赠别诗之后、记录告别之事并表达对诗歌写作的看法的一篇文章。文章在第一段中记述了自岳宫至槠州（今湖南株洲）的行程，叙述的侧重点在于人事往来。第二段则主要借临别赠诗一事叙述了自己对作诗的看法，规劝友人和自己时刻持有"戒惧警省之意"，防止独处时玩物丧志。虽然记文题目中有"游""记"二字，但是，这篇记文的写作方法与普通记游文章有很大的不同之处。作者叙述的重心并不是游山玩水时眼前所见的山川景物，而是游玩过程中自己的感触与思考。观览与感思，原本都是游玩过

---

① （宋）朱熹著：《晦庵先生朱文公文集》卷七七，见朱杰人、严佐之、刘永翔主编《朱子全书》第24册，上海古籍出版社、安徽教育出版社，2002年，第3704—3705页。

程中的行为,也都是游人从游玩活动中得到的收获,因此,二者同时在山水游记中得到呈现是自然而然的。北宋著名的山水游记如苏轼《石钟山记》、王安石《游褒禅山记》等,都是借记游来发表议论的名篇。不过,《南岳游山后记》记述途中景色,仅用"其间山川林野,风烟景物,视向来所见,无非诗者"一句话笼统概括,自然山水的内容在这篇游记中是微不足道的。第二段中的议论,也并不是单纯地发表议论,而是借事而发,作者是在文章中复述前一天傍晚与张栻等人的对话,议论穿插在作诗的活动之中,赠别诗的写作与朱熹之议论联系紧密。议论与叙事的结合,使议论本身成为游玩行程中的一个事件,第二段实则记述了朱熹"发表议论"这一事件。

朱熹在告别时发表议论的目的,是对众人加以规劝。规劝在与建筑相关的记文中比较常见,例如,私人居所记文、学记、书院记等等,但在山水游记中却是少见的。朱熹的议论主要表达对众人的规劝,这既是《南岳游山后记》对记体文劝诫功能的有效运用,也是突破游记的常规写法的表现。这篇记文与张栻《南岳唱酬序》均是由诗歌写作引起的,朱熹与张栻选择了不同的体裁来介绍作诗的原委,在写作方法上分别有不同程度的"破体"。这或许是朱熹有意突破张栻序文中思想内容的结果,却让他们此次南岳之行得到了多方位、多角度的表现。

二、南岳游山诗作与序文的对比

《南岳唱酬序》写作的具体日期作者并未交代,不过,朱熹《南岳游山后记》中提道:"南岳唱酬讫于庚辰。敬夫既序其所以然者而藏之矣。癸未,发胜业。"可见序文的写作时间当在乾道三年(1167)游山之后的十一月庚辰(十六日)或辛巳(十七日)。诗歌写作在前而序文写作在后,因此,序文写作中有多处文字表达是从诗歌转化而来的。如第二段中"宿雾尽卷,诸峰玉立,心目顿快"一句,分别有以下诗句与之对应:

晓雾层层敛,奇峰面面开。(张栻《用元晦定王台韵》)[①]

---

① (宋)张栻著:《南轩先生文集》卷七,见邓洪波点校《张栻集》,岳麓书社,2010年,第536-537页。

> 七十二峰俱玉立，巍然更觉祝融尊。(张栻《马上口占》)①
> 日上宁容晓雾遮，须臾碧玉贯明霞。(张栻《渡兴乐江望祝融》)②
> 遥望群峰真可夸。(林用中《渡兴乐江望祝融》)③
> 迎人况有南山色，胜处何妨倒一尊。(朱熹《马上口占次敬夫韵》)④

同是形容山中雾气消散，"晓雾层层敛，奇峰面面开"一句，诗人似乎将晓雾视为山峰的面纱，大自然之手一层层揭去面纱，使山峰的面目逐渐显露出来。"日上宁容晓雾遮"一句则道出了晓雾散去的原因——太阳的照射。序文中，张栻以"宿雾尽卷"形容之，用简练的四个字记录了雾气由弥漫到消散的过程，虽无点缀修饰，却严谨妥帖，描绘出了雾气散去的动态。张栻《马上口占》诗中"七十二峰俱玉立"之"玉立"二字，则是"诸峰玉立"中"玉立"二字的来源。从诗作来看，他们在此处看到了衡山的绝顶——祝融峰，然而序文中却以"诸峰"概括，或许作者有意概述衡山全貌，才并未突出祝融峰之巍然。序文第二段第二句记述"甲戌，过石滩，始望岳顶"，此处不再提到祝融峰，也很可能是作者为了避免重复叙述。

望见衡山全景带给游人的振奋，诗中分别以"奇峰面面开""遥望群峰真可夸""胜处何妨倒一尊"形容之，而序文中则记述游人"心目顿快"。"顿快"二字，除了表现山峰林立给人带来的眼前一亮的感觉，还记录了游人此处心境的变化。这一变化在诗歌中留下了明显的痕迹。渡兴乐江之前的诗作中，诗人们多处写到"愁"思，如：林用中《马上举韩退之话口占》云"天寒愁思正茫茫"⑤；朱熹《七日发岳麓道中寻梅不获至十

---

① (宋)张栻著：《南轩先生文集》卷七，见邓洪波点校《张栻集》，岳麓书社，2010年，第537页。
② (宋)张栻著：《南轩先生文集》卷五，见邓洪波点校《张栻集》，岳麓书社，2010年，第507页。
③ 北京大学古文献研究所编：《全宋诗》卷二五五一，北京大学出版社，1998年，第29575页。
④ (宋)朱熹著：《晦庵先生朱文公文集》卷五，见朱杰人、严佐之、刘永翔主编《朱子全书》第20册，上海古籍出版社、安徽教育出版社，2002年，第377页。
⑤ 北京大学古文献研究所编：《全宋诗》卷二五五一，北京大学出版社，1998年，第29571页。

日遇雪作此》云"三日山行风绕林，天寒岁暮客愁深。心期已误梅花笑，急雪无端更满襟"①，《大雪马上次敬夫韵》云"吾衰怯雄观，未敢探此奇"②；张栻《游岳寻梅不获，和元晦韵》云"应有梅花连夜发，却烦诗句写愁襟"③。可见三人在游山之初各自心怀愁绪，兴致并不高。"寻梅不获"之事只见于诗，《南岳唱酬序》中不曾提及。"心目顿快"四个字，初读不太引人注目，联系唱酬诗则可以看出，渡过兴乐江、望见山峰全景，是三人情绪的转折点，他们游山的兴趣直到此处才被美景激发。

南岳唱酬诗数量繁多，内容丰富，表现范围很广，是记游之文难以企及的。以序文第三段为例，这段仅三百余字，相应的行程中所作的唱酬诗却大约有20组之多。诗歌题目与文章内容的对应情况如下表所示④：

《南岳唱酬序》第三段与南岳唱酬诗对照表

《南岳唱酬序》	朱熹	张栻	林用中
始皆荒岭弥望，已乃入大林壑，崖边时有积雪，甚快。溪流触石，曲折有声琅琅。	雪消溪涨见山色可喜口占	雪消溪涨见山色可喜口占次元晦韵	雪消溪涨见山色可喜口占次元晦韵
	方广道中半岭小憩次敬夫韵	方广道中半岭小憩	方广道中半岭小憩次敬夫韵
日暮抵方广，气象深窈，八峰环立，所谓莲花峰也。	莲花峰次敬夫韵	赋莲花峰	莲花峰次敬夫韵

---

① （宋）朱熹著：《晦庵先生朱文公文集》卷五，见朱杰人、严佐之、刘永翔主编《朱子全书》，第20册，上海古籍出版社、安徽教育出版社，2002年，第375页。
② （宋）朱熹著：《晦庵先生朱文公文集》卷五，见朱杰人、严佐之、刘永翔主编《朱子全书》第20册，上海古籍出版社、安徽教育出版社，2002年，第376页。
③ （宋）张栻著：《南轩先生文集》卷七，见邓洪波点校《张栻集》，岳麓书社，2010年，第536页。
④ 除表格中提到的诗歌之外，《崖边积雪取食清甚》一组，单凭诗歌内容无法确定是从何处取食积雪，但从《南岳唱酬序》的全文来看，应当也是在本段涉及的行程中完成的。表格中唱酬诗的诗题及其对应情况以束景南《朱熹南岳唱酬诗考》一文为依据。

续前表

《南岳唱酬序》	朱熹	张栻	林用中
寺皆版屋，问老宿，云用瓦辄为冰雪冻裂，自此如高台、上封，皆然也。	方广版屋	和元晦方广版屋	和元晦方广版屋
	方广圣灯次敬夫韵	方广圣灯	方广圣灯次敬夫韵
	方广奉怀定叟	和元晦怀定叟戏作	和元晦怀定叟
	夜宿方广闻长老荣化去敬夫感而赋诗因次其韵	闻方广长老化去有作	闻方广长老化去次敬夫韵
	方广寺睡觉次敬夫韵	方广睡觉	方广睡觉次敬夫韵
戊寅明发，穿小径，入高台寺。	自方广过高台次敬夫韵	自方广过高台	自方广过高台次敬夫韵
门外万竹森然，间为风雪所折，特清爽可爱。	后洞雪压竹枝横道	后洞雪压竹枝横道次元晦韵	后洞雪压竹枝横道次元晦韵
住山了信有书声，云良夜月明，窗牖间有猿啸清甚。	过高台获信老诗集夜读上封方丈次敬夫韵	过高台获信老诗集夜读上封方丈	过高台获信老诗集夜读上封方丈次敬夫韵
出寺，即行古木寒藤中，阴崖积雪，厚几数尺。	后洞山口晚赋	后洞山口晚赋次元晦韵	后洞山口晚赋次元晦韵
望石廪如素锦屏……	石廪峰次敬夫韵	赋石廪峰	石廪峰次敬夫韵
林间冰堕，铿然有声。	林间残雪时落铿然有声	和元晦林间残雪之韵	林间残雪时落铿然有声赋此
出西岭，过天柱，下福岩……	福岩寺回望岳市次择之韵	福岩寺回望岳市次择之韵	福岩寺回望岳市
	福岩读张南湖旧诗	福岩读张南湖旧诗	福岩读张南湖旧诗

续前表

《南岳唱酬序》	朱熹	张栻	林用中
望南台，历马祖庵，由寺背以登。路亦不至甚狭，遇险辄有石磴可步陟。	题南台次敬夫韵	题南台	题南台次敬夫韵
逾二十余里，过大明寺，有飞雪数点自东岭来。望见上封寺，犹萦迂数里许乃至。	至上封用林择之韵	至上封用林择之韵	至上封
有穷林阁，侍郎胡公题榜，盖取韩子"云壁潭潭，穷林攸擢"之语。	穹林阁读张南湖七月十五夜诗咏叹久之因次其韵		

　　从表中的内容来看，记游之文中绝大多数内容有相应的诗歌可以对读，但不少唱酬诗的内容却没有进入记游之文。以方广寺一段为例，相关的唱酬诗分别以方广版屋、方广圣灯、怀定叟、闻方广长老化去、方广睡觉为题，记游文中却只写到版屋建造的缘由，且介绍其他寺庙的房屋皆然，并未提及三人唱酬的其他话题。与其他四组唱酬诗题相比，"方广版屋"的特点在于：它是三人游览过程中多次见到的客观事物，其建筑方式让三人意外，三人因此特地向老人询问了采用此种方式的缘由。由客观事物引发疑问，进而通过咨询而得到答案，"方广版屋"在《南岳唱酬序》中不仅是一个审美对象，它的背后还有完整的因果关系以及从提出疑问到解决疑问的过程，从这个意义上来说，这是游山过程中发生的小事件。此外，方广寺在衡山的地位并不十分重要，记游之文将重点放在衡山的最高峰——祝融绝顶，因此自然不会在此处耗费太多笔墨。张栻在记述方广寺时只介绍其版屋而不涉及圣灯等话题，或许是出于记游者的直觉选择了这一小插曲，也或许是有意挑选了这个有特色的建筑来凸显衡山的特点。无论如何都可以看出，每组唱酬诗所针对的只是一个点，而记游之文则是从多个点中选择最能代表当地特色、与叙述线索最贴合的内容来叙述，作者写作记游文章时建构全局的意识使其必然会将一部分话题排除在外。

唱酬诗与记游文章的内容一一对应之处，如"林间冰堕，锵然有声"两句，对应的诗作内容为：

  青鞋布袜踏琼瑶，十里晴林未觉遥。忽复空枝堕残雪，恍疑鸣璈落丛霄。(朱熹《林间残雪时落锵然有声》)①

  眼中光洁尽琼瑶，未觉蔚蓝宫殿遥。石壁长林冰筯落，锵然玉佩响层霄。(张栻《和元晦林间残雪之韵》)②

  天花乱落类琼瑶，游赏行人觉路遥。林畔残枝犹被压，数声佩玉遍青霄。(林用中《林间残雪时落锵然有声赋此》)③

记游之文中"林间冰堕，锵然有声"八个字，"林间""锵然有声"均来自朱熹诗作的题目。张栻文中"冰堕"之"冰"字，却不见于朱熹、林用中的诗中，从唱酬诗来看，对声音的来源，三人的观点是有分歧的。朱熹认为是"空枝堕残雪"，也就是说残雪从枯树枝上掉落，或者树枝无法承受雪的压力而与雪一同落到地上④；林用中认为是"林畔残枝犹被压"，即枯枝受到雪的压力（而掉落）；张栻却认为是"石壁长林冰筯落"，"冰筯"即冰溜，此处指石壁、树枝上的冰柱。既然三人均在末句中将所闻之音描绘成美玉互相碰撞发出的声音，可见声音清脆，并不像是雪落的声音，更像是张栻所说的冰筯掉落的声音。途中以诗唱酬时，张栻已经敏锐地发现了这一点，而游玩归来后写作记游文时，他虽然基本沿用了朱熹的诗题，却还是坚持了自己对声音来源的看法。唱酬诗形容积雪及游人听到的声音时主要用了比喻和借代的手法，有一定的夸张，记游文中则以尽量简洁的语言叙述见闻，平实而准确，诗歌与散文在写作方式上的差异正是通过这样的细节对比得到了展现。

---

① （宋）朱熹著：《晦庵先生朱文公文集》卷五，见朱杰人、严佐之、刘永翔主编《朱子全书》第 20 册，上海古籍出版社、安徽教育出版社，2002 年，第 383 页。

② （宋）张栻：《南轩先生文集》卷七，见邓洪波点校《张栻集》，岳麓书社，2010 年，第 540 页。

③ 北京大学古文献研究所编：《全宋诗》卷二五五一，北京大学出版社，1998 年，第 29574 页。

④ 按：从字面意思来看，"空枝堕残雪"也有可能是指枯枝掉落到地上的残雪中，但是记文中已写到积雪甚厚，"残雪"应当不是指地上留存的雪，而且在这种情况下，枯枝掉落应当与压在枝上的积雪有关，因此这一说法是不合理的。

祝融峰是衡山的最高峰，也是朱熹、张栻、林用中此次游山花费时间最多的景点。《南岳唱酬序》的第四段记述了他们两次登上祝融绝顶的经过，在记游的段落中，祝融峰是花费作者笔墨最多的一处，在文章中所占的篇幅几乎等于其他所有景点之和。与此形成对照的是，三人在祝融峰所作的诗歌仅有五组，分别是《登祝融》《自上封登祝融绝顶》《十五日再登祝融用台字韵》《胡丈广仲与范伯崇自岳市来同登绝顶举酒极谈得闻比日讲论之乐》与《醉下祝融峰作》。在 53 组唱酬诗中，登祝融峰顶所作的诗歌仅占不到 1/10，与途中在方广寺所作之诗数量相等。究其原因，唱酬组诗乃是途中随时随地有感而发之作，记录的是瞬间的感触，而记游之文却需要从整体着眼架构文章，在理清叙述脉络的基础上突出重点，做到详略得当。从这个意义上来说，唱酬组诗相当于游人们行程中的一个个有趣的点，而记游之文不仅通过叙述串联起了这些点，还在整体框架中对每个点所占的比重做了有意识的调整，从而使文章在起承转合中产生跌宕起伏的效果。

三、山水诗情与"戒惧警省"的博弈

　　南岳游山过程中朱熹、张栻等人对诗歌写作的复杂心态，在《南岳唱酬序》与《南岳游山后记》两篇文章中得到了比较连贯的呈现。张栻在《南岳唱酬序》末尾叙述，己卯之夕，三人回顾数日的行程，感叹"亦荒于诗矣"，劝诫自己"大抵事无大小美恶，流而不返，皆足以丧志"。为避免玩物丧志，他们决心定下约束，次日不再作诗。朱熹《南岳游山后记》首段谈到衡山至株洲的路上景色极美，"无非诗者"，可惜之前三人已有约定，而且有些学术问题并未得到透彻的讨论，因此才没有作诗。然而，临别之际，他又感到"非言则无以写难喻之怀"，并指出："诗之作，本非有不善也。而吾人之所以深惩而痛绝之者，惧其流而生患耳，初亦岂有咎于诗哉！"他放松了对诗的警惕，也放松了对自己的约束，与友人互相赠诗。在此之后，他又提醒友人，独处之时需要时刻"戒惧警省"，以免"荧惑耳目，感移心意"。由大量唱酬到约定不再作诗，再到临别前突破约束互相赠诗，之后又重申劝诫之意，足以体现朱熹、张栻等人对作诗一事十分纠结。

　　不仅是作诗，在朱熹看来，自己的游玩活动也是需要加以限制的。

《朱子语类》中记载:"或问明道五十年犹不忘游猎之心。曰:'人当以此自点检。须见得明道气质如此,至五十年犹不能忘。在我者当益加操守方是,不可以此自恕。'"① 在理性上,他认为游山玩水、吟诗作赋可能流而生患,容易使人玩物丧志,因此对之怀有戒备之心;在感性上,他却不自觉地以诗人的审美眼光看待山川景物,喜欢并习惯以诗歌来表情达意。

从株洲返回崇安的二十八天时间里,朱熹、张栻、林用中三人写下了两百多首诗歌,编为《东归乱稿》。在《东归乱稿序》中,朱熹说道:"自与敬夫别,遂偕伯崇、择之东来,道途次舍、舆马杖屦之间,专以讲论问辨为事,盖已不暇于为诗。而间隙之时,感事触物,又有不能无言者,则亦未免以诗发之。"② 尽管途中车马劳顿、三人将主要精力放在讲论学问上,但他们仍然保持着较高的作诗频率。不过,序文中亦提出,在这些诗作中"交规自警之词愈为多焉",虽然戒惧警醒的力量敌不过诗情,戒惧警醒之意却还是停留在朱熹的心中,甚至时常会进入诗歌作品内。"交规自警之词"既是为大量作诗这一行为寻找的理由,也让诗作中说理劝诫的意味变得浓厚。以"交规自警之词"作诗,对诗歌而言,也是一种"破体"。不过,这种破体的背后,是理学家的诗情诗思与戒惧警醒之间的博弈,是戒惧警醒战胜了诗情诗思。当心中的戒惧警醒之意转化为诗作中的"交规自警之词",难免会影响到《东归乱稿》中诗意的阐发。

尽管怀有玩物丧志的担忧,从朱熹现存的作品来看,他写作山水诗的行为并未受到太大的限制。几乎在每一篇山水游记中,朱熹都会提到游山玩水过程中或游玩结束后所作的诗歌,作诗可以说是他游玩时的一项常规活动。如《百丈山记》云:"余与刘充父、平父、吕叔敬、表弟徐周宾游之,既皆赋诗,以纪其胜,余又叙次其详如此。而其最可观者:石磴、小涧、山门、石台、西阁瀑布也。因各别为小诗以识其处,呈同游诸君,又以告夫欲往而未能者。"③《晦庵先生朱文公文集》(卷六)中与此对应的

---

① (宋)黎靖德编,王星贤点校:《朱子语类》卷九三,中华书局,1986年,第2360页。
② (宋)朱熹著:《晦庵先生朱文公文集》卷七五,见朱杰人、严佐之、刘永翔主编《朱子全书》第24册,上海古籍出版社、安徽教育出版社,2002年,第3627页。
③ (宋)朱熹著:《晦庵先生朱文公文集》卷七八,见朱杰人、严佐之、刘永翔主编《朱子全书》第24册,上海古籍出版社、安徽教育出版社,2002年,第3726页。

诗歌有《游百丈山以徙倚弄云泉分韵赋诗得云字》《百丈山六咏》等。傅自得《游金溪记》还记载了自己与朱熹在游玩过程中吟咏诗赋的活动：

> 绍兴丙子八月十一日，携酒褉被，谒朱元晦于九日山。向晚，幅巾藜杖，相与彷徉渡头，唤舟共载，信流而行。老蟾徐上，四无纤云，两岸古木森然，微风摇动，龙蛇布地，溪光山色，月所照耀，远近上下，更相映辉，殆非尘世境界。朱子曰："乐哉，斯游乎！"举杯引满，击楫而歌楚骚《九章》，声调响壮，潜鱼为之惊跃，栖鸟起而飞鸣也。余亦诵东坡先生赤壁前后赋和之，每至会心处辄迭起酬劝。时常饮酒，率不过三杯皆醉，至是连釂十余觥而月逾好，舟逾快，气逾逸，饮逾豪，兴逾无穷。酒且尽，舣舟岸侧，命老兵贳钱酒家保，亟挈一榼来，解维复去，洗盏更酌，少焉斗转参横，风作浪涌。予曰："乐不可极，将安之耶？"鼓棹而返，会宿于东峰道场。明日元晦赋诗纪胜，次韵为谢，殊恨笔力衰退，无杰句称胜游也。①

美好的景色引发了游人的诗情，两人一边饮酒一边吟诵诗赋。弥漫在山光月色中的吟诵之音，使周围的草木、空气、月光等散发出浓浓的诗情画意，而两人的酒兴亦得以触发，两人全身心地陶醉在大自然的怀抱之中——"月逾好，舟逾快，气逾逸，饮逾豪，兴逾无穷"。以诗意的心境去观察诗意的环境，自然触目皆诗，也就是朱熹《南岳游山后记》中谈到的"无非诗者"。正如朱熹在《次秀野极目亭韵》一诗中所说："不堪景物撩人甚，倒尽诗囊未许悭。"② 据王利民、陶文鹏《论朱熹山水诗的审美类型》一文统计，《全宋诗》收有朱熹诗作1448首，其中以山水为主要描写对象的将近400首③。由此看来，南岳游山后所定的约束对朱熹本人并未产生多少实质上的束缚，自然山水引发的诗情终究还是战胜了他心中的戒惧警省。

---

① 曾枣庄、刘琳主编：《全宋文》卷四六七六，第211册，上海辞书出版社、安徽教育出版社，2006年，第34-35页。
② （宋）朱熹著：《晦庵先生朱文公文集》卷三，见朱杰人、严佐之、刘永翔主编《朱子全书》第20册，上海古籍出版社、安徽教育出版社，2002年，第334页。
③ 参见陶文鹏主编《两宋士大夫文学研究》，中国社会科学出版社，2012年，第264页。

第五章 "新兴文体"的开拓：日记体游记的兴盛

日记一体虽发端很早，但日记写作直到宋代才大量出现。北宋时，欧阳修、赵抃、司马光、王安石、黄庭坚等人都曾在一段时间内坚持写作日记。12世纪70年代前后，日记的写作出现了一个高峰，范成大、陆游、周必大、楼钥、吕祖谦等著名文人纷纷加入日记写作的行列中，留下了大量优秀的作品。《宋代日记丛编》①根据内容大致将宋人日记分为三个类别：出使行游类（据其撰写目的又分为出使与行游两小类）、参政类和其他类（记录个人日常生活、物候变化或仅录一事之始末）。其中，参政类日记有周必大的《亲征录》《龙飞录》《思陵录》三种，分别重点记述高宗降诏亲征至退位之间的宋金战争、孝宗即位初期的朝廷政务、高宗驾崩的丧葬事宜，具有较高的史料价值；其他类别的日记仅有吕祖谦《庚子辛丑日记》一种，简略地记录每日的读书功课及物候变化。出使行游类日记在南宋中兴时期的发展最为迅速，创造了宋代日记写作的经典之作，以陆游《入蜀记》、范成大《吴船录》、楼钥《北行日录》等为代表的一系列日记体游记，其写作既以留存宦游行程的记录为目的，也有意识地提升作品的文学性，为这一时期的古文写作注入了新鲜活泼的元素。本章以日记体游记为重点考察对象，主要探讨文人在公务旅行的过程中记录宦游行程的日记体文章。

已有研究成果对南宋中兴时期日记体游记的关注大都集中在陆游《入

---

① 顾宏义、李文整理点校：《宋代日记丛编》，上海书店出版社，2013年。

蜀记》与范成大《吴船录》上,对它们的文学、文化、历史、文献、地理、民俗、生态等方面的价值多重估量。由于日记体游记的内容较为庞杂,研究者们或者关注一种文本①,或者分别论述几种文本②,较少综合讨论中兴时期集中写成的大量文本。从日记体游记的发展史来看,日记体形式的广泛应用、游记文学的成熟、史学意识的高涨与文人宦游漂泊的经历等,都为这一时期日记体游记的写作提供了必不可少的条件。按照目的地的不同,本章参考《宋代日记丛编》的分类方式,将这些作品分为行游类日记和使金类日记两个类别,着眼于作者旅行的公务性质,重点关注他们探索山水名胜的浓厚兴趣与对生命体验的真实书写。

第一节　日记体游记的源流

一、日记体游记的产生

日记体游记以散文的形式按日期记录旅行途中经过的地点与发生的事件,它既是日记体的记录,又是古文形式的游记,兼具史料与文学的双重属性,考察它的产生条件,也应当从日记体史料和记游文学两个维度展开。日记体史料要求文章在形式上按照日期的顺序记录事件,记游文学要求作者实地游览并记录自己的见闻与感想,因此,按日期排列、实地游览、真实记录自己的见闻感受、记体文的形式等,都是日记体游记必不可少的文体要素。日记体游记的产生经历了一个漫长的过程,其间各种文体要素既有不均衡的独立发展,也有沟通联系与互相促进。

按日期记事的形式最早是在史书中出现的,西晋年间出土的《穆天子传》,是流传至今最早的按日期记事的文献。该书于西晋太康初年从战国时期魏襄王墓葬(在今河南卫辉市)中出土,记载周穆王西征昆仑山、见

---

①　如王立群《〈入蜀记〉向文化认同的倾斜》[《河南大学学报》(哲学社会科学版) 1987年第5期],莫砺锋《读陆游〈入蜀记〉札记》(《文学遗产》2005年第3期),吕肖奂《陆游双面形象及其诗文形态观念之复杂性——陆游入蜀诗与〈入蜀记〉对比解读》[《绍兴文理学院学报》(哲学社会科学版) 2011年第1期],等等。

②　如陈左高《中国日记史略》(上海翻译出版公司,1990),母忠华《宋代日记研究》(四川大学硕士学位论文,2006),李晓明《宋代日记体游记研究》(上海财经大学硕士学位论文,2011),刘珺珺《范成大纪行三录文体论》(《文学遗产》2012年第6期),等等。

到西王母的故事。目前学界公认其兼具神话色彩与珍贵的史料价值，并将其成书时间大致限定在战国时期。该书按照日期顺序记录周穆王西游的过程，既记载了天子当天所做之事、所经之地、所见之人，也部分记录了天气条件，排日纂事的体例已见雏形。《穆天子传》出土后由荀勖等人整理，东晋时郭璞为之做注，在后世流传甚广，《隋书·经籍志》《旧唐书·经籍志》《新唐书·艺文志》《通志·艺文略》《直斋书录解题》均将其归于起居注类，可见《穆天子传》的史书性质得到了许多史学家的认同，其形式也与后来的起居注十分相似。

东汉建武三十二年（56），光武帝刘秀登泰山举行封禅大典，马第伯随从前往，并在《封禅仪记》中记载了正月二十八日至二月二十五日之间的行程。与《穆天子传》类似，这篇文章的叙述脉络也是按日期先后的顺序展开，其中涉及行程的部分，作者只是比较简略地记述了出发地、目的地以及当天的事件，这些内容与《穆天子传》相去不远，都是记载帝王当天的行动。不过，马第伯并非全程跟随光武帝，而是在二月十五日先行登山，并记载了包括交通方式、山水木石景色、路途距离、封禅器具、秦始皇与汉武帝的遗迹在内的经历与见闻。如描写天关处的景色云："其道旁山胁，大者广八九尺，狭者五六尺。仰视岩石松树，郁郁苍苍，若在云中。俯视溪谷，碌碌不可见丈尺。遂至天门之下。仰视天门，窔辽如从穴中视天窗矣。"① 此处真切地叙述了自己眼前的山路、上方的岩石松树、下方的溪水山谷和远处的天门，作者从多个角度加以观察，并运用比喻的手法做了全景式描绘。文章记述日观峰云："泰山东上七十里，至天门东南山顶，名曰日观。日观者，鸡一鸣时，见日始欲出，长三尺所，秦观者望见长安，吴观者望见会稽，周观者望见齐。"② 马第伯的确到过日观峰，不过，从现存的文章内容来看，他并未在日观峰观看日出，因此关于鸡鸣见日出之事，当是听别人讲述的内容。之后他又说到从日观峰能望见长安、会稽和齐，泰山距离齐国都城临淄直线距离约120公里，天气晴好时

---

① （清）严可均辑，许振生审定：《全后汉文》卷二九，商务印书馆，1999年，第292-293页。按：此处"天关"当为泰山之中天门，"天门"指泰山之南天门。

② （清）严可均辑，许振生审定：《全后汉文》卷二九，商务印书馆，1999年，第293页。

或许有可能望见，但是，它与长安和会稽的直线距离均在700公里以上，"秦观者望见长安，吴观者望见会稽"之言未免有些夸张。这篇文章以记述光武帝封禅仪式的过程为写作目的，登泰山一段是文中仅有的以自身行动作为叙述对象的内容，也只有在这段记载中才出现了上述虚实结合的文学手法。从这个角度来说，《封禅仪记》作为排日纂事的纪行文章，已经表现出了日记体游记萌芽的趋势。但是，这篇文章的主体部分还是围绕光武帝的活动与封禅仪式的经过展开，并不是作者自觉地以自己的游历活动为叙述的中心，因此还应当归为公务性质的文章，不能算作严格意义上的日记体游记[①]。

在《封禅仪记》之后，记游文学随着魏晋时期山水审美意识的觉醒正式诞生，纪行赋、山水书札等单篇作品大量出现。北魏时，郦道元的《水经注》以《水经》为线索，记录了一千多条河流及其相关的历史传说、文化遗迹、人物典故等，既具有丰富的地理文献价值，又是系统的游记散文的佳作，在中国游记文学史上具有经典性的意义[②]。此外，两汉至魏晋时期，使臣出使外国的行记、僧侣取经记、文臣行役记、交聘记等先后出现，记录了当时出使、取经、从驾、出征、交聘等活动。这些行记有的以异域风物为中心，有的以行程为线索串联起景点与民间传说，它们的出现，也为日记体游记的产生做了重要的铺垫[③]。

按日期记事的形式则随着官方历史记录的发展而得到了很大的发展。起居注制度以汉代的"著记"为前身，两晋时初步形成，至唐代正式确立，其即时记载、据事直书的原则对皇权形成了一定的牵制[④]。宋代以前的起居注现存者唯有温大雅《大唐创业起居注》三卷，记录了李渊从太原

[①] 《中国古代游记选》节选《封禅仪记》中马第伯先行登山的段落，并指出，《封禅仪记》记录登泰山的这段文字是一种可贵的文献，但作者并不着意为文，这段文字也不是为旅游而作，它不是独立的完整的游记散文，而是记录皇帝登泰山祭天礼仪的著述中的一节，可以被视作一种广义的游记作品，为了解我国古代游记写作的发展情况提供参考。见倪其心等选注《中国古代记游选》，中国旅游出版社，2000年。

[②] 参见梅新林、俞樟华主编《中国游记文学史》第一章"魏晋游记文学的正式诞生"，学林出版社，2004年。

[③] 参见李德辉《论汉唐两宋行记的渊源流变》，《中华文史论丛》2010年第3期。

[④] 参见乔治忠、刘文英《中国古代"起居注"记史体制的形成》，《史学史研究》2010年第2期。

起兵到正式称帝建立唐王朝之间357天的历史。该书以时间先后为序,各条目之间基本以日期为分界,记事较为细致。明人田一俊言:"起居注,日记之书也。"① 这一说法明确地将起居注定义为日记的一种,更可见起居注与日记之间的密切关联。以起居注为基础,参之以记录百司政事的其他时政资料,专门记录单个帝王历史的实录体史书在南朝出现,即周兴嗣所撰的《梁皇帝实录》。实录写作在唐代获得了突飞猛进的发展,每位皇帝都有实录修纂。中唐时,为避免史官修史之偏颇,韦执谊奏令史官各自修撰日历,月末至史馆共同撰定日历②。实录和日历的体例都是按日期记事,它们的产生与发展无疑是排日纂事这种记事方式的进一步发展。

韦执谊本人曾出使西域并著有《西征记》,清人张荫恒称《西征记》为"奉使日记之滥觞"③,可惜未能流传至今。韦执谊做宰相是在唐顺宗永贞元年(805),顺宗在位时间仅八个月,很快就被迫让位于太子李纯,次年改元元和。元和初年,从韩愈学习古文并积极倡导古文运动的李翱成为史馆修撰。据《新唐书·李翱传》,他"常谓史官记事不得实",并主张"指事载功,则贤不肖易见"④。所谓指事载功,是说史官记载一个人的行动作为时,要重点指出他的真实事迹,并据此记载、评价人物的功过。这一纪实精神与韦执谊奏令修撰日历的主张有很大的共通之处,并很快体现在了李翱的文学创作之中。元和三年(808),户部侍郎、广州刺史、岭南节度使杨于陵征聘李翱为幕僚,第二年正月,李翱从长安出发,经过河南、江苏、浙江、江西四省,用六个月的时间到达广州,并以简洁的文字逐日记录自己途中的见闻,写成了《来南录》。文中所记内容涉及旅行的原因、经过的地点、见到的朋友、自己的身体状况、家人的情况等等,如三月

---

① (明)田一俊著:《钟台先生文集》,齐鲁书社,1997年。
② 《唐会要》卷六三载:"监修国史宰臣韦执谊奏:'伏以皇王大典,实存简册,施于千载,传述不轻。窃见自顷已来,史臣所有修撰,皆于私家纪录,其本不在馆中。褒贬之间,恐伤独见,编纪之际,或虑遗文。从前已来,有此乖阙。自今已后,伏望令修撰官,各撰日历,凡至月终,即于馆中都会详定是非。使置姓名,同共封锁。除已成实录撰进宣下者,其余见修日历,并不得私家置本。仍请永为常式。'从之。"[(宋)王溥纂:《唐会要》,中华书局,1955年,第1097页]《新唐书·艺文志》著录刘轲《牛羊日历》一卷。
③ (清)张荫恒著,任青、马忠文整理:《张荫恒日记》,上海书店出版社,2004年,第50页。
④ (宋)欧阳修、宋祁等著:《新唐书》卷一七七,中华书局,1975年,第5280-5281页。

份载：

> 戊寅，至常州。
>
> 壬午，至苏州。
>
> 癸未，如虎丘之山，息足千人石窥剑池，宿望海楼，观走砌石。将游报恩，水涸舟不通，无马道，不果游。
>
> 乙酉，济松江。
>
> 丁亥，官艘隙，水溺舟败。
>
> 戊子，至杭州。
>
> 己丑，如武林之山，临曲波观轮椿，登石桥，宿高亭。晨望平湖孤山江涛。穷竹道，上新堂，周眺群峰，听松风，召灵山，永吟叫猿，山童学反舌声。
>
> 癸巳，驾涛江逆波至富春。
>
> 丙申，七里滩至睦州。
>
> 庚子，上杨盈川亭。
>
> 辛丑，至衢州，以妻疾，止行，居开元佛寺临江亭后。①

作者身为这次旅行的中心人物，完全以自己的旅途经过为描述对象，准确记述行程和地理方位，山水描写虽偶然为之却自然清丽、优美动人。他不仅记录了自己去过的地方，在癸未日一条还叙述了自己未能前去的地方及原因，对行为和想法的一并记录进一步拓宽了日记的表现范围。己丑日"听松风，召灵山"，将风拟人化，谓其吹动松林是在召唤神奇的山岭，绘声绘色，整篇文章的文学色彩也因这样的细节描写而增强。至此，按日期排列、实地游览、真实记录自己的见闻感受、记体文的形式等日记体游记的诸多要素全部具备，身为古文运动的倡导者并做过史馆修撰的李翱，就这样将记游文学和日记体实录两条脉络融会贯通，写下了这篇日记体游记的开山之作②。

---

① （清）董诰等编：《全唐文》卷六三八，中华书局，1983年，第6442页。
② 据李德辉《唐人行记三类论略》（《唐代文学研究》第十一辑），与李翱《来南录》时间相近的还有韩琬《南征记》、房千里《南行录》、张氏《燕吴行役记》、韦庄《蜀程记》《峡城记》等，但这些文章均已散佚，仅有极少佚文，无法确知其具体体例与内容。因此，从传世文献来看，《来南录》可以作为日记体游记正式确立的标志。

二、北宋的日记体游记写作

在《来南录》之后，北宋及南渡初年，日记体游记也得到了一定的发展。至道元年（995），柳开与友人惟深、契园同游天平山，在临别时写下了《游天平山记》。文中以"明日""明旦""翊日"等词语作为时间分界，按日期记录了自己与友人惟深、契园同游天平山五天的经历。明道元年（1032），谢绛与欧阳修、杨愈、尹洙、王复同游嵩山，念及梅尧臣未能同行，回府之后立刻在书信中详细记录五人登山的情况寄给梅尧臣，即《游嵩山寄梅殿丞书》。这封信记述登山过程时不仅以"十二日""翌日""明日"等表示日期，而且还有"午昃""夜分""午间""申刻"等记述具体时间的词语，极尽详细地记述旅途的经过，大大拓展了游记文的表现力。正如谢绛在之后寄给梅尧臣的信中所说："自入山至还府，凡一登临、一谈话、一食饮间，必广记而备言之，欲使足下览见本末，与夫方驾连襜之不若，间可以助发一笑，勤勤在此耳。"（《又答梅圣俞书》）[①] 谢绛希望通过这封信，让梅尧臣有身临其境之感，梅尧臣则收到信后很快写下了《希深惠书，言与师鲁、永叔、子聪、几道游嵩，因诵而韵之》[②] 一诗，根据谢绛书信中叙述的内容，以诗歌的形式再现了自己未能参与的这次嵩山之游。许多年后，欧阳修向梅尧臣借阅谢绛的这封信，梅尧臣追忆谢绛等人的旧游，又写下了《永叔内翰见索谢公游嵩书，感叹希深、师鲁、子聪、几道皆为异物，独公与余二人在，因作五言以叙之》，亦可见谢绛此文在梅尧臣、欧阳修等人心目中的重要地位。柳开、谢绛的这两篇文章虽然以日期为序写成，记载亲身游玩的经历，但均在游玩之后一气呵成，并非在旅行过程中逐日记录，且旅行时间较短，还不能算作严格意义上的日记体游记。

景祐三年（1036），欧阳修自汴京赴夷陵令，沿途逐日记录自己五个月的宦游历程，写成了《于役志》一卷。该文始于范仲淹出知饶州（五月

[①] 曾枣庄、刘琳主编：《全宋文》卷四一一，第20册，上海辞书出版社、安徽教育出版社，2006年，第57页。
[②] （宋）梅尧臣著，朱东润编年校注：《梅尧臣集编年校注》卷二，上海古籍出版社，1980年，第36-37页。

九日丁戌），之后余靖、尹洙、欧阳修接连被贬并先后离开汴京，文章的开始部分对友人送行话别的情况一一记录，途中在记述经行之地时也逐一记录了当天会见之人。它是继《来南录》之后现存第一部严格意义上的日记体游记，完全符合日记体游记的写作体例，对人际交往的记录比《来南录》有所拓展，欧阳修"纡余委备"的古文风格也在行文中体现出来。六月戊午日载"晚入沙河，乘月夜行嚣山阳，与春卿联句"，庚申日"移舟槠城西门，门闭，泛月以归"①。同是载舟夜行，一曰"乘月夜行"，一曰"泛月以归"，与友人一同"乘月夜行"更富于行动力，显出了同行二人的盎然兴致，而"泛月以归"则因观景不得而带有淡淡的怅然之情。逐日记录行程的日记体游记很容易因为过多相似的记述而显得重复，欧阳修巧妙换用不同词语记述类似的事件，使《于役志》细读起来尤其妥帖。欧阳修此次出行是在友人集体被贬之后，心情失落很可能是《于役志》内容简略的重要原因之一。虽然如此，文坛盟主欧阳修写作此类文章，无疑十分有利于日记体游记写作的发展。明人何孟春云："曾效昔人《于役志》，陆有《万里鞭》，水有《在舟录》，纪之。"② 欧阳修在生前身后的影响力非常之大，他的许多诗文都被后人模仿，日记也不例外。

元丰六年（1083），张舜民因在西征归途中作诗有诽谤之言，被贬监邕州盐米仓，后改监郴州酒税，他在从汴京赴郴州的途中写下了《郴行录》两卷。《郴行录》的体例与《来南录》及《于役志》相似，但在内容方面有很大拓展，不仅记载了自己途中见过的人和观览过的景色，而且还在实地探索、考察的基础上记录并考辨相关的地方古迹、历史文化与社会风俗，在篇幅与内容上比前人有很大的拓展。正如《张舜民〈郴行录〉考论》一文所说："较之《封禅仪记》《来南录》《于役志》诸作，(《郴行录》)在篇幅上由短而长，在内容上由薄而厚，在艺术上由粗而精，实为我国游记发展史上第一部臻于成熟的长篇日记体游记。"③

以上日记的游览范围均限于北宋疆域之内，是官员们赴任途中的日

---

① （宋）欧阳修著，李逸安点校：《欧阳修全集》卷一二五，中华书局，2001年，第1899页。
② （明）何孟春著：《余冬序录摘抄内外篇》卷六，中华书局，1985年，第79页。
③ 梅新林、崔小敬：《张舜民〈郴行录〉考论》，《文献》2001年第1期，第154页。

记。由于宋代在军事方面长时间处在与周边政权的对峙中，外交活动非常频繁，出使辽金的使者或接待异国使者的官员均需要在外事活动结束后向朝廷递交一份文字记录，作为日后处理外交事务的参考文献与修撰史书的原始资料。据刘浦江《宋金使臣语录考》，这些文字记录大致可以分为三类：第一类是语录，即行程录，主要记录行程和沿途见闻，执笔者往往并非使臣本人；第二类是泛史向朝廷提交的专题报告，详细记述外交事务的细节；第三类是私人记录，多出自使团成员的笔下，这类文字无须交有司备案，故多有私事掺杂其间①。这三类文字大都以日记体写成，体现了宋代排日纂事这一文体形式的拓展。由于日记体游记对私人性的限定，本书仅关注其中有关私人记录的部分，这类文献在南宋以前只有一种，即张舜民于元祐九年（1094）出使辽国的日记《甲戌使辽录》。此书仅存部分佚文，且无具体的日期，因张舜民《投进使辽录、长城赋札子》自云"尝取其耳目所得，排日记录，因著为《甲戌使辽录》。其始以备私居宾友燕言之助"②，可断定其为日记体游记。佚文内容主要为辽国风物与辽人生活习俗，作者还就自己听说的一些传闻向辽国的接伴使求证，并记载对方的回答。张舜民在《郴行录》之后仍然选择用日记体来写《甲戌使辽录》，足以体现出他对日记体游记这一文体的认同。

从上述日记体游记来看，北宋初年，日记体游记的多种要素呈现出了不均衡发展的态势，柳开与谢绛的两篇文章体现了日记体向游记的渗透。北宋中期，欧阳修和张舜民使这一文体获得了新的发展，文体形式逐渐稳固，内容也更加充实。至南宋初年，郑刚中《西征道里记》记述自己政务旅行中的见闻，已经有明确的文体自觉意识，为南宋中兴时期日记体游记写作的兴盛做了充足的准备。

三、南宋中兴时期日记体游记写作的兴盛及其动因

陈左高《历代日记丛谈》导言云："南宋以后，日记繁兴，首推记游

---

① 参见刘浦江《宋代使臣语录考》，见张希清、田浩、黄宽重等主编《10—13世纪中国文化的碰撞与融合》，上海人民出版社，2006年。

② 曾枣庄、刘琳主编：《全宋文》卷一八一七，第83册，上海辞书出版社、安徽教育出版社，2006年，第265页。

一类。"① 日记体游记在南宋时期获得了空前的发展，而南宋时期绝大多数日记体游记在中兴时期写成，这一时期现存的日记体游记有陆游《入蜀记》，范成大《揽辔录》《骖鸾录》《吴船录》，周必大《归庐陵日记》《闲居录》《泛舟游山录》《奏事录》《南归录》，吕祖谦《入越录》《入闽录》，楼钥《北行日录》以及周煇《北辕录》。五十余年便有如此众多的作品出现，仅就数量而言，南宋中兴时期也是日记体游记发展当之无愧的第一个高峰。参与日记体游记写作的陆游、范成大、周必大、吕祖谦、楼钥与周煇，都是当时文坛的重要文人，而这些作品的艺术成就早已得到世人的公认，堪称日记体游记之双璧的《入蜀记》与《吴船录》，几乎可以代表中国古代日记体游记的最高水平。明代何宇度《益部谈资》便云："宋陆务观、范石湖皆作记妙手。一有《入蜀记》，一有《吴船记》。载三峡风物，不异丹青图画，读之跃然。"② 由于对《入蜀记》和《吴船录》的喜爱，他认为陆游和范成大是作"记"妙手，亦可见日记体游记是记体文十分重要的组成部分。

　　日记体游记在南宋中兴时期的迅速发展有多方面的原因。就文体要素而言，排日纂事的日记体写作与记游文学在史学发展和古文运动的大环境中已经发展成熟；就写作主体而言，四处漂泊的宦游生活与出使金国的特殊经历为文人提供了长途旅行的机会。在跋山涉水的过程中，日记体游记提供了一个灵活方便、包容性极强的文体形式，文人们以此自由地记录山水风景、历史文化、地方风俗与个人感想等等，留下了丰富的文献资料与精彩的文学篇章。

　　从排日纂事的日记体写作来看，宋代史学的发展为私人日记写作创造了重要的契机。周煇在《清波杂志》中说道："元祐诸公皆有日记，凡榻前奏对语，及朝廷政事、所历官簿、一时人材贤否，书之惟详。向于吕申公之后大虬家得曾文肃子宣日记数巨帙，虽私家交际及婴孩疾病、治疗医药，纤悉毋遗。"③ 若真如周煇所说，元祐年间，日记写作就已经成为文

---

① 陈左高：《历代日记丛谈》前言，上海画报出版社，2004年，第2页。
② （明）何宇度著：《益部谈资》卷上，中华书局，1985年，第1页。
③ （宋）周煇著，刘永翔校注：《清波杂志校注》卷六，中华书局，1994年，第238页。

人们比较普遍的活动,其中主要记述的是政治事务,兼及私人生活。《宋史·艺文志》著录王安石《舒王日录》十二卷,已散佚,从《宋代日记丛编》中辑录的文字来看,该书重在记录当时的政事,有许多奏对之语,保存了丰富的史料。在此前后,司马光《日录》记载熙宁二年(1069)八月至三年十月间的政事;赵抃《御试备官日记》记载嘉祐六年(1061)进士殿试的情况,较早以"日记"命名;黄庭坚的《宜州乙酉家乘》记录日常生活状况,可以作为北宋私人日记的典范①。

宋室南渡后,"最爱元祐"是朝野上下一致的价值取向②,对元祐之治、元祐之学、元祐文人的推崇,自然会涉及元祐时期留存的文献,元祐文人的日记作品很容易对中兴文人产生吸引力。王明清在《挥麈录》中记载了自己与尤袤的一段对话:

> 明清前年虱底百僚,夏日访尤丈延之,语明清云:"中兴以来,省中文字亦可引证。但建炎己酉之冬,高宗东狩四明,登舶涉崄,至次年庚戌三月,回次越州,数月之间,翠华驻幸之所,排日不可稽考,奈何?"明清即应之曰:"自昔以来,大臣各有日录,以书是日君臣奏对之语。当时吕元直为左仆射,范觉民为参知政事,张全真为签书枢密院,皆从上浮于海。早晚密卫于舟中者,枢密都承旨辛道宗兄弟也。逐人必有家乘存焉。今吕、范二家皆居台州,全真乡里常州。若行下数家,取索日录参照,则了然不遗时刻矣。"延之云:"甚善!便当理会。"继而延之病矣,不知曾及施行否?去秋赴官吴陵,舟过茂苑,访一亲旧,观其所藏书,因得己酉年李方叔正民代言词掖,从行航海,所记颇备。明清所辑《后录》,取王颖彦、钱穆记录其间,于此亦有相犯者,姑悉存之。所恨尤先生不及见之耳。其目云《中书舍人李正民乘桴记》。③

《挥麈录》第三录作于绍熙五年(1194),从王明清的话中我们可以知

---

① 杨庆存称《宜州乙酉家乘》为"中国古代传世的第一部私人日记"。见杨庆存《中国古代传世的第一部私人日记——论黄庭坚〈宜州乙酉家乘〉》,《理论学刊》1991年第6期。
② 参见王建生《南宋初"最爱元祐"语境下的文化重建》,《中州学刊》2011年第3期。
③ (宋)王明清著:《挥麈录》第三录卷一,上海书店出版社,2001年,第176页。

道，日记写作在南宋初年甚至更早的时候便已经普遍存在于大臣们的日常生活中，即便在战事危急、情况险恶之时他们也笔耕不辍。人们比较重视这类文献，在当时已经用朝臣的私人记录去补正史书之阙，在笔记中也引用了一些日记文献。邓建在《从日历到日记——对一种非典型文章的文体学考察》中指出，宋代官修日历的独具特色与备受重视为日记体提供了范式引导与命名契机，私人修史之风的盛行则为日记提供了社会文化方面的外部氛围与动因支持①。现存南宋中兴时期日记的写作者中，陆游、周必大和吕祖谦都曾在史馆任职，自觉的史学意识很容易对日记写作产生潜移默化的影响。

就记游散文而言，山水游记在古文运动中焕发了新的生机。张岱曾云："古人记山水手，太上郦道元，其次柳子厚。"②《水经注》早期只有手抄本传播，隋唐时在皇家藏书中束之高阁，它流入民间的时间很可能是在北宋，元祐初年曾有一种刊本，南宋时则有多次雕版和辗转传抄③。如此系统地记录山水名胜的作品在南宋时期广泛传播，无疑会激发当时人们对地理学的兴趣，进而推动他们对山水的探索与记录。《中国游记文学史》专辟两章分别论述柳宗元和苏轼在游记写作上的成就，认为唐代古文运动促使游记文学走向成熟，宋代古文运动则把游记文学推向了高峰④。单篇记游散文的发展一方面使文人更加自然娴熟地运用古文这一文体记述游赏经过，另一方面使文人更深入地发掘了山水中的自然之美与人文之美，并且使文人越发重视对行游经历的记录，对日记体游记的写作而言，这都是至关重要的。日记体的著作在目录学中常常被归到史部，但中兴时期，陆游、范成大、周必大、吕祖谦的日记体游记都收在他们的别集中，可见当时人更看重的是其作为游记的文学性。这一时期的日记体游记之所以有如此精彩的篇章流传，是因为它承载了文人们更多的真情实感，并在散文

---

① 邓建：《从日历到日记——对一种非典型文章的文体学考察》，《中山大学学报》（社会科学版）2014年第3期。
② 张岱：《跋寓山注二则》，见（明）张岱著，云告点校《琅嬛文集》卷五，岳麓书社，1985年，第211页。
③ 参见（北魏）郦道元著，陈桥驿译注，王东补注《水经注》前言，中华书局，2009年。
④ 参见梅新林、俞樟华主编《中国游记文学史》第三、四、五章，学林出版社，2004年。

写作方面获得了质的飞跃。

从日记作者的个体经验来说,包括四处漂泊的宦游生活与出使金国的特殊经历在内的公务性旅行,为他们写作日记体游记创造了必要的条件。南宋中兴时期的十三种日记体游记,有九种是在公务旅行中写成,周必大《闲居录》《泛舟游山录》与吕祖谦《入越录》《入闽录》四种记录的虽然不是公务性旅行,但多处记载与当地官员的会面等事务。士大夫身份不仅决定了文人旅行的目的,而且关系到他们在游历过程中体察风俗民情的视角,牵涉到他们的人际交往,影响到他们对地方历史文化的认识,从而全方位地影响日记体游记的写作。漫长的漂泊无疑会使人疲倦,而旅途中的美景为他们提供了暂时的慰藉,也为羁旅生活增添了难得的亮色。中兴时期,宋金之间一直维持着和议的局面,双方频繁地互派使节,范成大《揽辔录》、楼钥《北行日录》、周煇《北辕录》都是出使金国的记录。其中,《揽辔录》是范成大写作的第一部日记体游记,对他之后的日记体游记与地理学著作有重要的开启之功。

第二节 行游类日记:官员之行与文人之游的综合记录

一、南宋中兴时期行游类日记概述

行游类日记是南宋中兴时期日记体游记的大宗,包括官员赴任、入京奏对、归家途中所撰的行程日记和纯为游山玩水、探亲访友而作的游览日记。现存南宋中兴时期行游类日记有陆游《入蜀记》、范成大《吴船录》《骖鸾录》、周必大《归庐陵日记》《闲居录》《泛舟游山录》《奏事录》《南归录》、吕祖谦《入越录》《入闽录》十种。以下按时间顺序加以简单介绍。

周必大《归庐陵日记》一卷。隆兴元年(1163)三月,周必大因抨击天子倖臣获咎辞官,《归庐陵日记》从请祠原因说起,记述了自己从临安回到家乡庐陵这三个月的行程,包括途中见闻、亲友应酬及地方名胜等。这是周必大传世的第三种日记,之前有绍兴三十一年(1161)十月至次年六月的《亲征录》、绍兴三十二年(1162)六月至次年四月的《龙飞录》。周必大现存行游类日记五种,除《泛舟游山录》被宛委山堂本《说郛》部分收录外，其他几种皆无单行本传世，仅见于其文集《周益国文忠公集》。周必大去世后，其子周纶与门客曾三异等依据周必大生前所编《欧阳文忠公集》的体例校刻《周益国文忠公集》二百卷，但其中的日记因内容多涉及政事，编者有所顾忌，初次刊刻时托言未全部印行，后来郑守吉在刻印全书时收入了日记，《直斋书录解题》《宋史·艺文志》《文献通考》皆有著录。此书在元、明两朝未重刊，至清代传本较少，抄本亦不多见。现存清代版本中，唯文渊阁《四库全书》本与欧阳棨瀛堂别墅刊本两种卷数完整、文字清晰可读，其中，后者在校订错误与辑补阙文方面见长。《全宋文》所收周必大之文以欧阳棨瀛堂别墅刊本为底本，参校文渊阁《四库全书》本、傅增湘校勘本、明祁氏澹生堂抄本，资料可靠，故本节讨论周必大的五种行游类日记主要以《全宋文》为文本依据。

周必大《闲居录》一卷。隆兴元年（1163）七月至乾道二年（1166）九月，周必大奉祠在家，此日记紧接《归庐陵日记》而来，跨时三年有余，但记事者仅二十二天。日记的主要内容是作者在家乡附近名胜古迹的闲游，并细致梳理了相关名胜古迹的源流沿革。

周必大《泛舟游山录》三卷，又称《丁亥游山录》。乾道三年（1167）三月至十二月，周必大自江西庐陵至江苏宜兴探望岳父王葆，后至苏州、昆山等地游玩，沿途记录见闻、景色及人事往来。《泛舟游山录》是周必大日记体游记中篇幅最长、内容最丰富的一种。元末陶宗仪《说郛》（宛委山堂本）卷六四上有《吴郡诸山录》一篇，卷六四下有《九华山录》一篇，乃删节抄录自《泛舟游山录》卷一；卷六五上有《泛舟录》二篇，乃抄录自《泛舟游山录》卷二。

陆游《入蜀记》六卷。乾道五年（1169）十二月，赋闲四年的陆游被任命为夔州通判，次年闰五月二十八日，携家人从故乡绍兴山阴出发，大致沿江南运河和长江溯游而上，于十月二十七日抵达夔州。其间逐日有记，无一日疏漏。《四库全书总目提要》称："游本工文，故于山川风土，叙述颇为雅洁，而于考订古迹，尤所留意。"《入蜀记》六卷，收入陆游生前亲自编定的《渭南文集》，嘉定十三年（1220）由其幼子子遹刊刻，今犹传世。明代弘治年间华珵以铜活字翻刻子遹初刻本（《四部丛刊》本即据此影印），明末毛晋汲古阁又据铜活字本翻刻（后为《四库全书》所收),均收入《入蜀记》。《入蜀记》在宋代是否有单行本,因史料湮缺,已不得而知。明代时,《入蜀记》出现了多种单行本,其中宛委山堂本《说郛》本、《山林经济籍》本、《续百川学海》本为一卷本,《广秘笈》本、《宝颜堂秘笈》本为四卷本。清代时,《四库全书》在收入《渭南文集》的同时,于史部纪传类别收《入蜀记》四卷;嘉庆年间金长春重刻《入蜀记》四卷,收入《诒经堂藏书七种》之中;《知不足斋丛书》刻印本与《茂雪堂丛书》手抄本所收《入蜀记》均为六卷本。以上一卷本、四卷本、六卷本都是由《渭南文集》中分别而出,形成了各自的流传系统。今人整理的《陆游集》(中华书局,1976)、《陆游全集校注》(钱仲联、马亚中主编,浙江教育出版社,2011)皆收入《入蜀记》六卷,另外,中华书局还根据《知不足斋丛书》本排印了《入蜀记》的单行本(1985)。

周必大《奏事录》一卷,又称《乾道庚寅奏事录》《庚寅奏事录》。乾道六年(1170),周必大差知南剑州,由家乡庐陵赴临安入对,四月出发,七月至临安,《奏事录》记载了他的这一行程。与之前几种笔记不同,《奏事录》较少记载途中景物,偏重于记录人事交往等事宜。

周必大《南归录》一卷,又称《乾道壬辰南归录》《壬辰南归录》。乾道八年(1172)二月,周必大因拒绝起草张说、王之奇不允诏,被罢去中书舍人,归庐陵。《南归录》记载了二月至六月的归途,与《奏事录》类似,详于人事交往而略于景物描写。

范成大《骖鸾录》一卷。乾道八年(1172)十二月,范成大以集英殿修撰知静江府兼广西经略安抚使,自家乡苏州出发,经江苏、浙江、江西、湖南、广西,于次年三月十日到达静江府(桂林)。途中一百二十二日,《骖鸾录》所记有八十八条,包括所历州县的风土民情、名胜古迹以及自己的人际交往等。取韩愈"远胜登仙去,飞鸾不暇骖"之句命名。范成大晚年亲自编定全集,由其子范莘、范兹等刊刻。《直斋书录解题》《文献通考》著录《石湖集》一百三十六卷,可惜这一全集在宋代以后未曾重刊,明人的著录中便仅存三十四卷诗歌。至于他的三种日记体游记是否包括在一百三十六卷的全集本之内,难以找到确切的依据。《骖鸾录》一卷,《宋史·艺文志》史部纪传类著录,现存版本有明抄本、《续百川学海》本、《宝颜堂秘笈》本、《裨乘》本、《四库全书》本、《知不足斋丛书》

本。孔凡礼先生以《知不足斋丛书》本为底本，以明抄本为主要校本加以整理，收入《范成大笔记六种》，这是目前最为可靠的整理本。

吕祖谦《入越录》一卷。淳熙元年（1174）八月二十八日至九月十五日，吕祖谦为父亲守丧时，自家乡金华出发，与潘叔度等人同游会稽，逐日记录了途中行程与见闻。该篇于名胜古迹用力最多，朴素质实，用语精当。《入越录》与《入闽录》由吕祖谦之弟吕祖俭在编《东莱吕太史文集》时收入卷十五"纪事"之中，现存版本主要有宋刻元明递修本、清抄本、《四库全书》本、《续金华丛书》本。其单行本又见于宛委山堂本《说郛》、《续百川学海》己集等。

吕祖谦《入闽录》一卷。淳熙二年（1175）三月二十一日，吕祖谦与潘叔度从金华前往武夷山，四月一日会见朱熹，之后，朱熹将吕祖谦送至鹅湖，并与陆九渊等人一同参加了著名的鹅湖之会。《入闽录》按日期记载了所经之地与交游的情况，今存三月二十一日至四月六日的内容。

范成大《吴船录》二卷。淳熙四年（1177）正月，范成大从成都知府兼四川制置使任上以病乞归，五月二十九日从成都出发，由岷江进入长江并顺流而下，于十月三日回到苏州故里。途中凡遇风景名胜，皆一游为快，重点浏览了青城山、都江堰、峨眉山、乐山大佛等，并在日记中对蜀中历史地理与文化风俗记载甚详。因杜甫"门泊东吴万里船"之句为日记命名。此书在《直斋书录解题》《宋史·艺文志》《文献通考》皆有著录，其现存版本情况与《骖鸾录》相同。

以上所列的行游类日记，在内容方面大致包括所历之地的名称与里程、地理沿革、山川景物、文化遗迹、风土民情、人际交往等，在记叙、白描之外还有考订与议论，不仅具备珍贵的文献价值，而且有着浓厚的文学色彩。从个人特点来看，周必大的日记体游记更注重人事交往与历史考订，陆游的作品最富于文学感染力，范成大比较偏重地理、民俗方面的考察记录，吕祖谦以白描为主、用语简洁精当。他们最大的共同点则在于发掘并书写了行游生活的乐趣。他们出行的目的包括赴任、入京奏对、离任归家、赶赴友人的聚会等，途中的自然山水与文化遗迹触发了他们的文人才思，使整个行程变得摇曳多姿。官员之行与文人之游，既是这些行程的共同特质，又是探讨行游类日记的极佳切入点。

二、官员之行：社会民生的调查记录

南宋中兴时期的行游类日记中，《入蜀记》《骖鸾录》为赴任途中所作，《奏事录》为入京奏对途中所作，《归庐陵日记》《南归录》《吴船录》为离任归家途中所作：官员之行是这些行程的一致属性，也是这些日记写作的重要缘由。《闲居录》《泛舟游山录》《入越录》《入闽录》虽为游山玩水、探亲访友之作，但它们的作者周必大、吕祖谦都通过了博学宏词科的考试，是有政治才能并关心朝政的士大夫，二人在日记中多次提到与当地官员的往来，还有许多记载地方平民生活的细节，作者民胞物与的精神在日记中展露无遗。从官员之行的角度看，行游类日记堪称对当时社会民生的调查记录。

在农业社会中，农田的收成直接关系到民众的温饱问题，是社会民生的根本。吕祖谦《入越录》的第一条记载：“八里，束藕塘。城东陂塘此为大，溉田甚博。它时，夏秋之交辄涸。今岁雨泽以时，田不印水，秋深犹弥漫也。”① 雨水充沛，农田不需要额外的水源补给，往年夏秋之交就会干涸的陂塘在这一年蓄水充足，让作者感到心安。吕祖谦熟悉城郊农田的水源情况，并由陂塘的水位联想到当年的降雨量和农作物的收成，进而在日记中加以记录，这一细节足以看出他对百姓生产、生活的重视与关心。在水利条件有限的情况下，洪水与干旱都会给百姓的生活带来灾难。周必大《南归录》五月壬申日记载石门景象云：“市井甚盛，适连年水旱疾疫，逃移纷然。今岁蚕麦稍熟，而去者犹棘其门，居者率皆菜色，亦有老弱坐待馁死者。终日道途更无鹊鸟，气象如此。”乙酉日又记载鄱阳湖畔云：“其地皆民田，赵氏数池在焉，漫为大湖，秧苗尽在深渊。此邦去岁旱干异常，今复大水……自过湖入港达于江，绝无民居，惟赵氏擅陂湖之利，为乡之豪，渔户数百悉其部曲。”② 连年的水旱灾害，让灾区的民众只能流落到外地去谋生。四五月份正值青黄不接之时，庄稼即将成熟，

---

① （宋）吕祖谦著，黄灵庚、吴战垒主编：《吕祖谦全集》第 1 册，浙江古籍出版社，2008 年，第 225 页。
② 曾枣庄、刘琳主编：《全宋文》卷五一六一，第 232 册，上海辞书出版社、安徽教育出版社，2006 年，第 60、62 页。

逃荒的人却尚未还家，人烟稀少之处连鸟都不愿停留。鄱阳湖畔的民田水旱不均，只有依赖赵氏这样的豪强大族才能够勉强存活。周必大在旅途中见到这民生凋敝的荒凉状况，字里行间充满怜悯与叹息。陆游《入蜀记》在六月八日一条记载了江南运河岸边百姓抵御洪水的场景："运河水泛溢，高于近村地至数尺。两岸皆车出积水，妇人儿童竭作，亦或用牛。妇人足踏水车，手犹绩麻不置。"① 江南运河的河水溢出堤坝，在两岸的农田形成了大量的积水。陆游以"竭作"一词写出了农人们奋力排水、保护庄稼的景象。他还注意到，那些飞速脚踏水车的妇女，手中不停地搓着麻线，这一细节更显现出了劳动人民的辛苦和陆游对他们的深切关心。

朝廷政策与地方官对政策的执行情况会直接影响到民众的生活，其中尤以赋税最为明显。身为官员的日记作者们对此非常熟悉并且十分敏感，日记中也记载了他们对地方赋税政策的不满。周必大《泛舟游山录》三月戊午日载："过西采石，数舟簾旗鸣鼓而至，皆和州截税者，久之方去。"作者在此处以小字自注云："郡守胡昉聚财甚急。"②《泛舟游山录》乃周必大闲居时探访亲友、游山玩水之作，但他亲眼见到和州官吏大张旗鼓地拦截船只征收赋税的景象，在日记中旗帜鲜明地表达了自己对这种行为的不齿。范成大《骖鸾录》中记录的杉木价格更是使人瞠目："（严州）浮桥之禁甚严，歙浦杉排，毕集桥下，要而重征之，商旅大困，有濡滞数月不得过者。余掾歙时，颇知其事。休宁山中宜杉，土人稀作田，多以种杉为业。杉又易生之物，故取之难穷。出山时价极贱，抵郡城已抽解不赀，比及严，则所征数百倍。严之官吏方曰：'吾州无利孔，微歙杉不为州矣。'观此言，则商旅之病，何时而疗。盖一木出山，或不值百钱，至浙江乃卖两千，皆重征与久客费使之。"③ 乡民种植杉木但只能贱价卖出，商人为重税所困，而购买杉木的百姓则需要为政府的巨额税费和商人长久滞留在外的费用买单。范成大早年在歙县做官时便对杉木的重税有所了解，行至严州时，又深入调查此事，并在日记中详细记录。严州官吏的话语让范成

---

① （宋）陆游著：《入蜀记》卷一，中华书局，1985年，第4页。
② 曾枣庄、刘琳主编：《全宋文》卷五一五七，第231册，上海辞书出版社、安徽教育出版社，2006年，第345页。
③ （宋）范成大著，孔凡礼点校：《范成大笔记六种》，中华书局，2002年，第45页。

大意识到此事难以解决，他只能将自己的不平之气抒发在日记之中。

可惜的是，上述事例中，不论对自然灾害还是对不合理的赋税政策，作者都只能在笔下叹息讽刺，难以凭借一己之力改变既成事实。范成大《吴船录》中记载的这则事例则涉及了他凭借士大夫身份影响当地官员处理事务的具体过程：

> 甲子。泊归州。长文自峡山陆行，暮夜至归乡沱渡江，往渡头迓之。余前入蜀时，亦以江涨不可沂，自此路来，极天下之艰险。乃告峡州守管鑑、归州守叶默、倅熊浩及夔漕沈作砺，请略修治。先是过麻线堆下，人告余不须登山，有浮屠法宝于山脚刊木开路，尽避麻线之厄，县尉孙某作小记龛道傍石壁上。余感之，谓一道人独能办此，况以官司力耶？乃作《麻线堆》诗以遗四君。是时，余改成都路制置使，号令不及峡中，故以诗道之。继而四君皆相听许，以盐、米募村夫凿石治梯级，其不可施力者，则改从他涂。除治十六七，商旅遂以通行。新制使之来正赖此，然犹叹咤行路之难，特不见未修治以前耳。①

归州，即今湖北秭归，自古以来便是湖北与四川之间的交通要道。范成大入蜀时，三峡两岸的路分外难行，由于当地不在自己的管辖范围之内，便特地写了《麻线堆》一诗，欲以麻线堆修路一事激励当地的官员修治道路。《麻线堆》诗云："勿云此事小，惟有行人知。况观峡山路，由来欠平治。官吏既弗迹，谁肯深长思？"② 麻线堆的地形与此地类似，僧人法宝在山脚下伐木修路。此诗意谓麻线堆峡谷旁边的山路崎岖难行，只有从这里经过的人才知道，看它们的样子就知道从来没有得到过修整，官吏的足迹没有到达，又有谁肯为行人着想去修路呢？既然一位僧人以一己之力都能够在麻线堆修建道路，归州的官员们肯定更有能力修好路。这则故事有许多亮点，比如：归州虽不在范成大的管辖之内他却仍然向当地官员建议修路；他妥善选择提建议的方式，作长诗送给当地官员。从日记的内容来看，他在《麻线堆》一诗中提出的"但冀米盐给，不烦金币支"等具

---

① （宋）范成大著，孔凡礼点校：《范成大笔记六种》，中华书局，2002年，第221-222页。

② （宋）范成大著：《范石湖集》卷十六，上海古籍出版社，1981年，第209页。

体措施,被当地官员全部采纳。此后,归州道路虽然仍旧不够通畅,但商人们总算能够从这里运输货物了。经行此地的人都得到了便利,这首先要归功于范成大的细心思虑。需要注意的是,范成大的身份也是促成此事的必要条件,若范成大为一介平民或官职低微,他的意见恐怕就很难传达到郡守的耳中并顺利地被他们接纳了。

以上摘录的几段引文包括物产、物价、气候、水利、街市、民居、庄稼收成、税收、经济活动、交通条件等,涵盖了百姓日常生活的许多方面。身为官员的日记作者们可以敏锐地捕捉到自己关心的民生细节,日记这一灵活而包容的形式则为社会百态的记录提供了开阔的空间。将亲眼所见的民生状况亲手记录在日记之中,这一行为本身便流露出了作者民胞物与的宝贵精神。

三、文人之游(上):"江山之助"的多种路径

行游类日记中,不仅展示了官员之行的特点,更充分展示了文人之游的特色。一方面,作者从自然山水中获得了大量的文学灵感;另一方面,作者以文人的身份投入行游生活之中,为行游生活增添了大量的乐趣。文人之游消解了官员之行的严肃性,使行游生活变得多姿多彩。

早在《文心雕龙·物色》中,刘勰就提出:"然屈平所以能洞监风骚之情者,抑亦江山之助乎!"① 这一话题在南宋中兴时期频繁地被提起,如王十朋《游东坡十一绝》之二云"文章均得江山助,但觉前贤畏后贤",陆游《予使江西时以诗投政府乞湖湘一麾会召还不果偶读旧稿有感》云"挥毫当得江山助,不到潇湘岂有诗",杨万里《下横山滩头望金华山》亦云"闭门觅句非诗法,只是征行自有诗"。袁行霈先生《江山之助》一文对此总结道:"江山可以提供丰富的创作素材,可以开阔诗人和画家的心胸,激发他们的灵感,培育他们的激情。"② 在文学体裁中,诗歌是与自然山水联系最为密切的一种,也是获得"江山之助"最多的。山水游记以

---

① (梁)刘勰著,黄叔琳注,李详补注,杨明照校注拾遗:《增订文心雕龙校注》卷十,中华书局,2000年,第567页。

② 袁行霈:《学问的气象》,新世界出版社,2009年,第53页。

散文形式书写自然美景与游玩感受，因山水而发且以山水为对象，是"江山之助"比较直接的对象。南宋中兴时期行游类日记中常常记载行游过程中联想起前人诗文的情况，或以景物印证诗文，或以诗文印证景物并发现新的韵味，或结合景物考证诗文的内容。在山水中实地游赏的经历让作者可以更深入地领会前人的诗文，他们在日记中以古文的形式更细致地阐发了前人之意。

《泛舟游山录》中，周必大在庐山游玩时全程参照陈舜俞《庐山记》①的内容，如："次至祥符观，旧名灵溪。《记》云三武士尝栖溪侧，汉武赐名，齐朝修创，南唐重修。今石衢甚广，而屋宇极不振"②，"（宝鸡庵）泉石诚佳，而又北望滟江，宜陈舜俞以为山北最佳之庵"③，"《记》言山名幡竿源，而土人不知。登南唐惠济禅师石塔。有巢云轩，而《记》不载"④。陈舜俞的庐山之游历时六十日，《庐山记》的记载亦十分详细，周必大在日记中没有一一记录自己的所见所闻，而是处处参考《庐山记》，与陈舜俞的见闻对比，并逐条记下与之相同与相异的内容。在庐山最后一天的日记里，他总结道："陈氏《山记》北起江州，尽圆通，乃转山南，起康王观迄于吴章岭，其序如此。予今自南而北，与之相反，故问津多误。然《记》中指名奇特处十得六七，其余当路者游，迂曲者略，异时再以旬日穷探极览，可使无遗蕴矣。"⑤周必大游览庐山的过程，正是细读陈舜俞《庐山记》的过程。周必大此次游庐山历时七日，而陈舜俞在庐山游玩了六十日，若周必大在日记中仅记录自己的行踪，恐怕只能成为陈舜俞《庐山记》之后一篇无关紧要的小文章，而他以印证《庐山记》的方式

---

① 陈舜俞（1026—1076），字令举，号白牛居士，乌程（今浙江吴兴）人。庆历六年（1046）进士，嘉祐四年（1059）又中制科第一。历官都官员外郎。熙宁中，出知山阴县，以不奉行青苗法，谪南康监税。谪官期间，与致仕刘涣游览庐山六十日，有《庐山记》三卷。
② 曾枣庄、刘琳主编：《全宋文》卷五一五九，第 232 册，上海辞书出版社、安徽教育出版社，2006 年，第 5 页。
③ 曾枣庄、刘琳主编：《全宋文》卷五一五九，第 232 册，上海辞书出版社、安徽教育出版社，2006 年，第 11 页。
④ 曾枣庄、刘琳主编：《全宋文》卷五一五九，第 232 册，上海辞书出版社、安徽教育出版社，2006 年，第 12 页。
⑤ 曾枣庄、刘琳主编：《全宋文》卷五一五九，第 232 册，上海辞书出版社、安徽教育出版社，2006 年，第 14 页。

写作的日记,被后人节选为"庐山后录",与《庐山记》并称于世。即便如此,在周必大看来,他还需要再花十天的时间进一步探索庐山、印证《庐山记》中那剩余的十之三四的景物,才可以真正透彻地理解庐山与《庐山记》的韵味。实地游览之后,他更加确信,从字里行间阅读揣摩《庐山记》终究是无关痛痒的纸上谈兵,只有身临其境才能明了其中的真味。

陆游《入蜀记》是这一时期行游类日记中涉及诗歌最多的一种。八月二日一条载:"早,行未二十里,忽风云腾涌,急系缆。俄复开霁,遂行。泛彭蠡口,四望无际,乃知太白'开帆入天镜'之句为妙。"① 李白《下浔阳城,泛彭蠡,寄黄判官》诗中与陆游所遇类似,也是先晴后雨而后转晴:"开帆入天镜,直向彭湖东。落影转疏雨,晴云散远空。"② 或许陆游行至此地之前已经想到过李白的诗,也或许是四望无际的彭蠡突然使他想起了李白的诗句。陆游与李白相隔几百年,在人类看来漫长久远,但于自然界而言不过是白驹过隙般的一瞬而已,彭蠡的景色依然如故,陆游遇到的彭蠡,正是李白扬帆驶入的那片水。有了这样身临其境的经历,相信陆游对"开帆入天镜"这句诗的实际感受,并不比李白单薄;有了陆游身临其境的描写,我们也能够更妥帖地理解这五个字背后的诗意。九月四日,陆游经过沌水,记云:"是日早,见舟人焚香祈神,云:告红头须小使头长年三老,莫令错呼错唤。问何谓长年三老,云梢工是也。长读如长幼之长。乃知老杜'长年三老长歌里,白昼摊钱高浪中'之语,盖如此。因问何谓摊钱,云:博也。按梁冀能意钱之戏,注云:即摊钱也。则摊钱之为博,亦信矣。"③ 此处陆游恰巧听到舟人祈祷的话,便记起了杜甫的《夔州歌十绝句》,主动向舟人询问诗句中自己不明白的词语,并在日记中特意记录下来。只有熟读杜诗者,才有可能从舟人祈祷的话语里辨别出自己见过的词,也只有如此有心之人,才能够通过种种途径获得自己想要的知识。也许正因为有了类似的经验,之后范成大提议让陆游为东坡诗做注

① (宋)陆游著:《入蜀记》卷三,中华书局,1985年,第28页。
② (唐)李白著,(清)王琦注:《李太白全集》卷十四,中华书局,1999年,第681页。
③ (宋)陆游著:《入蜀记》卷五,中华书局,1985年,第43页。

时，他婉言谢绝了。《施司谏注东坡诗序》一文中云："唐诗人最盛，名家者以百数，惟杜诗注者数家，然概不为识者所取。"① 从陆游对杜诗注本的熟悉程度来看，"长年三老长歌里，白昼摊钱高浪中"一句，在他之前必定没有准确的注释，陆游入蜀途中得知此句之意，是一个意料之外、情理之中的收获。由此来看，自然山水不仅可以印证前人的诗文，还可以使游览者通过身临其境的体验而对前人诗文产生更贴切的认识。

在旅行中忆及文人旧事或考订前人作品，也是行游类日记常常记载的内容。《入蜀记》载陆游七月十三日因至姑熟溪而联想到传说为李白所作的《姑熟十咏》，并记载了自己从前听说的一个故事：

> 李太白集有《姑熟十咏》，予族伯父彦远，尝言东坡自黄州还，过当涂，读之抚手大笑曰："赝物败矣，岂有李白作此语者！"郭功父争以为不然，东坡又笑曰："但恐是太白后身所作耳！"功父甚愠。盖功父少时，诗句俊逸，前辈或许之，以为太白后身，功父亦遂以自负，故东坡因是戏之。或曰《十咏》及《归来乎》《笑矣乎》《僧伽歌》《怀素草书歌》，太白旧集本无之，宋次道再编时，贪多务得之过也。②

十一天后，他在池州想到李白，并在日记中再次讨论了《姑熟十咏》：

> 李太白往来江东，此州所赋尤多，如《秋浦歌》十七首及《九华山》《青溪》《白笴陂》《玉镜潭》诸诗是也。《秋浦歌》云："秋浦长似秋，萧条使人愁。"又曰："两鬓入秋浦，一朝飒已衰。猿声催白鬓，长短尽成丝。"则池州之风物可见矣。然观太白此歌，高妙乃尔，则知《姑熟十咏》决为赝作也。杜牧之池州诸诗正尔，观之亦清婉可爱，若与太白诗并读，醇醨异味矣。③

从姑熟溪和池州路过的经历，触发了陆游对《姑熟十咏》的两次记录。东坡与《姑熟十咏》的故事从内容来看与笔记类似，正是日记这种极具包容性的文体，为这一典故的记录提供了充分的空间。十一天后的日记

---

① （宋）陆游著，涂小马校注：《渭南文集校注》卷十五，见钱仲联、马亚中主编《陆游全集校注》第9册，浙江教育出版社，2011年，第376页。
② （宋）陆游著：《入蜀记》卷二，中华书局，1985年，第18页。
③ （宋）陆游著：《入蜀记》卷三，中华书局，1985年，第25页。

里再次讨论《姑熟十咏》，是对前文苏轼结论的回应，由于经过池州，陆游再次想到李白诗歌的高妙，进而通过对比断定《姑熟十咏》并非李白之作。即便杜牧那"清婉可爱"的诗作，也与李白之诗有明显的差别，更何况是他人的拟作。这两段引文中的内容均不是途中直接见到的景色，而是由经过之地触发的记忆与思考，比起单纯以诗印景或者以景印诗，旅行经历对文人感想的这种触发比较偶然，但是从这种偶然的触发与记录中，我们可以看出实地游历对个体思维产生的复杂影响。

　　行游江山有助于诗文阅读，也会影响到文人的写作。比起他们在旅途中写作的大量诗、文、词来，行游类日记的写作更直接也更明显地体现了这一点。范成大《骖鸾录》记载经过临江军（今江西省樟树市临江镇）"登清江台，前眺江流，练练如横一带。阁皁、玉笥诸山江外，残雪未尽，萦青缭白，远目增明"①。从日记的角度来看，这只是简洁地记录了自己所见之景，"练练如横一带"尽管有比喻的修辞手法，也简单而浅显。"萦青缭白"出自柳宗元《始得西山宴游记》，范成大直接借用，与文意十分贴合。吕祖谦《入越录》描写丰年景象云："稻穗垂黄，际山数十里，平铺如拭，洋洋乎富哉。"②"稻穗"是近处所见之细节，"际山数十里，平铺如拭"为远景的全局描绘，"洋洋乎富哉"是作者面对此景产生的感想。短短十几字，将近景与远景、细节与全局、所见与所感均包含在内，散体古文的包容力不容小觑。《骖鸾录》与《入越录》的这两段引文都只是对实地景色简单描绘，此种景色描写在行游类日记中俯拾皆是，作者似信手拈来，却使读者心旷神怡。相比于山水诗词对景色的描绘，古文中描绘的景色，尤其是行游类日记中描绘的景色，是自然天成、原汁原味的，几乎是江山借文人之笔写成。

　　"纸上得来终觉浅"，陆游晚年的这句诗，为行游类日记中的"江山之助"提供了最好的注脚。行游类日记这一与山水联系最为直接、紧密的文体，让我们看到了江山之助的多种途径。文人行游于山水之间，可以将山

---

① （宋）范成大著，孔凡礼点校：《范成大笔记六种》，中华书局，2002年，第50页。
② （宋）吕祖谦著，黄灵庚、吴战垒主编：《吕祖谦全集》第1册，浙江古籍出版社，2008年，第227页。

水与前人诗文互相印证,"唤起"先前读过的诗文并进一步探知作者之意;旅行可以触发文人的思考,在日记中记录那转瞬即逝的偶然收获;山川美景大量进入文人笔下,简单的平铺直叙便优美动人。这一切,只有身临其境、目见耳闻的行游才能实现,也只有行游类日记才能随时随地捕捉并且原生态、多层次地为我们呈现。

四、文人之游(下):文人生活乐趣的展现

宋代的文官知州制度、地区回避制度与定期轮任制度共同导致了士人的不断迁徙,以当时的交通条件,他们的一生有相当长的时间需要在公务旅行的车马劳顿中度过。文学作品中常见的与羁旅相关的内容大多是漂泊、孤独、思念等,以愁苦的基调为主。但是,从行游类日记来看,山水风景给他们带来了极大的慰藉,嗜游的愿望得以满足,文人的聪明智慧与率性可爱在丰富多彩的行游生活中充分显露,行游类日记也因此展现了文人的生活乐趣。

吕肖奂在对比《入蜀记》与陆游入蜀诗时指出,陆游带着消极悲观的情绪上路,他游历初期的诗歌中充满了哀伤、忧怨、畏难与无奈。在游历过程中,陆游的心态逐渐平和,他渐渐开始享受游历的过程,诗歌中的视野也开阔起来。[①]《入蜀记》如实记录了陆游心情的变化:"自离当涂,风日清美,波平如席,白云青嶂,远相映带,终日如行图画,殊忘道涂之劳也。"[②] 行在图画中,美好的风景消解了旅途的劳顿,当陆游的注意力被美景吸引,他便无须再担心遥远的路途。

《骖鸾录》中记载了类似的情况。范成大出发十余天后,同行的乳母突然病重,考虑到她的身体状况实在不适合长途颠簸,范成大决定把她留在自己临安的妹妹家。他在日记中自述:"分路时,心目判断。世谓生离不如死别,信然。"次日,他与亲人告别的状况亦十分凄怆:"皆曰:'君今过岭入厉土,何从数得安否问,此别是非常时比。'或曰:'君纵归,恐

[①] 吕肖奂:《陆游双面形象及其诗文形态观念之复杂性——陆游入蜀诗与〈入蜀记〉对比解读》,《绍兴文理学院学报》(哲学社会科学版)2011年第1期。

[②] (宋)陆游著:《入蜀记》卷三,中华书局,1985年,第24页。

染瘴，必老且病矣。亦有御瘴药否？'其言悲焉。呜咽且遮道，不肯令肩舆遂行。又新与老乳母作生死诀，一段凄怆，使文通复得梦笔作后赋，亦不能状也。"① 能够与范成大一同前往桂林赴任的乳母，必定是他极亲厚之人，乳母病重，范成大为考虑如何安置她而一夜无眠，即便将她留在妹妹的家中，也不免为她的身体状况而担忧，在这样的时刻必须分离并远行，实在让人揪心。次日与其他亲人辞别，友人所担心的路途遥远与瘴疠之苦，也是范成大所担忧的，挥泪告别后，直到写作日记时，他的情绪仍然十分低落，沉浸在分别与远行的悲伤氛围中不能自拔。后一日因大雪泊于富阳，他们再出发时已是除夕，由于"除夜行役"，"庙祭及乡里节物尽废"，日记中毫无除夕节日的痕迹。不过，当天的雪景异常美丽："雪满千山，江色沈碧。"虽然夜晚寒冷，但范成大还是对夜景表现出了浓厚的兴致，他披着出使金国时所做的厚棉袍，戴上毡帽，坐在船头纵览富春江雪夜美景，称其"不胜清绝"。即便"剡溪夜泛，景物未必过此"②。在那样凄凉的离别之后又被大雪阻拦行程，原本单调乏味、辛苦疲惫而令人惆怅的旅途，只因景色奇绝，便让范成大兴味盎然，并且亲自挑选合适的衣帽来与之配合。尽管除夕没有节日氛围，但是这样美妙奇绝的景色足以抚慰旅人之心。在饱览富春江雪夜美景之后，当天记日记时对这一过程的书写，既是简单整理、保存、定格这一经历，也是短暂的时间间隔之后对美好景色的再次回味。

　　宦游者不仅仅是被动偶遇美景，还会主动寻访名胜。从行游类日记来看，他们对游赏的兴趣是非常强烈的，在长途跋涉的过程中，为了游览风景名胜，他们经常主动暂停甚至改变自己的行程。《吴船录》中，范成大在行程伊始便遣送妻子老小由成都向南、取最近的水路前往眉州彭山县，自己则"单骑转城"，前往成都西北方向的都江堰登青城山③。在嘉州时，他又"留家嘉州岸下，单骑入峨眉"④，并细致地观察、记述了峨眉"佛光"等奇景。周必大的日记中多次出现携家人同游的记录，如："（隆兴二

---

① （宋）范成大著，孔凡礼点校：《范成大笔记六种》，中华书局，2002 年，第 44 页。
② （宋）范成大著，孔凡礼点校：《范成大笔记六种》，中华书局，2002 年，第 44 页。
③ （宋）范成大著，孔凡礼点校：《范成大笔记六种》，中华书局，2002 年，第 187 - 191 页。
④ （宋）范成大著，孔凡礼点校：《范成大笔记六种》，中华书局，2002 年，第 197 页。

年二月)辛巳,阴。早,挈家游青原"(《闲居录》)①,"(乾道三年十一月)庚寅,早,移舟慧力寺下,携家往游"(《泛舟游山录》)②,"(乾道八年四月)庚申,早,隐静人至,挈家行十里至寺"(《南归录》)③。周必大《归庐陵日记》记载:"(隆兴元年五月己亥)晚至乌石山,山如削铁,悬瀑十仞。其上有幽岩精舍,今为宗室仪恭孝王功德寺。意欲一游,而从者终日冒大雨,皆告惫,遂呼山轿而上。"周必大直到一更后才返回,自云"亦好奇之过也"④。周必大《奏事录》记载:"(乾道六年闰五月)辛巳,早,同邓子长冒大风雨登浮玉亭……登舟,风益大,冲浪至金山龙游寺。"⑤在恶劣的天气中冒着大雨乘风破浪原本是非常危险的事情,为了游玩而冒这样的危险,可见天气再差、路途再艰险也挡不住他游玩的决心。母忠华《宋代日记研究》以"嗜游"二字形容《归庐陵日记》中的周必大形象⑥,事实上,中兴时期行游类日记中,"嗜游"可以说是主人公的普遍特点。由于他们的旅行大多具备公务性质,"嗜游"的特征在行游类日记中得到了更加有力的凸显。也正是源于文人的"嗜游",才会有这些优秀的日记作品流传至今。

记录游玩经历,也是"嗜游"的重要表现之一,在日记的文本之外,文人们还发挥聪明才智,运用其他方式记录行游过程中的绝美景色。范成大经过巫峡时,曾令画史描摹巫山之云,他在《吴船录》中说道:"巫峡山最嘉处,不问阴晴,常多云气,映带飘拂,不可绘画,余两过其下,所见皆然。岂余经过时偶如此,抑其地固然,'行云'之语,亦有所据依耶?

---

① 曾枣庄、刘琳主编:《全宋文》卷五一五六,第231册,上海辞书出版社、安徽教育出版社,2006年,第337页。
② 曾枣庄、刘琳主编:《全宋文》卷五一五九,第232册,上海辞书出版社、安徽教育出版社,2006年,第23页。
③ 曾枣庄、刘琳主编:《全宋文》卷五一六一,第232册,上海辞书出版社、安徽教育出版社,2006年,第57页。
④ 曾枣庄、刘琳主编:《全宋文》卷五一五五,第231册,上海辞书出版社、安徽教育出版社,2006年,第321页。
⑤ 曾枣庄、刘琳主编:《全宋文》卷五一六〇,第232册,上海辞书出版社、安徽教育出版社,2006年,第36页。
⑥ 母忠华:《宋代日记研究》,四川大学硕士学位论文,2006年,第51页。文章指出,日记使后人得以窥见"工制词"的周必大生活中更真实可爱的一面,绝非其他文体可代。

世传巫山图,皆非是。虽夔府官廨中所画亦不类。余令画史以小舠泛中流摹写,始得形似。今好事者所藏,举不若余图之真也。"① 巫峡的奇特景色,范成大两次实地观赏且意犹未尽,他对比传世的多种图画,认为它们均不相似,于是专门让画史乘小舟在江流中央写生,才捕捉到了比较真实的情形。巫峡的实地游赏、令画史摹写巫山行云之事与自己得到的巫山图,都是范成大在此次旅行中主动寻找到的乐趣,《吴船录》中以文字再次记载巫峡景色与描摹景色的行为,是对这些乐趣的回味,也体现了他对自己手中更加逼真的巫山图的自矜之情。

　　行游过程中,与文人邂逅的不仅有自然山水,还有亲朋好友。人事来往是行游生活的重要内容,文人之间的交流也为行游生活带来了许多乐趣。隆兴元年(1163)七月甲午,周必大在吉州隆庆寺遇到黄庭坚的侄子黄壁,品尝了他带来的双井茶,并听他讲述了双井的概况。他在《闲居录》中记载:"双井茶乃其祖茔所产,岁终收数斤,尝其味绝不类草茶,向来所得皆赝耳。双井在大溪中,即修水也。上井可深四丈,下井深六丈,沙石过而不入。"② 双井茶曾在欧阳修、苏轼、黄庭坚笔下多次出现,黄庭坚《双井茶送子瞻》这一名篇的广为流传更使此茶声名远扬。从日记内容来看,周必大对此早已熟稔于心。但是,双井茶产量极少,直到品尝了黄壁的双井茶并听了黄壁的介绍,周必大才知晓双井茶的真味与双井的真面目。周必大《泛舟游山录》对官员聚会的这则记载令人忍俊不禁:"(九月壬辰)陈朝立置酒中坐,帅诸人下九华溪,踏石涉水以为戏。叶尉体肥甚,独堕水中。"③ 在九华溪中踏石涉水为戏的周必大,与他知识渊博、文雅雍容、刚正清廉的文臣形象相去甚远。通常正襟危坐在官府衙门内的官员们在溪水中嬉笑,还有人因体形肥胖、行动不便落入水中,这非同寻常的事件只有在轻松活泼、不拘一格的日记中才会被翔实地记载。

　　与其他记体文不同,日记的写作主要是为了记录个体生活经历,它有

---

　　① (宋)范成大著,孔凡礼点校:《范成大笔记六种》,中华书局,2002年,第219页。
　　② 曾枣庄、刘琳主编:《全宋文》卷五一五六,第231册,上海辞书出版社、安徽教育出版社,2006年,第331页。
　　③ 曾枣庄、刘琳主编:《全宋文》卷五一五九,第231册,上海辞书出版社、安徽教育出版社,2006年,第384页。

较强的私密性，文人们在写作日记时不太考虑预期读者的存在，只需如实记录当时的经历，因此可以灵活自由地畅所欲言。《入蜀记》中，陆游记载了自己在杨罗戍（在今湖北武汉）"欲觅小鱼饲猫，不可得"① 的经历。如果不是陆游亲笔记载，有谁会想到这位"当年万里觅封侯，匹马戍梁州"的慷慨义士会有如此细腻温柔之处呢？《归庐陵日记》中，周必大在信州参加州会，记起二十八年前与亲人的旧游，感慨今昔，念及亲人的故去，"诵'无人论旧事'之句，堕泪久之"。"堕泪"并不意外，"久之"二字却传达出了深沉的悲伤。这样的生活细节，既是行游过程中的真实经历，也是文人日常生活中最真实的部分，他们的真性情自然流露在日记之中，使日记具备了强大的文学感染力。

官员之行与文人之游，是南宋中兴时期行游类日记作者的两个重要视角，也是行游类日记主要记载的两方面内容，行游类日记因此普遍具备了官员行记与文人游记这两大特征，是对官员之行与文人之游的综合记录。官员之行让行游类日记显示出作者民胞物与的精神与处理实际事务的周密谋略，文人之游则使行游类日记充满了文学色彩与文化气息。原本漫长、单调而枯燥的公务旅行，因官员的实地考察记录而变得充实，更因文人对行游生活乐趣的发掘与记录而变得令人向往、余味无穷。

第三节 使金类日记：出使经历与使臣复杂心态的立体呈现

一、南宋中兴时期使金类日记概述

中兴时期，南宋与金之间往来密切，双方每年互派使节贺正旦、贺生辰等，许多优秀的文臣，如洪皓、洪适、韩元吉、楼钥、范成大等，都曾作为南宋使节出使金国。其中，洪皓被迫留金十五年，还撰写了笔记体的《松漠记闻》。这一时期出使金国的使节所撰写的私人日记中，流传至今者有楼钥《北行日录》、范成大《揽辔录》与周煇《北辕录》三种。从数量来看，使金类日记的写作比行游类日记少一些，不过，在日记体产生与发展的过程中，对政治活动的记录有着漫长的历史，考虑到特殊的使命与特

---

① （宋）陆游著：《入蜀记》卷四，中华书局，1985年，第37页。

殊的目的地，使金类日记更是具备了多方面的独特价值。南宋中兴时期三种使金类日记的大致情况如下。

楼钥《北行日录》二卷。乾道五年（1069），楼钥以书状官的身份随汪大猷、曾觌出使金国以贺正旦，十月九日自临安启程，次年三月六日回到家中。《北行日录》以春节为界，分上、下两卷，记录了途中天气、行程、古迹、风土及金都见闻、贺正旦的礼仪等。《揽辔录》与《北辕录》均以淮河以北、金国境内的行程经过为记述对象，《北行日录》则从接到出使任务、收拾行装开始，记录了从出发直至返回家中的整个行程，是流传至今的南宋中兴时期使金类日记中行程最久、篇幅最长、内容最详细的一种。《北行日录》二卷，在南宋时已收入楼钥文集《攻媿集》。《攻媿集》今存南宋四明楼氏家刻本，今人顾大朋以此为底本点校《楼钥集》（浙江古籍出版社，2010），这是本书主要依据的版本。其单行本存世者仅有《知不足斋丛书》本。

范成大《揽辔录》一卷。乾道六年（1170），范成大以起居郎假资政殿大学士奉命从临安出使金国，途中按日期记录了八月至十月间在金国境内经历的地方名称、距离里程及名胜古迹，并详细记载了金中都宫殿的布局。与楼钥、周煇等人贺生辰、贺正旦的使命不同，范成大以泛使的身份出使金国，目的有二：一求祖宗陵寝，一为改变宋金之间的受书之礼。孝宗将求祖宗陵寝之事写入国书，命范成大向金主自陈受书之事。范成大自知"无故遣泛使近于求衅，不戮则执"①，却仍决心前往并在金廷慷慨陈词，因此特别被孝宗看重。《揽辔录》一卷，《直斋书录解题》《宋史·艺文志》《文献通考》皆有著录，原收入范成大文集，后随之散佚。据孔凡礼《范成大笔记六种》，流传到现在的《揽辔录》是删节后的残本，其足本当在明中叶略前已亡佚。现存版本有涵芬楼铅印本《说郛》本、宛委山堂本《说郛》本、《宝颜堂秘笈》本、《续百川学海》本、《裨乘》本、《知不足斋丛书》本。《范成大笔记六种》之《揽辔录》以涵芬楼铅印本《说郛》本为底本，孔凡礼先生在辑录范成大佚著的过程中还发现了部分佚文，并

---

① 周必大：《资政殿大学士赠银青光禄大夫范公成大神道碑》，见曾枣庄、刘琳主编《全宋文》卷五一七九，第232册，上海辞书出版社、安徽教育出版社，2006年，第333页。

将其作为附录列在了《范成大笔记六种》之《揽辔录》中①。

周煇《北辕录》一卷。淳熙四年（1177），周煇随张子政出使金国贺生辰，正月七日出发，四月十六日回到家中，《北辕录》主要记载了他正月二十六日至三月二十四日在金国境内的行程，尤其着重记述途中使臣的礼仪和筵宴饮食等。周煇自云："煇自四十以后，凡有行役，虽数日程，道路侄偬之际，亦有日记。以先人晚苦重听，如干蛊次叙、旅泊淹速、亲旧安否，书之特详，用代缕缕之问。"② 由此看来，为了向父亲交代自己行役的经过，他写过多种行游类日记。《北辕录》作于周煇五十一岁时，是他现存的唯一一种日记。今存《丛书集成初编》本、《古今说海》本、《历代小史》本、宛委山堂本《说郛》本，中华书局标点本据《古今说海》本排印（1991）。

中兴时期，宋金表面上暂时和解，暗中却仍然对峙，对立冲突是其主流。使金类日记的写作者代表南宋统治者，肩负政治任务前往金国首都参加外交活动。他们前往的地方，既是北宋故土，又是敌国领土，失去那片土地是偏安一隅的南宋王朝长久的创痛。南北对峙的局面使宋金双方自南渡以来基本处于互相隔绝的状态，隆兴和议签订后，宋金之间的官方交往增多。外交使臣作为南宋臣民中踏上北方土地的极少数，对这一奇特的经历非常重视，他们耳闻目睹的许多信息，为南宋人了解金朝政权与北方人民的生活提供了窗口，也为我们了解南宋文人对金朝政权和北方人民的认识提供了宝贵的资源。特殊的使命和特殊的目的地，令使金类日记在内容方面涵盖了准确的地理里程、具体的外交礼仪、金中都的城市建筑、汴京的城市面貌、沿途名胜古迹、北方风土民情等等。作者记述这些内容，也不单单是像行游类日记一样留存自己的行程记录，还包含外交、军事、文化等多种目的。出使金国的行程，注定不会像行游类日记那样轻松欢快，金朝统治下北方大地民不聊生的景象让日记写作者们心中凄怆，故都汴京的残败荒凉之状使他们无限感慨，金人学习中原文化却不得要领使他们暗

---

① 其中，自李心传《建炎以来系年要录》中辑出的内容见于《三朝北盟会编》的《族帐部曲录》，经刘浦江《范成大〈揽辔录〉佚文真伪辨析》考证，并非出自范成大之手。参见刘浦江《辽金史论》，辽宁大学出版社，1999年。

② （宋）周煇著，刘永翔校注：《清波杂志校注》卷九，中华书局，1994年，第406页。

怀鄙夷之情……种种复杂的感情交织在使臣的心中,通过细致生动的记录体现在日记的字里行间,使金类日记因此具备了独特的文学魅力。

二、摹写地图,尽记朝仪:使者的戒备与自信

出使类日记的写作,与外交使臣向朝廷递交的行程录有很大关系。宋金之间表面缓和、实则敌对的状态,让外交使臣们时刻牢记自己的政治目的,在私人日记中也记载了大量与地理、军事、外交等有关的政治信息。陆游记载范成大出使见闻之广博云:"其使敌而归也,尽能道其国礼仪、刑法、职官、宫室、城邑、制度,自幽蓟以出居庸松亭关,并定襄、五原、以抵灵武、朔方,古今战守离合,得失是非,一皆究见本末,口讲手画,委曲周悉,如言其阃内事。虽房耆老大人,知之不如是详也。"① 如此丰富而驳杂的内容,单凭脑力恐怕很难一一记清楚,日记正是保存这些资料的最佳载体。范成大之所以能在朝堂上侃侃而谈,当与他在途中写作《揽辔录》有很大关系。

准确记录地理里程和交通情况,是使金类日记的突出特点。如楼钥《北行日录》载:"(十二月)六日丁亥,霜晴。车行四十五里,沙山冈换驴。三十五里谷熟县早顿。县即商之南亳,汤所都也。县外有虹桥跨汴,甚雄,政和中造。今两傍筑小土墙,且弊损不可行。绝河以入,又二十二里至金果园,果木甚多。马行十八里,入南京城。市井益繁,观者多闭户以窥。"② 除吕祖谦《入闽录》以外,此前的日记通常只记录某日出发、经过、到达之地的地名,地理里程偶尔夹杂在其中。然而,与引文类似的行程记录,在三种使金类日记中比比皆是,这是它们的共同特征。这一方面体现出行程录对此类日记的影响,另一方面也透露出使金类日记作者的特殊观念。通过下面这段《北辕录》的记录,可以更清楚地看到他们的真实想法:

浮航以渡,自南抵北,用船八十五只,各阔一丈六七尺,其布置相

---

① (宋)陆游著,涂小马校注:《渭南文集》卷十八,见钱仲联、马亚中主编《陆游全集校注》第9册,浙江教育出版社,2011年,第449页。
② (宋)楼钥著,顾大朋点校:《楼钥集》卷一一九,浙江古籍出版社,2010年,第2092页。

去又各丈余,上实箬子木,复覆以草,曳车策马而过,如履平地。〔金人〕以"顺天"名桥。予观舻头巨舰,缚以寸金,规制坚壮,虏兵守护甚严。不日我国家恢复河朔过师,枕席上云,当知此桥为利之博焉。①

生活在江南水乡的南宋文人,对桥这一建筑自然极其熟悉,南宋中兴时期大量桥记的出现便是重要的例证。对于黄河上的这座浮桥,周煇不厌其详地记述其形制、规模、材料、经行体验、军事戒备等,直到最后一句,人们才明白他如此细致描写的缘由——过不了多久,等赵宋王朝挥师北上、收复失地时,就知道这座桥的巨大好处了。军事眼光始终潜藏在使金官员的心中,稍有触发便显露出来。杨万里在《上寿皇论天变地震书》中云"南北和好踰二十年。一旦绝使,虏情不测"②,明确指出使者们担负着探察敌情的使命。从黄河浮桥的这则记载容易联想到,使金类日记以文字的形式记录了准确的空间距离,可以作为当时行军作战的重要信息。在宋金和议的情况下,武将无缘到达北方,文臣作为使者经过北方土地,详细记录地理信息,可以为战争和军事防御提供实际的参考。

金中都的建筑,也是三种使金类日记详细记载的内容。宫门、街道、宫殿的方位与形制等同属于地理信息,因此具备与地理里程类似的军事信息属性。使金类日记在记述金中都的宫殿时,还常常表现出对金朝统治者穷奢极侈的批判。《北辕录》云:"北宫营缮之制,初虽取则东都,而竭民膏血,终殚土木之费。瓦悉覆以琉璃,日色辉映,楼观翚飞,图画莫克摹写。佐佑之初,役民兵一百二十万,数年方就,死者不计其数。"③《揽辔录》亦云:"遥望前后殿屋,崛起处甚多。制度不经,工巧无遗力,所谓穷奢极侈者。炀王亮始营此都,规模多出于孔彦舟。役民夫八十万,兵夫四十万,作治数年,死者不可胜计。地皆古坟冢,悉掘而弃之。虏既蹂躏中原,国之制度,强慕华风,往往不遗余力,而终不近似。虏王既端坐得国,其徒益治文,为以眩饰之。"④ 与金朝统治者的奢华形成鲜明对比的

---

① (宋)周煇著:《北辕录》,中华书局,1991年,第3页。
② (宋)杨万里著,辛更儒笺校:《杨万里集笺校》卷六二,中华书局,2007年,第2660页。
③ (宋)周煇著:《北辕录》,中华书局,1991年,第5页。
④ (宋)范成大著,孔凡礼点校:《范成大笔记六种》,中华书局,2002年,第16页。

是，当时的南宋社会经济已经非常繁荣，但临安的宫殿建筑仍然十分简朴，常常根据需要随时更换宫殿的匾额，一殿多用。在宫殿制度方面，金人大致取法于宋，但不得要领，这是金人在国家制度方面全力向宋朝学习却未得宋之精髓的表现之一。使臣们对金朝宫殿建筑的记述与评论，并没有像行游类日记那样对当地表现出猎奇的兴趣，在文化方面，他们有着绝对的自信，尽管军事上处于弱势地位，但他们是站在文化的制高点上俯视金朝的。

同样体现出南宋使臣文化自信的，还有使金类日记对外交礼仪的记录。金人的礼仪，大多是从南宋学来的，楼钥《北行日录》载："嗣晖雍容庄重而善应接，尝使于我，尽记朝仪以归。虏中典章礼文多出其手。"①由此看来，"尽记朝仪"是南北双方使者共同的做法，而这一行为直接对金朝礼仪的制定产生了重要的影响。然而，如宫殿建筑制度一样，金朝对南宋仪制的学习也不得要领，使金类日记中常常露出使者们对金朝礼仪的鄙夷。《北辕录》载："归馆久之，宣威将军客省使兼东上阁门卢玑到馆，押伴置酒殿上。近例止就赐副使免坐，第拜表谢，三节各受衣带五事。尚书公独以病辞馆伴所服。以礼例应给使、副衣带各七事，有靴而无笏，虏无象简，所用皆木赝也。"②"尚书公"指张子政，他"以病辞馆伴所服"，很可能并非有病在身，而是对金朝"赏赐"的婉转拒绝。从周煇对赏赐物品的挑剔来看，他自己非常熟悉这一礼制，金朝在这方面的失礼，使他日记中的语气略带不屑。《北行日录》亦载："每上房主酒，系宣徽使敬嗣晖等互进，以金托玳瑁椀贮食，却只覆以金钮红木浅子，令承应人率尔持进，其礼文不伦如此。乐人大率学本朝，唯杖鼓色皆幞头，红锦帕首，鹅黄衣，紫裳，装束甚异。乐声焦急，歌曲几如哀挽，应和者尤可怪笑。"③前一段引文中周煇对金朝礼仪的鄙夷还是含蓄的，楼钥此处则毫无保留地记下了自己的蔑视。从器物到人员，从服装到音乐，楼钥在仔细审视这场

---

① （宋）楼钥著，顾大朋点校：《楼钥集》卷一一九，浙江古籍出版社，2010 年，第 2107 页。

② （宋）周煇著：《北辕录》，中华书局，1991 年，第 6 页。

③ （宋）楼钥著，顾大朋点校：《楼钥集》卷一二〇，浙江古籍出版社，2010 年，第 2113 页。

典礼，他是来自礼仪之邦、知识渊博的大臣，金朝虽然在政治、军事方面有优势，但是在礼乐文化方面难以望宋朝之项背。南宋使者们在日记中或暗寓褒贬，或直接记述并予以犀利的评点，在他们眼中，金朝的种种礼仪像是无知的闹剧，动辄贻笑大方。《范石湖集》中有《耶律侍郎》一诗，云其"乍见华书眼似獐，低头惭愧紫荷囊。人间无事无奇对，伏猎今成两侍郎"①。唐代户部侍郎萧炅曾将"伏腊"读作"伏猎"，被时人讥笑为"伏猎侍郎"。范成大诗中的这位不识字的耶律侍郎，比伏猎侍郎"更胜一筹"，侍郎尚且目不识丁，金朝大臣的整体文化水平可想而知。《揽辔录》现存的部分并没有与该诗对应的情节，但是从诗歌内容来看，所记当为范成大出使金国的见闻。

不过，代表中原文明的赵宋政权与被视为"蛮夷"的金朝政权在政治地位上的反转毕竟是既成事实，这与赵宋王朝文化方面的领先形成了鲜明的反差。《东京梦华录》载有北宋后期元旦朝会的情况，辽、西夏、高丽、交州、回纥、于阗、南蛮五姓番、真腊、大理、大食等都派使者到汴京参加贺正旦的典礼②，《北行日录》与《北辕录》中则双双记载了南宋使臣与高丽、西夏使臣一同觐见的情形。然而，这两种日记均未对此表现出明显的屈辱心态。究其原因，一方面，贺正旦、贺生辰是双方互派使者而非南宋单方面入贺金主，隆兴和议后南宋对金不再称臣，地位相对上升；另一方面，礼乐文化与社会文明方面的绝对优势为南宋使臣树立了高度的自信。

地理信息、金中都的建筑与外交礼仪，都与政治密切相关，使金类日记对这些内容的记载，可以视为行程录的进一步延伸，作者既忠实地记录有效信息以作为日后外交活动的参考文献与史书的原始资料，又寓个人褒贬于其中，透露出南宋中兴时期士大夫对金朝的复杂态度。尽管南宋与金达成了和平协议，但南宋君臣对金朝仍然持敌对的态度，他们积极地搜集军事信息，希望有朝一日可以挥师北上、收复中原故土。在南宋无须对金称臣的情况下，使臣的屈辱感被文化方面的高度自信遮蔽，传承了中原礼乐文明精髓的南宋使臣从当时文明的巅峰俯瞰金朝的制度与典礼，在日记

---

① （宋）范成大著：《范石湖集》卷十二，上海古籍出版社，1981年，第158页。
② （宋）孟元老著，邓之诚注：《东京梦华录注》卷六，中华书局，1982年，第159-160页。

中表现了王朝中兴的优越感。

三、舆图换稿，满目疮痍：偏安之恨的隐晦表达

中原人民的生活图景，是使金类日记写作的另一个侧重点。与金中都华丽的宫殿相对应的是北宋故都汴京的破败凄凉与金朝统治下汉人生活的极端困苦。宋室南渡后将近半个世纪，江南的元气已经渐渐恢复，北方土地上却依旧是战乱后破败的模样，南宋使臣触目伤怀，在日记中饱含感情地记录了自己的所见所闻。

汴河与汴京是北宋两个十分重要的地理坐标，也是南宋使臣前往金中都的必经之地。中兴文人大多出生于南渡前后，他们在少年时代尚且来得及从长辈那里聆听到北宋与汴京旧事，他们阅读的史书与文学作品中有大量内容是以中原地区的事物为叙述对象的，虽然未曾踏上那片土地，但他们对中原的历史文化并不陌生。南宋与金的长期对立，一方面将南北方人民隔绝开来，另一方面让南宋人对北方土地的想象日益丰满。然而，在金人统治之下，中原地区破败不堪，民不聊生，鲜明的今昔对比让使臣心中充满了深深的黍离之悲。

南渡初年，汴河流域战乱频仍，河道逐渐淤塞，《北行日录》载："自离泗州，循汴而行至此，河益埋塞，几与岸平。车马皆由其中，亦有作屋其上。"①"汴河底多种麦。"②《北辕录》亦云："是日，行循汴河，河水极浅，洛口即塞，理固应然。承平漕江、淮米六百万石，自扬子达京师不过四十日。五十年后乃成污渠，可寓一叹。隋堤之柳，无复仿佛矣。"③范成大《汴河》诗云："指顾枯河五十年，龙舟早晚定疏川？还京却要东南运，酸枣棠梨莫蓊然。"诗的自注中说道："汴自泗州以北皆涸，草木生之。土人云：本朝恢复驾回，即河须复开。"④隋炀帝时修建了沟通黄河

---

① （宋）楼钥著，顾大朋点校：《楼钥集》卷一一九，浙江古籍出版社，2010年，第2091页。
② （宋）楼钥著，顾大朋点校：《楼钥集》卷一二〇，浙江古籍出版社，2010年，第2118页。
③ （宋）周煇著：《北辕录》，中华书局，1991年，第2页。
④ （宋）范成大著：《范石湖集》卷十二，上海古籍出版社，1981年，第145页。

与淮河的通济渠,因其以汴水古道为主干而称汴河,北宋时期多次大规模整治汴河,它是当时汴京最重要的水道。《宋史·河渠志》载:"宋都大梁,以孟州河阴县南为汴首受黄河之口,属于淮、泗。每岁自春及冬,常于河口均调水势,止深六尺,以通行重载为准。岁漕江、淮、湖、浙米数百万,及至东南之产,百物众宝,不可胜计。又下西山之薪炭,以输京师之粟,以振河北之急,内外仰给焉。故于诸水,莫此为重。其浅深有度,置官以司之,都水监总察之。"① 汴河是南方物产进入汴京的主要通道,为了保持良好的运输条件,北宋朝廷专门设置官员负责管理与调度工作。汴河两岸自隋代便多种植柳树,隋堤之柳的意象在唐诗中便多次出现,直至北宋末年,周邦彦《兰陵王》中还写道"隋堤上,曾见几番,拂水飘绵送行色"②。张择端《清明上河图》逼真地描绘了汴河的景色,汴河的繁忙景象是北宋社会欣欣向荣的一个重要标志。自隋炀帝主持修建至北宋末年的五百多年间,汴河仅在唐末至五代时有过短暂的停航。然而,当中兴时期使臣渡过淮河踏上北方土地时,却只能见到一条干枯废弃甚至已经通行车马并建有房屋的河道,据此追怀当年汴河与隋堤的盛况,怎能不让人感物伤怀?《北辕录》中所谓"可寓一笑",也只能是苍凉无奈的苦笑吧。

循汴河进入汴京,残垣断壁更加使人伤怀,范成大《揽辔录》载:"(八月)丁卯,过东御园,即宜春苑也。颓垣荒草而已。二里,至东京,虏改为南京。入新宋门,即朝阳门也,虏改曰弘仁门。弥望皆荒墟。入新宋门,即丽景门也,虏改为宾曜门。过大相国寺,倾簷缺吻,无复旧观……旧京自城破后,疮痍不复。炀王亮徙居燕山,始以为南都。独崇饰宫阙,比旧加壮丽,民间荒残自若。新城内大抵皆墟,至有犁为田处。旧城内粗有市肆,皆苟活而已。四望时见楼阁峥嵘,皆旧宫观、寺宇,无不颓毁。"③ 北宋文人记录的汴京、北宋遗民口中传说的汴京、南渡后宋人无时无刻不在惦念的汴京,与眼前这个真实的汴京已有天壤之别。建筑

---

① (元)脱脱等著:《宋史》卷九三,中华书局,1977年,第2316-2317页。
② (宋)周邦彦著,吴则虞点校:《清真集》卷下,中华书局,1981年,第43页。
③ (宋)范成大著,孔凡礼点校:《范成大笔记六种》,中华书局,2002年,第11-12页。

倾颓、人烟稀少、民生凋敝、市井衰败,只有残缺的城门与高楼,还隐约透露出昔日烟柳繁华地的旧模样。于南宋使臣而言,汴河与汴京的衰败,既代表了故国、故土的沦陷,也象征着中原地区文明的沦落。相比而言,视觉上的刺激是次要的,心理上的触动才更让人震惊、失落。范成大《京城》诗中写道:"倚天栉栉万楼棚,圣代规模若化成。如许金汤尚资盗,古来李勣胜长城。"① 汴京城的破败景象很自然会使他想到北宋末年宋人的溃不成军,城池虽然固若金汤,但若无良将坚守,在外敌入侵时也会不堪一击。在《揽辔录》中,范成大按部就班地叙述自己的路线与沿途所见景象,并直接指责金主完颜亮只顾建设宫殿而丝毫不顾及民生,诗作则委婉地表达了对北宋朝廷的批评。

  类似的怨刺与叹息在使臣看到灵璧(又作"灵壁")汴河岸边的奇石时也曾出现,《揽辔录》云:"河中卧石礌硊,皆艮岳所遗。"② 《北行日录》云:"两岸皆奇石,近灵壁,东岸尤多,皆宣、政花石纲所遗也。"③ 楼钥《灵璧道傍怪石》一诗又云:"饱闻兹山产奇石,东南宝之如尺璧。谁知狼藉乱如麻,往往嵌空类镵刻。长安东风万岁山,搜抉珍怪穷人间。汴流一舸载数辈,径上艮岳增孱颜。当时巧匠斲山骨,寘之河干高突兀。干戈动地胡尘飞,坐使奇材成弃物。君不见黄金横带号神运,不数台城拜三品。只今零落荒草中,万古凄凉有遗恨。木人漂漂不如土,坐阅兴亡知几许。行人沉叹马不前,石虽不言恐能语。"④ 日记中貌似平淡地记述灵璧奇石的情形,"花石纲所遗",一个"遗"字,既是真实的记录,又表现出了作者的悲愤心情。诗歌则对徽宗年间为修建万岁山艮岳而引发的花石纲展开了丰富的想象,当时的汴河,正是花石纲进京最重要的通道。徽宗把民间的奇花异石全部搜集到京城,刚刚建完自己的皇家园林,金兵的铁蹄就踏进了中原。作者虽未明确表达对徽宗的不满,全诗却充满了讽刺的意味,零落在荒草中的奇石的遗恨,正是楼钥不便明言的心声。范成大和

---

① (宋)范成大著:《范石湖集》卷十二,上海古籍出版社,1981年,第147页。
② (宋)范成大著,孔凡礼点校:《范成大笔记六种》,中华书局,2002年,第13页。
③ (宋)楼钥著,顾大朋点校:《楼钥集》卷一一九,浙江古籍出版社,2010年,第2090页。
④ (宋)楼钥著,顾大朋点校:《楼钥集》卷一,浙江古籍出版社,2010年,第11页。

楼钥在诗作与日记中立意的不同，体现了诗文之间文体地位与文体功能的差异：日记承袭了史传文学微言褒贬的特质；咏史诗则借古讽今，可以寄寓古今兴亡的感慨与议论。在这个意义上，使金类日记与使臣途中所作的诗歌可以互为注脚，共同展现作者复杂的心境。

与汴京、汴河的衰败景象相对应的，是北方土地上汉人生活的极度困苦。据《北行日录》载，"（灵璧）人家独处者，皆烧拆去。闻北房新法，路旁居民尽令移就邻保，恐藏奸盗，违者焚其居"，"途中遇老父，云女婿戍边十年不归，苦于久役，今又送衣装与之"①。淮河至汴京之间的地域，在金兵南下后硝烟四起，直至中兴时期才获得了短暂的安宁。连年的战争把青年人长期困在军营之中，金朝的政策严格限制汉人的行动，金朝统治者不遗余力地搜刮民财，导致百姓生活困苦不堪。楼钥曾向把车人询问物价："问驴马价，云：'驴上等有直四十千者，马更高贵。旧时家家有马，炀王南征尽刷去，不知几万万匹。后来都是行归，而今又殃我等贵价买。'"② 在战争到来、金朝统治者需要战马时，他们直接从百姓手中抢夺马匹，战争结束后，却逼迫百姓高价买回，丝毫不问百姓的需求。即便是为官府工作的官员，生活也非常艰难，楼钥记载了一位承应人的自述："是日相州承应人状貌甚伟，衣冠亦楚楚。呼问之，云姓马，有校尉名目。以少二百千使用，一坐二十年不调，非钱不行也。既无差遣，多只监本州酒税务。又言并无俸禄，只以所收课额之余以自给。虽至多不问，若有亏欠，至鬻妻子以偿亦不恤。且叹曰：'若以宋朝法度，未说别事，且得俸禄养家，又得寸进，以自别吏民。今此间与奴隶一等，官虽甚高，未免箠楚，成甚活路！'"③ 这位马校尉有官职而无差遣，有公务而无俸禄，既缺乏稳定的经济来源，又没有宋朝官员那样的身份，与奴隶的社会地位相仿，虽状貌英伟、衣冠楚楚，实际却毫无生活保障，潦倒不堪。中原地

---

① （宋）楼钥著，顾大朋点校：《楼钥集》卷一一九，浙江古籍出版社，2010年，第2090、2096页。

② （宋）楼钥著，顾大朋点校：《楼钥集》卷一二〇，浙江古籍出版社，2010年，第2116页。

③ （宋）楼钥著，顾大朋点校：《楼钥集》卷一一九，浙江古籍出版社，2010年，第2099页。

区的百姓是南宋使臣的汉人同胞，当地官府的官员与南宋使臣同为士大夫，他们的遭遇得到了使臣的无限同情，也让使臣对金朝统治者的贪婪残暴十分痛恨。

残酷的生活现状让北方人民深深怀念宋朝的统治，热切盼望南宋军队北上收复中原。《北行日录》载："戴白之老多叹息掩泣，或指副使曰：'此必宣和中官员也。'"① "道傍老妪三四辈指曰：'此我大宋人也，我辈只见得这一次，在死也甘心。'因相与泣下。"②《揽辔录》载："遗黎往往垂涕嗟啧，指使人云：'此中华佛国人也。'老妪跪拜者尤多。"③ 陆游据范成大的描述写下了《夜读范至能揽辔录言中原父老见使者多挥涕感其事作绝句》一诗，云："公卿有党排宗泽，帷幄无人用岳飞。遗老不应知此恨，亦逢汉节解沾衣。"④ 诗句表达了陆游因宗泽、岳飞等主战派被排斥，导致中原始终未能恢复而生发的沉痛与愤恨。《北行日录》载："承应人有及见承平者，多能言旧事，后生者亦云见父母备说，有言其父嘱之曰：'我已矣，汝辈当见快活时。'岂知担阁三四十年，犹未得见。"⑤ 此处承应人之父的叮嘱，与陆游绝笔诗中"王师北定中原日，家祭无忘告乃翁"的嘱托遥相呼应，分外使人伤感。

对赵宋政权的深厚感情，使得北方的汉族百姓在宋金交战中表面上为金人效力，暗地里却主动丢盔弃甲，为南宋军队创造进攻机会。楼钥《北行日录》记载一位老人的话道："签军遇王师皆不甚尽力，往往一战而散，迫于严诛耳。若一一与之尽力，非南人所能敌。符离之战，东京无备，先声自已摇动，指日以望南兵之来，何为遽去中原？"⑥ 中原百姓感念赵宋

---

① （宋）楼钥著，顾大朋点校：《楼钥集》卷一一九，浙江古籍出版社，2010年，第2093页。
② （宋）楼钥著，顾大朋点校：《楼钥集》卷一二〇，浙江古籍出版社，2010年，第2115页。
③ （宋）范成大著，孔凡礼点校：《范成大笔记六种》，中华书局，2002年，第13页。
④ （宋）陆游著，钱仲联校注：《剑南诗稿校注》卷二五，见钱仲联、马亚中主编《陆游全集校注》第4册，浙江教育出版社，2011年，第40页。
⑤ （宋）楼钥著，顾大朋点校：《楼钥集》卷一一九，浙江古籍出版社，2010年，第2094页。
⑥ （宋）楼钥著，顾大朋点校：《楼钥集》卷一一九，浙江古籍出版社，2010年，第2096页。

王朝君臣的恩德，一心盼望南宋军队挥师北上，并在双方交战的过程中不惜冒着生命危险假装战败，在这样的情况下，南宋迟迟不肯出兵，实在让人叹息。老人最后的反问句中既有失落、不解，又难免对南宋军队有一些怨气。《北行日录》中还记载了一位驾车人的话："我乡里人善，见南家有人被掳过来，都为藏了。有被军子搜得，必致破家，然所甘心也。"冒着家破人亡的危险解救陌生的南宋人，这样的义举使人肃然起敬。相比之下，那些只想着一己安危与荣华富贵，丝毫不顾念生活在水深火热之中的同胞的南宋君臣，多么令人痛心！《北行日录》中对中原人民生活情况的记录，大都是作者向承应人、驾车人或路人询问他们的生活状况得到的答复。从这一点来看，楼钥与范成大都很关心中原人民的生活状况，但范成大留心记录途中见闻，而楼钥则更加自觉、主动地向中原父老了解情况。

纵然中原父老始终心系赵宋王朝，但是，随着时间的流逝，民众的习俗已经不可避免地发生了潜移默化的改变。《北行日录》载："承应人各与少香茶红果子，或跪或喏。跪者胡礼，喏者犹是中原礼数，语音亦有微带燕音者，尤使人伤叹。"① 四十年过去，新一代中原人成长起来，金朝在主动接受中原文化的同时，也将自己的女真文化灌输给中原地区的汉人，而汉人即便有心传承中原文化，在金朝的统治之下也步履维艰。作为南宋使臣的楼钥，看到这一幕难免会伤怀。中原人民虽然热切盼望南宋军队的到来，但难免对战争表现出了厌倦，《北行日录》引用一位年轻军子的话说："旧时见说厮杀都欢喜，而今只怕签起去，彼此休厮杀也好。"② 尽管金人的统治残酷无情，尽管中原百姓的生计十分艰难，但他们也知道，南宋要想收复中原，必须经过大规模的战争，而战争中首当其冲的，不外乎百姓。在使金类日记对中原人民盼望南宋军队挥师北上的大量记载中，夹杂着这样一位年轻人的声音，虽然微弱，却很真实。在反思"中原陆沉久，任责岂无人"（楼钥《泗州道中》）的同时，楼钥还在《北行日录》中

---

① （宋）楼钥著，顾大朋点校：《楼钥集》卷一一九，浙江古籍出版社，2010年，第2094页。

② （宋）楼钥著，顾大朋点校：《楼钥集》卷一二〇，浙江古籍出版社，2010年，第2117页。

陈述了自己冷静的分析:"(中原人民)思汉之心虽甚切,然河南之地极目荒芜,荡然无可守之地,得之亦难于坚凝也。"① 这是他在实地考察的基础上得出的结论,虽然令人失望,但现实正是如此残酷,尽管南宋在社会、经济、文化等许多方面都已经中兴,甚至在某些方面超越了北宋,但是,只要中原故土未能收复,南宋的中兴就是残缺的。

日记体游记的成熟,是南宋中兴时期记体文在文体形式方面的一大拓展,大量优秀作品的出现,推动了这一新兴文体的最终定型。与其他单一题材的单篇记体文相比,日记体游记最大的不同之处是,它记录的对象并不是一个事物或者一件事情,而是一段行游的历程。这段行游历程中,作者的空间位置随着时间的推进而不断变换,其间扑面而来的见闻触发了作者的感想与思考,呈现在日记的文本中,便是斑斓的社会现实与文人日常生活的各个角落,以及他们精神世界的灵光一现。从行游类日记中,我们可以看到行走在公务旅途中的文人的日常生活,并通过他们的文字游历山水、品味中兴时期的历史与文化;透过使金类日记,则可以看到当时宋金之间的交往与北方土地的荒凉景象,进而全面认识使臣的复杂心态。

自由的形式和巨大的包容力,是日记在记录行游生活方面无可比拟的优势。行游途中的见闻、感想与思考大部分是片段式的,是作者遇到的感兴趣、有价值的信息及其思绪受到的种种触动,日记体游记在极短的时间间隔内将这些内容通过宽松的古文形式加以记录,极大地保护了这些片段的鲜活性、真实性与完整性。日记体游记对行游生活的如实记载,一方面使记体文记事的功能得到了最大限度的发挥,另一方面使其记录对象的范围得到了前所未有的拓展。

---

① (宋)楼钥著,顾大朋点校:《楼钥集》卷一一九,浙江古籍出版社,2010年,第2096页。

第六章 南宋中兴时期记体文的写作特点及其新变

第一节 记事本职的严谨履行

"记者,记事之文也",这句重复出现在王应麟《辞学指南》、潘昂霄《金石例》、吴讷《文章辨体序说》等著作中的话,意味着记事毫无疑问是记体文的首要任务。尽管议论在北宋记体文中所占的比重有较大的提升,但记事始终是记体文的常规任务,是记体文作者首先要考虑的内容。南宋中兴时期记体文中,以游山玩水的过程为叙述线索是单篇山水游记与日记体游记最普遍的写法;无论公共建筑记文还是私人居所记文,都理当交代营造建筑的起因、经过、结果。议论、描写、抒情、说明等其他表达方式或穿插在记叙之中,或围绕事件展开,都与记事联系紧密。中兴时期的记体文在叙事方面大都语言平易、条理清晰,许多优秀的文人能够自如地运用各种叙事技巧,记体文不仅圆满完成了记录事实的任务,而且在叙事的基础上生发出许多精彩的波澜。

一、以叙事为中心的文章架构

南宋中兴时期的记体文,绝大多数能够如实记述事件发生、发展的经过,不论记事部分的篇幅长短如何,它都是记体文中必备的内容,记事这一任务在记体文中得到了妥善的完成。除了事件发生、发展的过程,事件的背景、起因、结果,与此相关的人、事、物等,也会根据行文的需要进入记体文之中。讨论记体文的叙事,应将文中与事件相关的历史细节一并纳入视野之中,全面考察叙事在记体文整体结构中的意义。

事件是记体文写作的缘起,在记体文中通常占据着核心位置。中兴时期绝大部分记体文以事件为中心构建一个立体、完整的叙述框架,对事件发生过程的记述在全文中所占的比例或大或小,但事件无疑是影响文章结构的第一要素。以洪迈《扬州重建平山堂记》为例:

> 扬为州最古,南傅海,北犍淮,并而方之盖万里。后世乖离瓯析,殆且百郡,独广陵得鼎其名,故常称巨镇,为刺史治所,为总管府,为大都督府,为淮南节度使。方唐盛时,全蜀尚列其下,至有"扬一益二"之语。入本朝,事权继衰,而太守犹带一道铃辖、安抚使。品其域望,他方莫与京也。迷楼九曲,珠帘十里,二十四桥风月,登临气概,政已突兀今古。
>
> 兹堂最后出,前志谓江南诸峰植立,檐户肩摩领接,若可拔取。山川既佳,而又欧阳公寔张之,故声压宇宙,如揭日月。搢绅之东西,以不得到为永恨,意层城、阆风、中天之台抑末耳,其重如此。然百余年间,屡盛屡歇,瓦老木腐,因之以倾陊,荐之以兵革,而遗址离离,无复一存,荒烟白露,苍莽灭没,使人意象菱然,诵"山色有无"之句,付之三叹而已。
>
> 吴兴周侯淙开藩之二年,北边输平,民俗安定,思所以壮隆一邦,作新穷檐。乃致志于所谓平山堂者,稽工伐材,费省工倍,四旬而落其成。遗民憧憧后先,策老抱幼,目荡魂怡,不自意太平官府之见,至或感以泣。
>
> 有客从北来为予言,相与心嘉之,而侯踵书来请记。扬为州虽大,然非昔比矣,无有崇台累榭之胜,瓌观佚览之乐,为官者视萌即去,无所寄适,非真有嫪慕不轻得留也。侯独居之安,居之安则其于事也勇而立。一堂之就,似无讳以劳者。曩侯为盱眙,予廷劳使客出其间弥两月留。留益久,得侯之用心。摒摩饥荒中,虽屡屡间亦尽善。今日典大府,为方伯,休其心于护边乘障之余,以抗思埃风之外,追昔人而与居,岂不益可嘉?则一堂之就,宜有足夸者。故为显

第六章 南宋中兴时期记体文的写作特点及其新变 /263

书之,使淮人时节来游,笙箫舞歌,彷徉乎其上,拂石而镜之,以无忘贤侯之德。侯方以功力,奋从是为,羽仪天朝,可卜不疑。①

  文中记述平山堂重建经过的部分集中在第三段,事件的时间、地点、人物、起因、经过、结果,都在这一段不足百字的篇幅中得到了交代。作者并未交代花费人力物力的数量,只是约略记载这一工程耗时四旬之久,这或许可以归因于洪迈并未亲自参与到此事当中,没有亲眼见到重修后的平山堂是何种景象。不过,文章其他的段落均是紧紧围绕重修平山堂之事展开的。文章首段从扬州的历史说起,扬州既是平山堂所处之地,也是此次重修平山堂的周淙管辖的范围,对扬州的概述为下文正式介绍平山堂做了铺垫。第二段回顾欧阳修兴建平山堂之事,概括其兴废的历史,并分别描绘其兴盛与衰败时的景象。让人慨叹的颓败的遗址,正是周淙到扬州时见到的,也是此次平山堂重建的基础。第三段在叙述重建过程之外,还记述了重建之后当地百姓的反应,尽管作者的记述中略有夸张,但理应与事实相去不远。第四段则由写作缘由引申到周淙其人,叙述自己与他的交往中对他的印象,并描绘了自己想象中扬州人到平山堂游玩的景象。在时间上,重建平山堂之前有欧阳修之初建与百余年间的"屡盛屡歇",重建之后有记文写作之事与百姓游玩之景象。在空间上,文中既写到了平山堂近处可见的山川风月,又有关于整个扬州地区的介绍。人物也是该文记述的重点,作者记述了自己与周淙在盱眙共处时对他的印象,并由此联想到他在扬州的状况。以上有关时间、空间、人物的拓展,构成了一个多维度的文章结构,这些拓展均以平山堂重建之事为中心,平山堂此次重建的整体情况在文章的整体框架中得到了全面的记述。

  时间、空间与人物,是中兴时期记体文以事件为中心向外拓展的比较常见的角度。洪迈《扬州重建平山堂记》在三个角度都有拓展,但拓展的范围均比较有限。这一时期还有一些记体文主要从一个角度向外延展,并不追求全面,由于角度更专一,叙述线索也更加明晰。嘉定三年(1210),平山堂再次重修,楼钥在《扬州平山堂记》中详细追溯了平山堂历次整修

---

① 曾枣庄、刘琳主编:《全宋文》卷四九一九,第 222 册,上海辞书出版社、安徽教育出版社,2006 年,第 92-93 页。

的经过：

> 承平才更十七年，而堂已圮坏。直史馆刁公约新之，沈内翰括为之记。绍兴末年，废于兵燹。周贰卿淙起其废，而洪内翰迈记之。近岁赵龙图子濛尝加葺治，郑承宣兴裔更创而增大之。开禧边衅之起，环扬之境本无侵轶，而庸人债帅畏怯太甚，始以大言自诡，事未迫而欲遁，遽假清野之名，纵火于外。负郭室屋，延燔一空，而堂遂为荆榛瓦砾之场，于兹数年矣。①

此文仅存残篇，在目前可见的段落中，楼钥写作记文的契机——赵方重修平山堂之事尚未展开，但文章的叙述脉络已经非常清晰。楼钥细致地考证了平山堂历次圮坏的原因与重修的经过：英宗治平年间、孝宗乾道年间、光宗绍熙年间，分别在刁约、周淙、赵子濛的主持下，平山堂先后三次得到修整，沈括、洪迈、郑兴裔分别在每次修整之后写下了记文（即沈括《扬州重修平山堂记》、洪迈《扬州重建平山堂记》、郑兴裔《平山堂记》）。开禧北伐中，平山堂被扬州地方官纵火焚毁，嘉定三年（1210），郡守赵方再次重修，楼钥这篇记文便是因这次重修而作的。楼钥以《扬州平山堂记》为题，在题目中并不强调重修，或许有意为之，毕竟，从现存的残篇来看，对平山堂历史的叙述才是文章最有价值的部分，它几乎可以被看作"宋代平山堂资料索引"。考证与记述对象相关的历史事实，也是这一时期记体文作者常用的写法。周必大《安福县重修凤林桥记》就直接在文中写道："是桥不知起何时，姑以近事考之。"② 作者显然有意考证其历史，并记录在文中，为后人留下宝贵的文献资料。以历史考证的文献作为记文写作的基础，并将记文所述之事作为文献资料，无疑会将记文的叙事与历史叙事紧密联系起来。这虽然可能会削弱记文的文学色彩，但无疑会对记文叙事之严谨、客观提出更高的要求，进而推动叙事艺术的发展。

---

① （宋）楼钥著，顾大朋点校：《楼钥集》卷五三，浙江古籍出版社，2010年，第986-987页。

② 曾枣庄、刘琳主编：《全宋文》卷五一四九，第231册，上海辞书出版社、安徽教育出版社，2006年，第235页。

记体文中记录的历史涉及多个层面,以上两篇引文中关于平山堂的记述,主要关注平山堂的客观情况。微观层面上的个人化叙事,也是中兴时期记体文写作经常采用的方式。以杨万里《远明楼记》为例:

予淳熙庚子之官五羊,道西昌,泊跨牛庵。据胡床小杌,睡思昏昏也。县尹李公垂、簿赵公昌父,传呼而来,予摄衣蹑履出迎,坐未定,二君曰:"先生欲登快阁乎?"予谢曰:"幸甚。"即联骑疾往。是时春欲十半,凭栏送目,一望无际。绿杨拂水,桃杏夹岸,澄江漫流,不疾不徐,远山争出,平野自献。视山谷登临之时,晚晴落水之景,其丽绝过之。而公程骏奔不得久留,匆匆留两绝句而去,至今有遗恨也。

后十年,予宦江东,予之倩安福刘价以书来,为言:"西昌佳士陈诚之所居,距快阁不远,而距澄江又加不远。然出门则江甚远,盖闾阎居者百余室,蔽遮其前。有撼诚之者曰:'盍楼其上?'既溃于成,呼酒与二三诗友落之,开窗卷帘,江光月色,飞入几席。凄神寒骨,便觉贝阙珠宫,去人不远。因撼山谷语,扁曰远明,愿先生记其说。"予许之未暇也。

予既退休于居,诚之挐小舟三百里,冒春雨访予于南溪之上,投赠予四六五七,皆清峻迈往。予读之惊异外,问快阁无恙乎,诚之曰:"江月如故,而落木荣白鸥老矣。"因跽而请曰:"先生于恂有宿诺,愿践言。"予笑曰:"嘻,吾为子惧矣!昔半山老人尝与谢公争墅,'公去我来应属我'之诗是也。又与段约之争埭,'割我钟山一半青'之诗是也。今子以兹楼偪快阁,非城虎牢之策乎?山谷犹有鬼神,嘻!争端自此始矣。"

绍熙甲寅四月庚戌,诚斋老人杨万里记。①

杨万里为陈诚之的远明楼作记,却从自己淳熙七年(1180)登快阁的经历谈起,先叙述自己亲身游历的见闻。之后又介绍自己绍熙元年(1190)从女婿刘价的书信中听闻的远明楼,通过刘价之言简单记述了远

---

① (宋)杨万里著,辛更儒笺校:《杨万里集笺校》卷七四,中华书局,2007年,第3089–3090页。

明楼修建的经过并描绘了远明楼的景色。最后叙述绍熙五年（1194）远明楼主人陈诚之来拜访并请自己写作记文之事。作者对远明楼的全部认知都按照时间顺序记述在了这篇文章之中。为远明楼作记，却在第一段、第三段中详写远明楼近处的快阁，当与作者曾亲自登上快阁却未曾见过远明楼有关，借快阁写远明楼，可以利用快阁的知名度使远明楼之名得到传播。文中刘价与陈诚之对远明楼的叙述都被作者收拢到自己的记叙之中，以单一的线索加以呈现，杨万里的认知过程以及他的情感也融入了叙述线索之中，让行文充满情致。将主观情感投射到客观事物之上，在叙事中融入个人体验，是记体文叙事区别于历史叙事的重要特质之一，记体文的文学性，在这样的叙事中得到了鲜明的体现。

二、叙事技巧的灵活驾驭

记体文以叙事为首要任务，叙事精彩与否对记文的整体质量有着决定性的影响。南宋中兴时期文章学著作已经开始有意识地关注叙事的问题。陈骙《文则》云："文之作也，以载事为难；事之载也，以蓄意为工。"①吕祖谦《古文关键》云："为文之妙，在叙事状情。"② 可见叙事是古文写作之难点，它既给作者的写作功底带来了挑战，也能够在挑战的同时使作者体会叙事状情的妙处。从读者的角度来看，叙事状情的佳处常常是文章的妙处所在。中兴时期许多优秀的记体文在叙述过程中灵活运用多种技巧，使文章曲折回环、虚实相生、文采斐然。例如陆游《重修天封寺记》：

> 淳熙丙午春，予以新定牧入奏行在所，馆于西湖上，日与物外人游。多为予言净慈有慧明师者，历抵诸方，如汗血驹，所至蹴踏，万马皆空。方是时，知其得法，而不知其能文。后四年，予屏居镜湖上，明来访予。谈道之余，纵言及文辞，卓然俊伟，非凡子所及。方是时，知其能文而不知其有才。
>
> 明既从予游累日，乃曳杖负笈，入天台山，为天封主人。是山

---

① （宋）陈骙著：《文则》，中华书局，1985年，第3页。
② （宋）吕祖谦编：《古文关键》，商务印书馆，1936年，第5页。

也，岩嶂崭绝，为天台四万八千丈之冠；林麓幽邃，擅智者十二道场之胜。然地偏道远，游者既寡，施者益落。明居之弥年，四方问道之士，以天封为归。植福乐施者，踵门而至，虽却不可。于是自佛殿经藏，阿罗汉殿，钟经二楼，云堂库院，莫不毕葺。敞为大门，缭为高垣，周为四庑，屹为二阁，来者以为天宫化成，非人力所能也。又衮其余，作二库，曰资道，曰博利，以供僧及童子纫浣之用。彼庸道人日夜走衢路，丐乞聚畜，盖未必能办此。明方为其徒发明大事因缘，钱帛谷粟之间，不至丈室，而其所立，乃超卓绝人如此，岂非一世奇士哉！

予尝患今世局于观人，妄谓长于此者必短于彼，工于细者必略于大。自天封观之，其说岂不浅陋可笑也哉！慧明以书来求予文，记其寺之废兴，因告以予说，使并刻之，庶几览者有所傲焉。

绍熙三年三月三日，中奉大夫、提举建宁府武夷山冲佑观、山阴县开国男食邑三百户陆某记。①

文章以天封寺的重修为题，却并不直接记述这一事件，而是从天封寺住持慧明禅师谈起，以人物作为文章的叙事线索。根据文中所述，天封寺的重修约在绍熙二年（1191）前后，作者却从淳熙丙午［淳熙十三年（1186）］馆于西湖的经历谈起，有意将天封寺的重修放在更广阔的背景之中层层铺垫。作者将自己对慧明禅师的了解过程分为三个阶段，先是经由他人之言得知慧明禅师对佛法的精通，又通过两人的交谈得知他的文学造诣，最后才因天封寺重修之事而发现了他卓越的才能。这是一个自然发生的过程，但作者的叙述中却故意设置了两重悬念。先言"知其得法，而不知其能文"，又云"知其能文而不知其有才"，二者既形成了转折、递进，又为下文中关于慧明禅师个人才能的记述安排了前奏。

第二段是文章的主要内容，围绕着慧明禅师的行动介绍天封寺重修的过程。然而，作者没有从正面记述慧明禅师如何规划、设计、经营禅寺等等，而先从侧面入手，记述天封寺偏僻、萧条的景象，进而介绍慧明禅师的到来如何使天封寺人气高涨。天封寺之重修，并非慧明禅师一人独立筹

---

① （宋）陆游著，涂小马校注：《渭南文集校注》卷十九，见钱仲联、马亚中主编《陆游全集校注》第9册，浙江教育出版社，2011年，第475页。

谋,而是合众人之力水到渠成的结果。作为寺院住持,慧明禅师理应用心经营此地,而这原本应当是记文重点记述的部分,文章却几乎不涉及这一内容,显然是作者有意为之。天封寺此次修葺的建筑包括佛殿经藏、阿罗汉殿、钟经二楼、云堂库院、大门、高垣、廊庑、二阁、资道库、博利库等。文中仅以极其简省的文字概述之,并不交代其筹划、建设的过程及规模、形制等,故意不留痕迹,让人感觉这一切是慧明禅师轻轻松松就做到的。对天封寺修整后的面貌,作者则从"来者"的视角称其为"天宫化成,非人力所能"。一面淡化其经营之力,一面夸耀其结果之美,无疑大大凸显了慧明禅师的个人才能。

在层层转折递进中切入主题,并在叙事的过程中突出个人形象,是南宋中兴时期以建筑为题的记体文比较常见的写法之一。《重修天封寺记》在第三段中简单点明了记人的主旨,总结了慧明禅师之得法、能文与有才,并不露痕迹地发表了赞叹。记文要记述事情的本来面目,而在叙述角度、材料选取、详略安排等方面,作者的写作技巧能够得到充分体现。事情的本来面目固然是客观的,但它必须经过作者的主观安排才能进入记文之中,所谓"为文之妙",可以体现在作者的谋划、剪裁、拼接之中。

谋划、剪裁与拼接均是紧扣事实本身的,记体文的叙事常常与描写相结合,在事实的基础上稍加夸张,以达到更好的文学效果。以杨万里记述自己淳熙元年(1174)从临安至严州的行程为例:

> 初予官于朝,以母老乞补外,得符临漳。自龙山登舟,舟人忽掀柂回棹,望潮波之来而逆之,突而入焉,然后随波疾行,江山开明,四顾豁如,甚快于予心也。舟行之二日,自鸬鹚湾,历胃口,则两山耦立而夹驰,中通一溪,小舟折旋其间,行若巷居,止若墙面,偪仄陋塞,使人闷闷。又一日,宿乌石滩下,晓起而望,则溪之外有地,地之外有野,野之外有峰。峰之外山,虽不若向之开明豁如者,然北山刺天,若倚画屏,南山隔水,若来众宾。玉泉若几研,而九峰若芝兰玉树也。于是予之快者复,而闷闷者去矣。①

---

① (宋)杨万里著,辛更儒笺校:《杨万里集笺校》卷七一,中华书局,2007年,第3006-3007页。

文中以作者自己的行程串联起了一路的风景，在叙述中穿插着景物描写，叙述与描写交互使用，难以剥离。"行若巷居，止若墙面""玉泉若几研，而九峰若芝兰玉树"，都是带有夸张的比喻，而"北山刺天，若倚画屏，南山隔水，若来众宾"则在夸张的比喻之上又兼有拟人。作者的心境随途中景物的变换而变化，景物描写中的夸张、比喻、拟人与文中记述行程的部分浑然一体，形象地传达出作者的真实体验。

中兴时期还有一些记体文，其作者并未亲眼见到文中记述的对象，文章是作者凭借已有的经验加以想象而写成的。如晁公武《合州清华楼记》：

予雅闻其山水之美，既承守之，意谓必有环伟绝特之观。暇日经行后囿，周旋四顾，弗称所期。既旬岁，一旦登丽谯，南向而望，始大爱之，遂谋筑层楼以览其形胜，工未讫而引去。普慈景公篯实继之，尤爱其趣，乃增大规模，愈益闳丽，贻书求名与记。予谢不能，而坚请不置，因取古人秀句以"清华"名之。且为之言曰：今兹楼高出雉堞之上，挟光景，临云气。倚槛纵观，仰则两山错出，林峦蔽亏于其前；俯则二水交流，岛屿映带于其外。当霜气澄鲜，浅濑清激，及夫雨潦时至，狂澜怒奔，而迅帆轻楫，常出没涛泷荡潏之间。当风日骀荡，花明草熏，及夫林叶变衰，呈露岩岫，而猿鸟腾倚，每隐见于丛薄晻霭之际。其水木之变态异容盖如此，虽文章若甫与樵固尝极思摹写，而莫得其梗概焉，亦可谓环伟绝特矣。①

晁公武曾于绍兴末年知合州，从引文内容来看，文中所记的清华楼正是由他始建的。他在此地停留的时间不超过两年，到任一年之后才发现适合筑楼之处，修建楼阁的想法在此后方才萌生，楼阁没有修完他便离任了，后续工作由继任官员景篯完成。景篯增大了楼阁的规模，将楼阁建得壮观宏丽，并写信请晁公武为之命名、作记。晁公武没有亲眼见到楼阁的样貌，更不曾登上此楼，只能凭借自己对当地的认识加以想象，在文中形容自己想象中的景象。从忠实地记录社会现实层面看，这样的形容、想象

---

① 曾枣庄、刘琳主编：《全宋文》卷四六六〇，第210册，上海辞书出版社、安徽教育出版社，2006年，第171-172页。

是不受欢迎的,然而,记体文中的形容、想象、比喻、夸张、描写等,却正是集中体现作者文采的地方。在虚实交错之间使叙述对象得到艺术化呈现,文学艺术源于现实而高于现实的特点也在记体文中得到了体现。为文之妙在于叙事状情,叙事状情之妙则正在于曲折回环、虚实相生。南宋中兴时期记体文的许多优秀篇章能够娴熟而自然地运用种种叙事技巧,在担负记事任务的前提之下最大限度地展示了文学艺术之美。

第二节　因事立论与记体文议论的深入

宋人好议论,说理议论的内容大量进入原本并不以议论见长的文体之中,诗词如此,记体文亦然。从文本内容来看,议论已经成为南宋中兴时期记体文的常规内容。这一时期记体文的议论大多与所记之事密切相关,通过议论表达作者的独立思考,是当时文人普遍认同的做法。随着道学的发展,文人的思辨意识增强,这一方面促进了记体文之议论的发展,另一方面则因太注重议论而为记体文的发展带来了一定的负面影响。

一、就题立意,贯穿事实

清代文人方苞在《答程夔州书》中谈道:"散体文惟记难撰结,论、辨、书、疏有所言之事,志、传、表、状则行谊显然,惟记无质干可立,徒具工筑兴作之程期,殿观楼台之位置,雷同铺序,使览者厌倦,甚无谓也。"①"无质干可立"对记事之文来说的确是一个问题,这一问题早在宋代便受到了文人的关注。成书于绍熙三年(1192)的《梁溪漫志》中,费衮解释《礼记·檀弓》对文章写作的典范意义云:"东坡教人读《檀弓》,山谷谨守其言,传之后学。《檀弓》,诚文章之模范。凡为文记事,常患意晦而辞不达,语虽蔓衍而终不能发明。惟《檀弓》或数句书一事,或三句书一事,至有两句而书一事者,语极简而味长,事不相涉而意脉贯穿,经纬错综,成自然之文,此所以为可法也。"②"意脉"的存在,可以串联起原本并不相关的事实,使文章自然流畅,并有所发明。熟读《檀弓》,是

---

① (清)方苞著:《方望溪先生全集》卷六,《四部丛刊初编》本。
② (宋)费衮著,金圆点校:《梁溪漫志》卷四,上海古籍出版社,1985年,第35页。

苏轼对古文写作者提出的建议，黄庭坚也是从古文写作的层面理解并向后学传授《檀弓》之旨，而费衮此处特别强调《檀弓》记事之精练有味与文章意脉之贯穿，体现了他对古文之叙事、立意的重视。记事之文虽无质干可立，但可以通过"立意"来串联起文章的脉络，避免记事的蔓衍、雷同。这一说法从理论层面解决了"记无质干可立"及其引发的一系列问题，而南宋中兴时期的记体文写作，则提供了许多可以进一步佐证的实例。

乾道八年（1172），陆游在蜀中为王炎所建的静镇堂写作了《静镇堂记》，这是一篇典型的就题立意之作：

> 四川宣抚使故治益昌，枢密使清源公之为使也，始徙汉中，即以郡治为府。郡自兵火滁地之后，一切草创。公至未几，凡营垒厩库吏士之庐，皆筑治之，使坚壮便安，可以支久，而府独仍其故。西偏有便坐，日受群吏谒见，与筹边治军，燕劳将士，靡不在焉，而其坏尤甚。公既留三年，官属数以请，始稍加葺，易其倾挠，彻其蔽障，不费不劳，挟日而成。会上遣使持亲诏，赐黄金盇宝熏珍剂，以彰殊礼。公遂摭诏中"静镇坤维"之语，名新堂曰"静镇"，而命其属陆某记之。
>
> 某辞谢不获命，则再拜言曰：以才胜物易，以静镇物难。以静镇物，惟有道者能之。泰山乔岳之出云雨，明镜止水之照毛发，则静之验也。如使万物并作，吾与之逝，众事错出，吾为之变，则虽弊精神，劳思虑，而不足以理小国寡民，况任天下之重乎？岁庚寅某自吴适楚，过庐山东林，山中道人为某言，公尝憩此院，闭户面壁，终夏不出，老宿皆愧之。则公之刳心受道，盖非一日矣。世徒见公驰骋于事功之会，而不知公枯槁澹泊，盖与山栖谷汲者无异；徒见公以才略奋发，不数岁取公辅，而不知公道学精深，尊德义，斥功利，卓乎非世俗所能窥测也。而上独深知之，故诏语如此。传曰"知臣莫若君"，讵不信哉！虽然，某以为今犹未足见公也。金暴中原久，腥闻于天，天且悔祸，尽以所覆畀上；而公方弼亮神武，绍开中兴。异时奉鸾驾，莫京邑，屏符瑞之奏，抑封禅之请，却渭桥之朝，谢玉关之质，然后能究公静镇之美云。

乾道八年七月二十五日，门生、左承议郎、权四川宣抚使司干办公事兼检法官陆某谨记。①

"静镇"二字，出自孝宗写给王炎的亲笔诏书，王炎以此为官府中新修之堂命名，陆游则以此为记文立意，以"静镇"二字串联起了有关王炎的诸多事迹。作者将与静镇堂的修建直接相关的事件安排在第一段中，面对建炎兵火后当地百废待兴的景象，王炎很快着手重修郡中的各种建筑，唯独自己办公的地方十分简陋，在众人多次建议下才稍加修葺并为其命名。记文的第二段先阐释了"静镇"二字的含义，指出"以静镇物，惟有道者能之"，然后围绕这一主旨记述王炎在庐山东林寺居住时的状态，写他"道学精深""枯槁澹泊"的一面。从事实层面来看，庐山东林寺与四川宣抚使司这两段经历原本互不相干，陆游在记文中通过"静镇"将二者紧密联系在一起。王炎对内心世界的探索与向外在世界的追求，也因"静镇"而得到了统一。在此基础上，陆游进一步提出了对王炎的期待，即辅佐君王北上收复北方故土，完成统一大业。单从办公场所的修葺一事便引申到南宋的恢复大业，未免突兀，但是在"静镇"之含义的统领之下，此事完美地融入了文章的脉络之中。从建筑重修之事引出"静镇"之名并将其确立为文章的主旨，进而介绍王炎学识、心性与品格中的"静镇"之美，最后因"静镇"而提出更大的期许，"静镇"二字使文章意脉贯穿，流畅自然。《梁溪漫志》记载苏轼教人作文之法云："今文章，词藻、事实，乃市肆诸物也；意者，钱也。为文若能立意，则古今所有翕然并起，皆赴吾用。"②《静镇堂记》中作者以"静镇"立意，而王炎的种种故事正因此"翕然并起"，皆为作者所用。

以建筑之名作为记文主旨，是南宋中期记体文中常见的立意方式，私人居所的普遍命名尤其为记文的写作提供了现成的主旨。不过，这一时期也有大量建筑不具备自己独特的名称，与之相应的记文在写作时则需要在立意上多一番思量。南宋末年，王应麟在《辞学指南》中就学校记的写作

---

① （宋）陆游著，涂小马校注：《渭南文集校注》卷十七，见钱仲联、马亚中主编《陆游全集校注》第9册，浙江教育出版社，2011年，第444-445页。
② （宋）费衮著，金圆点校：《梁溪漫志》卷四，上海古籍出版社，1985年，第37页。

谈道:"所谓立意,如学记泛说尚文,是无意也。须就题立意,方为亲切。柳子厚《柳州学记》说'仲尼之道,与王化远迩',此两句便见岭外立学,不可移于中州学校也。"① 这里对记文之立意提出了更具体的要求,即"就题立意"。就题立意,从字面意思来看主要指立意需要紧扣文章的主题,联系到记体文主于记事的特点,其立意则需要尽量针对文中所记之事。

就题立意不仅在建筑类记文中广泛运用,在山水游记中也得到体现,例如张孝祥《观月记》:

> 月极明于中秋,观中秋之月,临水胜;临水之观,宜独往;独往之地,去人远者又胜也。然中秋多无月,城郭宫室,安得皆临水?盖有之矣;若夫远去人迹,则必空旷幽绝之地,诚有好奇之士,亦安能独行以夜而之空旷幽绝,蕲顷刻之玩也哉!今余之游金沙堆,其具是四美者与?
>
> 盖余以八月之望过洞庭,天无纤云,月白如昼。沙当洞庭青草之中,其高十仞,四环之水,近者犹数百里。余系舡其下,尽却童隶而登焉。沙之色正黄,与月相夺,水如玉盘,沙如金积,光采激射,体寒目眩,阆风、瑶台、广寒之宫,虽未尝身至其地,当亦如是而止耳。盖中秋之月,临水之观,独往而远人,于是为备。书以为金沙堆观月记。②

为观月而作记,原本只需记述自己观月的经过,但作者特意在书写见闻之前先写自己对观月之最高境界的认识。第一段中所谓的"四美",即中秋、临水、独往、远去人迹,是作者对观月的见解,更是作者此次中秋观月的独到之处,是紧扣自己的游玩经历提出的观点。第二段中围绕"四美"记述自己的游玩经过,并在末尾点题,回应"四美"之说。山水游记之立意,以意脉串联起游玩过程中的见闻,使自然景色统一在文章的主旨之内,更明晰地传达出了游玩的乐趣。

---

① (宋)王应麟著:《玉海》(合璧本)卷二〇四,中文出版社,1986年。
② (宋)张孝祥著,徐鹏点校:《于湖居士文集》卷十四,上海古籍出版社,1980年,第139页。

二、因事立论，夹叙夹议

在就题立意之外，中兴时期记体文作者对立意还有更高层面的追求。陆游在《杨梦锡〈集句杜诗〉序》中谈道："文章要法，在得古作者之意。意既深远，非用力精到，则不能造也。"① 朱熹称赞曾巩的学记时特别指出其好处："南丰作宜黄筠州二学记好，说得古人教学意出。"② 将古文立意的要求上升到古人之意，既在"就题立意"基础上做了进一步延伸，又在立意的方法上给出了具体指导。古人之意，主要以文字的形式流传于后世，记文写作之立意若要合于古人之意，必须从前贤的著作中找到依据。以周必大《庐陵县重修县学记》为例：

> 听讼理财，根柢于县令，纲领于郡守，人举知之。至于化民成俗，守犹不敢专任，况令乎？此后世之通患而非古也。三代盛时，党有庠，遂有序，州有长，县有正，德行道艺，以时书之。当春秋世，其制已废，吾夫子忧之，平居每语其高弟曰："君子学道则爱人，小人学道则易使也。"其后言偃宰武城，果用弦歌而治。夫君子学道固也，小人亦与焉，非县令化民成俗之要欤！更秦涉汉，古制滋亡，董仲舒独能知之，其言曰："王者治天下，以教化为大务。立太学教于国，设庠序化于邑。"又曰："县令，民之师帅，所谓教训之官，以德善化民者。"夫论庠序教训而及于邑，自夫子而后仲舒一人而已，惜乎时君莫之能行也。
>
> 追本朝仁宗庆历中，始诏诸县皆立学。高宗中兴，申命于绍兴十四年之春。三代盛举，一旦遂复。庐陵分治郡城，多士所聚，而县庠介于官寺通衢之间，无地可展。知县事罗烈虽竭力应诏，然规模未备，春秋仅尝释奠，后率附于州将六十年。今令宣教郎豫章黄畴若慨勇怀强，容困抑奸，待人以忠，行己以洁，得子路治蒲之政。百里既安，岁事仍丰，首创祭器，躬率诸生行上丁礼，次严像设，葺殿庑，

---

① （宋）陆游著，涂小马校注：《渭南文集校注》卷十五，见钱仲联、马亚中主编《陆游全集校注》第 9 册，浙江教育出版社，2011 年，第 381 页。
② （宋）黎靖德编，王星贤点校：《朱子语类》卷一三九，中华书局，1986 年，第 3314 页。

新桊戟，甃阶渠，高其闬闳，增旧三尺。起嘉泰改元正月壬戌，告成于四月己丑，凡用工三千，靡金钱三十万。学租旧六百斛，养士不盈四十，益以禅居院诡户田一顷，为租六十斛，然后岁计不乏。而又精于学问，勤于教导，礼文师范，两得其宜。于是职事许陵等求文为之记。

按唐循吏《韦景骏传》，神龙中尝令肥乡，后为赵州长史，道出旧治，民争奉酒食迎犒，有小儿亦在中。景骏曰："儿曹未生而吾去邑，何故来？"对曰："耆老言学庐馆舍皆公所治，意公古人，幸亲见之。"属闻，公府交荐。黄君即仕于朝，他日持节典藩，道或由此，父老子弟必将迎劳如景骏。仆虽耄矣，傥见之乎？

是月甲午。①

　　文章首段由地方官之职责引入，提出了地方官不敢专任化民成俗之责乃是后世之通患的观点。作者追溯上古三代之时地方学校建设的情况，并先后以孔子之言、言偃为武城宰时以礼乐为教的做法、董仲舒之言为依据，强调学校教化的重要性。古人设立学校化民成俗之意，即这篇学校记的立意之所在。第二段简单追溯宋代以来的兴学历史，详细介绍了庐陵县令黄畴若兴建学校的过程。第三段则以唐人韦景骏的事迹与黄畴若相对照，认为黄畴若对当地教育事业的发展贡献卓著，与韦景骏一样堪与古代君子比肩，因此也会得到当地父老子弟的热爱。韦景骏的所作所为与第一段中古人设立学校化民成俗之意相通，黄畴若亦然。

　　因古人之意为记文立意，是周必大《庐陵县重修县学记》的突出特点。文章第一段不仅确定了记文的主题，而且提出了自己对历代学校教育的看法。确立文章主题乃是立意的行为，提出自己在学校教育方面的看法则是"立论"的表现。作者记述前贤关于学校建设的行为与言论，一方面是为追溯学校建设的历史，另一方面是利用这些材料支撑自己的观点。以个人经过独立思考的观点作为记文的主题，记文之议论也就呼之欲出了。

　　与就题立意相通的是，南宋中兴时期记体文之立论，绝大多数以所记之事为中心，而且事件本身往往成为作者证明自己观点的重要论据。《庐

---

① 曾枣庄、刘琳主编：《全宋文》卷五一五〇，第231册，上海辞书出版社、安徽教育出版社，2006年，第248－249页。

陵县重修县学记》中，黄畴若之兴学，便与作者关于地方官化民成俗之责的观点紧密相连，作为事例论证了化民成俗的重要性，这是记体文作者论证自己观点的常见方式之一。另外一种方式则是在具体的行文中夹叙夹议，在叙事过程中融入自己的观点。以陈亮《普明寺置田记》中讨论普明寺置田之必要性的段落为例：

> 余家之西北，有寺曰普明者，实据其地之胜处。余少长，往往多读书山中，访寺之始末，以为兴于梁大同间，而不能详也。然田无三十亩，余犹及见其有僧四五十人，其役称是。则藉丐施以活，其来非一日矣。为释之徒，丐施固其职也。然环寺之居民岁以供寺者，自昔不知其几，而僧之岁干寺事者偶失支梧，至无椽瓦以自庇。僧与民岂不两病乎！余以为使一僧有田十亩，彼固不能耕也。岁藉一夫耕之，则一夫反资僧以活。计田之所出，犹足以及僧之所役，是一僧不复为居民之费，而三夫共饱于十亩也。使天下之僧皆如此，虽不耕而民瘳矣。王政既已废坏，释老之徒，固不必尽恶也。岂惟罪不在彼，而天下之人岂皆自耕而食乎！①

在这一段中，作者意在论证寺田存在的必要性，而其分论点则分别有借丐施生存对僧民均不利、僧人与百姓均可借寺田过活、僧人虽非自耕而食却不一定会影响百姓的生活等。其中，前两个分论点，均是在叙事的间隙中自然得出的结论。作者曾经在山中读书，又曾考察过普明寺的历史，对当地的情况了如指掌。引文中的观点紧扣普明寺置田之事提出，作者既关注普明寺僧与当地百姓的生活实际，又能够从"为释之徒""天下之僧"等更普遍的角度通过常理加以推断，其观点容易使人信服。

夹叙夹议既能够保证记体文记事任务的完成，又能够表达作者独到的见解，是中兴时期记体文常用的写作方法。议论作为记体文中的"外来者"，因为与叙事的默契配合而真正融入了记文之中。"记"字由"言""己"两部分组成，虽然它是形声字，"己"只是它的声旁，但"言己"组合在一起，恰恰暗示了"记"所指向的内容不仅包括客观事件，还不可避

---

① （宋）陈亮著，邓广铭点校：《陈亮集》（增订本）卷十六，中华书局，1987年，第187页。

免地存在"己"的观点。记事之文中,个人视角是必然存在的,作者的观点随着个人化叙事流露出来,正是记文作为文学作品的突出表现。从这个角度来看,议论被纳入记体文中是符合记体文文体特点的,而中兴时期记体文常用的夹叙夹议之法,于叙事中穿插个人观点,在不妨碍叙事的前提下使记文的容量得到了有效扩大。

三、思辨意识与记体文议论的极端化倾向

随着道学的发展,南宋学者的思辨意识空前高涨。思辨意识的重要特征之一是,思维主体可以不以外界事物作为思考对象而展开纯粹的理论思考。南宋中兴时期,部分记体文成为作者理论思辨的载体,这些文章中的说理议论完全脱离了事实的根基,成为以理论架构的空中楼阁,这严重背离了记体文写作的本旨。以张栻《敬斋记》为例:

> 孟氏没,圣学失传,寥寥千数百载间,学士大夫驰骛四出以求道,泥传注,溺文辞,又不幸而高明汩于异说,终莫知其所止。嗟夫,道之难明也如此!非道之难明也,求之不得其本也。宋兴又百余载,有大儒出于河南,兄弟并立,发明天地之全、古人之大体,推其源流,上继孟氏,始晓然示人以致知笃敬为大学始终之要领。世方乐于荒唐放旷之论,穷大而失其归,视斯言若易焉者,而曾莫思其然也。天下之生久矣,纷纭轇轕,日动日植,变化万端。而人为天地之心,盖万事具万理,万理在万物,而其妙著于人心。一物不体则一理息,一理息则一事废。一理之息,万理之紊也;一事之废,万事之堕也。心也者,贯万事,统万理,而为万物之主宰者也。致知所以明是心也,敬者所以持是心而勿失也。故曰"主一之谓敬",又曰"无适之谓一"。噫!其必识夫所谓一,而后有以用力也。且吾视也,听也,言也,手足之运动也,曷为然乎?知心之不离乎是,则其可斯须而不敬矣乎?吾饥而食也,渴而饮也,朝作而夕息也,夏葛而冬裘也,孰使之乎?知心之不外乎是,则其可斯须而不敬矣乎?盖心生生而不穷者,道也,敬则生矣,生则乌可已也;怠则放,放则死矣。是以君子畏天命,不敢荒宁,惧其一失而同于庶物也。

> 仁寿崔子霖以"敬"名斋,而请予记之。予嘉其志之美也,则不敢辞。吾乡之士,往往秀伟杰出,而吾子霖方有志于斯道,以与朋游共讲之。予叹夫同志之鲜也,乃今得吾子霖,而子霖又将与其朋友共之,知吾道之不孤也。故乐为之书。①

借崔子霖之斋名,张栻展开了对"敬"的论述,阐释了"主一之谓敬""无适之谓一"的观点,并指出"敬则生矣"。"敬"是宋代道学家重点关注的理论范畴之一,"主一之谓敬""无适之谓一",乃是二程的著名观点(《河南程氏粹言》卷一)②。引文第一段的前半部分主要是对二程观点的阐释,后半部分才在二程的基础上进一步提出自己的见解。整个说理的部分是纯粹的理论思辨,丝毫不涉及崔子霖的敬斋,更不关心其设立敬斋之事的经过。张栻借敬斋阐述自己的学术观点,单就说理议论而言的确有其精到之处,然而一篇记体文,完全不顾事实本身、通篇以阐释作者的学说为中心,这显然是记文中的议论走向极端的表现。

类似的记文主要出现在学术造诣较高的作家笔下,作者在文中阐述的一些学术观点,在学术史上具有重要的价值。《宋元学案》中时常见到南宋中兴时期记体文的片段。例如《南轩学案》中引用的张栻的记文作品有《洁白堂记》《黄鹤楼记》《名轩室记》,《水心学案》中引用的记文作品有《范东叔觉斋记》《李之翰中洲记》《敬亭后记》《朱先生祠堂记》《瑞安县学记》《风雩堂记》《温州学记》《信州学记》《长溪学记》《宜兴县学记》等。这些作品中精彩的思想片段,是中兴时期学术文章的代表。上述记文中《宋元学案》编者引用的文字少则一句,多则将近一篇,被引用的文字在记文中的作用则需要具体情况具体分析。大体而言,精彩的思想若能以简练的语言呈现在记文之中,且与记文所记之事相去不远,则很可能成为记文中的一个亮点;若记文通篇说理议论且脱离记述对象本身,则无疑违背了记体文的文体写作要求。

南宋中兴时期部分记体文中议论走向极端化的倾向固然是令人遗憾

---

① (宋)张栻著:《南轩先生文集》卷一二,见邓洪波点校《张栻集》,岳麓书社,2010年,第595页。
② (宋)程颢、程颐著,王孝鱼点校:《二程集》,中华书局,1981年,第1173页。

的，不过，这也体现了记体文在题材内容、应用范围上的拓展。如果换一个角度，将这些文章视为记录作者学术思想的杂记，它们作为记体文仍有一定的价值。

第三节 记体文与其他文体的关系

记体文涉及的题材内容十分广泛，但它并不是记述这些题材内容的唯一文学体裁，诗、赋、笔记等文体，在题材内容方面与记体文有较多的交叉之处。题材的相近，使这些文体有互相借鉴的趋势。从记体文写作的角度来看，诗歌齐整的句式、赋体主客问答的结构，均在南宋中兴时期的记体文中留下了明显的印记。笔记吸收了原本属于记体文的人事杂记题材，但具体到类似事件的记述上，笔记与记体文仍然存在一些细微的差异，记体文的写作特点及其独特的价值通过这些差异体现了出来。

一、对诗赋形式的借鉴

关于记体文与诗歌在叙述对象、叙述角度等方面的异同，在第四章"山水游记与山水诗的互补"一节中已经做了相关的探讨。在具体的谋篇布局、遣词造句方面，中兴时期记体文对诗赋均有灵活的借鉴。吕祖谦《古文关键》"论作文法"一条谈道："文字一篇之中，须有数行齐整处，须有数行不齐整处。或缓或急，或显或晦，缓急显晦相间，使人不知其为缓急显晦。常使经纬相通，有一脉过接乎其间然后可。盖有形者纲目，无形者血脉也。"① 所谓"齐整"，主要是对句子结构、字数的要求。古文写作在韵律、对偶、句式方面均没有严格要求，但是，作为文字艺术，一味地"散"并不利于散文美感的发挥。吕祖谦提出的这一要求，在记体文写作中已经得到了较好的贯彻。

中兴时期记体文之"齐整"句式，在描绘景色、形容个人气质及叙事等内容中都得到运用，以下面三段为例：

思贤阁之下有斋，方丈余，北乡。前有隙地，仅一亩，**叠石百**

---

① （宋）吕祖谦编：《古文关键》，商务印书馆，1936年，第4页。

拳，凿沼一泓，有乔木数株，藤蔓络之，苍然而古。杂以桃李橘柚众芳之植，浓阴幽香，清逼燕寝。**东望砌台，西接玉芝，北临郡囿**，隔以垣墙，幽然有山林气象，宜琴宜棋，宜饮酒赋诗。(王十朋《潇洒斋记》)①

永嘉吴公叔，清旷简远，望之**皎然如雪山倚空，落月满屋梁也；暹然如琼田之鹤，阿阁之鸾凤也；萧然如驭风骑气，饮沆瀣而游汗漫也**。(杨万里《竹所记》)②

浮玉处其左，如幽人逸士，岩栖谷隐，恐入林之不密，故航苇罕至，而僧居触事，随亦泯歇。惟紫金超遥擅胜，不复与同，荡然开辟，八面应敌。所谓**江心一峰，水面千里，潭月双映，云天四垂**，真能雄跨东南二百州，如宸章所表揭者。千帆下来，万客鳞萃，鱼龙之所凭怙，人天之所宾悒，古今推胜，无得拟议。寺旧名泽心，天禧中真宗皇帝感宵梦所抵，更为龙游，飞帛扁额，以贲方来，室庐峥嵘，概与境称。遭罹魔劫，鞠为烬墟。中兴以还，视力开葺。(洪迈《重建佛殿记》)③

从每句的字数来看，引文中以粗体标示的内容即为"齐整"者。从内容来看，"齐整"则有多种表现方式。引文中在句式上类似的有前后两句工整对仗者，如"叠石百拳，凿沼一泓""江心一峰，水面千里""潭月双映，云天四垂"，前后两句在词性、结构方面完全一致，内容也对应，准确地描摹了景物互相映衬的状态。有连续三个短句结构一致、意思相连，组成排比者，如"东望砌台，西接玉芝，北临郡囿"，简洁地交代了不同角度的景观。有连续三组类似的句子构成排比者，如"皎然如雪山倚空，落月满屋梁也；暹然如琼田之鹤，阿阁之鸾凤也；萧然如驭风骑气，饮沆瀣而游汗漫也"，每两句一组，每组中既有精练的概括之词，又有夸张的

---

① (宋)王十朋著，《梅溪集》重刊委员会编，王十朋纪念馆修订：《王十朋全集》(修订本)文集卷二二，上海古籍出版社，2012年，第949页。
② (宋)杨万里著，辛更儒笺校：《杨万里集笺校》卷七一，中华书局，2007年，第3003页。
③ 曾枣庄、刘琳主编：《全宋文》卷四九一八，第222册，上海辞书出版社、安徽教育出版社，2006年，第79页。

比喻铺排，通过精心的选词造句传达了主人公的非凡气质。更多的句子只是字数相等，前后句的结构并不相同，如"乔木数株，藤蔓络之，苍然而古"，上下句之间完全是自然的承接关系。

这些"齐整"的句子，在记体文中既可以分别承担各自的记述职责，又能够与前后句自由组合，尽管每句字数相同，却只需作者稍加调整便可成文，不会给文章的表情达意带来太大的限制。四言句是引文中"齐整"之处最常用的句式，统观南宋中兴时期的记体文，在篇中的"齐整"之处，四言句并排使用的比例也是非常高的。"齐整"处的表达效果又因其记述对象的不同而有所差异。例如洪迈《重建佛殿记》引文，前半部分主要写景，后半部分用来叙事，四言句在写景和叙事中所起的作用并不相同。写景之处的四言句，尤其是几处并不十分工整的对仗，用字精当，使文中的景物被笼罩在浓浓的诗意中，给读者留下了丰富的想象空间。后面用来叙事的四言句，则在洗练的语词中蕴含了极为丰富的内容，充分体现了四言句凝练、利落的优势。四言句式的广泛运用是从《诗经》开始的，尽管中兴时期记体文中的四言句并不像诗歌一样要求押韵对仗，但多个四言句串联起来，在散体的段落中，还是能够呈现出独特的美感。中兴时期大量记体文以碑刻或题壁的方式呈现，阅读碑文、题壁文与阅读纸质文本的一个区别是，前者的阅读速度通常要比后者慢一些，因此实地阅读碑文、题壁文者常常更习惯于朗读而不是默读。默读重在会意，朗读则更容易从句式变化中读出文章的缓急显晦。四言句结构紧凑，语言凝练，音节铿锵有力，用在散体的记文之中，对调节文章的节奏大有裨益。

以上三段引文的"齐整"处在相应的文章中所占的比重并不高，它们错落于"不齐整"的散句之中，成为精致的点缀。这一时期的记体文还有一些主要以四字句写成，如曹冠《东阳中兴寺环翠阁记》记述寺庙景色的部分云：

> 凭栏徙倚，极目虚旷，东接涵碧，西望甑山，南临岘峰，北瞰画水。疏篁密樾，烟霏敛散，平田迥野，鸥鹭去来，松声泉溜，清音唱喝，雨阳晦明，变态万状。四序之景不同，而览物之际，咸足以畅幽情也。若夫春日迟迟，民物熙熙，兰径桃溪，芬馥芳菲，游人络绎，

盖有竟夕而忘归者矣。序应薰弦，清风飒至，云峰多奇，余霞散绮，披襟逭暑，盖有爱长日而醉吟者矣。至于金飚肃岩，桂芳万宝告成，橘绿橙黄。于斯时也，清宵玩月，嘉节吹帽，岂羡夫庾楼之集，龙山之阴哉？而或同云布密，雪飞琼树瑶林，一望千里，于斯时也，乘兴相羊，骋怀触咏，岂羡夫剡溪访戴之游，梁园授简之赋哉？《尔雅》曰："山未及上曰翠微。"是阁也，迄乎翠微之间，近巘遥岑，回环拱揖，寒光翠色，叠叠逼人。榜以环翠，信乎尽得其美矣。①

从词语使用及结构安排来看，这段文字对王羲之《兰亭集序》、范仲淹《岳阳楼记》、欧阳修《醉翁亭记》、苏轼《赠刘景文》等名篇均有借鉴。整齐的句式，细致地状绘了环翠阁东西南北、春夏秋冬的景色。《文心雕龙·诠赋》云："赋从《诗》出，分歧异派。写物图貌，蔚似雕画。"② 这段文字在写物图貌方面，正是运用了赋体常用的铺陈、排比之法。然而，密密麻麻的四言句堆积在一起，加上文学典故的运用，使文章过于齐整，反倒失去了散文特有的萧散神韵。

此外，中兴时期的记体文，尤其是私人居所记文中常用的主客问答体，也是从赋中借鉴而来的。问答之中时常出现的辩难之词，构成了行文的起伏，使文章生机勃发，引人入胜。以洪迈《怡斋记》为例：

马子遂良馆予宇下六百日，宿庐直客斋不能十步，语出口辄入予耳，故寓客无敢不公言。今日余方写《楚词》，倦困枕肱卧，闻遂良与客对，始咿嚘咕嗫不可听，已则放声棘谈，往复甚苦。予蹑履蔽隐候伺，则遂良正东向拈篆笔，自作"怡斋"字。何人长髯广额，秀眉箕口，倨坐其西，诘所以曰："自而之去亲戚，远坟墓，行游四方有年矣。谨岁时归休觐父母，再拜寒温罢，入室刺刺与妻子语，劳苦平生，百未一厌，复别去，上马怃然，无一分乐易色。行年三十七，挂腹五千卷书，未能合有司度程，掇取一第。耿耿栖栖，不自聊赖。顾方以怡自满，傲睨容膝之室，得微大欺我欤？敢问吾子所以怡者何

---

① 曾枣庄、刘琳主编：《全宋文》卷四八九四，第221册，上海辞书出版社、安徽教育出版社，2006年，第75－76页。
② （梁）刘勰著，黄叔琳注，李详补注，杨明照校注拾遗：《增订文心雕龙校注》卷二，中华书局，2000年，第97页。

事,而谓斋者果安在哉?"

遂良且笑且怒,瞠对之曰:"子貌则士也,夫何言之陋?方吾家居,入怡颜以事父母,出怡色以与兄弟处,暇时读书以怡吾心。食与口怡,寝与体怡,吾穷到骨矣,而其怡常自若也。旦吾游越则越为吾庐,暮吾游燕则燕为吾庐。在吾室为吾斋固也,出而见子,坐子之舍,亦吾斋也,孰宾孰主哉?何言之陋!"

语未既,予立听不暇久,疾出揖二子曰:"客则失矣,而主人亦未为得也。今人在贫贱而不失怡于布衣,在富贵而万钟不能怡也,亦几矣。虽然,之二者于道由九牛一毛也,尚何足论?天地大蘧庐也,曾不足以隘我,尚何燕越之间与?闭口亟休,勿复言之。"

客舌举不得下,悁怃自失,意若欲遁而足不可引。予笑曰:"予亦多言耳,子何为而去?"顾侍奴取酒引满,径醉就睡。有顷,醒视之,独予、遂良在,客去矣。①

主客问答体的常规写法,是通过简单的对话引出问题,文章的主要部分由"主"或"客"一人的高谈阔论构成,结尾部分以另一方的心悦诚服告终。洪迈这篇记文将怡斋主人马遂良的朋友称为"客"而通篇不提其姓字,显然是有意运用主客问答体的,但是他对主客问答体的常规写法有一些突破。首先,文中存在多个层面的主客关系。"客"乃马遂良之客,这是主客关系的第一层;从怡斋的角度来说,它精神层面的主人是马遂良,洪迈与"客"均是怡斋之客;然而,马遂良毕竟客居在洪迈家中,记文的作者是洪迈,因此马遂良和他的友人又同为洪迈之客。也就是说,马遂良的友人固然是客,但洪迈与马遂良其实是互为主客的。其次,主客问答体通常通过一人之言构成文章的主干,而这篇文章中,"客"、马遂良、洪迈三人的话在字数上不相上下,"怡斋"之"怡"的意义,只有将三人所说的内容综合起来才能通晓。三人所说的内容不是单纯的承接关系,而是一层比一层深入。文章通过"客"交代了马遂良"独在异乡为异客"的处境;通过马遂良对"怡"的阐释驳倒"客"的说法,正面突出了怡斋主人

---

① 曾枣庄、刘琳主编:《全宋文》卷四九一九,第222册,上海辞书出版社、安徽教育出版社,2006年,第91-92页。

怡然自乐的形象；洪迈之言则以更为广阔的视角进一步突破了"客"与马遂良的想法。三人之间的两次辩驳，使得文意辗转曲折，尤其是洪迈的阐释，不仅在"客"与马遂良的意料之外，而且突破了读者的阅读期待，在幽默的笔调中显示出了作者的豪迈与睿智。

借用诗、赋的句式、结构，根据叙事、写景等方面的需要加以调整，使其融入记体文的写作脉络之中，是南宋中兴时期记体文写作常见的做法。借鉴这一行为本身并不难，难点在于将诗、赋的写法加以调整，使其既符合记体文的写作需要，又能够提升记体文的美感。这一时期的记体文的确有些地方留下了借鉴不当的痕迹，但许多作品能够灵活地借鉴，取得了较好的效果。

二、记体文与笔记记事的微观差异

笔记与记体文在文本的呈现方式上有着明确的界限，前者乃逐条写成，在作者的别集之外独立成书；后者则独立成篇，收入作者的别集之中。然而，具体到题材选择、叙述方式、思想表达等写作层面，笔记与记体文的区别又是极其细微的。南宋中兴时期，洪迈、周必大、范成大、陆游等文坛巨匠纷纷参与到笔记写作中，极大地带动了这一文体的发展。与此相应的是，原本可以在记体文中记述的题材，大量进入了笔记之中，尤其是人事杂记一类题材在这一时期的记体文中大量减少，这与笔记的繁荣有关。笔记以散文的形式写成，随笔记录作者所关心的人物、事件等，其散文形式、记录的功能、题材内容等，都与单篇记体文高度相近。例如，法一、宗杲两位僧人南渡时的故事，陆游在《老学庵笔记》与《渭南文集》中均有记载，《老学庵笔记》云：

> 僧法一、宗杲，自东都避乱渡江，各携一笠。杲笠中有黄金钗，每自检视。一伺知之。杲起奏厕，一亟探钗掷江中。杲还，亡钗，不敢言而色变。一叱之曰："与汝共学了生死大事，乃眷眷此物耶！我适已为汝投之江流矣。"杲展坐具作礼而行。[①]

[①] （宋）陆游著，李剑雄、刘德权点校：《老学庵笔记》卷三，中华书局，1979年，第29页。

《渭南文集》中有《书浮屠事》一文：

浮屠师宗杲，宛陵人；法一，汴人。相与为友。资皆豪杰，负气好游，出入市里自若，已乃折节，同师蜀僧克勤。相与磨砻浸灌，至忘寝食。遇中原乱，同舟下汴，杲数视其笠。一怪之，伺杲起去，亟视笠中，果有一金钗，取投水中。杲还，亡金，色颇动，一一叱之曰："吾期汝了生死，乃为一金动邪！吾已投之水矣。"杲起，整衣作礼曰："兄真宗杲师也！"交益密。

於戏！世多诋浮屠者，然今之士有如一之能规其友者乎？藉有之，有如杲之能受者乎？公卿贵人，谋进退于其客，客之贤者不敢对，其不肖者则劝之进，公卿亦以适中其意而喜。谋于子弟亦然。一旦得祸，其客、其子弟则曰："使吾公早退，可不至是。"而公卿亦叹曰："向有一人劝吾退，岂至是哉！"然亦晚矣。①

《书浮屠事》虽然并未以"记"为题，但这篇文章以散文的形式记述事件，在文体上应当属于记体文。《书浮屠事》的第一段与《老学庵笔记》中所叙述的故事情节大同小异，法一趁宗杲离开时将其金钗投入水中的做法、法一叱责宗杲的话语，在记文与笔记中虽然文字表述不尽相同，但意思几乎没有差别。所不同者，主要在两段文字的首尾之处。记文开头交代了宗杲与法一的籍贯、品格、两人的交情等，末尾则记述了宗杲的话语以及此事之后两人交情的加深。开头故事背景的交代为情节的展开做了铺垫，使读者更容易理解法一的做法；末尾宗杲之言与"交益密"三个字则明确表达了他对法一的敬服之心，而且特意突出了宗杲的觉悟。这样的开头与结尾不仅更全面地陈述了故事的前情后果，也让人物形象进一步丰满起来。

《书浮屠事》第二段是陆游针对上述事件发表的议论，这是《老学庵笔记》中只字未提的，其中既有对故事的评点，又有从故事延伸出来、对类似社会现象的批判。前面对浮屠者的感叹，是紧扣故事情节发出的，是

---

① （宋）陆游著，马亚中校注：《渭南文集校注》卷二五，见钱仲联、马亚中主编《陆游全集校注》第10册，浙江教育出版社，2011年，第116页。

听到故事的人很容易联想到的,可以视作《老学庵笔记》中这一条文字的言外之意。然而,此后讲到了公卿贵人被其门客、子弟曲意奉承的例子。在陆游看来,卿贵及其门客、子弟与两位僧人的对比最鲜明,他们最需要学习两位僧人的光明正直,这一点却不是单纯读故事便能够意识到的。《书浮屠事》一文写作时间难以考证,无法确知它与《老学庵笔记》中的记载究竟孰先孰后。不过,记文中包括了笔记记载的所有情节,在时间上,这则笔记早于记文写作的可能性更大,而且还有可能是陆游在写作、阅读或编纂笔记时产生了感想进而写下了这篇文章。《老学庵笔记》中的议论大都比较简短,点到为止,《书浮屠事》则是一篇立意深刻的文章,其思想内涵之丰厚,已经不是一则笔记能够承载的。

不无遗憾的是,《老学庵笔记》中有数百个故事,《渭南文集》中与《书浮屠事》类似的记文只有寥寥7篇。而且,从现存文献看,陆游还是南宋中兴时期写作此类人事杂记最多的一位作家。范成大有3篇,其他人的文集中偶尔可见一两篇,人事杂记在数量上已无法与笔记同日而语。笔记的题材极为广泛,几乎无事不可记,记体文尽管题材丰富,其记述对象却往往是经过严格筛选的,在记述杂事方面让位于随笔叙事的笔记有其符合情理之处。

除人事杂记之外,在其他题材领域,记文与笔记的记述对象也有许多重合之处。前文中记体文与笔记关于钱塘江潮的记载,便是一则例子。南宋中兴时期记体文以社会风俗为题者很少,但在公共建筑、山水游记等题材的记体文中经常能见到对相关风俗民情的介绍。从楼钥《中兴显应观记》与周密《武林旧事》、吴自牧《梦粱录》对六月六日临安市民游湖风俗的记载中,可以看出记体文与笔记在叙事方面的差异。楼钥《中兴显应观记》首先记述了"泥马渡康王"故事中的神人崔府君自高宗朝以来得到供奉的情况:高宗定都后,在临安设立显应观,并与皇后吴氏亲自前往;孝宗、宁宗年间,也多次赐予崔府君封号或钱物[1]。由于君王的崇奉,崔

---

[1] 邓小南《关于"泥马渡康王"》一文指出,"泥马渡康王"完全是一个虚构的故事,它是南宋统治者"神道设教"的组成部分。显应观于绍兴十九年(1149)在临安城南初立,很快便在秦桧的主张下废除,绍兴二十四年(1154)又立于西湖之滨。详见龚延明、岳朝军编《岳飞研究论文集汇编》,浙江大学出版社,2013年,第834-843页。

府君受到了南宋社会各阶层的爱戴，拜祭崔府君为临安人游湖制造了契机。《中兴显应观记》记载由此引发的活动云：

> 季夏六日，相传以为府君生朝，都人无不归嚮，骈拥竟夕，尤为一时之盛。孟冬十日，又谓为府君朝元之节，或云以是日上升禁庭，皆设斋醮，北人之寓居者是日亦必至焉。乾道六年，遣使贺金国正旦，臣以假吏从行过磁，使介而下，相率望拜于驿中。盖往来者必致敬，行则先祷于西湖之祠，归则洁羞以谢之。①

不仅供奉崔府君的显应观建筑奢华，而且崔府君的生日、朝元节分别发展为临安市民的节日，尤其是北人寓居者的节日，南宋出使金国的使者临行前与归来后分别拜祭崔府君也成为惯例。然而，《武林旧事》与《梦粱录》却都只记载了六月六日崔府君生日当天临安市民游西湖的习俗：

> 六月六日，显应观崔府君诞辰，自东都时，庙食已盛。是日都人士女骈集炷香，已而登舟泛湖，为避暑之游。时物则新荔枝、军庭李、奉化项里之杨梅、聚景园之秀莲、新藕、蜜筒、甜瓜、椒核、枇杷、紫菱、碧芡、林禽、金桃、蜜渍昌元梅、木瓜、豆儿水、荔枝膏、金橘、水团、麻饮、芥辣、白醪、凉水、冰雪爽口之物。关扑香囊、画扇、涎花、珠佩，而茉莉为最盛。初出之时，其价甚穹，妇人簇戴，多至七插，所直数十券，不过供一饷之娱耳。盖入夏则游船不复入里湖，多占蒲深柳密宽凉之地，披襟钓水，月上始还。或好事者，则敞大舫、设薪箪，高枕取凉，栉发快浴，惟取适意。或留宿湖心，竟夕而归。②

> 六月初六日，敕封护国显应兴福普佑真君诞辰，乃磁州崔府君，系东汉人也。朝廷建观在暗门外聚景园前灵芝寺侧，赐观额名曰显应。其神于靖康时高庙为亲王日出使到磁州界，神显灵卫驾，因建此宫观，崇奉香火，以褒其功。此日内庭差天使降香设醮，贵戚士庶，多有献香化纸。是日湖中画舫，俱舣堤边，纳凉避暑，恣眠柳影，饱

---

① （宋）楼钥著，顾大朋点校：《楼钥集》卷五一，浙江古籍出版社，2010年，第951-952页。

② （宋）周密著，李小龙、赵锐评注：《武林旧事》卷三，中华书局，2007年，第83-84页。

挹荷香，散发披襟，浮瓜沉李，或酌酒以狂歌，或围棋而垂钓，游情寓意，不一而足。盖此时烁石流金，无可为玩，姑借此以行乐耳。①

《武林旧事》中的段落主要介绍了时鲜食物、妇人装饰以及夏日游湖的特殊喜好。《梦粱录》介绍了显应观设立的原委，并叙述了临安市民游湖之景。以上三段引文中，《中兴显应观记》叙述游湖景象最为简略，《武林旧事》与《梦粱录》的两段文字，为《中兴显应观记》中"骈拥竟夕，尤为一时之盛"一句做了形象生动、细致全面的注脚。楼钥《中兴显应观记》奉敕而撰，文中的细节有较高的可信度。据文中记载，六月六日崔府君生辰时临安百姓几乎全城出动；十月十日朝元节只有寓居在此地的北方人参与；而使金士大夫的祭拜则是楼钥根据自身经历写出，恐怕只有出使金国的官员才清楚。三者之中，崔府君生辰之日应当是显应观最热闹的日子。《武林旧事》卷三与《梦粱录》卷一至卷六均以时令为顺序记载市民的游赏风俗，崔府君生日当天游湖在两本书中都是六月唯一一项百姓游赏活动，两书作者对这一风俗的重视是可以理解的。

然而，《中兴显应观记》所记载的另外两项内容，却是《武林旧事》与《梦粱录》中丝毫未提的。显应观的建立以及君民对崔府君的崇拜，在南宋尤有时代特色。其实，对南宋人而言，"泥马渡康王"这一故事真实与否尚在其次，重要的是，他们需要这样一个神灵来寄托对北方故土的深厚情感。由统治者的提倡而顺利、自然地演化为民间习俗，尤其可以看出南宋人对北方故土的念念不忘。六月六日虽然是显应观最热闹的日子，但从楼钥的记文来看，另外两项活动才体现了显应观的特殊意义。记文写作之严谨、全面，也在这一事例中有所体现。

另外，《中兴显应观记》作于嘉定三年（1210），而《武林旧事》与《梦粱录》均在宋亡之后写成，记述的是南宋末年的临安旧事。中兴时期临安城中尚有一定数量的第一代北方移民，随着他们的老去，十月十日到显应观中祭拜崔府君的人或许会逐渐减少；相反，六月六日临安人游湖之事却有可能一年胜似一年；因而十月十日之祭拜在笔记作者的心目中可能

---

① （宋）吴自牧著：《梦粱录》卷四，浙江人民出版社，1984年，第24页。

不值得一提。倘若果真如此，更是令人唏嘘。

  综上，笔记所记之事范围较广，大都是零散、琐碎的片段，记体文记事的范围小于笔记，但对前因后果的记述往往比较完整、翔实，叙事的角度则需要根据文章主题来确定，其思想内涵比笔记更加深厚。虽然中兴时期人事杂记大都被形式更加灵活自由的笔记取代，但其他题材的记体文与笔记并行不悖，它们互相补充，为后人了解当时的社会生活提供了宝贵的一手资料。

结　语

　　从文集中的文本出发，其实并不是探讨记体文的完美方式。记体文大都为一事、一地、一人而作，写成后多以碑刻、题壁的形式存在，若能身临其境阅读其文，必然会得到更加生动、细腻而深刻的阅读体验。可惜其写作年代过于久远，宋代记体文碑刻流传至今的尚且很少，更不用说那些题壁的作品了。比起驰骋文采，在记叙、议论方面贴合当时当地、其人其事的实际情况，是记体文作者更需要用心的。毕竟，记体文首先是为当时当地的事件、人物而作，它在文学艺术方面的价值固然有高低之分，但对其记述对象而言，每一篇文章都有其独一无二的价值，都曾经被珍视，也理应得到后世研究者的重视。

　　单篇记体文所呈现的，是一个独立的微观文学生态，作为后世读者的我们，只能跟随作者的思路，从作者的视角去观察那一微观文学生态。作为文学作品，记体文中所记载的内容未必都能够与历史事实完全对应，作者的主观情志是记体文写作无法回避的。就反映客观现实而言，这是有遗憾的，然而，正是因为作者主观情志与客观现实的融合，才能够使记体文中的微观文学生态立体生动、有声有色。将同一时期的记体文集结在一起，不仅可以通过微观文学生态的聚集而认识当时社会生活的纷纭万象，而且能够观察当时文人对日常生活的细致感触。

　　南宋中兴，是一个极其特殊的历史时期。前有兵荒马乱的南渡，后有整个宋代政权的覆亡，甚至隆兴、开禧年间都曾与金人开战，然而，这一时期社会的安定富足、文化的繁荣发展、市民生活的丰富多彩等，几乎追平甚至超越了前代的盛世。能够在偏安的局势之下取得如此成绩，与南宋政治、经济、文化对北宋的一脉相承有直接的关系。"南宋"一词在两宋之间划了一道界限，但它只是后人为区分宋代的两个时段而创造出的名词，生活在1127—1279年间的人们，仍然以"皇宋""我宋"称呼那个时代。当时的疆域虽然不及北宋，但人们传承华夏文明的责任感、对宋代文化的热爱却几乎是空前的。南迁后的宋室需要通过文化认同来强化其政权的合法性，经历过宋室南渡的文人们则往往因为偏安之恨而对北宋怀有更深的感情。南宋中兴更准确的说法应该是宋代之中兴，从文化层面来说，是宋型文化之中兴。

　　古文之中兴是宋代中兴、宋型文化中兴的一部分，总结并传承北宋古文运动，是南宋古文发展的第一步。中兴时期的记体文以北宋优秀的作品为典范，在题材内容、写作方法、语言风格等方面继承了北宋古文运动的优秀成果。记体文从中唐时便在古文家的个体创作中占有不可或缺的位置，各家别集中记体文的数量不一定特别多，但几乎每位著名文人都有优秀的记体文作品传世，在他们的代表作品中也总能看到记体文的身影。南宋中兴时期，记体文的数量远远超过了前代，其在别集中所占的比重有所上升，记体文在文人古文写作中的地位十分稳固。陆游《书巢记》、范成大《三高祠记》、朱熹《游百丈山记》等记体文名篇，都代表了相应文人的古文写作成就。

　　以社会生活、日常生活中的"美事"为契机，记体文表现了南宋中兴时期广阔的社会生活，文人的独立思考则在记体文精妙的"微言"中留下了丰富的印记。在触碰时代脉搏、感知当时文人的内心世界方面，阅读与研究记体文不失为一个有趣的途径。记体文研究中，不论划分题材类别还是讨论其写作的总体趋势，都必然会在某种程度上遮蔽记体文作品的个性。虽然本书致力于综合讨论南宋中兴时期记体文写作取得的成就，但在阅读、讨论记体文时始终谨记的是，每篇记体文都有其独一无二的宝贵生命。

参考文献

一、总集

（梁）萧统编，（唐）李善注：《文选》，中华书局，1977年。

（宋）李昉等编：《文苑英华》，中华书局，1966年。

（宋）姚铉编：《唐文粹》，上海古籍出版社，1994年。

（宋）吕祖谦编，齐治平点校：《宋文鉴》，中华书局，1992年。

（清）吴楚材、吴调侯选：《古文观止》，中华书局，1959年。

（清）何文焕辑：《历代诗话》，中华书局，1981年。

（清）姚鼐选纂，宋晶如、章荣注释：《古文辞类纂》，中国书店，1986年。

（清）董诰等编：《全唐文》，中华书局，1983年。

（清）严可均校辑：《全上古三代秦汉三国六朝文》，中华书局，1959年。

（清）庄仲方编：《南宋文范》，吉林人民出版社，1998年。

丁福保辑：《历代诗话续编》，中华书局，1983年。

王根林编著：《南宋散文》，上海书店出版社，2000年。

朱易安、傅璇琮等主编：《全宋笔记》，大象出版社，2003、2006、2008、2012、2013年。

四川大学古籍整理研究所编：《宋集珍本丛刊》，线装书局，2004年。

陈尚君辑校：《全唐文补编》，中华书局，2005年。

曾枣庄、刘琳主编：《全宋文》，上海辞书出版社、安徽教育出版社，2006年。

王水照编：《历代文话》，复旦大学出版社，2007年。

顾宏义、李文整理点校：《宋代日记丛编》，上海书店出版社，2013年。

二、别集

（唐）韩愈著，马其昶校注，马茂元整理：《韩昌黎文集校注》，上海古籍出版社，2014年。

（唐）柳宗元著：《柳河东集》，上海古籍出版社，2008年。

（宋）欧阳修著，洪本健校笺：《欧阳修诗文集校笺》，上海古籍出版社，2009年。

（宋）苏洵著，曾枣庄、金成礼笺注：《嘉祐集笺注》，上海古籍出版社，1993年。

（宋）曾巩著，王瑞来校证：《隆平集校证》，中华书局，2012年。

（宋）王安石著：《王文公文集》，上海人民出版社，1974年。

（宋）程颢、程颐著，王孝鱼点校：《二程集》，中华书局，1981年。

（宋）苏轼著，（明）茅维编，孔凡礼点校：《苏轼文集》，中华书局，1986年。

（宋）苏辙著，曾枣庄等点校：《栾城集》，上海古籍出版社，1987年。

（宋）黄庭坚著，郑永晓整理：《黄庭坚全集辑校编年》，江西人民出版社，2008年。

（宋）王十朋著，《梅溪集》重刊委员会编，王十朋纪念馆修订：《王十朋全集》（修订本），上海古籍出版社，2012年。

（宋）洪适、洪遵、洪迈著，凌郁之辑校：《鄱阳三洪集》，江西人民出版社，2011年。

（宋）韩元吉著：《南涧甲乙稿》，中华书局，1985年。

（宋）陆游著：《陆游集》，中华书局，1976年。

（宋）陆游著，钱仲联、马亚中主编：《陆游全集校注》，浙江教育出版社，2011年。

（宋）陆游著，马亚中、涂小马校注：《渭南文集校注》，浙江古籍出版社，2015年。

（宋）陆游著，王水照、高克勤选注：《陆游选集》，人民文学出版社，1997年。

（宋）陆游著：《入蜀记》，中华书局，1985年。

（宋）范成大著，孔凡礼辑：《范成大佚著辑存》，中华书局，1983年。

（宋）范成大著：《范石湖集》，上海古籍出版社，1981年。

（宋）周必大著：《文忠集》，台湾商务印书馆，1986年。

（宋）周煇著：《北辕录》，中华书局，1991年。

（宋）杨万里著，辛更儒笺校：《杨万里集笺校》，中华书局，2007年。

（宋）杨万里著，周汝昌选注：《杨万里选集》，上海古籍出版社，2012年。

（宋）朱熹著，朱杰人、严佐之、刘永翔主编：《朱子全书》，上海古籍出版社、安徽教育出版社，2002年。

（宋）张孝祥著，徐鹏点校：《于湖居士文集》，上海古籍出版社，1980年。

（宋）张栻著，杨世文、王蓉贵点校：《张栻全集》，长春出版社，1999年。

（宋）张栻著，邓洪波点校：《张栻集》，岳麓书社，2010年。

（宋）薛季宣著，张良权点校：《薛季宣集》，上海社会科学院出版社，2003年。

（宋）王质著：《雪山集》，中华书局，1985年。

（宋）吕祖谦著：《吕东莱文集》，中华书局，1985年。

（宋）吕祖谦著，黄灵庚、吴战垒主编：《吕祖谦全集》，浙江古籍出版社，2008年。

（宋）陈傅良著，周梦江点校：《陈傅良文集》，浙江大学出版社，1999年。

（宋）楼钥著：《攻媿集》，中华书局，1985年。

（宋）楼钥著：《北行日录》，中华书局，1991年。

（宋）楼钥著，顾大朋点校：《楼钥集》，浙江古籍出版社，2010年。

（宋）辛弃疾著，辛更儒笺注：《辛稼轩诗文笺注》，上海古籍出版社，

1995年。

（宋）辛弃疾著，徐汉明校注：《辛弃疾全集校注》，华中科技大学出版社，2012年。

（宋）陈亮著，邓广铭点校：《陈亮集》（增订本），中华书局，1987年。

（宋）叶适著，刘公纯、王孝鱼、李哲夫点校：《叶适集》，中华书局，2010年。

（宋）真德秀著：《真西山先生集》，中华书局，1985年。

三、经部、史传、年谱、资料汇编

（清）阮元校刻：《十三经注疏》，中华书局，1980年。

（清）黄宗羲著，（清）全祖望补修，陈金生、梁运华点校：《宋元学案》，中华书局，1986年。

（宋）黎靖德编，王星贤点校：《朱子语类》，中华书局，1986年。

司义祖整理：《宋大诏令集》，中华书局，1962年。

（宋）徐梦莘著：《三朝北盟会编》，上海古籍出版社，1987年。

（宋）熊克著：《中兴小纪》，中华书局，1985年。

（宋）李心传著，胡坤点校：《建炎以来系年要录》，中华书局，2013年。

（宋）李心传著，徐规点校：《建炎以来朝野杂记》，中华书局，2000年。

（宋）陈骙著，张富祥点校：《南宋馆阁录》，中华书局，1998年。

（宋）佚名著，张富祥点校：《南宋馆阁续录》，中华书局，1998年。

（宋）叶绍翁著，沈锡麟、冯惠民点校：《四朝闻见录》，中华书局，1989年。

（宋）佚名著：《皇宋中兴两朝圣政》，北京图书馆出版社，2007年。

（元）马端临著：《文献通考》，中华书局，1986年。

（元）脱脱等著：《宋史》，中华书局，1977年。

（明）陈邦瞻著：《宋史纪事本末》，中华书局，1977年。

（清）毕沅著：《续资治通鉴》，中华书局，1957年。

（清）徐松辑，刘琳等点校：《宋会要辑稿》，上海古籍出版社，2014年。

（清）陆心源辑撰：《宋史翼》，中华书局，1991年。

曾枣庄、李凯、彭君华编：《宋文纪事》，四川大学出版社，1995年。

北京大学中国中古史研究中心点校整理：《宋朝诸臣奏议》，上海古籍出版社，1999年。

于北山：《范成大年谱》，上海古籍出版社，1984年。

于北山：《陆游年谱》，上海古籍出版社，1985年。

韩酉山：《张孝祥年谱》，安徽人民出版社，1993年。

周梦江：《叶适年谱》，浙江古籍出版社，1996年。

邓广铭：《辛稼轩年谱》（增订本），上海古籍出版社，1997年。

（清）王懋竑著，何忠礼点校：《朱熹年谱》，中华书局，1998年。

束景南：《朱熹年谱长编》，华东师范大学出版社，2001年。

凌郁之：《洪迈年谱》，上海古籍出版社，2006年。

杜海军：《吕祖谦年谱》，中华书局，2007年。

赵维平：《尤袤年谱》，上海三联书店，2012年。

李仁生、丁功谊：《周必大年谱》，江西人民出版社，2014年。

王聪聪：《周必大年谱长编》，华东师范大学博士学位论文，2014年。

孔凡礼、齐治平编：《陆游资料汇编》，中华书局，1962年。

湛之编：《杨万里范成大资料汇编》，中华书局，1964年。

张健编辑：《南宋文学批评资料汇编》，成文出版社，1978年。

丁传靖辑：《宋人轶事汇编》，中华书局，1981年。

昌彼得等编：《宋人传记资料索引》，鼎文书局，1976年。

李国玲编：《宋人传记资料索引补编》，四川大学出版社，1994年。

四、文话、笔记、方志、书目

（梁）刘勰著，黄叔琳注，李详补注，杨明照校注拾遗：《增订文心雕龙校注》，中华书局，2000年。

（宋）陈骙著：《文则》，中华书局，1985年。

（宋）吕祖谦编：《古文关键》，商务印书馆，1936年。

（宋）谢枋得编：《文章轨范》，中州古籍出版社，1991年。

（明）吴讷著，于北山点校：《文章辨体序说》，人民文学出版社，1998年。

（明）徐师曾著，罗根泽点校：《文体明辨序说》，人民文学出版社，

1998年。

（清）章学诚著，叶瑛校注：《文史通义校注》，中华书局，2014年。

（清）刘熙载著，袁津琥校注：《艺概注稿》，中华书局，2009年。

林纾著，范先渊点校：《春觉斋论文》，人民文学出版社，1959年。

（宋）洪迈著，孔凡礼点校：《容斋随笔》，中华书局，2005年。

（宋）周煇著，刘永翔校注：《清波杂志》，中华书局，1994年。

（宋）陆游著，李剑雄、刘德权点校：《老学庵笔记》，中华书局，1979年。

（宋）范成大著，孔凡礼校点：《范成大笔记六种》，中华书局，2002年。

（宋）费衮著，金圆校点：《梁溪漫志》，上海古籍出版社，1985年。

（宋）周密著，李小龙、赵锐评注：《武林旧事》，中华书局，2007年。

（宋）周密著，张茂鹏点校：《齐东野语》，中华书局，1983年。

（宋）吴自牧著：《梦粱录》，浙江人民出版社，1984年。

（宋）梁克家著：《淳熙三山志》，影印文渊阁四库全书本。

（宋）周淙著，钱保塘校记：《乾道临安志》，中华书局，1985年。

（宋）潜说友著：《咸淳临安志》，浙江古籍出版社，2012年。

（宋）晁公武著，孙猛校证：《郡斋读书志校证》，上海古籍出版社，2011年。

（宋）陈振孙著，徐小蛮、顾美华点校：《直斋书录解题》，上海古籍出版社，1987年。

（清）永瑢等著：《四库全书总目》，中华书局，1965年。

四川大学古籍整理研究所编：《现存宋人别集版本目录》，巴蜀书社，1989年。

（明）陶宗仪等编：《说郛三种》，上海古籍出版社，1988年。

五、研究专著

［美］艾朗诺著，杜斐然、刘鹏、潘玉涛译，郭勉愈校：《美的焦虑：北宋士大夫的审美思想与追求》，上海古籍出版社，2013年。

［美］包弼德著，刘宁译：《斯文——唐宋思想的转型》，江苏人民出版社，2001年。

［美］包弼德著，［新加坡］王昌伟译：《历史上的理学》，浙江大学出版社，2009年。

卞东波：《域外汉籍与宋代文学研究》，中华书局，2017年。

陈庆元主编：《中国散文研究：中国古代散文国际学术研讨会论文集》，凤凰出版社，2011年。

陈文新主编：《中国文学编年史》，湖南人民出版社，2006年。

陈柱：《中国散文史》，商务印书馆，1937年。

陈左高：《历代日记丛谈》，上海画报出版社，2004年。

陈左高：《中国日记史略》，上海翻译出版公司，1990年。

程千帆、吴新雷：《两宋文学史》，上海古籍出版社，1991年。

褚斌杰：《中国古代文体概论》，北京大学出版社，1990年。

董乃斌主编：《中国文学叙事传统研究》，中华书局，2012年。

范凤书：《中国私家藏书史》，大象出版社，2001年。

方建新：《南宋藏书史》，人民出版社，2013年。

葛晓音：《唐宋散文》，上海古籍出版社，2011年。

葛兆光：《中国思想史》，复旦大学出版社，2013年。

谷曙光：《贯通与驾驭：宋代文体学述论》，人民文学出版社，2015年。

顾易生、蒋凡、刘明今：《宋金元文学批评史》，上海古籍出版社，1996年。

郭黛姮：《南宋建筑史》，上海古籍出版社，2014年。

郭庆财：《南宋浙东学派文学思想研究》，中华书局，2013年。

郭艳华：《杨万里文学思想研究》，中国社会科学出版社，2012年。

郭英德：《中国古代文体学论稿》，北京大学出版社，2005年。

郭预衡：《历代散文史话》，中国文联出版社，2010年。

郭预衡：《中国散文史》，上海古籍出版社，2000年。

郭预衡：《中国散文史长编》，山西教育出版社，2008年。

韩立平：《南宋中兴诗风演进研究》，华东师范大学出版社，2013年。

杭州市社会科学院南宋史研究中心编：《南宋史研究论丛》，杭州出版社，2008年。

何寄澎：《唐宋古文新探》，北京大学出版社，2010年。

何忠礼、徐吉军：《南宋史稿》，杭州大学出版社，1999年。
侯外庐等主编：《宋明理学史》，人民出版社，2005年。
侯文宜：《中国文气论批评美学》，中国社会科学出版社，2012年。
黄宽重：《南宋史研究集》，台湾新文丰出版公司，1985年。
黄宽重：《艺文中的政治：南宋士大夫的文化活动与人际关系》，北京大学出版社，2020年。
李建军：《宋代浙东文派研究》，中华书局，2013年。
李真瑜、田南池、房春草：《中国散文通史·宋金元卷》，安徽教育出版社，2012年。
刘宁：《汉语思想的文体形式》，华东师范大学出版社，2012年。
刘浦江：《辽金史论》，辽宁大学出版社，1999年。
刘婷婷：《南宋社会变迁、士人心态与文学走向研究》，中国社会科学出版社，2015年。
刘扬忠主编：《中国古代文学通论·宋代卷》，辽宁人民出版社，2004年。
［美］刘子健：《两宋史研究汇编》，台湾联经出版事业公司，1987年。
［美］刘子健著，赵冬梅译：《中国转向内在：两宋之际的文化内向》，江苏人民出版社，2001年。
马茂军：《宋代散文史论》，中华书局，2008年。
梅新林、俞樟华主编：《中国游记文学史》，学林出版社，2004年。
苗春德、赵国权：《南宋教育史》，上海古籍出版社，2008年。
闵泽平：《南宋理学家散文研究》，齐鲁书社，2006年。
莫砺锋：《朱熹文学研究》，南京大学出版社，2000年。
倪其心等选注：《中国古代游记选》，中国旅游出版社，2000年。
欧明俊：《陆游研究》，上海三联书店，2007年。
潘晟：《宋代地理学的观念、体系与知识兴趣》，商务印书馆，2014年。
漆绪邦：《中国散文通史》，吉林教育出版社，1994年。
钱建状：《南宋初期的文化重组与文学新变》，厦门大学出版社，2006年。
钱穆：《中国学术思想史论丛》，生活·读书·新知三联书店，2009年。
钱钟书：《谈艺录》，生活·读书·新知三联书店，2001年。
任继愈主编：《中国藏书楼》，辽宁人民出版社，2001年。

任竞泽：《宋代文体学研究论稿》，商务印书馆，2011年。

沈如泉：《传统与个人才能：南宋鄱阳洪氏家学与文学》，巴蜀书社，2009年。

沈松勤：《南宋文人与党争》，人民出版社，2005年。

束景南：《朱子大传》，商务印书馆，2003年。

束有春：《理学古文史》，河南教育出版社，2011年。

[日]寺地遵著，刘静贞、李今芸译：《南宋初期政治史研究》，台湾稻禾出版社，1995年。

孙望、常国武主编：《宋代文学史》，人民文学出版社，1996年。

谭家健：《中国散文史稿》，重庆出版社，2006年。

陶文鹏主编：《两宋士大夫文学研究》，中国社会科学出版社，2012年。

[美]田浩：《朱熹的思维世界》，江苏人民出版社，2011年。

[美]田浩编，杨立华、吴艳红等译：《宋代思想史论》，社会科学文献出版社，2003年。

王国平主编，王水照、熊海英著：《南宋文学史》，人民出版社，2009年。

王建生：《通往中兴之路：思想文化视域中的宋南渡诗坛》，上海古籍出版社，2011年。

王立群：《中国古代山水游记研究》，中国社会科学出版社，2008年。

王水照：《北宋三大文人集团》，上海古籍出版社，2021年。

王水照：《宋代文学通论》，河南大学出版社，1997年。

王水照：《唐宋古文选》，凤凰出版社，2012年。

王运熙、顾易生主编：《中国文学批评通史》，上海古籍出版社，1996年。

吴承学：《中国古代文体学研究》，人民出版社，2011年。

吴承学：《中国古典文学风格学》，北京大学出版社，2011年。

吴松弟：《北方移民与南宋社会变迁》，台湾文津出版社，1993年。

夏令伟：《宋元文体与文体学论稿》，中山大学出版社，2018年。

[法]谢和耐著，刘东译：《蒙元入侵前夜的中国日常生活》，江苏人民出版社，1995年。

[法]谢和耐著，马德程译：《南宋社会生活史》，台湾中国文化大学出版部，1982年。

杨倩描：《南宋宗教史》，人民出版社，2008年。

杨庆存：《宋代散文研究》（修订版），人民文学出版社，2011年。

［日］玉井幸助：《日记文学概说》，日本国书刊行会，1982年。

余英时：《朱熹的历史世界：宋代士大夫政治文化的研究》，生活·读书·新知三联书店，2011年。

曾枣庄：《宋文通论》，上海人民出版社，2008年。

曾枣庄：《中国古代文体学》，上海人民出版社、上海书店出版社，2012年。

曾枣庄、吴洪泽：《宋代文学编年史》，凤凰出版社，2010年。

张海鸥：《宋代文章学与文体形态研究》，中山大学出版社，2018年。

张家驹：《两宋经济中心的南移》，湖北人民出版社，1957年。

张剑、吕肖奂、周扬波：《宋代家族与文学研究》，中国社会科学出版社，2009年。

张健：《朱熹的文学批评研究》，台湾商务印书馆，1973年。

张剑霞：《范成大研究》，台湾学生书局，1985年。

张瑞君：《杨万里评传》，南京大学出版社，2002年。

张秀民：《中国印刷史》，上海人民出版社，1989年。

张毅：《宋代文学思想史》，中华书局，1995年。

张义德：《叶适评传》，南京大学出版社，1994年。

张智华：《南宋的诗文选本研究：南宋人所编诗文选本与诗文批评》，北京师范大学出版社，2002年。

周梦江、陈凡男：《叶适研究》，人民出版社，2008年。

朱东润：《陆游传》，人民文学出版社，2007年。

朱东润：《陆游研究》，中华书局，1961年。

朱刚：《唐宋"古文运动"与士大夫文学》，复旦大学出版社，2013年。

朱亚夫、王明洪：《书斋文化》，学林出版社，2008年。

朱迎平：《宋文论稿》，上海财经大学出版社，2003年。

祝尚书：《宋代科举与文学考论》，大象出版社，2006年。

祝尚书：《宋代文学探讨集》，大象出版社，2007年。

祝尚书：《宋人别集叙录》，中华书局，1999年。

祝尚书：《宋人总集叙录》，中华书局，2004年。

祝尚书：《宋元文章学》，中华书局，2013年。

邹锦良：《周必大生平与思想研究》，江西人民出版社，2013年。

邹志方：《陆游研究》，人民出版社，2008年。

六、研究论文

［美］艾朗诺：《苏轼早期至黄州时期的记体文研究》，《北京大学学报》（哲学社会科学版）2021年第2期。

陈君慧：《南宋孝宗时期散文研究》，四川大学博士学位论文，2012年。

陈晓芬：《宋人以"韩柳"并举所反映的文学思想》，《文艺理论研究》2008年第2期。

成玮：《百代之中：宋代行记的文体自觉与定型》，《文学遗产》2016年第4期。

戴路：《宋代词科记体文论略》，《中南大学学报》（社会科学版）2019年第3期。

邓建：《从日历到日记——对一种非典型文章的文体学考察》，《中山大学学报》（社会科学版）2014年第3期。

方笑一：《论宋四家对记体文的艺术拓展》，《上海师范大学学报》（哲学社会科学版）2000年第6期。

方笑一：《论朱熹经学与文章之学的关系》，《华东师范大学学报》（哲学社会科学版）2012年第2期。

顾明栋：《文气论的现代诠释与美学重构》，《清华大学学报》（哲学社会科学版）2014年第1期。

管琴：《词科与南宋文学》，北京大学博士学位论文，2013年。

何寄澎：《唐文新变论稿（一）——记体的成立与开展》，《台大中文学报》2008年6月。

胡建升：《诚斋文气说的审美意蕴》，《北京师范大学学报》（社会科学版）2006年第4期。

胡晓：《论宋代厅壁记的文体新变》，《励耘学刊》2020年第2期。

金文凯：《论张孝祥的记体散文》，《清华大学学报》（哲学社会科学版)2011年第6期。

李德辉:《论宋代行记的新特点》,《文学遗产》2016年第4期。

李贵:《南宋行记中的身份、权力与风景——解读周必大〈泛舟游山录〉》,《复旦学报》(社会科学版)2020年第1期。

李静:《南宋乾淳词坛研究》,北京大学博士学位论文,2004年。

李银珍:《宋代笔记研究》,复旦大学博士学位论文,2014年。

李由:《"尚有北宋典型":陆游对欧阳修散文的继承与发展——以游记和题跋为中心》,《江西师范大学学报》(哲学社会科学版)2014年第3期。

林岩:《南宋科举、道学与古文之学——兼论南宋知识话语的分立与合流》,《中山大学学报》(社会科学版)2013年第6期。

刘珺珺:《范成大纪行三录文体论》,《文学遗产》2012年第6期。

刘珺珺:《论唐宋记体文的意义演进——以营造记为中心》,《南京大学学报》(哲学·人文科学·社会科学)2018年第2期。

刘向培:《方志所见宋代记文补遗》,《中国地方志》2020年第1期。

吕肖奂:《陆游双面形象及其诗文形态观念之复杂性——陆游入蜀诗与〈入蜀记〉对比解读》,《绍兴文理学院学报》(哲学社会科学版)2011年第1期。

吕肖奂、张剑:《两宋地域文化与家族文学》,《江海学刊》2007年第5期。

吕肖奂、张剑:《两宋家族文学的不同风貌及其成因》,《文学遗产》2007年第2期。

罗书华:《"散文"概念源流论:从词体、语体到文体》,《文学遗产》2012年第6期。

马东瑶:《文人庭园与文学写作——以朱长文乐圃为考察中心》,《齐鲁学刊》2013年第4期。

莫砺锋:《读陆游〈入蜀记〉札记》,《文学遗产》2005年第3期。

倪海权:《陆游文研究》,哈尔滨师范大学博士学位论文,2012年。

彭琦:《南宋孝宗与佛教》,《浙江学刊》2002年第5期。

任竞泽:《论宋代古文家学记》,《山西师大学报》(社会科学版)2010

年第4期。

王立群：《〈入蜀记〉向文化认同的倾斜》，《河南大学学报》（哲学社会科学版）1987年第5期。

王绮珍：《南宋散文评论中的几个问题》，《文学遗产》1988年第4期。

王水照：《南宋文学的时代特点与历史定位》，《文学遗产》2010年第1期。

王祥：《宋代江南路文学研究》，复旦大学博士学位论文，2004年。

王星：《论宋代石刻与其文学创作导向》，《复旦学报》（社会科学版）2019年第2期。

魏崇武：《"外游"与"内游"——宋元时期"文气"说略论》，《社会科学研究》2009年第6期。

吴承学：《建设具有现代意义的中国文体学》，《文学评论》2015年第2期。

谢琰：《文法交融与风景变容——唐宋记体文发展轨迹管窥及"破体说"反思》，《文化与诗学》2014年第2期。

熊艳娥：《宋代书院记研究》，南京师范大学硕士学位论文，2005年。

许总：《论宋代理学家的古文创作》，《郑州大学学报》（哲学社会科学版）2000年第5期。

杨理论：《论杨万里的记体散文》，《文学遗产》2009年第6期。

杨庆存：《宋代散文体裁样式的开拓与创新》，《中国社会科学》1995年第6期。

杨瑞：《周必大研究》，四川大学博士学位论文，2007年。

尤康：《南宋士大夫的"元祐"情结考论》，北京大学硕士学位论文，2008年。

张海鸥、孙耀斌：《〈论学绳尺〉与南宋论体文及南宋论学》，《文学遗产》2006年第1期。

张剑：《日常生活史与中国古典文学研究》，《苏州大学学报》（哲学社会科学版）2018年第1期。

张玖青：《杨万里思想研究》，浙江大学博士学位论文，2005年。

张文利：《理学视域下的宋代书院记》，《文学研究》2019年第2期。

张蕴爽：《论宋人的"书斋意趣"和宋诗的书斋意象》，《文学遗产》2011年第5期。

章辉：《南宋休闲文化及其美学意义》，浙江大学博士学位论文，2013年。

赵燕：《唐宋记体散文及其文化意蕴》，南开大学博士学位论文，2007年。

赵永平：《陆游散文研究》，广西师范大学博士学位论文，2011年。

钟振振：《宋代城市桥记刍议》，《江海学刊》2014年第1期。

朱刚：《从"先忧后乐"到"箪食瓢饮"——北宋士大夫心态之转变》，《文学遗产》2009年第2期。

朱迎平：《论南宋散文的发展及其评价》，《上海财经大学学报》2001年第1期。

朱迎平：《宋文发展的整体观及南宋散文评价》，《复旦学报》（社会科学版）1998年第4期。

朱迎平：《唐宋散文研究刍议》，《上海财经大学学报》2000年第1期。

诸葛忆兵：《宋代进士题名记论略》，《文学遗产》2020年第1期。

诸葛忆兵：《宋人贡院记论略》，《四川大学学报》（哲学社会科学版）2020年第1期。

诸葛忆兵：《宋人贡庄记论略》，《江西社会科学》2019年第10期。

祝尚书：《论南宋的文章"活法"》，《北京大学学报》（哲学社会科学版）2012年第2期。

祝尚书：《论宋代理学家的"新文统"》，《文学遗产》2006年第4期。

图书在版编目（CIP）数据

美事微言：南宋中兴时期记体文研究/谭清洋著.
北京：中国人民大学出版社，2024.9. -- （北京社科
青年学者文库）. -- ISBN 978-7-300-32968-0

Ⅰ.I206.244.2

中国国家版本馆 CIP 数据核字第 2024WT8349 号

北京社科青年学者文库
北京市社会科学界联合会、北京市哲学社会科学规划办公室项目
美事微言：南宋中兴时期记体文研究
谭清洋　著
Meishi Weiyan: Nansong Zhongxing Shiqi Jitiwen Yanjiu

出版发行	中国人民大学出版社	
社　　址	北京中关村大街 31 号	邮政编码　100080
电　　话	010-62511242（总编室）	010-62511770（质管部）
	010-82501766（邮购部）	010-62514148（门市部）
	010-62515195（发行公司）	010-62515275（盗版举报）
网　　址	http://www.crup.com.cn	
经　　销	新华书店	
印　　刷	唐山玺诚印务有限公司	
开　　本	720 mm×1000 mm　1/16	版　次　2024 年 9 月第 1 版
印　　张	19.75 插页 2	印　次　2024 年 9 月第 1 次印刷
字　　数	295 000	定　价　99.00 元

版权所有　侵权必究　　印装差错　负责调换